中国出版集团有限公司
華文出版社

图书在版编目（CIP）数据

锦绣庄园 / 曼兑著 . —北京：华文出版社，
2020. 4（2024. 5重印）

ISBN 978 - 7 - 5075 - 5208 - 9

Ⅰ. ①锦… Ⅱ. ①曼… Ⅲ. ①长篇小说 - 中国 - 当代
Ⅳ. ①I247. 5

中国版本图书馆 CIP 数据核字（2019）第 240441 号

锦绣庄园

作　　者：曼　兑
策　　划：亚　蕾
责任编辑：方昊飞　郭俊萍
出版发行：华文出版社
地　　址：北京市西城区广外大街 305 号 8 区 2 号楼
邮政编码：100055
网　　址：http://www.hwcbs.cn
电　　话：总编室 010 - 58336239　　发行部 010 - 58336202
　　　　　责任编辑 010 - 58336269
经　　销：新华书店
印　　刷：三河市天润建兴印务有限公司
开　　本：880mm × 1230mm　1/32
印　　张：12. 625
字　　数：310 千字
版　　次：2020 年 4 月第 1 版
印　　次：2024 年 5 月第 2 次印刷
标准书号：ISBN 978 - 7 - 5075 - 5208 - 9
定　　价：52.80元

版权所有，侵权必究

目 录 Contents

第一章

暮春的一天，灰白的天上飘着些云朵，阳光沾染了阵雨。天空有些阴暗，又有些明亮。明亮的那一边露出的是一种明澈的蓝——清亮、通透，微凉的天气。树枝上裹满了倾情盛放的五月花朵，一只相思鸟栖息在枝丫上浅吟低唱着，从翠绿叶片中流转出一曲偶有涩滞却让人不知不觉沉醉下去的细腻小调。这些美丽都点缀在这座风姿绰约的江南古城——苏州。

空气清冽，带着湿土和青草的清新气味。古城最热闹的大街——平江街，此刻正是热闹之时，人声鼎沸，车水马龙，商贩各种叫卖，好一派繁荣景象。在大街尽头的拐角处有一家百年老书店——宁月斋，门前的月季开得正欢。因为昨夜下过雨，石板街道被冲洗得格外干净，月季花朵也显得层次分明，红绿相间，它的茎条接近根部处仍旧潮湿，绿叶和花朵经过夜雨的洗涤更为清新，多了一层凄迷的透明。这也是江南多雨地区独有的哀愁特质，仿佛这里的一切都是透过蒙胧的泪眼看见的。

郑绍峰捧着一本略有年代感的旧书，静静地靠在窗前，目不转睛地看着窗下的月季。书店里还有若干客人，大家也都在挑选自己感兴趣的书籍杂志并悄然翻阅，来这里的最高原则就是保持安静。入口处的大厅两侧摆放着一些普通的报纸杂志，当然也有时下最抢眼的那种“开放杂志”。

只见一个肥头大耳的油腻中年人，眯着那被脸部横肉挤得只剩下两条缝的眼睛，着急又装作很平静地翻阅着杂志，看着杂志上姣好面容的女性图片，他脸上露出贪婪又漠不关心的样子，带着些微微的耻辱感，偶有抬头也是避开旁人眼神的接触，假装自己在独立思考。还有一种人，来店里似乎是闲逛，他们寂静无声地“游离”在书架间，小心谨慎地挪动步伐，没有目标地翻翻这本、翻翻那本，借着书籍的掩护，假装自己畅游在书香里。

书店老板早已习惯形形色色的客人，依旧气定神闲地在柜台一侧的茶几处，细细品茗。书店不大，但收拾得干净利落，陈设摆放也是简单从容。店小二麻利地帮客人打包收账，不时轻言细语地回答客人的问题，一切显得井然有序。书店老板则不时侧头看着这位身形瘦削但神采斐然的年轻人，他有着读书人特有的书卷气，同时眉眼之间也流露出一丝朝气和倔强的气息。老板五十左右年纪，有着清癯的外表，他平淡的五官因为一双记录岁月沧桑的眼睛显得生动起来。只见他起身轻轻地走到郑绍峰身边，用沉稳清雅的声音吟道：“只道花无十日红，此花无日不春风。”

郑绍峰情不自禁回吟道：“一尖已剥胭脂笔，四破犹包翡翠茸。”

“果然年少有为，饱读诗书。”书店老板啧啧称赞。

郑绍峰蓦然回过神来，连忙作揖：“见笑见笑了！”只见书店老板颔首含笑：“我见先生独自赏花许久，想必是对此花格外钟爱。”

“是，对此花确实有不一样的喜爱。”郑绍峰若有所思地答道。

“听先生的口音，似乎不是本地人?”书店老板转移了话题，不知为何对这个文质彬彬的年轻人有了兴趣，好像在他的身上找到了自己当年的影子，又好像在他身上看到了未来的某种希望，这种感觉无法描述。

其实他们根本没有交集。

没人要求他们要有交集，也没人撮合他们的交集。

但此时此刻仿佛在某种命运的牵引下，他们有了交集。

郑绍峰微微一笑，接过话：“是本地人，也非本地人。”

“此话怎讲?”书店老板一愣。

“阔别十年，今回十泉里。不知当说是‘旧地重游’还是‘回归故里’。”郑邵峰挑着眉，有点怅然。

“先生知道‘十泉里’，想必对本地非常熟悉了。”书店老板有点吃惊。

“是的。年少时听我父亲说过，平江路古名十泉里，是该路口有古井十口的缘故。我出生在这个地方，这里有我童年的所有回忆。我喜欢这里，一山一水，一花一草，甚至是走路时发出‘笃笃笃’声响的石板路都让我沉醉。”

说完这些话，郑绍峰的脑海里不禁又浮现出熟悉的脸庞：一个七岁的女孩子，圆圆的脸上有一双亮晶晶的大眼睛，一笑起来就眯成两个小月牙，笑得多纯真无邪。她总是跟在他的屁股后面玩，不停地叫着“绍峰哥哥，绍峰哥哥……”。有一次，他带她去采桑葚，让她在树下等着，自己爬上树，不小心压断树枝时发出的吱吱响，惊动了院子里看家的大黄狗，两个小孩儿被狗追着跑了一路……想到这里，郑绍峰嘴角的弧度不由得翘起来，但很快又恢复了淡定的样子。

“月是故乡明，家是故乡好，既是回来了，就不要再走了。”书店老板笑呵呵地回应。郑绍峰表情的细微变化没有逃过书店老板的眼睛，他知道这里不仅有他儿时的回忆，或许还有他一直存留心里的某种甜蜜。至于是什么，没有必要去点破。但可以肯定的是，那些甜蜜肯定是纯真的，是诚挚的——年轻人总是需要热情似火的情感来点亮内心的方向，不管是儿女私情还是国家民族之情。

郑绍峰的心里一热，看着眼前这个初次见面、年岁和父亲相仿的长者，竟有一种似曾相识的亲切感。他的喉咙处涌起一股热流，他努力咽下去，突然有太多的话想说，张了张嘴巴却发不出声音。

书店老板继续说：“每个人都有存在的意义，‘好男儿志在四方’，每个人来一个地方都可以让这个地方焕发出独有的精彩。我们也可以做一些有意义的事情，让自己的生命不枉来这世上走一遭。”

郑绍峰心有所动，热情回应：“您说的正是我想的。男儿本自强，吾虽无鸿鹄之大志，但亦不甘于淡如水、平如镜的人生。古来男儿当自立，保家卫国，冲锋陷阵，皆为男儿。若无担当，怎配拥此男儿之身?”郑绍峰越说情绪越激昂，到最后语速都有点快了。

书店老板频频点头，由衷赞叹：“少年有志则国强，少年无志则国必衰。男儿之志，可比泰山，可比鸿毛，可为国，可为家，志无大小，有志便有担当，有担当便为男儿!”

郑绍峰已被感动：“吾双十年华，自识字学语以来数十载，今以己之稚语，论男儿之所志，吾觉男儿应以国为荣，志在国，担当在国！现在国家被列强虎视眈眈地盯着，时局动荡不安，好男儿自应担起民族之荣誉，抛头颅、洒热血，为国斗争，为家抗战，虽死犹荣。吾虽学识尚浅，羽翼未丰，但亦知国家兴亡，匹夫有责!”说到情动处，郑绍峰举起右手，握紧了拳头。

书店老板看着这位浑身充满正义感的年轻人，一时心潮澎湃，激动不已。他努力压制着激动的心情，用更加平稳但丝毫不隐藏赞许的口气说道：“国乃何物？男儿以何为国？国乃国家！无国何以成家？无家亦无以成国，男儿生于当世，理当为国而劳，先生虽年轻，但如此胆量和胸襟，吾万分敬佩！”

郑绍峰羞涩一笑：“也都是纸上谈兵而已，见笑了。不过，我真的是希望自己能为国家做些什么，不枉自己的七尺男儿之躯。”

“不，不，先生说得极好。每一个有志的中国人，都希望自己的国家国富民强，老百姓安居乐业。中华民族重回辉煌，这是我们每个中国人共同的期盼。每一位有志之士，都可以尽己之所能报国之所需，无论何时何地!”书店老板的眼睛闪现出满是希望和必胜的光芒，赞赏地答道。

那一刻，郑绍峰仿佛被人拨开迷雾，脑子里异常清醒和通透。他终于知道自己该做些什么事情了，虽然此刻他对该怎么去做、如何做，还是有些迷茫，但欣喜的是，自己总算明白了一些。

他看着面前这个和蔼、亲切的长者，他的直觉告诉他，这个人可以成为自己的精神导师，他是一个非常可靠的人。虽然他的身份是书店老板，有可能还有别的身份，但有一点可以肯定，他是个好人，而且是一个在做大事的好人。郑绍峰热忱地看着书店老板："如果可以的话，以后我能经常来请教您吗？"

"当然可以，随时欢迎。"书店老板对这位有着拳拳爱国之心的年轻人亦很是赞赏，他想：这也许是个机会，我们的队伍需要更多的有志之士，这是一个值得发展的对象。书店老板在心里盘算。

"噼里啪啦，乒乒乓乓"，突然从隔壁店铺传来一阵混乱嘈杂的声音。书店里的客人频频往外探头，可没人挪动脚步，似乎对这样的场景已见惯不怪。

"两个少年在珠宝店为了一个玉佩争执不已，好像还动手了。这种有钱的公子哥都是这样，谁也不让谁。听口音，其中一个少年好像是外地的。"一个恰好进店的中年男人简单描述着，"我刚从那边过来，这两个孩子一个比一个凶，有能耐凶小日本去呀，真是的，天天窝里横，真是……"中年男人嘴里叨叨念着，眼里满满的鄙夷。

郑绍峰来不及听完就夺门而出，还不忘回头跟书店老板说："改日定当登门拜访。"从方才的嘈杂声里，郑绍峰听出了自己弟弟郑绍川的声音，急忙赶过去看看。今日刚回这里，可不要胡乱生事，不然又要挨娘骂了。

而隔壁的宁宛珠宝店刚才上演了一场"抢玉记"。

两个少年同时揪着一块别致的缀着流苏的玉佩争吵着。一个是年龄八九岁、脸蛋白净、穿着考究的小少爷——本地巨贾苏家的苏小启；另一个少年比苏小启高一头，黝黑的皮肤散发着健康野性的活力，他就是郑绍峰的弟弟——郑绍川。两个人怒气冲冲，面红耳赤，眼里都迸射出愤怒的小火苗，仿佛一不小心能把对方烧着似的。

“这块玉佩是我先看到的。”郑绍川一脸怒气，紧攥着拳头。

“我想要这块，就要这块！”苏小启道。

“两位小爷，流苏玉佩只剩下最后这一块，要不然……你们再看看我家别的宝贝？还有很多更好玩、更别致的。”珠宝店老板慌忙打着圆场。一个是本地巨贾之子，一个是看起来不好惹的小刺头，他都不想得罪。

苏小启不依不饶地叫道：“我就要这一块，别的我不要！”

郑绍川一听就来气：“你这人还讲不讲理了——这块明明是我先看到的！”

“你看了半天也不付钱。一看就是没钱，没钱你看什么啊？”苏小启不甘示弱地回应。

郑绍川最不喜欢别人说他没钱，一下子恼羞成怒，挥舞着拳头：“有钱了不起啊？也不知道你们这些富人的钱里带着多少肮脏的东西！我告诉你，我在梁山学过武术，你松不松手？你再不松手，信不信我这拳头不长眼？”

说完，他在苏小启面前不停地挥舞着拳头。苏小启本是家中小少爷，自小有一帮人伺候，而且极受父母宠爱，什么时候经历过这种恐吓场面？当场就被吓得嗷嗷大哭起来。

正在另一个房间端详、挑选珠玉绣品的苏家大小姐——苏倩茹听到弟弟的哭声，赶紧放下手中的绣品匆匆赶过来。“小启，怎么哭了？发生什么事情了？”苏倩茹着急地问道，一把将弟弟揽到身边，而苏小启一看姐姐来了就哭得更大声了。

苏倩茹着急地上下打量着苏小启：“有没有受伤？乖，不哭了，姐姐在。”说完轻轻拂去苏小启眼角的泪水，满脸的温柔。

苏小启停止了哭泣，指着郑绍川说：“姐姐，是他，就是他抢我的玉佩!”

郑绍川抬眼看到苏倩茹，不由得倒退了一步。眼前这位姐姐长得像仙女似的。只见她一头如丝缎般的黑发披在双肩，细长的柳叶眉，一双眼睛如星辰般明亮，翘挺的鼻子，滴水樱桃般的朱唇，俏丽白嫩的瓜子脸娇羞含情，两腮因发怒而微微泛红。她身材曼妙纤细，气质脱俗清雅，看得郑绍川脸上直发热，他慌忙低下头掩盖自己的心慌意乱，脑子里一片迷糊。

苏倩茹正对着郑绍川，脸色露出不满道：“你这是什么意思？欺负比你小这么多的小孩，合适吗?”

郑绍川不敢直视苏倩茹，喃喃地说：“不是，不是，明明是我先看到这个玉佩，正准备买呢，他来了就直接一把给夺了过去……就是这样子。”

苏倩茹转头问苏小启：“小启，这到底是怎么一回事?”

苏小启抽抽噎噎地回答：“我，我……刚才看见这个玉佩，很是喜欢，觉得姐姐你戴上一定很好看，就想着你生日时送给你……”

听到苏小启稚嫩的声音和委屈的解释，苏倩茹知道在这种情况下，责备自己的弟弟似乎已经没有太大的意义，反而是惊喜激动涌上心头：弟弟还是跟自己亲近的，虽然他从小被爹娘娇惯着，但对她这个姐姐倒是十分亲近。苏倩茹想着想着，不由得将苏小启搂在怀里。

“小启，你的好意姐姐心领了。可不是咱们的东西，咱们不能强取豪夺，知道吗?”苏倩茹柔声地说着，“来，把东西放下，听话。”

一听姐姐让自己放下，小少爷的脾气立马上来了：“不嘛不嘛，我就要买！我就要这一个，我不要给这个穷光蛋!”

苏倩茹脸色一沉：“小启，不许这么说!”

一旁的郑绍川听到苏小启讲他是穷光蛋的时候，气得脸色发白，拳头早已攥得咯咯响。

店主一看双方都是不好惹的主儿，立马赔笑说："苏小姐，您看看，这个玉佩确实是这个小兄弟先看上要付钱的。这买卖也是要讲'先来后到'的，您这家大业大的是不缺钱，但也要讲规矩的。要不改天我进了新货再专程给您送府上去，您看如何？"

而店外不知道什么时候已经围了一圈看热闹的人。这年头，但凡有个什么风吹草动的，评头论足的人的鼻子比蚂蚁还灵敏，立马乌泱泱聚集过来，仿佛这里有一块极好的美食吸引着他们。此刻这些人正冲着相貌漂亮的三个人指手画脚，声音越来越大。

郑绍川见围观的人越来越多，一种莫名的情绪控制了他，他一手死死拽着玉佩，一手紧攥着拳头，呼吸急促，看得出他在努力压制自己的情绪。

而在隔壁书店看书的郑绍峰听见争吵，匆忙与相见恨晚的店主告别，他拨开人群，冲进来拽住郑绍川，疾言厉色地说："绍川，你这是干什么呢？快松手！"可郑绍峰因为走得太急，一个趔趄不小心撞到了郑绍川旁边的苏倩茹身上。

"你这个人真奇怪，莽莽撞撞就冲进来，撞到人连个道歉都没有！"苏倩茹看到一个充满书卷气、长相斯文的年轻人冲进来，一个踉跄撞到自己身上，有点不满。

郑绍峰闻声赶紧转过头来，看到一脸不悦和戒备的苏倩茹。这不看不打紧，一看丢了魂儿，他的脑袋轰地炸开了，脸红耳赤，说话也不利索了："你……我……他……"

苏倩茹看着这个长相俊美的年轻男子，心里想真是白瞎了这身好皮囊，愤愤地说："我什么你什么？"

郑绍川看到哥哥被训了，着急为哥哥打抱不平，就把脖子一梗，大声说："你弟弟抢我的东西，不是也没道歉！"

郑绍峰看着满脸怒气的苏倩茹，狠狠地瞪了一眼郑绍川："你少说两句。”

苏倩茹拽着苏小启不满地说：“没见过你们这种兄弟，惹不起，我们还躲不起吗？小启松手，咱们走！”苏小启嘟着嘴，闭上眼睛把脸别到一侧。

郑绍峰听苏倩茹这么讲，慌忙说：“绍川，赶紧把东西放下。”

郑绍川紧紧攥着玉佩，就是不松手，倔强地说：“不，我就不松手。我这是替爹买给娘的，刚才娘来看了许久！娘的生日马上就要到了，我不想她过生日又跟爹吵架！”

郑绍峰心里一暖，口气温和了许多：“你的想法让哥哥很感动。可是，想想这是你从比你小的孩子手里夺来的礼物，娘会喜欢吗？”

郑绍川听完哥哥的一席话，手劲儿缓和了下来，脸上还有不悦和不甘。

一旁的苏小启见状，一个猛拽，顺势将玉佩夺到手中，转身就跑。苏倩茹叫道：“哎，小启，小启，快回来呀！”说完她着急地追了上去。

郑绍川一看，撒腿就追：“玉佩还我！你这个小混蛋！”他咬牙切齿地跟在苏倩茹后面追去。

郑绍峰急急去拽弟弟：“绍川，你回来，赶紧回来！”说完也转身追人去了。

店老板看得目瞪口呆，转眼间四个人都没了踪影，他缓过神儿后冲店伙计推搡一下，大喊：“愣什么愣啊，赶紧追人啊！我的玉佩，我的玉佩啊！”

围观的人群发出啧啧之声，每冲出一个人就分开一条道，倒是默契十足。隔壁正在选香膏的一位中年妇女听到旁边一阵热闹，一抬头，眼睁睁地看着自己两个儿子一前一后跑过去，她用和白皙面色不太协调的暗黄色的手连连推醒在旁边打盹儿的中年男子：“快醒醒啊，懒骨头，你儿子被人追着跑，赶紧去看看发生什么事情啦？”

这妇人年近四十，长得极为标致，柳眉凤眼，细腰丰臀，脸上擦着香粉胭脂，但依旧有些岁月的痕迹，不过还是风韵犹存。这就是郑家两兄弟的娘——柳燕眉，曾经的平江一枝花。打盹儿的中年男子是她的丈夫——郑庆书，一个在她眼里文质彬彬却一无是处的男人。他们刚认识那会儿，她觉得自己胸无点墨，找了个满腹诗书的文化人是一件骄傲的事儿；可真过起了日子，却发现满腹经纶当不了柴、米、油、盐，文化的浪漫抵不上物质的实在。就这样，在一天一天的日子中，她越发看不起这个“一心只读圣贤书”、不会赚钱的丈夫，她的坏脾气一天天见长，自己也在这嘈杂无序、兵荒马乱的岁月里比以前更庸俗、更现实了。可不管怎样，他们有了儿子后，在吵吵闹闹中始终彼此扶持。

柳燕眉拉着郑庆书追了出去，手里的香膏都还来不及放下，胭脂铺小二急着喊：“喂，太太，你手里的香膏还没付钱呢！”随后胭脂铺小二也追了出去。

郑绍川抄了个近道，眼看就要追上苏小启，不料顽劣的苏小启将旁边鸡蛋摊的鸡蛋篮掀了过来，整篮几十个鸡蛋稀里哗啦像筛豆子一样纷纷砸下，郑绍川躲闪不及，蛋清、蛋黄黏糊糊地花了一脸，好不狼狈。

鸡蛋摊老板盛怒之下，急赤白脸地也追了过去。

这边苏倩茹追着抢了玉佩、往家跑的弟弟，身后跟着郑绍峰哥俩，再后边儿还有从胭脂铺出来的郑庆书柳燕眉夫妇，以及珠宝铺老板和胭脂铺店小二，还有那一路骂骂咧咧被打翻鸡蛋的鸡蛋摊主，顷刻间，这股人流越来越大。这里头有男人的喊叫、小孩的哭声、女人的骂街、急促的跑步声以及各种物品摔落的响声，汇成一首杂乱无章又声嘶力竭的街头闹曲。一不小心，柳燕眉摔了一跤，郑庆书在嘈杂的人流后面扶起她慢慢追着。

追着追着，苏小启气喘吁吁地来到一座气派非凡的庭院前停下，门上匾额写着“苏家大院”。苏小启疯狂拍门：“开门，开门，快开门！”

“吱呀”一声，结实的木门被打开了，开门的是苏宅的管家——姜妈。姜妈四十岁出头，因长期劳作显得比实际年龄苍老一些，她衣着朴素干净，眉眼之间透着慈祥，看得出这是一个尽职尽责的好管家。姜妈一开门就看到衣衫不整、大汗淋漓的苏小启，吓得瞪圆了眼睛：“哎呀，我的小少爷，你这又去哪儿调皮啦？这身上都是些什么呀？”

苏小启冲姜妈“嘘”了一声，继续大口喘着气。姜妈一边用衣角擦拭苏小启脸上夹杂着汗渍蛋液的混合物，一边又用手捏起落在他肩上的菜叶子：“这都是上哪儿打仗去啦？”看着小少爷，姜妈哭笑不得。

“抢别人东西去了呗！”随后跟上的郑绍川斜着眼、弯着腰，喘着粗气回答着。

姜妈一抬头，被满头蛋清、蛋黄的郑绍川吓了一跳：“哎呀！你是什么人，从哪儿来的？说什么抢不抢的？”

“问他不就知道了？强取豪夺可不是什么光荣的事儿！哼哼！”郑绍川还在气头上。

屋里的苏方达听见外面一阵声响，披着风衣走出来。他看到满脸狼藉、衣衫不整的苏小启，脸色一陡：“苏小启，你又去闯祸！”

这时苏倩茹气喘吁吁地跑过来，鬓角微微出汗，尾随的人群也都跟着在苏家大院前停住了。一时间，人声鼎沸，好不热闹。苏方达一看，好家伙，里里外外好几层，把整个苏家大院的门口围得水泄不通。有叫赔钱的，有瞎起哄的，闹哄哄一片。但苏方达到底是见过世面的人，很快对家里一个男管事耳语了两句，皱着眉头冷静地看着这一切。

很快，男管事了解了事情的来龙去脉，道歉的道歉，赔钱的赔钱，遣散的遣散，不到几分钟时间，大院门口就恢复了往日的宁静与庄重。苏方达对着坐在门口台阶上的小儿子骂道："你这小东西，下次再出去闯祸，非关你一个礼拜的禁闭不可！"

苏小启低着头，不说话。对他爹，他总是没来由地惧怕，虽然知道爹也是疼爱他的，但一看到他严肃的脸就吓得心脏怦怦跳。

"老爷，你别总是这么凶小启。他也是你的亲儿子啊，你就不能好好和他说话吗？"一个尖细撒娇的声音响起，"你看，小启刚大病初愈，也是需要出去散散心的，他都好久没出去玩了，你就别生气了啊。"苏方达转身一看，是自己的夫人、苏倩茹和苏小启的娘——碧云。这夫人三十五岁左右，但保养极好，肤色白皙、脸蛋俏丽，身材窈窕，远远看似妙龄少女。果然苏倩茹是遗传了母亲的良好基因。但略为不同的是，碧云唇薄微垂，眼神犀利，一看就是个厉害的角色。

碧云斜眼瞅了一下苏倩茹，没好气地说："肯定是你偷偷带弟弟出去玩，对吗？你一个大姑娘家，不在家学习女红，总往外野跑干吗？真是有失体统！"说完，她又蹲下来，抚摸着苏小启的脸蛋说："哎呀，我的小启，瞧瞧你一身汗，快快擦一下。姜妈，快，给小少爷拿顶帽子，莫着凉了！"

"娘，小启在家憋坏了……我只是想带他出去转转，没承想惹了麻烦……"苏倩茹低着头回答，看着娘刚才对小启的柔声细语，心里不禁泛起一丝哀伤。自己也是娘的亲闺女，为什么娘就是对自己这么冷漠？从小到大，在自己的印象中娘都没抱过自己一回，甚至温柔说话的时刻都没有。

一旁的郑绍川看着碧云的样子，鄙视地说："生病？抢东西可是比谁跑得都快！"

碧云一听有人说她的爱子抢东西，站起来指着郑绍川鼻子就说："你是谁？谁抢东西了？你为什么欺负我们家小启？"

“欺负？你看看我这头!”郑绍川激动地用手指着自己满头的蛋液，气呼呼地说：“真是秀才遇到兵——有理说不清。”

苏倩茹一看，郑绍川满头黏糊糊的，又羞又急，连忙拿起手帕帮绍川擦头。而刚刚还情绪激动的绍川一碰到苏倩茹擦头的手时，一下愣住了，一动也不敢动，心怦怦跳个不停。郑绍峰在旁边看着，连忙说：“我来，我来。”苏倩茹瞟了他一眼，压根儿不理会他。

“哎呀呀，终于追上你们两个臭小子了!”这一头郑庆书扶着一瘸一拐的柳燕眉赶过来，“累死了累死了，绍川你给我过来!”柳燕眉尖声叫道。

郑庆书一边扶着累得嗷嗷叫的柳燕眉，一边用袖角擦汗，他一抬头，看见大院门口的一个中年男子正直直地盯着自己。两个人都愣住了，郑庆书揉了揉眼睛，简直认不出眼前的这个人。苏方达激动地走下台阶，也是不敢相信自己的眼睛。

两个十年未见的老友竟是这样重逢了，两个人紧紧地抱在一起，眼里都含着泪花。分开这十年，大家在各自的城市过着自己的生活，仿佛什么事情都没发生过。彼此都不知道各自的事情，随着孩子的长大，鱼尾纹悄然爬上他们的眼角，与此同时，这个国家日渐消瘦、凋零，当然还有那星星之火的萌芽，也在悄无声息地生长着。

柳燕眉看着苏方达，又看看抱着苏小启的碧云，一个箭步冲上台阶，紧紧抱住碧云：“碧云，我们十年未见了！好巧，刚回到苏州，就能遇见你们!”

碧云也颇为惊讶：“是你们？你们这是又回来定居了吗?”

“对呀!”柳燕眉兴奋地说着，“山东又是战乱，日子过得心惊肉跳的。我们觉得还是回苏州比较稳妥，庆书在家总念叨你们，索性就举家回来了。你看，这刚一回来就碰见你们，还真是有缘啊!”说完，她哈哈笑起来。

碧云看着苏方达一脸兴奋，只能客套地笑着，别过脸时，她笑容顿失，只剩一声冷哼。

姜妈看着老爷与郑庆书久别重逢的样子，也是激动不已，一脸热情：“郑太太，你们又回来啦！两个少爷都长这么大了，当年绍峰少爷和倩茹小姐这两个可都是在一起玩过家家的哟。”

柳燕眉亲热地回应：“是呀是呀，你看他俩，都到了婚配的年纪啦！”

郑绍川一听，呆呆地立在那里。郑绍峰的脸则红到了脖子里。苏倩茹狠狠地瞪了一眼郑绍峰，扭头就走了。碧云听了，脸上浮现不悦，扭头即走。心里说了句：“癞蛤蟆也想吃天鹅肉，真是痴人说梦！”一行人各怀心思，齐齐走进苏家大院。

第二章

苏家大院气派非凡，亭台楼阁，小桥流水，一应俱全。里里外外都是忙碌着的仆从、女工、厨师、司机，每个来往干活的人都毕恭毕敬。柳燕眉像初次进了大观园，一路打量一路赞叹，新鲜不已。碧云看着柳燕眉没见过世面的样子，心里鄙夷，表面上又不得不应付地说笑。

苏方达显得非常兴奋，今天和阔别十年的老友意外重逢，他要大摆筵席，招待郑庆书一家。苏小启拉着郑绍川，拿出自己收藏的宝贝，眉开眼笑地做各种介绍，他早就忘记了上午抢玉的不悦。小孩子之间果然是不记仇，来得快、去得也快。

郑庆书看着这小哥俩，有点感慨："看到他们，仿佛看到我们当年。时间真是如白驹过隙，一去不返啊！还有谷阳，当年你经常和他打架，我都不知道怎么劝——两个都是好兄弟啊！"

"对啊，时间过得真快。一晃孩子都这么大了，而我们都是糟老头子啦，哈哈。"苏方达端着酒杯，口吻中带着回忆，"想起当年，你可没少替我俩挨拳头。说起黄谷阳那小子，从小就是能折腾啊！"

一旁笑吟吟吃得正香的柳燕眉一听到"黄谷阳"这名字，心里咯噔一下，表情颇不自然。一桌人只顾着吃喝叙旧，没有人留意到她表情的变化。是啊，这么多年过去了，尘封的记忆再被提及，就像一把镰刀猛然划破看似平静的江面，层层水波荡漾开来，久久不散。

郑庆书问："谷阳现在怎样？说起来也是十年未见了。"

苏方达爽朗回答道："要说我现在的成就，和谷阳兄比起来可真不算什么。他可是名副其实的'丝绸大王'——我们只负责下游的生产和卖货，而他负责上游的所有丝织原料。没有米，巧妇也难为炊啊，哈哈。他的实力，远远超过我！"

柳燕眉讪讪一笑，小心翼翼地问："他夫人当年体弱多病，现在好点了没？"

苏方达叹了口气："也是福薄之人。自从你们走后没多久，他的夫人就暴毙了，年岁还未满三十呢！谷阳对这个夫人情深义重，痛苦消沉了许久。"

柳燕眉眼睛闪现一丝不易察觉的光，但很快恢复常态："那这些年他一直独身生活，没再续弦？"

碧云接过话茬："这就不得而知了。不过照顾他的女人一直也没断过吧？你的意思是……"碧云的眼神和口风里充满戏谑和不屑。她可是知道，当年柳燕眉对黄谷阳也是有一定意思的，虽然最后嫁给了郑庆书这个老实人，但柳燕眉的秉性她也是了解一些的。今天柳燕眉一听到黄谷阳的名字，就这样旁敲侧击地打探消息，让碧云心里的猜测又加重了几分。女人的直觉有时真的很犀利。

柳燕眉慌忙低下头，假装无所谓地耸耸肩："没别的意思。只是觉得他的孩子太可怜了，这么小就没了娘。"

碧云不动声色回答："是啊，才十岁就被谷阳带去了金陵（南京）。当年，我们还在这儿给他和倩茹定了娃娃亲呢！"说完，她瞅了苏倩茹一眼。

苏倩茹一脸的羞红，不悦道："娘，现在都什么年代了，还要讲什么娃娃亲。"

郑绍峰也急忙说："两个不熟悉、不相爱的人，怎么能在一起生活呢？"

碧云一听苏倩茹和郑绍峰当众驳她的话，觉得自己被冒犯了，提高声音说："媒妁之言、父母之命，天经地义！我们以前也是这么过来的！"碧云一想到苏方达没和她商量就要留这一家子无限期住下，再看看眼前柳燕眉那主动风骚的样子，想想郑绍峰、郑绍川两兄弟，脑袋就开始嗡嗡起来，她有点急火攻心，就丢下筷子，饭也吃不下了，脸色不悦起身就走了。

回到房间，碧云发着脾气："老爷这是怎么了？我是这个家的女主人，为什么做决定都不和我提前商量？我是倩茹的亲生母亲，却不能对她的婚事做主。这太不合理，太不近人情了！"她觉得郑庆书一家的到来不是什么好兆头，她一定要想办法让这家人搬出去，她想着要抽时间去找梅大仙求个签……她想得昏昏沉沉，在骂骂咧咧中过去了一晚。

天微亮，空气中带着些薄雾，在晨曦中显现出微醺泛黄的光晕。有些围篱的栅栏缝隙较大，郑绍峰能看见篱内的花园，绿草茵茵、鲜花如织，与季节契合得天衣无缝。花园那边似有似无地传来一阵毕毕剥剥的声音，好像有人在说话。郑绍峰轻轻走了过去，看见苏倩茹和贴身仆人小渔正在院中摘桑葚。

这个院子他似曾相识。

走近了，回忆涌上心头。曾经他们都是无忧无虑的孩童。花鸟蝴蝶就是他们的玩具。那时候，他们的父亲每天安排一点儿时间让他们读书绘画，更多的时间是放任他们自由阅读家中藏书、自在地在花草中行走。在这里他们度过了少年时那最开心、最无邪、最无忧的时光。

这就是他这么多年魂牵梦萦的地方啊！郑绍峰的心剧烈地跳动起来，回到当初一起玩过的花草荒野，他感到了极大的满足和温暖。他的目光深情又专注，一直盯着苏倩茹忙碌的身影。

“小姐，你看门口有个人一直看着你呢！好像是昨天那位郑少爷。”小渔凑到苏倩茹的耳朵边悄悄地说。

苏倩茹一转头，看到在门口因紧张站得格外笔直的郑绍峰，带着警惕的表情问：“你来干什么？”

郑绍峰一看苏倩茹发紫的嘴唇，吓了一跳，以为她生病了，就赶紧跑过来，着急问：“你怎么了？是不是生病了？”

苏倩茹有点茫然，突然又想起什么似的，赶紧低头擦了擦嘴唇，小渔在后面偷偷笑着。郑绍峰恍然大悟，不好意思地挠了挠头。瞬间，紧张不悦的气氛被打破了，两个年轻人自然地聊了起来。

苏倩茹摘了个大大的发紫的桑葚，大方地递给郑绍峰：“我们这儿的桑葚特别甜，你在北方生活那么久，应该还没有吃过吧？”

郑绍峰着急回应：“吃过吃过！你大概不记得了，在你七岁的时候，我还带你去摘过桑葚呢！那时候我还爬过别人家的大桑树，结果被大黄狗追，你有印象吗？”郑绍峰用充满期盼的眼神看着苏倩茹。

苏倩茹拍了拍手，高兴叫道：“记得记得，你说大黄狗我就记得了！原来是你！我记得你当时为了保护我，还故意跑得很慢把大黄狗引走，还好那个桑园主人及时回来，不然后果不堪设想。”

郑绍峰露出一口白牙，笑得眼睛眯成一条缝：“对呀对呀！后来爹娘知道我带你摘桑葚，把我狠狠训斥了一顿，还关了两天禁闭呢！”

苏倩茹吃惊地说：“真的吗？太对不起了！来，请你吃一颗，表示歉意！”说完，递过来一颗红得发紫的桑葚。郑绍峰小心翼翼地用右手接过来，突然假装深沉：“你知道吗？据说在森林深处有一种不怀好意的神秘树木，就像传说中的‘魔鬼树’，它的树皮潮湿，能分泌剧毒汁液，果实足以毒死一整个村子的人。哦，这就是魔鬼果……就算有剧毒，我也要把它吃下去……”郑绍峰用左手指着右手掌心的桑葚，用一种戏剧表演的口气夸张地讲完这段话。

苏倩茹听得有点入迷，这种腔调有一种特别的魔力，她一点儿都不觉得郑绍峰在故弄玄虚，相反她觉得他很有才华，而且很幽默，跟他在一起很轻松、很快乐。

“那，这个世界上真的有这种树吗？”苏倩茹扑闪着大眼睛天真地问道。郑绍峰看着她认真的样子，心里欢喜得不得了——她还是和小时候一样纯真无邪，善良可爱。郑绍峰看着她黑漆漆的眼眸，说：“因为有了这棵树，每个人都不敢去树林深处。每个人的心底都知道实际上这种树是不可能存在的，尽管如此，大家还是为自己待在家里找了一个最安全的理由。”说完，郑绍峰发出一阵爽朗的笑声。

苏倩茹听得若有所思，一字一顿地说：“待在家里未必就是最安全的。人，只有走出去，才能看到更广阔的天地，才能变成那个自己喜欢的自己。”

郑绍峰看着这个花季少女，瞬间有一种心灵碰撞的奇妙感觉，对她，又多了一分爱慕。两个人，就这样在一天天的接触中加深了了解。

这一天，郑庆书进屋来看郑绍川，发现他侧身躺在床上，就叫了两声，郑绍川没有回应。他给郑绍川轻轻盖上被子，轻手轻脚地关上门出去了。这时，郑绍川才慢慢平躺下身子，原来他一直在假装睡觉。

不知道什么缘故，自他清醒后，意识一直不受控制地回想着前两天发生的事情。严格说，情节一直在他脑子里来回切换，停都停不下来。

那天下午，苏小启领着郑绍川来到后院的祠堂。两人在那里玩着，后来苏小启提议焚化纸钱，结果一不小心把板壁给点着了。木质的房屋助长了火势的蔓延。自己和苏小启被熊熊烈火围住，浓烟四起，两人不停干咳着，没多久苏小启就躺在地上不省人事了，而自己也瘫倒在地，外面人群的喊叫声越来越远……

苏倩茹和郑绍峰看到后院腾起的火光、浓烟和慌乱的仆人，听到各种喊叫声，他们也赶紧奔向祠堂。这时候，苏方达、碧云、郑庆书和柳燕眉在家丁的通报下早已聚集在祠堂门口，焦急而又狂躁的气氛笼罩着众人。郑绍峰一听苏小启和弟弟绍川在里面，急得不行。苏倩茹更是急得哭了起来："小启，小启，你千万不要有事！姐姐现在就来救你，你一定要坚持住！"她说完就要往火屋里冲。

郑绍峰一个箭步把苏倩茹拉回来，大声说："你在这儿待着，我去！"说完，一头扎进了燃烧的祠堂里。

苏倩茹快速掏出手帕沾了水递给郑绍峰，关心地说："小心啊！"

郑绍峰看着小脸通红、焦急的苏倩茹，一种力量瞬间充盈着他的身躯。她就站在这里，而他愿意为她赴汤蹈火，为她付出一切。为了她，他甚至愿意牺牲自己的生命。阔别十年，她在他心里仍占据最重要的位置，绍峰朝着浓烟滚滚的祠堂跑进去。

屋里一片狼藉，火光四窜，浓烟滚滚。郑绍峰捂着手帕，看着已经倒在地上人事不省的苏小启和奄奄一息的弟弟绍川，沉吟了片刻，就抱起地上的苏小启，对弟弟说："绍川，你再忍耐一会儿，哥哥马上回来救你！"

郑绍川眼睁睁看着自己的亲哥哥先救了别人，他眼里亮起的小火苗一点一点熄灭下去。他觉得自己的呼吸要停止了，他深深地吸了一口气，仿佛这是他最后的一口气似的。可烟雾呛得他咳个不停，火光在他眼里逐渐消失，他昏死过去。郑绍峰把苏小启抱出来交给苏倩茹，自己则赶紧折回去救绍川。可是祠堂里面火势越发凶猛，烟雾熏得眼睛都睁不开，他看着躺在地上的绍川，用尽力气把弟弟推到门前，而自己却因为体力不支被一块掉落的门板砸晕了！

门口的家丁们七手八脚地帮忙，赶紧把郑绍峰兄弟俩抬出来。苏倩茹看着昏过去的郑绍峰，既着急又心疼，一股崇拜之情油然而生，原来这个年轻人不仅善良正直，还如此英勇无私，对郑绍峰的文弱书生印象瞬间扭转。

绍川和绍峰都过了危险期，现在正在医院调养治疗。可绍川像变了个人似的，基本不说话，偶尔回答也是点头或“嗯”一声。父亲晓得他的心事，将温暖的大手搭在他的肩膀上。他知道这意味着什么，他们不想再重复一遍，而他也不想再听一遍。郑绍川慢慢别过头，转向窗户，眼神空洞、迷茫，显然看见什么已经不重要了，他的眼神透过窗户，望向远方……

也许，这就是原因吧。经过这一晚，郑绍川有点筋疲力尽了，他开始对哥哥有了些说不出的恨意。

碧云因为苏小启在火灾中吸入浓烟可能会导致肺炎正气得吃不下饭，她独自一人站在卧室敞开的窗前，向外凝视着。没人知道她在想些什么，这是她的“招牌”动作：眺望窗外，眼神迷离，总是患得患失，警惕地生活在每一个日子里。

偌大的窗户敞开着，五月微暖的风吹进弥漫着沉香气味的房间，带来一丝清凉的空气。夕阳的余晖洒在花园的小楼台屋顶上，呈现出一种摇曳的昏黄。碧云双手环抱在胸前，默默地想着：“不行，我不能让这家人继续住下去。无论如何，我都要保护这个家。”她闭紧了嘴巴，牙关咬得咯咯响。

是的。无论从何种角度来看，她都觉得这只是暴风雨前的宁静，这场风暴会将这个家一举击倒，而她将无生还的机会，所以不管怎样，她都要誓死捍卫自己的领土和权益！

夕阳自顾自地继续下沉，终于消失在远山的后面。没有了阳光，马上就感受到一股凉意。碧云突然厉声叫道：“姜妈，准备明天去玄妙观！”

隔天一早，碧云就带着姜妈，两人启程玄妙观。这玄妙观，不像一般寺庙道观那样位于郊区山野，而是坐落在闹市区的僻静一角，香火一直旺盛。

观外，有一条百年古街，街两旁都是丝绸店铺。因家里做着丝绸生意，碧云有时也会和苏方达过来。苏方达去各个店铺了解商品信息，她则去旁边的玄妙观转转，慢慢就同观里的梅大仙熟络起来。

观里，树木郁郁葱葱，蜜蜂粉蝶在静定的空气中飞舞，各色摇曳的鲜花依照天空的不同逻辑互相追逐着太阳。高处的风吹得树梢顶部的树叶哗啦啦响，而低处的花草却因建筑的遮挡静止如水，它们静静地看着行色匆匆地赶来找梅大仙的碧云。

碧云在大殿里心惊胆战地晃动着竹筒，摇出了一支竹签。随后她拿着竹签走上一条满是苔藓的石径，来到一处园墙门口，门口挂着一口老式铜铃。碧云走得心急，不小心碰到了铜铃，铜铃发出铛铛的声音。

“进来吧，苏太太。”里面的人开了腔。

碧云慌忙推开门，一道阳光随着她们的进入也闯进了屋里，姜妈看见屋里一团迷蒙飞舞的尘埃在光线中上下翻滚，连忙用手轻掸了几下。

梅大仙接过碧云递给的竹签，脸色严肃起来，不停地摇着头，反手递给碧云看：“风平浪静好行舟，只恐滩中有石头。水火无情宜谨慎，一灾更比一灾忧。”

碧云皱着眉头，颤着声音说道：“还请梅大仙指点！”

“苏太太，这可是支下下签啊！”梅大仙一脸忧虑，“本来你们家可以风平浪静，结果因为有不速之客入侵，导致行路不畅，这段时间要格外注意水与火，尤其你们家小少爷，绝对不能让他碰到水与火！”

碧云一听“水与火”，吓得面如土色：“梅大仙，您果真是活神仙！快救救我，救救我！”

姜妈也在一旁说：“大仙您真是神机妙算！我们府上前几日已经

遭遇火灾，小少爷也差点被呛成肺炎，这签真是太灵验了！”

梅大仙摇摇头，压着声音说：“这都应验了，水火无眼，险中之险！”

碧云一听，脸色煞白煞白的，慌忙揪住梅大仙的衣袖几近落泪：“梅大仙，你可要救救我们啊！这么多年都是你帮我解危避难的，这一次你无论如何都要帮我破解这水火之灾！”

梅大仙干咳了几声，闭着眼睛不说话，似乎在琢磨些什么。

姜妈一愣，赶紧掏出几块银圆放在桌子上。大仙捻捻胡须，睁开眼睛慢悠悠地说：“此难，也并不是无解。你只要将不请自来的不速之客请走，没有外人兴风作浪，自然可以风平浪静。水火之灾定能破解！”

碧云听完，若有所思。既然苏方达不尊重她的意见非要留下郑庆书一家，那她只能用自己的方法赶走这些不速之客。

一个迷信的人，若是她身边近期发生的事情碰巧被说准了，身体就会启动一种过敏反应，进一步激发她内心的被害妄想症。每一个符合她想法的提议，她都会留神倾听甚至走火入魔。很不幸，碧云就是这样的一个女人。自打从玄妙观回来，她就更加疑神疑鬼，对苏小启的看护更是滴水不漏。这个不行，那个不准，整得负责伺候的帮佣紧张兮兮，私下抱怨不停。

而在苏府的西厢房那边，五月花开，天暖景美。被门板砸中腰肌的郑绍峰在被苏倩茹照顾的几日中，产生了不一样的情愫，两个人在此期间聊了很多事情，包括现在的一些时局情况。郑绍峰对不避嫌帮忙换药的苏倩茹感激不已，同时又惊讶苏倩茹虽是府邸大小姐却丝毫没有封建老旧作风，还充满了新时代女性的进步思想和理念。他的心怦怦直跳，越来越猛。他突然有一种幻想，如果能和她一直在一起，一起做信念一致的事情，她一定会理解的，她一定会同意的。对，她一定会陪他逆风而行，为那个信念而奋斗。他蓦然想起了书店老板，他想等他好了以后，一定要带苏倩茹去认识书店老板。想到这里，郑绍峰竟感到莫名的紧张、激动和兴奋，他感觉身体内有一股热流即将喷薄而出，他是如此喜悦，以致开始打嗝了。

这一年的春天就这样过去了，初夏的天气不冷不热，非常舒适。

苏倩茹的十八岁生日也到了，苏方达在市区唯一的一家西餐厅定了生日宴，还邀请了郑庆书一家来参加，柳燕眉十分向往西洋菜，提前打扮自己，花枝招展地带着一家人开心赴宴。

这些年，他们的日子就像挂在餐厅天花板的五颜六色的彩灯，闪烁不定。

柳燕眉对餐厅里的一切十分好奇，眼神中充满渴望和贪婪。碧云客套地笑着，双眼鄙夷而机敏地观察着一切。而郑绍峰和郑绍川两兄弟的目光却一直追着今天晚上的小寿星——苏倩茹。今晚的她，分外好看：束腰长裙，飘逸柔美；浅笑吟吟，落落大方。郑绍川看着苏倩茹和哥哥郑绍峰谈笑自若的样子，心里有一点失落，手里攥紧了餐巾布。

苏方达握着酒杯，因开心而满面红光，兴奋地说道："今天是小女十八岁生日，能邀请到老朋友一家参加，我真的非常高兴，也是之前料想不到的。庆书，我们是老朋友，就像一家人一样——你来帮我管账，绍峰来庄园帮我打理事务，绍川和小启就去学堂读书——我们开开心心住在一起！来，干杯！"苏方达情绪有点激动，对他来说，朋友的情义无可替代。

碧云飞快地瞟了他一眼，脸上已是晴转阴。她用冷冷的语气说道："今天很感谢你们来参加倩茹的生日宴，但是天下没有不散的筵席，燕眉你说对吗？"

郑庆书和柳燕眉一愣，立即明白了碧云话里话外的意思。柳燕眉心直口快，不悦地回答：“早就知道你想赶我们走了，直说就是，何必弯弯绕？”

郑绍川的脸唰地一下红了，一种寄人篱下被人撵赶的感觉油然而生，他一声不吭地立马站起来，拉起母亲欲要离开。碧云继续不冷不热地说：“想走就走，没有人拦着你们。上次火灾的事情我就不追究了，我们家业是大，但也不是收容站，你们好自为之吧！”碧云虽然看到苏方达的脸色越来越不好，但一想到梅大仙的话，再看看大病初愈的苏小启，她把心一横：也管不了那么多了。

“碧云，你这是疯了吗？乱说什么！太过分了！”苏方达发怒了，对妻子如此不可理喻感到愤怒，“庆书兄，对不起！碧云这几日生病，说话就是胡言乱语，请莫见怪……”他的声音越来越低，似乎是感觉到了羞耻、惭愧。

“碧云，你这是欺人太甚！我们走！”柳燕眉气得直尖叫，“此地不留人，自有留人处！”说完，拉着一家老小愤然离开。苏小启看着这一幕，开始哭叫起来，苏倩茹赶紧上前抱住弟弟，眼神却一直跟随着郑绍峰……

“碧云，你这是无理取闹！你让我太失望了！以后家里的事，你不要再管了！”苏方达说完气冲冲地离开酒席。

餐厅里，就剩下碧云和姜妈两个人。碧云先前红赤如火的脸庞，逐渐白了下来，就像冬日里那厚厚的白雪映在窗户上一样，她眼里涌满泪水，很快就要哭出声来：“姜妈，我是不是做错了？”

姜妈无奈地安慰道：“夫人，您也是为这个家好。老爷要是知道实情的话，就不会怪你了！”

一场夜宴，不欢而散。

第 三 章

院子里，一条小路崎岖通向后山。夜幕降临，喧闹了一天的城市开始静谧下来。后山脚下有一条河流，从山上弯弯曲曲盘旋下来。天空因月色皎洁显得干净透亮，潺潺的河面上倒映着星星的光。河边的一棵大树下有两个身影：一个年轻的男孩和一个年轻的女孩。

如果时间能在此时停住，该多好！郑绍峰心里想着。“这段时间给你家添了不少麻烦，谢谢你了！”郑绍峰犹豫了一下，还是从裤兜里掏出了一样东西，“倩茹，送给你。这是我自己做的一把木梳，本来昨天想送给你当生日礼物，可……”

郑绍峰没说完，苏倩茹一把接过木梳，禁不住赞叹：“这是你自己做的？太厉害了！”苏倩茹用晶晶亮的眸子崇拜地看着郑绍峰，突然又好像发现了什么似的：“哦，我终于知道了！前几日看你手受伤了，并不是摔倒磕的吧？肯定是做木梳磨的，来，让我看看……”苏倩茹一把抓起郑绍峰的右手，轻轻抚摸着受伤的地方。

两个年轻人，如此真挚而热烈的情感，在风雨飘摇的年代，开始了惺惺相惜的爱恋。

月色依旧皎洁，向大地倾泻着柔和的光辉。鸟儿回巢了，花儿睡着了，虫儿也停下了唱歌的小嘴巴准备进入梦乡。大地上的生灵悄然无声，偶有风吹过树林发出轻微的沙沙声，这一切看起来多美好。而郑绍峰和苏倩茹不知道的是，在远处草丛里有一双漆黑的眼睛一直盯着他们，犹如仲夏梦里唯一的一个清醒者，一种妒忌的情绪在夏日夜晚悄然发酵。

打从出生起，苏小启就被碧云当作手心里的宝。各种占卜、算卦，折腾不停。碧云迷信是真的，重男轻女也是真的，随着苏小启年纪渐长，这些折腾越发厉害。这不，她又把苏小启关起来了。

苏小启像一头发狂的小困兽，不停拍打着门窗，大声喊叫："放我出去，放我出去！娘，娘，你为什么要赶绍川哥哥全家走？姜妈，姜妈，快来，快来给我开门！我——要——出——去！"可是任他喊破了喉咙，还是没人理会他。

碧云早就交代了姜妈，谁也不许放小少爷出来，否则将被赶出苏府。一众下人在门外听着小少爷各种怒喊，面面相觑，就是没人敢吱声。毕竟，谁也不敢惹太太生气，更何况太太因为梅大仙的话正寝食难安呢。

苏小启喊得有点累了，脸上还有未干的泪痕。他觉得很委屈，为什么别的孩子可以四处撒欢疯跑，而自己从记事起就有各种禁忌。他年岁渐长，读了学堂，也懂得了一些道理。在这个家里，高墙围立，仆人众多，母亲常年阴郁寡欢并喜爱念经算卦，更让他不理解的是母亲对姐姐的冷若冰霜。这些奇异的现象一圈又一圈地包围着苏小启的脑瓜子，像一组一个套一个的盒中盒。他多想到远方去，像一位行者一样永远走在前方，与现实生活永远隔着一段距离。没错，这就是一个不到十岁小孩的内心世界，因为在这个家里，太容易迷失自己。

"咚咚咚"，有人在轻轻敲着窗户。"是绍川哥哥！"苏小启兴奋地叫起来，赶紧开了窗。

逃离屋子的苏小启，明显兴奋起来。他回过头来看了看那座在黑暗中越发沉闷的庭院，就像母亲为他精心编织的鸟笼，那鸟笼很美，可他一想到日日都将栖息其中，他就深感不安。他多想和其他鸣唱的鸟儿为伍——例如郑绍川。

郑绍川虽然有点冲动，但勇敢有活力，在他身上苏小启仿佛看到了一扇新的大门，打开，就有新的不一样的生活。所以，苏小启毫不犹豫地接受了郑绍川的帮助，把家仆小玉和沉香打晕拖到床上，给他们盖上被子，假装自己在睡觉。做完这一切，苏小启觉得特别开心，他终于干了一件自己特别想干的事情，今晚自己就要玩个够！临走前，他不忘拿起枕头底下的流苏玉坠，那是他要送给姐姐苏倩茹的礼物。

郑绍川拉着苏小启往后山河边狂奔。从没来过河边玩的苏小启，看着河水哗哗作响，树叶沙沙摇动，自然喜不自胜。而此刻的郑绍川却有点心不在焉，他的双眼中像有一个黑洞，远处那朦胧的画面令他焦躁不已，他已经跌入自己的困局之中了。远处，河的对岸，一棵大树底下，有两个拥抱在一起的人影。他知道，这是他的哥哥郑绍峰和自己也喜欢的苏倩茹。这段时间，他们经常在这棵树下约会，畅谈青春与理想。

“绍川哥哥，这是什么呀?”苏小启好奇的声音将郑绍川的思绪拉回。

顺着苏小启的手势，郑绍川看到了河中间的几块凸起的东西，仔细一看：“那是木桩，方便人们过河的。”郑绍川一边解释，一边眼睛继续盯着远处的影子。

“哇！好神奇，我也想试一试！”苏小启跃跃欲试，“可是，我不会水……我娘也不让我玩水……”苏小启站在岸边踯躅了一会儿，把脚收了回来。

“怎么？害怕啦？真是胆小鬼，就知道你不敢过去！我自己过去！”郑绍川有点嘲讽，“你姐姐就在对岸，正和我哥恩爱呢！”说完，他作势装出跨出的动作。苏小启看着比自己高出不少的郑绍川，又看看对岸，在郑绍川的激将之下，他来不及细想慌忙跳上了木桩。郑绍川不紧不慢地跟上了木桩。

一阵风起，群山发出一声声孤独、狂野、低沉和恼怒的声音。

今晚，乌云挡住了月亮。

河对岸的郑绍峰正拿着苏倩茹亲手绣好的月季手帕，睁大眼睛细细端详着。手帕虽不大，但上面绣制的图案精美生动。只见淡红绣底的手帕正中间绣着两朵紧紧挨在一起的白色月季——一朵灿烂盛开，一朵含苞欲放，枝叶分明，花瓣鲜活；右上角还有一只粉蝶翩翩起舞；左上角绣着“茹”字。小小一方手帕，不管从针法、色线还是用料均逼真、生动，处处体现着绣品的自然情态。郑绍峰看得有些入神了，手帕上蝴蝶的翅膀、月季的花瓣、枝干的绿叶均用散套针，巧妙地表现出物体的丝理转折；色彩转换均匀，白色的花瓣透出淡红的绣底，由施针的疏密产生退晕的效果，连叶子都包含着从浅到深的色彩变化，令花朵充满了层次感和鲜活感。粉蝶也是一个亮点，从银白到浅红到粉红再到绯红的使用，表现了粉蝶在空中翩翩起舞时产生的丰富色泽，令粉蝶自然灵动，蝶身的粉红退晕过渡和谐、栩栩如生。

郑绍峰抬起头，看着苏倩茹，毫不吝啬地赞美道：“倩茹，你真是太了不起了！绣工之巧，写生如画，落针处毫无针线痕迹，真是心灵手巧！”

苏倩茹一听，眼睛里闪现出一种被肯定和被理解的光。她红着脸，小声说道：“在家里，除了我爹，你是第二个肯定、夸赞我的！”

郑绍峰的脸上露出一丝不解。

苏倩茹苦笑了一下，幽幽说道：“我娘总是说‘女子无才便是德’，我想读书习诗绣画研究，可我娘就是认为女孩子会点女红就差不多了，她认为女孩子长大的首要任务就是嫁人生子。”

“那你这些手艺是跟谁学的？我看这不是一年半载能学会的？”郑绍峰很是好奇。

“我和玲姐学的。她是我们庄园手艺最棒的绣娘！”苏倩茹一脸自豪，继续说道，“玲姐在这一带小有名气，据说是祖传的手艺。她从年轻时就在我们庄园工作，因为我爹对她们都很好，所以一直在我们庄园工作。我是偷摸和她学的。”苏倩茹狡黠一笑，轻声说道。

郑绍峰听完，若有所思地点头。他看着苏倩茹俏丽的脸庞，认真地说：“刺绣，不仅仅是一门工艺，也是一种以针代笔，以丝为墨的‘画’，技术高超者能以绣的技法达到一种如画、甚至胜画的境界。十六世纪晚期张应文所著《清秘藏》中曾记载：‘宋人之绣，针线细密，用绒止一二丝，用针如发细者为之。设色精妙，光彩射目。’倩茹，刺绣也是我们中国的文化瑰宝，你有这个天赋，也有这个学习条件，我觉得你应该坚持你的想法。咱们江南刺绣啊，正是借着江南水土的氤氲柔润让它有诗性品格，更有坚韧精神。它经得起岁月的洗礼，是被各种不同的时代、潮流、环境、伦理及信仰所接受认可的。”

苏倩茹不停地点头，欣喜地说：“绍峰，你真是博学多才。我生在这里，长在这里，蚕丝之乡的地域环境和对雅淡清秀的民风民俗的传承，使咱们每一位在这里长大的人从出生之时便与刺绣结下了不解之缘。我爹说，咱们这里的人，对刺绣的敏感与执着是天生的、自发的、命运般的。他也是支持我学习刺绣，只是碍于娘的性子，所以只能让玲姐私底下教我了。”

郑绍峰静静地听完，他把苏倩茹紧紧地拥在怀里。他觉得怀里的可人儿如此聪慧又如此可爱。他闻着苏倩茹头发散发着的淡淡香气，觉得心满意足。突然，他看见对岸有两个人影走动，定睛一看：“倩茹，我看对面有两个人，好像是绍川和小启。”

苏倩茹回头一看，正见一个水浪朝他们打去，她吓得脸色立刻惨白起来：“绍峰，快救救小启。他不会水，也不能接近水……从小我娘就不让他碰水，梅大仙说他命里犯水，会出事的!”

郑绍峰搂紧苏倩茹的肩膀，安慰道：“你别着急。待在这里别动，我去接他!”说完赶紧往河边跑。

夜里的水浪越来越大，在黢黑沉寂的夜中像一只张嘴露出巨大獠牙的怪兽发出嘶嘶的声音，听得苏小启汗毛都竖起来了，他突然脚下打滑，掉入了河里。他们几个人同时发出“啊!”的喊声，飞奔而来的郑绍峰一个猛子扎进河里，而离苏小启最近的郑绍川却被吓傻了，整个人直打哆嗦。

这时水浪突然大起来，湍急的河水裹着苏小启向远处的瀑布流去，苏倩茹吓得发出凄厉的哭声，快速往瀑布方向跑去。郑绍川这才回过神来，也慌忙跳入水里，朝着哥哥的方向游去。

那边河里的郑绍峰，几次接近了苏小启，无奈水流湍急，都被水浪强行推开了。眼看快到比较危险的位置了，郑绍峰拼尽全身力气，向前一个扑腾，终于抓住了苏小启的手，可是河水太急，苏小启也失去意识了，抓住的手又被迎来的水浪冲开了！苏倩茹和郑绍峰只能眼睁睁地看着苏小启被巨大的水浪冲到了瀑布底下，而此时，后面的郑绍川抓住了哥哥的手，把他拖到了岸边。

三个人，又累，又怕，又难过，湿漉漉、心慌慌……大家都不说话，巨大的虚脱足以将三个人击倒。苏倩茹不停地哭着。郑绍川用一种复杂的眼神瞅着苏倩茹，整个世界现在是那么安静，他的耳朵听不见任何声音，外界的一切似乎都进不到他的身体，他感觉整个身体在飘荡。旁边的河水依旧如往常一样湍流不息，仿佛不曾发生过什么。

而此刻的苏府，早就闹翻天了。碧云知道了沉香和小玉被打晕后睡在小少爷的床上，就知道出事了！她焦躁不安，脑子里一直想着梅大仙的话：“水火无情，水火无情，一灾更比一灾忧!”

轰隆隆一阵巨响，雷声大作，一道白光划破漆黑的夜空，碧云惊得将手里的佛珠扯断了，珠子一颗一颗掉落地上。“完了，完了！小启肯定出事了!”碧云发疯似的叫着，“来人啊，快去找小少爷，找不回来你们都——要——死!”一声哀号，碧云晕死过去了。

划过天际的闪电发出惨白的光照在苏宅上，一场大雨蓄势待发。

“苏倩茹，你马上离开这个家！我不想看到你，我没有你这么个女儿！你害死了我的小启，你是个祸害，你是个扫把星！”碧云喘着粗气，不停责骂着跪在院子里的苏倩茹，“我怎么就生了你这么个扫帚星，只要你在家就没一天顺气的。你滚，滚……”

苏倩茹低着头，任凭自己母亲的各种辱骂。小启至今生不见人，死不见尸，整个苏宅的人都惶惶不安，父亲一夜苍老了许多，鬓角都白了。母亲则披头散发，神神道道，一会儿到玄妙观找梅大仙求签，一会儿跑到河边哭喊。那苏小启可是碧云的心尖尖啊，现在说没就没了，简直比要了她命还可怕。这会儿看到跪在新建祠堂里的苏倩茹，她更是气得发狂直骂。

苏倩茹一声不吭地跪在冰冷坚硬的地面上，身体抖得厉害，仿佛四肢接合不完整，随时都会散成碎片。姜妈在一旁看得心疼不已，可是能有什么办法呢？苏倩茹如此娇弱，又如此受到诅咒。可怜的倩茹，受到的还是自己亲生母亲的诅咒，她的心里如有一把尖锐的刀在不停地剜刻着。可是，如果打骂能让母亲舒服一点，她愿意承受，因为小启的离开对她来说也是一个致命的打击。

郑庆书和柳燕眉带着脸色苍白的郑绍峰和郑绍川兄弟俩来到苏家大院。几日不见，苏方达的双鬓有些斑驳，苍老了好几岁。郑庆书把两个儿子按跪在苏方达面前，哽咽地说：“方达兄，我……我真是无脸来见你！小启的事情，我们欠你太多了……”

不等郑庆书说完，柳燕眉接过话茬：“这两个小子今天带到你们的面前，随便你们处置吧！”

“就算把他们俩填河了，也换不回来我的小启！谁让你们来的，你们还有脸来？”碧云快速走进院子，“你们说，谁带小启去河边的？小启从来没去过河边，肯定有人挑唆才会去的！快说，是谁带小启去河边的，不然——”唰的一声，碧云从怀里掏出一把刀，众人都吓了一跳。

“哈哈，我现在不会自杀的。”碧云笑得有点癫狂，她突然哀伤地说，“本来我也不想活了，我的小启没了，梅大仙说他命里犯水，只要过了这个月十五日就没事了啊，嘤嘤……”她突然脸色一变，声音凄厉起来，“可是，就算我去死，也要先弄清真相。是你们害死了小启！快说，谁带小启去的河边？”说完，把刀逼到离她最近的郑绍川脸上，想到儿子，碧云绝望不已。

郑绍川看着发狂的碧云，这种场面他从没经历过，两腿抖如筛糠，全身忍不住哆嗦起来：“我……我说。”绍川觉得恐惧，他想要逃跑。可他看到黑压压的一群人围着他，他知道他逃不了，他越发觉得害怕，越来越想逃离这种恐惧。他看着父亲母亲，看着苏方达和碧云，再看看哥哥，立马想起他和苏倩茹在那个月黑风高的夜里卿卿我我的场面，一种没来由的恨意让他做了一个决定。

“那天中午，我们约了倩茹姐姐到河边，给她送生日礼物。没想到小启跟在后边。到了河边，我们从矮木桩那儿过去，小启也跟了过来。我哥和倩茹姐先过去。”郑绍川边哭边说，而一旁的郑绍峰越听越不对劲，转头不敢相信地看着弟弟。

郑绍川别过脸，他心脏的跳动和喘息声越来越重，他抹了把眼泪继续说：“小启跟在我后面，被我哥发现了。我哥……他，他很生气，就叫了声‘小启’。结果小启一害怕，脚一滑，就，就……我赶紧跳下河去救小启，可是水流太急，小启就被冲到瀑布下了。”碧云失声痛哭起来，边哭边号：“天啊，我，我可怜的小启……”

郑绍峰难以置信地看着弟弟，没想到自己的弟弟如此颠倒黑白。他现在无法辩解自己的清白。一边是亲弟弟，虽然他不知道弟弟为什么要这么做；另一边是小启，确实是失踪了。郑绍峰的心里此刻揪紧一个结，就像小时候玩游戏时系得紧紧的绳子，他不能打开，只能默默承受了。碧云像发疯似的，一把抽过旁边马夫随身带的鞭子，狠狠地抽在郑绍峰的身上。旁边的人想拦也拦不住，苏方达痛苦地闭上眼睛，郑庆书红着眼睛拉住了欲上前阻挡的柳燕眉，姜妈等一干帮佣更是垂泪啜泣。

折腾到半夜，这喧嚣才慢慢安静下来。

夜已三更。西厢房左侧屋子里，还有一方昏黄在摇曳。

如果他们知道了真相，他定会受到那扑面而来的羞辱。不，不，郑绍川不能接受这一切，刹那间，他选择了将一切掩埋。

他改变了事实，他编织了谎言。

他开始用谎言给自己建造一座有高高围墙，有牢固壁垒的城堡。他已经撒了一个谎，现在他必须再撒一个、两个、三个……甚至用无数个谎来继续圆下去。但愿他的城堡不会漏，也不会倾斜，更不会倒塌。我们知道，很多人撒谎本来都只是想让父母放心，或满足自己头脑一热的瞬间，但谎言就是一条不归路。

郑绍川此刻想从痛苦的深渊中彻底解脱，他不想一路颓废下去，不想变成家庭和社会的弃儿和边缘人，更不想走在路上被人指指点点，心神不安。

他不想在谎言的游戏中继续玩下去。

可是，他现在又能改变些什么呢？他现在又敢做些什么呢？虽然他始终很清楚，这件事情就是他在陷害自己的亲大哥，可又有什么办法呢？他流着眼泪，不停地揪着自己的头发："对不起，对不起，我不是故意的。可我当时控制不住自己，我是鬼迷心窍了……"

折腾了许久，他终于冷静下来。他毫不犹豫地做了一件自己认为应该做的事情。

他找出他最心爱的日记本，在橘黄色的灯光下，他把自己今天的所作所为一五一十地记录下来。写完以后，他不忘将日记本锁到他的行李箱里，生怕它长腿儿跑了。

对郑绍川来说，这一天真是漫长而又煎熬……

第四章

九月的早晨，天亮得挺早，纯净温暖的阳光照进屋子，仿佛用柔和的手指抚摸着房间里的一切。苏倩茹看着这一切，有点悲伤，有点不舍。她拿起昨晚收拾的箱子，早饭也没吃就让司机带她到火车站。接下来是一个小时又一个小时的等待，家里没有人来火车站送她，她知道她的母亲还在生她的气，而她此刻也希望自己能独自一人离开。她让姜妈给郑绍峰带了一封信，她不想和他面对面告别。没有送别，也就代表自己从没离开。

苏倩茹坐在车厢里，看着忽闪而过的窗景，一动不动。这几个月，发生了太多事情，让她从一个懵懂天真、不谙世事的花季少女变得悲观、沉默。她脑子里想着苏小启被急流冲到瀑布下的景象，忍不住呜咽起来。现在，小启是生不见人死不见尸，家里已经乱了套。父亲因丧子精神不振，家里的生意也颇受影响；母亲更是急得发疯，又找了梅大仙算卦，大仙告诉母亲，家中长女会和外人里应外合克死全家，必须立刻把自己送走。当姜妈偷偷告诉自己这一切的时候，她一点儿不怨母亲，反而不停怪自己没有好好保护弟弟，是自己害了弟弟。如果自己的离开能减少家里的祸端，她愿意远远走开。

黄昏一片忧伤，夜幕降临，苏倩茹泪光点点。火车开进了车站，速度慢慢减缓，苏倩茹慌忙收回飘散的思绪，擦了擦泪眼，找到行李，一个人在暮色中走进了这座陌生的城市——金陵。

生活如此简单，可是总像少了些什么似的。不知为何，在莫名其妙中郑绍峰突然打不起精神来了。这些日子，他经历了那么多事儿。他见到了十年间心心念念的女孩儿，也经历了一场生离死别，而今他心爱的女孩儿又悄无声息地离开了。他站在暗夜的大树底下，那是他和苏倩茹之前常来的地方，仿佛这里还留存她的气息与声音、她的灿烂微笑与甜蜜眼神。郑绍峰靠坐在树底下，把自己笼罩在思念之中，他一语不发，内心孤独得无法自拔。他脑子转得飞快，一个一个场景飞奔而过。耳边传来河水湍急哗哗的声音，郑绍峰恍然回过了神，如憋了许久的缺氧人，迫不及待、贪婪而又悲伤地吸个不停。他整理了一下思绪，缓缓地站起身，是时候做决定了！

郑绍峰来到了分别十年后第一次和苏倩茹见面的街道，夜晚的街道行人不多，显得异常空阔。走着走着，郑绍峰来到了一家店门口，门口两侧摆放着盛开的月季，郑绍峰觉得有点熟悉，抬头一看，正是那天停留的书店。

店里即将打烊，屋内柔和的黄光抚摸着书籍。店小二正在清理、摆放图书，而店老板则在柜台处气定神闲地喝茶，郑绍峰看着这位嗜茶的长者，莫名地安心起来。而此刻，像心有灵犀一样，店老板抬头正好看见在门口踯躅的郑绍峰，他站起身，微笑着点头示意郑绍峰进来。

店小二手脚麻利地帮忙拉了把椅子，对着郑绍峰憨憨一笑。郑绍峰道谢后并未立即坐下。他环视了屋子一圈，好似要把这一屋子的书香饱吸一顿才觉得安心，接着缓缓坐下。

“好久不见。来，喝一杯，若你不怕失眠的话。”店老板微笑地说。

“不怕不怕，从小喝茶惯了，当水喝了。”郑绍峰闻了一下，细细品味，“老板，生意还好吧？”

“还好还好，能以此饱腹，足矣。”店老板笑着说，“对了，我们是朋友了，不要叫‘老板’了，生分。我姓周，叫我老周就可以了。”

郑绍峰点点头，站起来欠了个身：“晚辈郑绍峰，请多多指教。——您叫我绍峰就可以了。”

老周笑了，这孩子很有礼貌。看着郑绍峰有点憔悴的脸，他关切地问：“最近是不是遇到为难的事了？”

“最近家里发生了些情况，是有些不妙。”郑绍峰很坦诚，接着说，“其实，我早些天就想来拜访您，只是被近来的一些家庭琐事拖到现在。这么晚，不耽误您休息吧？”

“不会不会，我其实也是个夜猫子。”老周笑了，用一种有点调侃的口气说道，“黑夜给了我思考的魔力，我喜欢在夜晚的时候想些事情，比较通透。”

郑绍峰似乎找到了知音，点头应和。他想到他曾经想把苏倩茹带到书店，他喉咙里霎时涌起一阵酸楚，一阵犹豫。他抬头看到老周信任的眼神，他吸了一口气，似乎是给自己鼓了勇气，开口说道：“前段时间，我本想带一个朋友过来拜访您，她也是一个思想进步的年轻人。只是最近她家发生了一些变故，她离开了苏州。现在，我也不知道她在哪里！”讲完，郑绍峰一脸惘然，长长地叹了一口气。

“孩子，谢谢你对我的信任。我是非常愿意和你们年轻人做朋友的。我想你口中的这位朋友，应该也是一个善良积极、热爱学习、渴望和平的人吧？人生无常，聚散有时。只要心里挂念，纵是天涯海角亦是零距离。大家有一致的目标，就算暂时不能在一起，也可以在同一个时空下做彼此该做的事情。这样，有一天相逢，你们并不会因为时间、空间的分别而让思想差距太大，你说对吗？”老周很想帮助这个年轻人，他尝试安慰着。

郑绍峰听完若有所思，老周的话让他有一种醍醐灌顶的感觉。是的，就算现在和倩茹分开了，自己也要有自己的目标，努力让自己成为一个进步的青年。有些爱，是儿女私情的爱；有些爱，是国家民族的爱。他突然想到苏倩茹那天在桑树底下说过的一句话：“人，只有走出去，才能看到更广阔的天地，才能变成那个自己喜欢的自己。”他似乎又明白了一些。

“老周，您说得很对。看看现在这个世道——兵荒马乱，危机四伏，民众苦不堪言，我真的很想为国家做些什么！”郑绍峰殷殷望着老周。

“其实以你的才思，完全可以给报社投稿，写一些社论之类的文章。”老周用大拇指和食指比画出半个豆腐块的高度，微笑着说。

郑绍峰侧着头看着老周，对他的提议愣了一下。老周接着说：“爱国不一定要上战场。爱国的方式有很多种，每个人都可以根据实际情况来爱国。例如漫画家，他可以用泼辣、幽默又有力的笔，画出黑暗势力的鬼脸，画出丑恶的帝国主义的鬼脸，用色彩和线条表达对侵略者的愤恨，让更多的民众了解当前时局，让更多有志之士加入救国的行列。只要大家团结一致，一定能把侵略者赶出家园！”

郑绍峰听得有点入迷，仿佛老周替他开启了一扇通往新世界的大门，走出去，一切都会有可能。老周站起身，缓缓走到窗台前，用手指了指窗外。郑绍峰顺着手势望出去：夜已深，窗外是一片毫无星光的黑暗。屋里柔和的橘黄光亮抵挡着外面的黑暗，但黑暗似乎仍乌泱泱一片侵袭而来，此时的夜色仿佛是某种有渗透性的物质，直穿过他们的皮肤。一阵夜风吹来，带来寒意。

“你看，外面一片黑暗，只有千家万户把灯亮起来，才能驱赶黑暗，夜晚也能成为白昼。前线的战士浴血战斗，我们虽然不能上战场，但是我们可以用笔，把普通民众的苦难记下来，将民众流离失所、尸骨遍野的社会现实通过报纸等媒介传播开来，让更多人了解战争的残酷与反人道本质。你可以用你的笔来写文章，就像战士用刀枪来战斗；你用自己的文章，传播积极和进步的思想理念，可以激发和鼓励更多的人一起加入救国的行列，这也是一种战斗！”

老周的一席话听得郑绍峰心潮澎湃、如痴如醉，他长这么大，第一次有人跟他讲这么多深入浅出的道理。他看着老周明亮坚定的眼神——他的眼睛正在看着窗外，灯光照在他的脸上，看起来多么坚毅和刚强。郑绍峰无法想象老周那温文尔雅的举止、平和的言辞背后有多么刚强正义的个性。郑绍峰相信，老周一定是热情地投入到一种伟大而危险的战斗之中，从不停歇。这种战斗，是一种崇高而又危险的事业，他知道他的背后随时潜伏着死神。

“老周，您讲得太好了！我要以笔为剑，划破那黑暗，给天空挑出些许亮色！”郑绍峰激动得脸都微微泛红了。

“太好了，太好了！青年有梦想，中国有希望！青年有梦想，中国有希望啊！”老周反复说着，“我们的祖国现在四分五裂，内忧外患。我们希望更多的爱国人士都能找到认可的领域，并肩作战，为我们心中的正义事业而奋斗！”说到最后一句话时，老周因为激动而略微颤抖。

两个人默契地转头看着窗外。此刻，两人在心里都希望战争快快结束；他们都希望赶快告别黑暗，告别深渊，所有同胞都能活在广阔的蓝天下，活在一个锦绣年华的时代里。

第五章

夜晚，在郊区的一间厂房里，一个高大的中年男人在办公室里焦躁不安地来回踱步。突然他发出暴怒的声音：“少爷呢？人呢？不是说今晚在这里等我吗？孙立波，你给我进来！”

说话的人四十岁出头，身材高大壮实，因生气而脸色泛红，那双发黄的眼睛如狼眼一样左右斜睨，更显得咄咄逼人、暴戾不堪。

门外一个身材干练、长相精明的年轻人像幽灵一样溜了进来，低着头回答：“少爷他……他去上海了！”

“去上海干吗？又去花天酒地？”中年男人咆哮着。

“少爷他……他去上海看股情了！”孙立波低眉说着。

“我早就说过了，让你看着他，不要再沾那玩意儿，怎么又去？从小就知道投机取巧，到现在都不知道给他糟蹋了多少钱！”中年男子有点气急败坏。

孙立波摇了摇头，替少爷辩解道：“老爷，您先别生气。少爷也知道这玩意儿波动太大，赚不了多少钱。主要是乐坊的那一群公子都在玩，少爷和他们一起吃喝，免不了也要玩一玩，这样大家才有话题嘛！”

“这个废物！就知道吃喝玩乐！人家说‘虎父无犬子’，我黄谷阳怎么就生了个败家儿子，除了吃喝嫖赌，还有什么能耐！现在时局这么乱，上海到处都是日本人，说打就打，苏州也是不太平啊！”原来这个中年男子就是之前苏方达和郑庆书口中的儿时伙伴——黄谷阳。黄谷阳喘着粗气继续说：“幸好有你在这儿帮忙打理，要不这厂子，早就没了！”说完，他一口喝掉自己手中端着的红酒，脖子上的青筋张牙舞爪地显现着。

孙立波听老爷夸赞他，脸上立刻乐开了花，谄媚地说：“老爷，这是我应该做的。能替老板在这儿看守，是我的荣幸！少爷还年轻，您就再给他一次机会吧。您看看，这车已经装好了，运往苏州您兄弟苏方达的庄园。”

黄谷阳走出来，看着装货的车辆：好家伙，满满一大车。他的心里莫名地升起一股妒火。他尽量压抑着自己，挑了挑眉，不动声色地问：“苏家庄园现在已经需要这么多原料了？在这样的时局下，生意还是相当喜人啊！”说完，他踱步回了办公室。

黄谷阳的细微表情并没有逃过善于察言观色的孙立波的眼睛，他大声地说：“是啊！老板，这些还只是其中的一部分呢！现在苏家的刺绣品可以说是垄断了江南这一带，苏方达还是很有手腕的！”孙立波稍停了一下，他看到黄谷阳的眼睛里冒出的小火苗开始在燃烧，他接下去用一种忧虑的语气说：“老爷，再这样下去，这边的生意早晚都是他的了！”

“什么！他的了？我卖原料他卖成品，有何冲突？难不成，连我的生意他也要抢去？”黄谷阳突然暴躁起来，眼神越发吓人，端起酒杯又喝了一大口。

孙立波看着焦躁不安的黄谷阳，内心有一点儿得意。他知道现在正是好时机，下面那些话必须继续说下去，因为他知道由于某种相互作用的魔法，他陪伴着黄谷阳便是获得好运的代价。孙立波弯下腰，小心翼翼地倒上一杯酒，用一种战战兢兢的口气说道：“老爷，当初要不是您极力帮他，他苏方达也不会有今天啊！前阵子咱们生意冷淡，他若有念旧的心思完全可以帮咱们联络商行。我听说了，在苏州有一整条街的商铺都和他有来往，这点儿忙对他来说简直是小菜一碟！”

黄谷阳发出沉重的喘气声，一声不吭，将杯中的红酒一饮而尽。孙立波丝毫没有停下来的意思，继续挑拨道：“我看苏方达就是怕您超过他！有时候我都替老爷您抱不平呢！这老天爷真是不开眼，想他苏方达商场得意、家庭幸福、儿女双全。而老爷您这么有勇有谋却……”

黄谷阳将酒杯狠狠砸在墙上，大声吼道：“不要说了！滚！”

孙立波吓了一跳，应声匆匆退下。出了门，在暗黑的阴影里，孙立波的嘴角露出一丝不可捉摸的笑容。

窗外的月亮已升至树梢顶端，月色照得黄谷阳阴郁的脸色越发惨白。望着月光，黄谷阳的思绪也飘回到三十年前。

春天的风从窗户吹进来，私塾里的一群孩童如破土而出的新芽一般，对一切都充满好奇。大家玩笑嬉戏着。那边有几个孩子正摇旗呐喊着，原来是在比赛掰手腕。从小，黄谷阳就比同龄人长得高大粗壮、孔武有力，被称为“大黑牛”。而苏方达和郑庆书却长得白净清秀、文质彬彬，班级里的女同学都喜欢他俩。那时候，大家都说他有勇无谋、空有一身蛮力，不如脑瓜好使的苏方达，也不如腹有诗书的郑庆书。

从那时起，黄谷阳的心里就埋下了一颗妒忌的小种子，只是近些年走动颇少并没有激发太多的矛盾。而今晚孙立波的一席话，彻底催生了这颗小种子，瞬间发芽。黄谷阳想着苏方达那年轻美貌的夫人，想着他的儿女双全，想着他现在蒸蒸日上的庄园事业……一股妒火简直要冲破自己的胸膛，他一口又一口喝着酒，胡言乱语起来。七零八落的空酒瓶子和烟蒂扔了整个办公室满满一地，酩酊大醉的黄谷阳用一种近乎疯狂的语气咒骂着：“苏方达！你这个忘恩负义的伪君子！说什么好兄弟，都是放屁！”噼里啪啦一阵摔打，门外的孙立波听后赶紧小跑进来。

黄谷阳眯着眼睛，对孙立波说："你说，我哪里不如苏方达？凭什么……凭什么他处处比我强？"

孙立波立马点头说："老爷，他不配，他不配！"

已经喝得醉醺醺的黄谷阳继续叫嚷着："我是哪里不如你？如今人人尊你、敬你！你有那么大一个庄园，一个那么漂亮的太太，还有一儿一女。我呢？我他妈只有一个操碎了心的混蛋儿子！"

孙立波打量了下周围，外面还有不少工人在工作，就附耳道："老爷，这些话咱们回家再说。"

黄谷阳瞪了孙立波一眼，生气道："不，我偏不！我不相信他能一直走运下去，三十年河东三十年河西。等着，我会让他知道有一天，我一定会超过他；他拥有的，有一天都会失去！我咒他断子绝孙！"说完，他晕沉沉地睡过去了。

孙立波看着窗口应声而来的几个工人，急忙叫道："看什么看？还不赶紧来帮忙！"

两个工人慌忙跑过来帮忙，孙立波朝其中一个人的屁股狠狠踢了一脚："就知道看好戏！今晚的话就当作没听见，否则有你们好受的！"被踢的工人吓得直点头，孙立波和两个工人连拖带拽，终于将睡得发沉的黄谷阳弄上车，在夜色中启程赶往苏州。

经过一路的颠簸，车辆在清晨到达苏州。黄谷阳因为昨晚喝了不少酒，睡得死死的，清晨的一缕阳光投进车窗，他有点不适应地睁开了眼睛。看着老爷起来了，孙立波在临街的道口停下车，殷勤地去买早点。

到了早点摊，孙立波边点餐边四处张望。这是他改不了的毛病，就像老鼠一样，走到哪里都是到处探闻的。这不，邻桌有几个本地人正热烈地聊着一件事儿，孙立波"包打听"的本色立马显露出来，竖起耳朵细细听着。

"哎呀，真是祸从天降啊！你说苏老爷那么好的一个人，怎么就摊上这事儿了？”一个中年女人“吭哧”咬了一口鲜肉汤圆，嘴角还留着汤汁地说着。

“对呀对呀，中年丧子真是不幸啊！”一个年轻人咬了一口生煎馒头，应和着。

“听说苏小少爷被冲下瀑布后现在是‘活不见人死不见尸’，苏太太现在急得四处求神拜佛，还把家里的长女给赶出去了！据说，这长女是孤星命！”一个年长的婆子啧啧说着，“还说这个长女会勾结外人，会克死全家的！”大家一听，又都“嘘”了一声。

“有那么邪门吗？不至于吧，是不是苏太太重男轻女啊？这女儿早晚要嫁人的，嫁出去就好了呀。”那个年轻人有点不理解。

“这你就不懂了。孤星命的人注定一生都要孤独。这孤星虽为大凶之相，但凶星并不对本人有影响，而是对其周围的人呈极恶之势。”这年长婆子眯着眼睛认真解释着，旁边的人听得一阵啧啧声，“这苏小少爷可是苏太太的心头肉啊，这不，就算苏老爷不同意，苏太太还是把长女赶出去了。这种东西，还是小心为好。”老婆子说得口沫横飞。

“那有没有破解的办法？”年轻人十分好奇。

“拿钱来，我告诉你。”老婆子翻了个白眼说道。

年轻人不屑地说：“王婆你又要趁机勒索敲诈，我才不上当呢！”说完哧溜一声，喝完碗中的豆浆，起身就走了，留下了窃窃私语的其他好事者。孙立波赶紧拿着早点，一溜烟跑回车里。

“老爷，老爷，好消息啊，好消息啊！”孙立波人还没进车里，声音就先传开了。他欠个身，把早点递给后座的黄谷阳，低头眉开眼笑地说：“老爷，您真是神预言啊，小的甘拜下风！”

黄谷阳用昏黄的眼睛瞅了孙立波一眼：“一大早鬼哭狼嚎，嚎什么呢？”他一脸不悦。

“老爷，您还记得昨晚您说过什么吗？真的应验了，太厉害了——您！”孙立波一脸谄媚。

“昨晚我说什么了？有话快说，有屁快放！”黄谷阳有点不耐烦，闭上眼睛吃着生煎包。

孙立波将嘴附到黄谷阳的耳朵边低语道：“昨晚，您说，咒苏方达断子绝孙！”

黄谷阳脸色一变，看了看四周，厉声说：“胡扯！我是他兄弟，我怎会说这样的话。你这小子是活得不耐烦了，竟敢胡编乱造！”

孙立波并不害怕，反而压低嗓音说：“老爷，都说酒后吐真言，我明白您的意思。只是现在啊……您的话，真的应验了！”

黄谷阳差点噎到，孙立波再次附到黄谷阳的耳朵边，将刚才在早点摊听到的消息一五一十地告诉了他。黄谷阳先是一惊，随即脸色一陡，露出一丝令人不易察觉的神情，但很快恢复了平静，他对孙立波命令道：“赶紧备些礼物，我要去苏家看看我的好兄弟！”

孙立波得意地笑答着：“好咧，早就给老爷您备好了！马上出发！”说完启动车辆。孙立波从后视镜里看到黄谷阳那阴戾的表情下隐藏着难以捉摸的快感。

很快，汽车开到了苏家大院门口。黄谷阳下了车，不等苏家的仆人通报，自己径直走进去。大厅里，远远瞧见苏方达一个人落寞地坐在那里，显得苍老了许多。这一路有几个丫鬟来回穿梭，手里拿着一沓黄色的画着歪七扭八的符文贴，不停地在每棵树上贴着，整个庄园看起来不伦不类，笼罩着一层阴森怪异的气氛。

孙立波凑到黄谷阳的旁边小声说：“看来外界的传言都是真的，这苏夫人就是迷信。”

黄谷阳瞪了一眼孙立波，斥责道：“不要乱说话，特别是关于苏夫人的。再让我听到，我割了你的舌头！”

孙立波立刻闭上了嘴巴，心里直嘀咕：怎么一提苏夫人，老爷就跟变了个人似的？

接下来，黄谷阳的表演可是非常精彩。他满眼热泪，上前握住苏方达的手："方达兄，节哀顺变！我这才去金陵几日，未曾想你家里发生了如此重大变故，我这心里太……太难过了！"说完，捂着胸口，低头拭泪。

苏方达看着老友登门宽慰，顶着一张憔悴的脸哑声说："谷阳兄，谢谢你登门宽慰。这都是命吧，我只能认命！"

黄谷阳抬起眼说："唉。方达兄你也别太难过，人死不能复生，请保重身体。咱们都刚至不惑，弟妹岁数又小，趁着年轻把身体调理好了再要一个！对了，弟妹呢？"说完，他用大手拍了拍苏方达的后背。

苏方达沉默了一会儿，幽幽说道："碧云受了刺激，最近都卧床休养。哎，自己的孩子顽劣，怨不得别人。庆书的两个孩子也是尽力了！"

"庆书？"黄谷阳吃了一惊，"他来了？"

"对，他上个月回的苏州。你刚从金陵回来，还不知道吧，庆书一家从山东回来了！"苏方达强打着精神回答道。

"哎呀呀，我真是一点都不知道呀！他们家的儿子都长大了吧？"黄谷阳故意说道，"一别十年，那会儿两个小子都小着呢！"

"是啊，大儿子都二十了，小的也十五六了吧。"苏方达有点无力地回答，他觉得有点累，也想起了自己的儿子苏小启。他想早点结束今天的谈话，虽然他对黄谷阳的到来很感谢，可就是有心无力。

黄谷阳故意叹了口气继续说道："十年未见，怎么刚一见面，就出了这么大的事情，真让人难过。想起来，小启那孩子又聪明又可爱，真是可惜啊！"

苏方达的脸色越发沉重起来，摆摆手说："黄兄，莫要再说了，莫要再说了！一想起小启我这心里真的是太难过了！如果没别的什么事情，改日再叙吧！"苏方达摇了摇头起了身，别过脸擦了擦眼角的泪水。

黄谷阳欠了欠身说道："好好好！苏兄保重，身体要紧，我择日再来。请代问弟妹好，告辞！"他转过身，脸上露出幸灾乐祸的神情走了。

第六章

夜色踩着猫一样的脚步走过来，柔柔的，一点声响也没有。奇妙的云朵飘过窗外，是那种夜空漆黑无光时还能看到的幽灵般的云，透露着一丝诡异的气息。碧云在房间里幽幽地坐着，距离小启失踪到现在已有大半年了。为了躲避亲生女儿这个“孤星”，今年的春节碧云愣是拦住苏方达，死活不让苏倩茹回家过年。苏方达见寻死觅活的碧云态度坚定，也只能作罢。

日子就这样一天一天过着，似乎所有人都在各自的位置重复着机械又呆板的生活。转眼又到了夏天，这几日碧云的胃口一直不好，她以为可能是夏天太热导致的，所以也未放在心上，但心情依旧十分低落。

姜妈来到了房间，送来了一碗银耳莲子汤，轻轻说：“夫人，您多少喝点吧。最近您又瘦了！”姜妈有些心疼，毕竟她在苏家待了十几年，对老爷夫人十分忠心。

碧云好似没听到姜妈的话，呆呆地坐了一会。忽然抬起头问道：“姜妈，小姐最近怎样了？”姜妈一愣，夫人自从把小姐急匆匆赶出去以后就没再过问小姐的消息，这会儿怎么突然想起来？姜妈心里想，果然还是亲生母亲，说到底还是念及骨肉之情的。

姜妈有点高兴，但还是小心翼翼地回答：“小姐自从到了金陵，就入了老爷的挚友沈先生所在的学校——金陵女子学校。听说这是一所寄宿学校，学生上课住宿都在里面，管理非常严格。夫人，您放心吧，在那里小姐很安全的，还有沈先生照顾呢……”

姜妈的话还没说完，碧云就不耐烦地说：“够了，她在里面是死是活，跟我没关系。只要她不回这个家就好，省得到时把我们大家都克死了！”碧云冷冰冰地说着，仿佛苏倩茹和她一点关系都没有，姜妈脸色一瞬间煞白起来。

“还有，没有我的同意你们不能叫她回来！听到没有？”碧云提高了嗓门厉声说道，吓得房里的另外两个丫头——沉香和小玉频频点头。

第二日，姜妈偷偷把苏倩茹寄来的信件小心翼翼地揣在怀中，借着出门的机会，来到郑绍峰家的书局。这个书局是前阵子刚开的，郑庆书本是个读书人，干不了苦力也做不了生意，开个书局倒是符合他的秉性。开张之前，郑绍峰还特地去老周那儿“取经”，老周还拿了不少时下受欢迎的书籍权当开张之礼送给了郑绍峰，彼此间的关系更亲近了一步。

郑绍峰接过姜妈的信件，激动地把信件放在胸口，眼中充满了幸福的光芒。他打开信件一遍又一遍地读着苏倩茹写给他的每一句话，然后把早已写好的信件交给姜妈，让她代寄给倩茹。因为苏倩茹读的这个女子学校管理甚为严格，写信只能寄到家里，寄信也只能是从家里寄。还好，他们中间有姜妈，代为鸿雁传书，可以慰相思之苦。

这天，姜妈又收到了苏倩茹的来信，她正要把小姐写给郑绍峰的信收起来，不想碧云正好走过来，姜妈躲闪不及。碧云看着姜妈手忙脚乱的样子，就问：“姜妈，你手里拿着的是什么？”

姜妈支支吾吾地回答：“是，是……是小姐的信。”

“拿来。”碧云十分骄横，一把夺过来。可是她又不识字，看不懂上面到底写的是什么。这时，正好账房小六儿经过，碧云挥手让他过来："小六儿，你读给我听，一字不漏，一字不假。明白了吗?"碧云严厉地看着小六儿。

小六儿看着太太的眼中透露出一种不顾一切的恶魔情绪，慌忙低下头，接过信件逐字逐句读了起来。这是苏倩茹写给郑绍峰的信，里面是满满的思念。碧云听得七窍生烟，愤恨地将信撕了个粉碎。

碧云恶狠狠地对着姜妈说："这个倩茹真是不知廉耻，一个姑娘家也不知道含蓄一点！真是把我们苏家的脸面都丢光了！姜妈，不管以前你帮他们传过多少信，从今天开始，小姐的信都送到我房间来！你不许再帮他们传信，否则休怪我不念多年的情分！"说完，拂了袖子便气冲冲走了，留下一脸无奈的姜妈和小六儿。

远在金陵的苏倩茹，在痴痴地等着郑绍峰的回信。可她不知道，她的母亲早已切断了他们之间唯一的联系，就这样，两人在漫长的等待中靠着对彼此的思念度过了一天又一天。

"倩茹，你又在想你的峰哥哥了吧?"一个笑声爽朗、五官明艳的大眼睛女孩儿悄然走到苏倩茹的后面，用右手挠了挠苏倩茹的胳肢窝。

托着腮呆呆看着远方的苏倩茹这才回过神来，自言自语道："都这么久了，也没回信。是不是发生了什么事情?"苏倩茹一下子紧张起来，握住大眼睛女孩儿的手："紫琰，你说他会不会出事了?"

这个叫紫琰的女孩儿，姓肖，是苏倩茹的舍友。肖紫琰性格大大咧咧，喜欢打抱不平，看不惯的事情总是"路见不平一声吼"。有一次在理发店烫刘海儿，因为一时的嘴快得罪了校外的"大姐头"而遭到绑架，在万分紧急之下，是苏倩茹取下身上所有值钱的首饰才赎回她，从此肖紫琰对这个看似柔弱的娇小姐的看法有了很大改观。肖紫琰爽朗热情的性格与苏倩茹温婉柔和的性格倒是成了互补，通过理发店的事情之后，两个人更是成了无话不说的闺蜜。

“或许你的峰哥哥喜欢上了别的小妹妹了哦！”肖紫琰打趣道，“不要想那么多啦！最近街口那边新开了一家胭脂店，特别美，你跟我一起去看看吧？”

“你别乱说，峰哥哥才不是这样的人呢！你也别打扮得太美，万一被坏人盯上就不好了！”苏倩茹摸了一下紫琰嫩白的小脸蛋。

“哎呀，再美也没有你苏大小姐美！”紫琰假装崇拜地说。当然她知道，苏倩茹是真的美，一种纯真善良的美，她不会妒忌她的，因为她知道苏倩茹不是一个虚荣自私的人，她也一直感念着当初倩茹对她的挺身相救。“好啦好啦，别老思念情郎啦，你看，我给你带了什么？”说完，她把一直藏在身子后面的左手拿出来，得意地扬了扬。

苏倩茹眼前一亮，这是她最喜欢的报纸——《今报》。刚来金陵的时候，苏倩茹对这里的一切都很感兴趣。她常常仔细阅读着学校订阅的报纸《今报》上的每一篇文章。某一天她被一篇社论吸引住了。里面的观点鲜明，阐述清晰，一种积极向上的情绪鼓舞着她。她看着看着，眼睛越来越亮，她的心脏突突地跳动着，好久没有这样的感觉了。自从和郑绍峰分别后，再也没有人能和她聊这些话题了，而现在报纸上的这个人居然让她有一种投缘的快乐和兴奋。这个作者把她脑子里那些零散的想法有序地归纳在一起，把她心中激荡的情绪恰如其分地表述出来……她真的是太激动了。她找来剪刀，小心翼翼地把这篇文章剪下来，并把作者的名字——陆风牢牢记在心里。

“哇，陆风又发表新作啦！”说完，她坐在椅子上展开报纸找到陆风的文章痴迷地读起来。肖紫琰看着一脸认真的苏倩茹，嘟囔着：“真搞不懂，你怎么竟会对这种文人痴迷呢？又当不了饭吃！我出去了，你慢慢看！”说完，肖紫琰整理了一下衣服，在镜子面前看了看自己的样貌，摆了一个姿势就十分满意地走出去。

不管怎么说，日子不好过。毕竟对于情窦初开的少女来说，思念是如影随形的。苏倩茹在母亲碧云的干预下，和郑绍峰就这样断了一纸鸿书，从此埋头功课，对民国新兴文学新派思想格外感兴趣。

随着时间的流逝，倩茹虽然时常也想起郑绍峰，但学校里丰富多彩的活动也算冲淡了许多思念，再加上《今报》的撰稿人——陆风的文章铿锵有力，像一个以笔为武器的战士，也在时刻鼓舞着苏倩茹。她像一块海绵一样，贪婪地吮吸着各种有思想的营养水，丰富着自己。她希望有一天再遇到郑绍峰的时候，她也能和他一样，兴致盎然地谈论着当下的时局话题，同时她的内心竟也渴望见到这个报纸上的“陆风”：想象他在实际生活中是个怎样的人？

苏家大院里，一片喧闹。自从小少爷掉入瀑布失踪后，这个大院里一直死气沉沉，今日突然张灯结彩，苏方达也一改往日笼罩在脸上的忧郁气息，容光焕发起来。原来，碧云在接连几日茶饭不思之下，请了大夫来把脉，方知自己又有了身孕，苏方达高兴之余本月要给全院的工人发放双倍工钱，喜得院里的工人个个眉开眼笑，纷纷夸赞老爷。

姜妈双手合十，跪在地上，望着月亮，不住地祷告。

时节已入初冬。郊外的田野换上了泛黄的衣裳，连绵起伏的群山在冬日萧瑟的凉风中也显得格外地瘦了。碧云带着姜妈来到郊外的寒山寺。

“太太，您这刚过了三个月危险期，等孩子生下来再来还愿吧？您的身体还是太虚弱呀！”姜妈担忧地说着，“老爷也不知道您出来，求求您了，咱们回去吧！要不然我没法和老爷交代呀！”

“姜妈，我今天一定要去还愿！肯定是小启又回来了，你看这大半年我吃斋念佛，肯定是菩萨知道我的心意，显灵让小启回来。梅大仙也说了，许了愿要及时还，这样才有诚意！”说完，碧云吸了一口气，继续跪拜下去。

寒山寺在山顶，通往山顶的小路有一百多级台阶。壮阔的山脉在初冬的薄雾中显得模糊不清，云影在光秃的山顶自由飘移，这片景致不再使人敬畏惊迷。姜妈看着这座高山急得不知如何是好。

碧云就着阶梯虔诚地磕着、磕着，她的脸上是满满的坚定与执着。姜妈急得都快哭了："太太，您别磕了！这台阶太危险了！您再看看您这身体，再想想您肚子里的孩子，这天气您会受不住的呀！我替您磕，我替您磕！"

"不不不，那就看不出我的诚意了！"碧云虚弱而又执拗地回答着，"我磕满一百个就回去！就剩十几个了……"碧云伸出右手抹了一下额头细密的汗珠，突然"啊"的一声，碧云觉得天旋地转，双眼一发黑，脚下一滑，直直从台阶上滚了下去！

姜妈吓得魂飞魄散："太，太太，太太……"她颠着小脚赶紧跑下山。

苏家大院如炸开了锅一样，全院上下的仆人胆战心惊，苏方达在大厅里气愤地狠拍桌子。"胡闹，简直就是胡闹！"苏方达面红耳赤，"医生说太太孕期身子太过孱弱，胎象不够稳定，需要静养。怎么她还去做这么糊涂的事情？啊，真是不要命了！"

姜妈心中充满了自责，她扑通一声跪在苏方达面前："老爷，是我的不对！我没拦住太太，是我没用，是我该死啊！"姜妈泪流满面。

苏方达看了看这个跪在面前狠抽自己耳光的管家，心里一动，稍微软了一下口气："姜妈，你别这样。这也怪不得你，太太的脾气我知道，认死理还固执，就算我在现场也未必拦得住！不是你的错，你也不必自责了！当务之急，就是好好照顾太太的身体。"

姜妈频频点头，看着老爷那憔悴的脸，心里想：老爷真的是很疼太太的。

"对了，姜妈，如果太太觉得无聊，你就去找些太太过来陪她打打牌，散散心吧。"苏方达叹了一口气，像是自言自语又像是自我安慰似的，“这都是命啊，命里无儿我就得认命。”说完，他眼角噙着泪花，慢慢地走出了大厅。

姜妈看着苏方达落寞的背影，心里一阵难过。老爷这么好的人，怎么总是祸事不断呢？她双手合十，对着门口天空喃喃自语地祈祷着：“希望老天有眼，不要让老爷太太再遭罪了！”

郑绍峰记不清有多久没收到苏倩茹的信了，她去金陵头半年他们之间还有书信往来，可到了这后半年，他写过去的信如石沉大海，愣是收不到一封回信。他躺在庄园的工人宿舍楼里，望着窗外的点点寒星。冷冽的空气不再像漫长白昼时那样躲藏，到了深夜，它从各个角落迫不及待地涌了出来，伴着星光无声无息地透入每一扇窗户。

郑绍峰看着一闪一闪的寒星，干净得就像有人用雪擦过似的，更似苏倩茹微笑的纯真眸子，纯粹而迷人。他回想着他们在一起时苏倩茹说的每一句话，都让他怀念不已。窗外传来了猫头鹰咕噜咕噜的声音，夜很深了，他依旧没有一丝睡意。当时他答应过苏倩茹，一定会留在庄园等她，一方面帮助她爹，另一方面这里是苏倩茹生长的地方，他觉得只要在庄园里，就好像随时可以看见苏倩茹，仿佛苏倩茹从未曾离开过。他想着想着，起了身，披上外套，打开台灯，坐在书桌上开始读老周送给他的书，并不时做着笔记。他就像着了魔一样，一直读过午夜，读到晨光熹微。当他把手里的稿纸折叠整理装进信封里的时候，他松了一口气。

又是一个好天气。柳燕眉在郑庆书的书局里待了一会儿，看着冷清的店面，数落着丈夫：“你看你，开了书局也不会出去招揽生意，在家就能发大财啊？”

郑庆书不知道是看书看得太入迷还是耳朵已经习惯自动屏蔽柳燕眉的声音，他没有回答。

柳燕眉一看郑庆书没有吭声，一下来气了，提起郑庆书的耳朵尖声说："哎哟哎哟，当了老板就长本事了？我说的话现在都当是空气吗？"

郑庆书瞅了一眼柳燕眉："这光天化日之下大庭广众之前，你别动手动脚，影响不好。快松手，君子动口不动手！"

柳燕眉一听，哭笑不得："我不是君子，我是女子！"

郑庆书文绉绉继续道："孔圣人说'唯女子与小人难养也'，果然不假！"

柳燕眉翻了个白眼，轻蔑地撇嘴："啥圣人都没用，只要能赚到钱，就是能人！"

"钱钱钱，就知道钱！粗俗！"郑庆书刚说完就又挨了柳燕眉一个白眼。

只见柳燕眉把手一挥，指着郑庆书的鼻子说："这一大家子的吃喝拉撒，哪一样不用到钱？这个书局要不是我觍着脸找亲戚借钱，你能开起来吗？钱钱钱，没有钱，吃什么喝什么！你以为我爱谈钱？你要是像苏方达或黄谷阳那样能干，我需要住在这小房子里吗？需要为了三毛五毛和菜贩子费那口舌讨价还价吗？你要有本事，我现在也和那碧云一样，住在大庄园，吃香喝辣、穿金戴银，一堆仆人伺候，也不会让她瞧不起！"说完，柳燕眉眼圈红了。

郑庆书从她痛心的语调里听出了妻子对自己的失望，但他还是继续辩解着："金钱乃万恶之源！钱财乃身外之物，生不带来死不带去……"

柳燕眉厉声道："别再酸不拉唧扯东扯西了，没本事赚钱你就承认，别整得好像我多么贪财一样！你不当家，怎会知我的辛苦？钱钱钱，我说没有钱，就是不行！"说完，她腰一扭，推门愤然而去。

在里屋的小儿子郑绍川听到父母的争吵，怯生生地站在门侧，不敢上前劝架。这种场面他从小到大看得太多了，父亲的迂腐老实，母亲的现实强势，句句刺穿他尚不成熟的心灵。一时间他觉得，自己的心仿佛被夹在父亲和母亲的言语缝隙里，扁平如一纸压花，猩红而又敏感。

柳燕眉气冲冲地出门，边走还边叨叨："好你个郑庆书，现在都学会犟嘴了！当初嫁你真是瞎了眼，想当年我也是苏州城的一大美女，真是鲜花插在了牛粪上……"她还没说完，只见路口拐弯开来一辆小轿车，柳燕眉只顾着生气没看路，走到了路中间，眼看就要撞上了，"吱——"，车轮在距离柳燕眉身体不到五厘米的地方猛地刹住。

柳燕眉吓了一大跳，瞬间反应过来，一屁股坐在地上，号叫着："要死了要死了！没长眼睛啊你，这都要出人命了！"

车上的人赶紧下来，也没好气地直嚷着："你这疯女人，号什么号！走路不带眼睛，都吓到我们家老爷了！"

柳燕眉一看这个人精明干练，更加没好气叫着："有车了不起啊！撞到人还不讲理了？天啊，我怎么这么倒霉呢……大家快来评评理啊……"柳燕眉凄厉地叫嚷着，瞬间吸引了众多围观的人，大家都指指点点议论着。柳燕眉不时瞟着这个年轻人，只见他一看围观的人太多，立马钻进车后座弓着腰请示里面的人，看样子车里坐着的不是官老爷就是富老板。"一会儿看我不好好敲你一笔！"柳燕眉心里好生盘算着。

"外面怎么了？"黄谷阳睁开了闭着的眼睛，有点不耐烦。原来这是孙立波和黄谷阳坐的车。

"老爷，碰到一个不讲理的疯娘们！"孙立波讨好地说着，"我这就去赶她走！"

"等等——"黄谷阳一把拦住欲下车的孙立波，瞅了瞅前面乌泱泱的人群，面露不悦，"这么多人，拿点钱解决了事吧。我们赶时间呢，别在这儿磨蹭了！”

孙立波立马下车拨开人群走到柳燕眉旁边，只见柳燕眉哼哼唧唧，孙立波没好气地说：“今天我们老爷心情好，不跟你计较。来来来，这些钱给你，赶紧走吧！”他边说边从口袋里拿出几张纸钞，一边挥着手对围观群众说：“散了散了，都没事儿散了吧！”人群渐渐散开。

柳燕眉扭着腰慢腾腾站起来，掸着身上的灰尘，看着孙立波递过来的几张纸钞，呸了一声：“你这是打发要饭的呀！我是那种看起来贪钱的女人吗？”她边说，眼睛边往汽车里面瞅。

黄谷阳在里面也看着这个看起来年纪不大、身材窈窕的女人，感觉有点面熟。他仔细一看，赶紧下了车。柳燕眉正和孙立波纠缠不清叫嚷着，突然看见车里面的人走了出来，瞬间呆住了。

柳燕眉感觉自己好似蜡像般静止了，脸上浮现出因吃惊而呆滞，又夹杂了难以定义的羞愧和慌乱的神情，她不敢相信自己的眼睛。定睛细看，没错，就是那个人。柳燕眉嘴唇微微颤动着，她用颤抖的声音说道：“是……是你？”

黄谷阳也张大了嘴巴，阔别十年竟是以这样的方式与柳燕眉再次见面，他怎么也没想到。孙立波一看，老板和这个女人都呆立街头，眼里都流露出复杂的情绪，他一下子心领神会了。他凑到黄谷阳旁边说：“老板，先上车。要不一会儿人又多了！”

黄谷阳回过神，慌忙伸手拉了一把柳燕眉，说：“先上车。我送你！”柳燕眉还没来得及反应，就被拉着上车了。

上车后，黄谷阳看着身材玲珑有致、依旧漂亮迷人的柳燕眉开了口：“燕眉……我之前听方达说，你们一家回来了？”

柳燕眉对着黄谷阳热辣辣的眼神，看看自己身上衣服还有灰尘的痕迹，有点不好意思地回答：“回来快一年了，只是其间发生了不少事情，也听说你一直在金陵忙生意，所以我和庆书也没去找你。”

黄谷阳痴痴地盯着柳燕眉，虽十年未见，但柳燕眉却比之前更加成熟有味道了。他叹了一口气说：“唉唉，方达兄出了那样的事情，也是可怜。我上次去时他也是心情欠佳，我也没法细问你们的更多情况，不然早就登门拜访了！”说完，他咧开一口大黄牙，嘿嘿笑着。

柳燕眉看着黄谷阳，有点恍然如梦的感觉。坐在黄谷阳锃亮气派的小车里，想着刚才自己像泼妇一样撒泼的样子肯定狼狈极了，她喃喃地说：“没想到在这儿遇到你！”说完她用手摆了摆衣领。

黄谷阳兴奋地回答：“我也是没想到。十年不见，你可是一点都没变啊！”

柳燕眉垂下眉眼，看着自己身上过时的服饰，有点局促地说：“我……怎么可能不变呢！肯定是变老了，变丑了！”她的声音有一丝惆怅。

黄谷阳热情地回应着：“不，不，一点儿都不老。你不知道，你现在比以前多了一种成熟的风韵——我一眼就认出了你，样貌真的一点儿都没变！”柳燕眉被黄谷阳一通夸赞，羞涩地低下头。黄谷阳趁机抓住她的左手，细细抚摸起来。

前排的孙立波津津有味地听着两个人的聊天，他察觉出老板和这个女人的关系绝非一般。

“阿波，把车掉头，去金记裁缝店。”黄谷阳突然对前座的孙立波发出了命令。“可是……老爷，我们上午约好要去——”不等孙立波说完，黄谷阳不耐烦地打断了他的话：“叫你去就去！现在这个事情最重要！”说完他嘿嘿地望着柳燕眉。

柳燕眉一听“金记裁缝店”，心里就倒吸了一口气。这可是城里名媛贵妇和富家小姐的专用店啊，一般人可是订不到货的，穿了他家的衣服就等于贴了富贵标签，自己路过多少次也都是可望而不可即。她看着黄谷阳，心里既高兴又困惑。

黄谷阳好像在她的表情里看出了什么：“难道你不高兴吗？”

“不，不，当然高兴。”她有点语塞，但她是个巧舌如簧的人，咽了下口水努力镇定自己，“只是，只是，有点儿太突然。”

“哈哈，不要太紧张。”黄谷阳凑到柳燕眉的耳朵边轻轻说，“咱俩缘分未尽，这次说什么我也不让你跑了！”柳燕眉听完心里突突地跳着，这个男人就是自己的宿命。她顿时浮想联翩。

到了金记裁缝店，车刚停下，掌柜就出来迎接。显然，黄谷阳是这里的常客，彼此熟得很。老板看看身材妖娆的柳燕眉，又看了黄谷阳一眼，心照不宣。柳燕眉被店里五颜六色的绫罗绸缎闪花了眼。她看看这件，摸摸那件，惊得嘴巴一直没合上。

黄谷阳财大气粗：“燕眉，你随便挑！”

柳燕眉将黄谷阳拉到一旁，小声说：“这刚见面，你就送我衣服，不太合适吧！”

黄谷阳低声说：“以前我没什么钱给你买好看的衣服，现在我手头宽裕了，必须好好补偿你！”一席话听得柳燕眉芳心荡漾，这个男人总是知道自己的喜好，不像郑庆书那个死脑筋顽固不化、不解风情。她摸着一件紫红色的丝绒外套，贪婪地看着。而这一切被黄谷阳尽收眼底，他对掌柜说：“这件，包起来！”引得柳燕眉一阵惊呼，黄谷阳笑着说：“再挑几件，喜欢的就买下！我现在有能力让你吃香喝辣的！”

柳燕眉一怔，心里似乎又燃起了某种小火花。初次见面，黄谷阳就这样热情体贴地对自己，她觉得自己的机会也许就要来了，想了想，对黄谷阳说：“绍川，绍川——你可不可以抽空见见他？”

黄谷阳心情正好，想也没想就回答道：“好，当然好。对了，过两天陪我去参加一个饭局，我带你去开开眼界。”

柳燕眉满心欢喜，她从小最喜欢热闹场面了。这一上午，柳燕眉可是过足了贵妇瘾，尽情挑选着自己心仪的衣服，不时挑眉看看一旁笑吟吟的黄谷阳，她觉得这么多年的分开，总算是苦尽甘来啊！她甚至觉得黄谷阳这么多年一直单身，肯定是在等着自己——对，一定是，她轻轻笑出了声。黄谷阳看着她低眉微笑的样子，刹那间想到了从前，身体不禁一阵燥热。他见柳燕眉挑好了几件时下流行的旗袍和外套，匆匆结了账，就让孙立波驱车直接到本市最好的酒店去。孙立波在车里用不屑又习以为常的眼神，看着柳燕眉跟着黄谷阳上楼去了。

旧情复燃，果然欲火焚身。柳燕眉半推半就，一同进了酒店。一关上门，黄谷阳就把柳燕眉的上衣扒了，露出了大片的雪白。黄谷阳把整张脸凑进去，仿佛在吮吸着旧日时光的味道。不得不说，柳燕眉是他的初恋情人，这个身体是他情窦初开时曾经深深迷恋过的。只是，人总是向上走的。为了利益，为了高就，他当年选择了一个富家千金，彻底改变了自己的人生轨迹。爱情，在他眼里就是一个稀有、奢侈的虚有名词，没什么比金钱和地位来得高级、实在。

“谷……谷阳，这十年你曾想起我吗?”耳边传来柳燕眉的呓语，她双手抓住黄谷阳的肩膀。

黄谷阳恍惚了一下，回过神来，嘟嘟囔囔地回答着：“有，有，想死你了!”柳燕眉感觉到有股强大力量抚摸到她的身上，她浑身一激灵，仿佛回到从前。黄谷阳不再言语，只发出吭哧吭哧的声音。这两个人余情未了，各有心思。

过了两日，黄谷阳果然约了柳燕眉一起参加苏州商会会长贾士礼的饭局。柳燕眉穿着前几日金记裁缝店买的合身旗袍，披着新款大衣，扭着水蛇腰，跟着黄谷阳开车到了闹市区。柳燕眉看看车窗两侧，问道：“这里这样嘈杂，贾会长住这里?”

看着不解的柳燕眉，黄谷阳咧开大嘴，用一副少见多怪的表情瞅了一眼柳燕眉说：“别总是一副大惊小怪的样子。一会儿到了贾府，表现得沉着大气点。这贾会长家是闹中取静，整个方圆十里都是他家的。你知道在这样的时局下，地方巨贾都是富比王侯的，更何况贾会长还是苏州商会一把手，有很强的政治资源和人脉。”

柳燕眉听得倒吸了一口气：“哇哇，这么厉害！怪不得能养六个姨太太呢，而且据说那个最小的六姨太是全苏州最奢侈最时髦的女人，不仅用的是当季最新穿戴用品，连洗漱涂抹用品都是高级的洋货，甚至说用牛奶洗澡！”柳燕眉发出啧啧的称赞，一脸羡慕。

黄谷阳搂了一把柳燕眉，附到她耳朵边说：“你只要把六姨太搞定了，我也能让你享受这一切！”

柳燕眉惊讶地抬起脸，一脸惊喜地问道：“真的吗？那你需要我怎么做？”柳燕眉一想到自己这十年寒碜局促的生活就心烦不已，如今看着黄谷阳对自己旧情复燃，她决定孤注一掷，好好把握这个机会，无论怎样，这既是帮黄谷阳又是给自己一个翻身的机会。

黄谷阳看着柳燕眉，这个女人虽然虚荣势利，但并无太大心计，而且她现在一厢情愿爱着自己，期待着破镜重圆，正好可以作为撬开贾会长的一块跳板。他看着身边雀跃不止的柳燕眉，心里冷冷地想：“你只是我点燃的引信，为了引发这些烟火表演罢了！”

他加大搂住柳燕眉细腰的手劲，缓缓地说：“这贾会长啊，一共娶了六个姨太太，共有四个儿子。贾家大太太去世得早，二姨太太未曾生育，受尽冷落。三姨太太是唯一给贾会长生了个女儿的人，贾会长对这个唯一的女儿宝贝好得不得了！所以贾会长自然爱屋及乌，贾府大事小情都交给三姨太打理。这三姨太是苏方达的太太——碧云的姐妹，所以苏方达一直与贾会长走动得比我好！”

柳燕眉恍然大悟。黄谷阳接着说：“这三姨太是贾府主事的人，六姨太非常不满……”她有点不解，问道：“六姨太有享不尽的荣华富贵，怎么还不满意？”

黄谷阳看了看柳燕眉，觉得她有点单纯，不——是有点蠢！他耐着性子解释道："这三姨太握着后院的财政大权，就算是六姨太要花钱也得经过三姨太的手，明白吗？"

柳燕眉一下子"顿悟"，咯咯地笑着说："要我那样，我也不满意！哈哈——那你的意思是，让我和六姨太搞好关系，帮她出出主意，想办法扳倒三姨太？"柳燕眉一想到之前碧云对自己全家嫌弃冷淡的样子，就有点来气了。如果能扳倒三姨太，那对付碧云岂不是小菜一碟了？她在心里默默盘算着。

黄谷阳笑着说："你还真是孺子可教！哈哈，就是这个意思！我以后的产业还是要逐步回归苏州，很多事情需要你们女人在后头走动才能促成！如果能顺利扳倒三姨太，六姨太自然对你感激不尽，而我……自然少不了给你……"黄谷阳没说完后面的话，就亲上了柳燕眉白嫩的脸蛋。

柳燕眉开心不已，撒娇地问："那你会不会娶我？"

黄谷阳心里一惊，但脸上的表情没有太大变化，他继续抱着柳燕眉，避重就轻地柔声说："你这么能干，一定会当好我的贤内助的！"

柳燕眉一听"贤内助"三个字，双眼立马闪现出明亮的光，那是她一直梦寐以求的。他现在需要她，她一定不能作壁上观，要帮他一把。

车辆开进了一条幽深安静的街道，市区的喧闹一下子消失得无影无踪，仿佛到了一片静雅之地。

"你看吧，从这里开始，都是贾会长家的田地。这两侧的树木是法国梧桐，因为六姨太去了上海一趟，非要闹着把香樟树都换成法国梧桐，说这样洋气、有品位。"黄谷阳指着街道两侧的梧桐树，阳光透过树叶倾泻下来，斑斑驳驳的光闪着璀璨的金色。

"好美啊！"柳燕眉张着嘴巴忍不住夸赞。

黄谷阳看了一眼，微微皱了一下眉头，再次叮嘱道："对了，一会儿见到人就说你是我的远房表妹，知道吗?”柳燕眉点了点头。而前面的孙立波透过后视镜看了一眼大呼小叫的柳燕眉，嘴角扯了一下。

孙立波把车停在贾府。“哇!”柳燕眉一进门就张大了嘴巴。黄谷阳回头瞪了她一眼，吓得柳燕眉立马闭上嘴，使劲儿看着面前的眼花缭乱。

贾府仆人在前面带路，三人沿着石板路穿过一路的美景：你看那亭台楼阁，池馆水榭，映在青松翠柏之中；假山怪石，花坛盆景，藤萝翠竹，点缀其间；花园里，古柏参天，每一棵都枝叶茂盛；各式各样的怪石异花点缀在园内。

此时阳光正好。暖暖的阳光洒遍宅院的每一个角落，空气中弥漫着绿植的清新味道。走过了前面的亭台楼榭，到了宅院内部，映入眼帘的是一栋高大的欧式建筑：白色灰泥墙衬着浅红屋瓦，连续的拱门和回廊，挑高大面窗的客厅，整栋房子显得气派非凡。金色的门把手在阳光的照耀下闪着细小的光，柳燕眉看着不禁眯起了眼睛。

在仆人的引领下，三人进了大厅。推门一看，柳燕眉再次惊呆了，这客厅可真是大啊！比她们现在全家住的房子面积还要大！抬头一看，金顶石壁上绘着各种各样的鸟类图案，色彩斑斓。地板上铺着色调柔和、锦织丝绣的地毯，偶尔点缀着几朵嫣红色的火焰。一切都是那么热闹非凡，一切都是那么蒸蒸日上。

屋里的人一看进了客人，一下子安静了下来。只见一个六十左右、大腹便便、红光满面的男人走了过来。

黄谷阳一下子迎上去，伸出双手：“贾会长，好久不见，可好可好?”原来这个人就是宅院的主人，里面的一众粉黛都是他的各房姨太。

“哎呀呀，谷阳兄，好久不见!”贾士礼露出一口黄牙，他握着黄谷阳的双手，一双眼睛倒是色眯眯地盯着柳燕眉，问道：“这位是?”柳燕眉对着贾士礼嫣然一笑，贾士礼的骨头都快酥掉了。

黄谷阳很是满意，回答道：“这是我的远房表妹。她全家刚回到苏州，还要请贾会长多多照顾!”

“好说好说！你这表妹长得好生标致!”贾士礼直勾勾看着柳燕眉，毫不避嫌。

黄谷阳凑到贾士礼耳朵边小声说：“会长，您要是喜欢尽管说！还有，我在南京给您备了个好酒好肉的好去处，只要贾兄一个吩咐。如果在苏州累了，就去南京的寓所住上个一年半载，都不在话下！小弟愿为贾兄尽犬马之劳!”

贾士礼会心一笑，说：“来来来，今日要与谷阳兄一醉方休啊!”众人大笑，一时间觥筹交错，人声鼎沸。

“燕眉，你去和六姨太她们玩玩吧!”黄谷阳发话了，“今天我和贾会长是不醉不归啊!”柳燕眉应了声，就和六姨太她们去隔壁房间打麻将去了。

贾士礼看着成熟美艳、扭着细腰款款而去的柳燕眉，打着酒嗝对黄谷阳说：“你这……表妹……有空让她多来贾府玩玩，不要客气!”黄谷阳眉开眼笑答应了。

这边是男人推杯换盏、吞云吐雾，整个明亮的大厅被烟雾笼罩；那边是女人打着麻将，斗着嘴皮子，各有心思。打了几圈，六姨太说累了，想进房休息，顺便叫上了柳燕眉，剩下的二姨太和四姨太也识趣儿地散了。

一进屋，六姨太房间里奢侈华丽的布置、柜子里各种稀奇新鲜的玩意儿就引得柳燕眉啧啧赞叹。突然，放在墙角的一幅画引起了柳燕眉的注意，她上前一步仔细一看，原来这是一个木质小屏风，上面是一幅刺绣芙蓉。

柳燕眉刚想问，却听见咚咚咚一阵敲门声，原来是仆人送来两碗银耳燕窝粥。六姨太用尖细的声音说：“燕眉，你也喝一碗吧。看你虽长得不错，但这皮肤呢，还是有点粗糙的。咱们女人啊，就得好好保养自己，女人靠的就是一张脸啊!”

柳燕眉一听到六姨太的声音，慌忙转过头，连连称是：“六姨太说得对！我也只是来自普通人家，怎么敢和您相比呢!”说完讪讪地笑了。

六姨太瞅了柳燕眉一眼，觉得她还是很知趣的，就接着说：“也别这么说，我以前也是普通人家的姑娘。所以说啊，女人嫁对人很重要的!”

柳燕眉点着头，忘了问屏风的事情，眼睛一直看着六姨太手腕戴着的黄金手环。六姨太一看，取下手环，顺手递给柳燕眉：“你喜欢吗？那送你好了!”仿佛这手环只是她众多玩具里的一个，不心疼也不留念。

柳燕眉受宠若惊，一向伶牙俐齿的她突然语塞起来：“这……这不合适吧！第一次见面您就送这么贵重的东西——这个得值好多好多钱吧?”

六姨太看着这个虽容貌俏丽却在物质上如此匮乏的女人，觉得有点儿好玩，就好像猫在逗小老鼠一样，满满的都是征服感。

六姨太假装生气地说：“叫你拿就拿着好啦！这种首饰我多的是，我这房间里的柜子，满满的都是！你以后要是缺啥首饰，跟我说，我给你好啦！快——快拿着!”

柳燕眉小心翼翼地接过手环，发自内心地恭维道：“六姨太，我真是羡慕您！怪不得人人都说您是全苏州最美、最时髦、最大方的女人，今儿真是让我大开眼界，百闻不如一见啊!”

一席话听得六姨太越发开心起来，她觉得柳燕眉懂事讨巧，关键是还很知分寸，她继续对柳燕眉说：“有时候也会遇上烦心事儿的！哎呀呀，我在这府里啊，也没几个贴心可说话的人，今儿见到你觉得很是亲切，你要是有时间就多来陪陪我吧！对了，下周陪我去上海玩玩吧！”柳燕眉喜上眉梢，觉得自己开始往心目中向往的上流社会靠拢了。

每天早上吃完早餐，六姨太都要去宅子西侧的“相思林”走走。那里种了一大片银杏树，旁边有一圈山茶花。这可是贾士礼当初专门给这个最小的姨太太种植的，只为博得佳人的欢心。

时节已至隆冬，这里的茶花已经开了不少了。远远看去，茂密的叶子中点缀着红色白色的茶花：红的像一团团红通通的火球，白的像一朵朵洁白的云朵。这些茶花争先恐后地盛开着。

六姨太的嘴角微微泛起一丝柔和的笑意，轻声念道：“江南池馆厌深红，零落空山烟雨中。却是北人偏爱惜，数枝和雪上屏风。”念着念着，她的眼前仿佛出现了波澜壮阔的松花江：江里船只来来回回，像鱼儿一样游动着，还有各种各样造型的河灯浮在水面上。年幼的她和妹妹在河边开心地玩着，妈妈走过来对她们说：“晚上河灯就会发出非常漂亮的光，妈妈带你们出来看哦！”

可是没等到晚上，一阵枪响，一阵混乱，她和妈妈被人带上了一辆车，而妹妹也不知去向了！暖暖的阳光照在六姨太的脸上，一阵微风吹过，仿佛妈妈和妹妹的手柔柔地、轻轻地抚摸着她，让人陶醉。六姨太的眼角渗出了晶莹的泪珠。

第七章

“哎哟，你——你还挺会享受生活的嘛!”有人闯进了花园，语气有点嘲讽，“看不出，六姨太还……还会念诗呢!”

六姨太一个转身，趁机擦去眼角的泪花，恢复平时骄横跋扈的样子：“原来是七七小姐啊！怎么今天有兴致到我的园子里走走了?”六姨太也不是好惹的主儿，挑着眉回应道。

“什……什么你的园子我的园子，这都是我……我……我爹的园子！我想来就来！哼——哼!”七七不客气地回答着。

六姨太瞅着这个七七小姐，她穿着男士西裤，戴着一顶毡帽，走起路来虎虎生威，一点大家闺秀的样子也没有，摇了摇头说：“我说七七呀，女孩子就要有女孩子的样子。”六姨太摸了摸她的毡帽，说：“这种男人戴的帽子，你一个小姑娘家戴了不好看！改明儿我带你去金记裁缝店做几身旗袍穿穿。”

七七一脸厌恶地看着六姨太，不客气地回应：“不……不用你费心！你、你、你……你那些钱，也……也是我爹的。你就知道……知道花钱!”这七七小姐平时说话还好，就是一激动，这口吃的毛病就明显了。不过她可是贾士礼唯一的女儿，在这贾府里，四个哥哥包括她爹都要哄着她，所以她并不把六姨太放在眼里。

六姨太撇了撇嘴说：“不花钱，让钱躺着生锈啊！我花钱，那也是你爹乐意的！你最好别再打扮得不男不女，小心嫁不出去!”六姨太的嘴巴也是得理不饶人。

七七一听这个大她六岁的六姨太这样揶揄她，气得大怒，撸起袖子说：“你……你……你再乱说话，我……我……我能打断你的腿！”

六姨太一看七七的架势，转头就走，边走边叨叨：“这么凶，看哪个男孩子会喜欢你！”

气得七七在后面大叫：“你再……再说一遍！”

在六姨太那儿憋了一肚子气的七七，就想着到街上去转转。只见她怒气冲冲跑出大门，车也不坐，手里拿着一条小马鞭就往街上走。几个随从跟在七七后面，不敢跟太近，也不敢掉以轻心，大家都知道这位小主子的脾气，爱恨分明，但也有富家小姐的骄纵之气，是得罪不起的。

七七四处乱逛，走着走着，不知不觉走到了苏家大院门口。她抬头一看，心里一动，便对身后的随从说：“你们回去吧，我去姨母家坐坐！顺便跟我爹说下，我中午在姨母家吃饭，就不回去了！”

几个随从面面相觑，七七看着畏畏缩缩的几个人，不由得来气了：“叫你们走就走，没听懂本小姐的话吗？是不是找打？”说完扬起了手中的小皮鞭，几个随从赶紧点头，回去复命了。

七七敲了敲门，一个仆人过来开了门。七七径直走了进去，苏州城里的富贾大户基本都认得她，毕竟她爹贾士礼在黑白两道都很吃得开，而且自己母亲和苏家太太是姐妹，在苏家大院她更是来去自如。

七七没有去找姨母，她的马靴踩着石板小路发出咚咚咚的声音，来到了后山。

后山有一条河，就是当初苏小启掉入的那条桑河，这里已经被碧云列为“不祥之地”，一般人是不能随意靠近的。七七看着河边圈起了一块不小的地，四周都拉着绳子，她觉得很好奇，就慢慢走近，但也没看出些什么。对这些她也不很感兴趣，她索性往河西边的树林走去。

人一踏进树林间，仿佛就被树林吞没了。七七扬着她的小皮鞭，百无聊赖地四处挥舞着。她走着走着，进了树林深处。小路已经杂草丛生，好似多年无人走过。七七突然来了兴致，仿佛前面有兔子和狐狸在那微妙的迷宫里等待着自己，她努力开出一条路。树木摇曳，发出低低的呜吼，而穿梭在林中的则是一个好奇胆大的少女。

越是到林深处，树木的枝干就越发粗壮，树上都是鸟巢，有乌鸦、布谷、白头翁、喜鹊等。它们在枝丫上翻飞，不时发出尖锐、响亮的鸣叫。忽然，一阵哗哗声传来，七七定睛一看，原来是一条小溪。

七七一下子明白了，原来桑河的水就是从这儿流出去的，小溪的两岸是柔软的沼泽，七七明白，这沼泽可是会要人命的，她小心翼翼地绕着道，尽量离它远一点。走得有点累了，七七找了块乌亮平坦的石头坐下，在这片树林里静静地坐着，她觉得这里的一切都表里如一，时间仿佛静止了一般。

而给七七开门的小厮赶紧去给姜妈报信了。

碧云和苏方达正在大厅喝着茶，连日晴好，阳光很明媚。苏方达看着还是一脸病恹恹的碧云，说："最近天气很好，你有空多出来晒晒太阳。或者让沉香和小玉陪你去街上逛逛！"

碧云看了一眼苏方达，幽幽地说："知道了，老爷。只是，最近身子还是略感不适，不想出门。"

苏方达看了看碧云，想张口说话，可又咽了下去，拿起茶盏继续喝着，一时间，大厅安静了下来，只有钟表的声音滴答滴答响着。

这时姜妈进来了，看着老爷和太太，她顿了一下，说："老爷、太太，有个事情需要向你们禀报一下。"

苏方达说："姜妈，你直接讲，什么事？"

姜妈看了一眼碧云，说："那个——那个贾府的七七小姐刚才来了，但直接去后山了！"

苏方达刚呷了一口茶，就“噗”地吐了出来，慌忙道：“什么？七七小姐来了？”这七七小姐是贾会长的掌上明珠，这要出了什么差池，他们可是担待不起的。

碧云也急急站起来，大声说：“怎么都没人禀报呢？”

姜妈赶紧说：“她来的时候也没事先通知。听开门的小厮说，她是自己一个人进来的，而且不让通报，自己就跑去后山了。”

苏方达怔了一怔，道：“这就奇怪了，怎么没事儿突然跑咱这儿来呢！我赶紧给贾会长打个电话，姜妈你快安排人手去后山找找，千万不能让七七小姐出事！”

碧云一听“后山”，心里就咯噔一下，大怒道：“这些下人越来越不守规矩了，连个门儿都看不明白，要他何用！辞退他辞退他！”

苏方达明白碧云这是借题发挥，肯定是后山又触及她内心的不快了，就赶紧打圆场道：“沉香、小玉，你俩先带太太回房间休息。姜妈，这个事情交给你了。后山的树林很大，树木又茂密，平时很少有人进去的。你多派些人手去搜找，不够的话，把——把绍峰也叫上吧！”

碧云一听郑绍峰的名字，本来已经移步往房间走的脚步瞬间停住，神情一变，回头对苏方达说：“不许叫这个人去帮忙。他和倩茹一样，都是灾星，都是祸害！祸害我们一家不够，还要祸害我姐姐家……”她越说越激动，不禁咳嗽起来。

苏方达赶紧上前一扶，耐着性子对碧云柔声道：“身体重要。你先回房休息，这些事情你不要操心了。只要能把七七安全找出来，管他是谁呢！快，快进去——小玉、沉香，好好照顾太太！”

苏方达转头对姜妈说：“你去叫绍峰，他脑子灵活又有文化，让他带队去找吧！千万不能有事，不然我都不知道怎么和贾会长交代。快，快，你们快去找！我马上给贾会长打个电话——不，不，我亲自去贾会长家一趟！备车！”

草木丛里，一片薄雾缭绕。年老的树木，有丝丝胡须垂下，穿插在树木下灌木的低处枝丫间。翠绿幽暗的苔藓附在潮湿的石板上，而旁边的一些老草则渐渐枯萎。蕨类植物在正午的时分，贪婪地吸收着透过茂密树叶射下来的点点斑驳阳光。那些在隆冬季节也不回缩的细小叶片，努力生长着。

这里的树叶并未落尽，不时簌簌落下来，仿佛在七七的头上编织着花环。一阵冷风轻轻吹过，七七感觉远处响起了窸窸窣窣的声音。她抬头一看，发现有一个黑影飞闪而过。此时，山林发出低低的呜咽声，七七环顾了一下枝繁叶茂的森林，突然害怕起来了。

这七七，虽然平时舞枪弄剑，天天高喊“巾帼不让须眉”之类的话，对那些“对镜贴花黄”更是嗤之以鼻，加上上学浸染了一些西洋文化，她崇尚“男女平等，自由万岁”的新兴思想，作风大胆泼辣，什么事情都好奇，都要去尝试一下。可她骨子里毕竟是女孩子，这会儿四个哥哥不在，那些用人也不在，她一个人在这幽深安静的树林里，不禁恐慌起来。

七七告诉自己，不要慌乱。她尝试根据学过的知识，去寻找方向。她抬头看着头顶的树木，想看看哪一边的枝叶茂盛，可是这里的树木遮天蔽日，根本没法辨清，只好作罢。她又想起听奶娘说过，溪涧流向显示下山的路线。她看看附近的河流，决定沿着小溪走，她想只要跟着小溪，肯定能找到出口的。

于是，她顺着溪流而下，手里握紧了小皮鞭。深冬之季，土地硬得像铁，深色柏树和地上植物在冷风中摇摆，发出哀愁的声音，低低的野草丛蜷缩着身体，野花也都闭门不出，透过树缝的阳光清清淡淡地洒在树林里，林间不时有不知名的鸟叫声响起，偶有蹿过的小动物的窸窣之声，似哀鸣又如低吠，七七的汗毛顿时竖了起来。这个天不怕地不怕的贾府大小姐，此刻俨然一个柔弱、急需保护的小丫头。

姜妈赶紧张罗一群人去后山找七七小姐，还特地去把郑绍峰找来了。姜妈着急地说：“绍峰，贾府的七七小姐一个人去后山玩了，那里山大林密，很少有人进去。听说里头还有一些野兽啥的，老爷让你也赶紧去帮忙！”

郑绍峰一听是苏方达的安排，立马停下手头的工作，跟着姜妈来到了后山。

后山已经聚集了一群人，大家交头接耳地议论着，看着姜妈带着郑绍峰走过来，安静了下来。姜妈清了清嗓子说：“贾府的七七小姐现在在后山树林里，老爷说了，不论怎样都要把七七小姐找到，而且要保证七七小姐的安全。找到七七小姐的，都有重赏！”

这些人一听有重赏，立马眼睛一亮，呼呼啦啦就要散开冲进林子里。

姜妈一看，慌忙一声大喝：“等等！你们这样无头苍蝇似的寻找，能行吗？老爷交代了，让郑公子负责安排搜找之事，你们先听听郑公子的意见！”说完，姜妈用支持的眼神看着郑绍峰。

郑绍峰心里很感激，看着眼前的二十几号人，他大声地说：“既然老爷把任务交给了我们，我们就要努力完成。大家先静一静，听我说几句话。”

众人安静下来，一双双眼睛盯着郑绍峰。郑绍峰接着说：“这片林子大而密，仓皇进去很容易迷路。为了找到七七小姐和保证大家的安全，现在我们需要分成八个小组往东、西、南、北、东北、东南、西南和西北八个方向，每组三个人。你们每组根据方向进去搜寻，组员不得分开，如果在天黑之前未找到七七小姐，请及时撤出，咱们还在这个地方集合；如果哪一组先找到七七小姐，请吹三声口哨通知别组，大家接到信号也要及时撤出树林。明白了吗？”

大家听完郑绍峰的安排，纷纷对他的缜密细致表示佩服，毕竟在这样一个飘摇的年代里，下人的身家性命又有几个人会惦记呢？大家频频点头，表示一定配合。

临出发前，郑绍峰又交代了一些注意事项："别走近那些长着浅绿、穗状草丛的洼地，那里很可能是沼泽。还有，在行走过程中，可以适当做点记号。总之大家要注意安全，一有发现，及时发信号通知！"

姜妈在旁边用一种期许赞赏的眼神看着郑绍峰，心里不由得想起了大小姐苏倩茹，悄悄叹了一口气。

郑绍峰带着一帮人，分组进山去寻找了。今天的运气似乎很不错，郑绍峰带着的一组人来到了七七刚才停下休息的小溪旁。几个工人在附近寻找着，郑绍峰则细细勘察着溪流一带的状况。他发现溪流边的石头似乎有人坐过的痕迹，下方还有新鲜的马靴脚印。他早就听说贾府的七七小姐"不爱红装爱武装"，看来这个马靴印应该是她的了。郑绍峰想，这七七小姐估计是沿着溪流走，就赶紧招呼了几个工人，顺着水流一路搜寻。

这溪流一路往下。走着走着，郑绍峰心里突然觉得不妙。他大呼："坏了！"工人不解地问："郑公子，什么坏了？"

郑绍峰着急地说："刚才我们发现了七七小姐的脚印，估计她是沿着这条溪流走下去的。"

工人互相看了看，还是不解："沿着溪流走，不是能找到下山的路吗？"

"对啊，家里老人都这么说的。"另一个工人说道。

郑绍峰看了看他们，指着左侧的溪流说："很多人在树林里迷路，都会遵循'沿着溪流走就能找到出口'的老法子，觉得水一定能流出山。可是如果顺着水流走，也可能是走向悬崖！"

众人一阵惊呼，面面相觑。郑绍峰接着说："这座山，我小时候经常来玩，还比较熟悉。这溪流下方正是一片悬崖。快，快，我们要加紧脚步，赶紧找到七七小姐!”一行人立即加快了脚步。

郑绍峰带着一组人沿着溪流顺势而下，但他并不贴近溪涧，而是保持着一段距离。工人阿德觉得奇怪，就问：“郑公子，你为什么不让我们贴着溪流走?”

郑绍峰笑了一下，边走边说：“溪涧流向虽然显示下山的路线，但最好不要贴近溪涧而行。因为山上流水侵蚀河道的力量很强，河岸都非常陡峭。所以，我们循水声沿溪流下山即可。”

众人一听，觉得郑绍峰非常博学，而且又谦虚亲切，不禁赞叹：“郑公子，您真是博学多才，而且人还亲切，真是好人啊!”

郑绍峰微微一笑：“乱世之中，大家能认识就是一种缘分!”

七七沿着溪流顺势而下，看着树木越来越少，她心里一阵高兴，心想这是要出山了，不禁加快了脚步。忽然，她眼前一片开阔，惊得她赶紧止住脚步!

天啊，这不是出口，而是一片悬崖！她突然感觉森林的声音没了，也听不到自己的呼吸声。这种感觉像是正处于某种奇怪的、可怕的耳鸣状态，且更具压迫感。她开始惊恐起来，眼泪不住地流下来，乱了方寸。

而这边带着组员沿溪流走的郑绍峰，也很快赶到了悬崖附近。他隐隐听到一阵断断续续的啜泣声，示意几个组员在附近分头寻找。郑绍峰顺着声音找去，在一个石缝间找到了声音的来源。

七七埋着脸，她听到有脚步声逐渐靠近自己，离她越近，她的心里越是不安，心脏扑通扑通跳个不停，手里的小皮鞭都快捏出水了，可她居然没有勇气抬起头来看看。这个平时天不怕、地不怕的贾府大小姐俨然成了一只柔弱的小猫咪了!

郑绍峰看着抖个不停的七七，走到她的面前，蹲下来轻轻地说：“七七小姐，不要害怕，我们来救你了!”郑绍峰一直就是个温和的人，对谁都是如此。

七七听到一个温润低沉的青年男子的声音，这声音是那样悦耳和亲切，瞬间抚平了内心的恐惧。她抬头一看，呆住了：只见眼前这个男子穿着一身工服，高高的身板有些单薄，但很挺拔；浓密的眉毛稍稍向上扬起，长而微卷的睫毛下有着一双如黑曜石般澄亮耀眼的眸子，闪着英锐之气，在他看似平静的眼波下暗藏着坚定勇敢，配在端正英俊的脸庞上，令人倾慕。七七的脸上还挂着泪珠，失去了往日的骄横跋扈，喃喃地说："你……你是?"

郑绍峰笑了一下，说："我们是来救你的！你姨父姨母都急疯了，还好，你没事。走吧，七七小姐。"

看着笑着露出一口白牙的郑绍峰，七七的心里"沦陷"了，她定定地看着郑绍峰说："我……我……我见过你!"

郑绍峰一听，再次笑着说："看来，七七小姐是受了惊吓说胡话了，我们是第一次见面。"

七七摇了摇头，坚定地说："不……不，我肯定见过你!"她直勾勾盯着郑绍峰，眼睛里全是他的英俊脸孔，他就像太阳一样照得她睁不开眼睛，可她还努力睁着，想使劲儿多看一看——你将是我的猎物!

郑绍峰被七七看得全身发毛，赶紧回头喊了其他几个工人过来。七七的眼睛一直没离开过郑绍峰的脸庞，她感觉郑绍峰就像一缕和煦的阳光温暖她的心房，带她离开黑暗，一时之间，她面颊绯红，温柔地对郑绍峰说："我……我在梦里见过你!"

郑绍峰看着虽然言谈举止有些怪异但长相英气并略显孩子气的贾府大小姐，觉得她丝毫没有一般富家小姐的矫揉造作，甚是可爱。这时，苏倩茹的音容笑貌浮现在他的脑海里，他使劲儿压下自己的情绪，淡淡一笑，说："七七小姐，咱们走吧。你姨父他们在外面等着呢!"

七七一听他叫她小姐，有点不乐意，嘟着嘴说："不要叫我什么小姐，叫我——七七。”郑绍峰看了一眼七七，笑着不回答。

几个工人陆续过来，大家发了信号，原路返回。七七的眼神一直追着郑绍峰，她好奇地问：“你们是怎样找到我的？”

工人阿德抢着回答：“多亏了郑公子，他带着我们沿着溪流而下，才找到你的！”

七七一脸崇拜地看着郑绍峰，接着问：“那你们怎么知道我会在悬崖那里？”

另一个工人阿福接话：“这也是郑公子带着我们过来的。这里山势复杂，要是没有郑公子，我们还真未必能这么顺利找到七七小姐您。”

郑绍峰淡淡地说：“没什么，正好这片山我比较熟。”

七七问：“你经常来山里玩吗？”

郑绍峰笑着说：“现在谁没事往深山老林跑？是小时候比较淘气，经常来玩儿。不过七七小姐还是很聪明的，知道不能走近长着浅绿、穗状草丛的洼地……”

“因为那很可能是沼泽。我还知道看树叶，茂盛的那面就是南方，还有——还有，长苔藓的是北方！”他还没说完，七七就抢先回答，然后又不好意思地笑了一下。

郑绍峰看了看脸蛋通红的七七，笑着说：“七七小姐懂的真多。不过下一次要是迷路，你可以选择在原地等待救援，或者最好往高处走，去高处能看到山下的情形，这样你才能知道该往哪个方向走。当然最稳妥的方法就是——不要盲目进山！迷路了千万不要凭感觉走，或者，你可以蹲下来寻找蚂蚁的洞穴！”

“为什么找蚂蚁的洞穴？”一行人不解。七七也瞪圆了眼睛瞅着郑绍峰。

郑绍峰大笑，说：“蚂蚁的洞口一般都是朝南的，可以为你辨别方向啊！”

众人大笑起来，返途显得特别轻松，七七看着郑绍峰谈笑风生的样子，心里欢喜得不得了。

一行人刚走到树林出口，就见苏方达、姜妈等人都在等候着。看着郑绍峰带着七七安全走出来，苏方达一颗悬着的心，终于落了下来。

苏方达急忙走上去，握住郑绍峰的手说："绍峰，你果然没让苏叔叔失望！这次谢谢你了！七七，没事吧？"

七七有点不好意思："对不起，让姨夫担心了！我只是突然好奇，想进去走走，没想到，惹……惹出了麻烦！"

苏方达拍了拍七七的肩膀，说："安全回来就好。你姨母身体不舒服不便出来，可她在房间里也着急、担心呢！一会儿让姜妈带你去姨母那儿坐一下，你父亲很快就来接你。他知道消息也是急得不得了，只是市里有个会议走不开，我赶紧给他回个电话，让他放心！"

说完苏方达转身就走，走了两步又停了下来，他想起了一件事儿，对着姜妈说："这些工人都辛苦了，一会儿去账房让小六儿取些钱来，给大家表示一下。对了，绍峰要重赏！"说完，他用赞赏的眼神看了一下郑绍峰，走了。

姜妈自然喜上眉梢，乐呵呵地领着七七小姐回到大院里。七七一步三回头，不停地看着郑绍峰。小六儿按照姜妈的要求取了些银圆过来，奖励给参加搜救的工人。

郑绍峰把自己的那一份也拿出来，对大家说："各位都辛苦了！这些钱，大家平分。"众人看着慷慨无私的郑绍峰，心里都啧啧称赞。

第八章

半夜，一场雪突袭了苏州古城。窗外的屋顶落满了毛茸茸的雪花。夜已深，但仍有一层仿佛不属于这个世界的苍白光线笼罩在这片冬季景致上，柔软的雪花依旧在飘落。碧云从噩梦中惊醒，她满头大汗，眼泪涌出。

苏方达立马起身，扶住太太柔弱的肩膀，轻声安慰："又做噩梦了？没事没事，我在这里！"碧云一头扎进苏方达的怀里，啜泣着："我又梦到小启了。他说他冷，他要我去抱抱他……呜呜呜……"看着泣不成声的碧云，苏方达紧紧地搂住她，一脸心疼。

"老爷，我真的很想为您再生个儿子。可是——上次流产以后，医生说我再也不能生育了……呜呜呜，老爷，我对不起你啊！"碧云哭得梨花带雨，苏方达搂着小十岁的娇妻，安慰道："没事没事。只要你平安健康就好。我们不是还有倩茹么……"

一听到倩茹的名字，碧云立马止住了哭声，抬头对苏方达说："老爷，实不相瞒，我最近又偷偷去了梅大仙那儿。"

苏方达一听梅大仙，皱了皱眉头说："你怎么还去找他呢？他那些都是不着调的封建迷信之说，你以后不要再去了！倩茹是我的孩子，也是我们唯一的命根，迟早她是要回来的！"

碧云清了清嗓子说："老爷，您先别生气，听我慢慢说。大仙这次说了，倩茹在外漂泊，无心无根，可以回来。"

苏方达有点疑惑，不解地问："之前不是说不能留在家里吗？"

他实在看不懂碧云心里的想法。

碧云急急回答："大仙说了，咱家这一年灾气实在是太重了。府里需要有大事冲冲喜！你看，倩茹马上就要二十了，干脆我们在本地给她寻个好人家嫁出去。这样她也可以时常回来看看我们，我们也可以化解一下煞气！"

苏方达听了一愣，他着实不想这么仓促地把自己的宝贝女儿嫁出去，可看着凄惨的碧云，他点了点头说："先把倩茹接回家吧。现在外面太乱，这仗说打就打，倩茹一个女孩子在外面也不安全啊！"言罢他长长地叹了一口气。

窗外的雪花依旧纷纷扬扬地下着。苏倩茹拿着父亲写给她的家书，愣着神。

"怎么了？"肖紫琰关切地问道。

"没什么，就是爹和娘说想我了，希望我回家一趟……"苏倩茹有点魂不守舍。

肖紫琰只顾着在镜子前擦脸，没注意苏倩茹的表情，随口答道："这不挺好的嘛，平时你总想回去，就怕你娘不答应。现在他们主动让你回去了，是好事啊！"

苏倩茹皱着眉，摊开信又重新看了一遍，心里有种不安。

肖紫琰转过头看了看神情落寞的苏倩茹，有点不解，但随即就拍了拍苏倩茹的肩膀说："哎哟，我的大小姐，这回自己的家有什么好害怕的，不要想那么多！先回去再说，反正'兵来将挡，水来土掩'，随机应变就好啦！"

苏倩茹看着一脸坦然的肖紫琰，她的身上仿佛从没有什么烦恼似的，她永远是大大咧咧，笑容满面，她真有点儿羡慕她。

"好啦，不要想那么多啦！赶紧睡觉，明天陪我去看电影，有一部新电影上映了……"苏倩茹闭上沉沉的眼睛，任由肖紫琰说下去，这真是个漫长的夜晚。

肖紫琰第二天一早醒来，在镜子前化妆。她长得很美，是那种带着野性的美，张扬而富有活力。她每天有用不完的精力，经常一整天在外面玩耍，也没听她喊过累。她跟苏倩茹说过，自己的父亲曾经是安徽一个官员，母亲在她幼时便病逝。原来家境尚可，但在近些年的天灾人祸下，家境逐渐破败，家里现在只剩老父亲一人。自己现在金陵读书，就想着找一个富家子弟结婚生子，然后把父亲接过来享福。她对苏倩茹无话不谈，苏倩茹对她也很信任。两个少女，在一些机缘巧合下，彼此温暖着对方的心。

苏倩茹对化妆、逛街并不感兴趣，肖紫琰顶着自己精心描画的妆容，笑吟吟地和苏倩茹说："我去看电影咯！也许，今天会碰上我的白马王子哦！"

"那，祝你好运！"苏倩茹微笑地回应着。

肖紫琰在门口招手叫了一辆黄包车，坐上去，说："去电影院！"拉着拉着，肖紫琰发现不对劲，大声对车夫说："这不是电影院的路吧？"

车夫停下来，吭哧吭哧抹着脸上的汗水，有点不好意思地说："哎呀呀，不好意思！我，我刚来金陵没几天，路不太熟……"

肖紫琰鄙夷地说："路不熟，你也不能急着接活啊！"

这个看起来年近五十、满脸沧桑的男子讪讪地赔着笑，小心翼翼地说："对不起！对不起！我这一家老小五口人都靠我一人拉车过活，我这也是着急接活……姑娘，您大人有大量，这个——这个钱我不要了。"

本来肖紫琰怒气冲冲的，一听到车夫提及要养活一家五口，顿时泄下气来，怜悯之心涌上心间，她还是拿了点零钱给车夫说："算了，你走吧！这年头，赚钱都不容易！我再拦车吧！"车夫感激地看着肖紫琰，一番推辞之下收了钱，拉着车走了。

肖紫琰在路边等了许久，还是没有车来。因为寒冷，她来回跺着脚，自言自语道：“奇怪！今天怎么都没车了呢？真是倒霉！”她没有注意到，对面有一辆车，车里的一个人已经观察她好一会儿了。

这时，车窗摇下，出现一张油头粉面的脸。

车里的人朝肖紫琰喊：“喂，漂亮的姑娘，你要去哪儿呢？”

肖紫琰扭头一看，不远处有个人从车窗探着头看着她。她觉得这种搭讪很是无聊，可能是平日里见得太多了，好多给富家老爷开车的司机就会用这一招来撩妹，她觉得这个人估计也是个“假金主”，所以理都不理，径直往前走。

没想到，小车一路跟过来，里面的人又道：“要走到哪儿呀？这么冷的天，别冻坏了你这张漂亮的小脸蛋儿！”来人笑嘻嘻的。

肖紫琰一听，下意识地摸了摸脸蛋，冰凉凉的，再回头看看这个说话的人，眼睛对上的瞬间，肖紫琰呆住了！这个年轻人估计比自己年长一两岁，一头乌黑浓密的头发，剑眉下却是一对细长的桃花眼，多情的样子，让人一不小心就会“沦陷”。他高挺的鼻子，厚薄适中的红唇漾着令人目眩的笑容。

车里的人笑着对肖紫琰说：“姑娘，你要去哪里？我送你去！”

肖紫琰喃喃地说：“这——这多麻烦你……”

车里的年轻人挑着一双好看的桃花眼，柔情地说道：“看到美人有难，不帮忙是一种很不绅士的行为。上车吧，美丽的小姐。”一席话说得肖紫琰心花怒放，她半推半就地上了车。年轻人大方地自我介绍：“我叫黄亦虎。请问，美丽的小姐芳名是？”

肖紫琰似乎着了魔一样，不由自主搭下了眼皮，轻声回答道：“肖紫琰。”

黄亦虎用一双好看的桃花眼瞅着肖紫琰，夸赞道：“这个名字真好听。真是名如其人啊！”

肖紫琰小脸儿微微一红。黄亦虎看在眼里，嘴角一勾，吹着口哨，把车开得飞快，惊得肖紫琰一阵尖叫。

黄亦虎看着花容失色的肖紫琰，就把车速减下来，关切地问："吓到你了吧？"

肖紫琰按着扑扑跳的胸部，点了点头。

黄亦虎哈哈一笑，侧着脑袋对肖紫琰说："我喜欢风驰电掣的感觉。把一切都抛到后面，有一种征服的快感。"

肖紫琰看着这个有着好看笑容的年轻男人，点头附和道："你说得有道理！只有不停往前冲，才能看到更美的风景。"

黄亦虎看着肖紫琰，心里想，这个女人也是不简单。但他其实不是什么纯情小男生。他是个风流浪子，总是在追女孩子。不仅在南京，在上海，甚至苏州，都是如此。他经常开着他的小车，拉着不同的女人，搂着女人纤纤细腰，出现在舞场、咖啡厅甚至十里红场——南京最红的妓院。这些地方离父亲很远，所以他越发胆大包天。无论是谁，只要长得稍微有点姿色，他都会上前搭讪。他的脑瓜里像住着一头邪恶的野兽，指挥他过着花天酒地、醉生梦死的生活。

黄亦虎对她的回答表现出赞许，用一种肯定的——近乎有些调情的语调说："哎呀呀，你真是一语点醒梦中人啊！不知为何我一看到你就觉得似曾相识——我想，我想这就是缘分。"他尽可能吐字清晰，用一种异常柔和的声调说着。他观察着肖紫琰的神色变化，发现她的脸颊微微泛红，看来这个女生并不讨厌他，他越发有把握了！

"美丽的小姐，我能请你看电影吗？"黄亦虎一脸的诚恳。

肖紫琰一听，心中一阵惊喜。本来自己一个人看电影还觉得有点孤单，现在有一个潇洒英俊的公子陪自己，想起早上自己和苏倩茹说的话——"也许，今天会碰上我的白马王子哦"，果然心想事成。

她轻轻笑出声，点了点头。黄亦虎看了看肖紫琰，火辣辣地夸赞着："你长得真好看！我和你一起看电影，真是三生有幸！"一席话又夸得肖紫琰心花怒放，美滋滋地和黄亦虎去看电影了。

树上的叶子在寒风呼啸中纷纷飘落，又一场欲来的雪使中午的天空逐渐灰暗起来，乌鸦落在树枝上发出一两声锈哑的叫声。放眼望去，街上行人寥寥无几。这种天气，能在温暖舒适的屋子待着的人，怎么会想来户外？郑绍峰依旧在厂房工作，忙碌个不停。自从上次组织工人搜救七七以后，厂里的工人对他更是佩服得五体投地，平日里一些家书的读写都来找他帮忙，郑绍峰也是有求必应，尽力帮助。

这天，天灰蒙蒙的，郑绍峰忙碌了一天，终于收工了。郑绍峰起身换了衣服，把围巾在脖子上缠好，双手插进外套的口袋。冷风一吹，寒意使他前额和头皮的神经嗡嗡颤抖，就像风吹过树林。他迈着修长的双腿，嗒嗒地走在回去的石板路上。一个一闪而逝的人影，让他觉得有人在跟踪他。郑绍峰停下了脚步，突然一闪，躲到了一条巷子的旮旯处。

只见一个娇小的身影从后方冒出来——小毡帽、高马靴、男士裤装扮的七七焦急又慌乱地四处张望着："明明看到他在这里，怎么会突然不见了呢？"

郑绍峰在暗处倒吸了一口气："怎么是她？看来有钱人家的孩子就是太闲，不是玩探险，就是玩'你追我躲'的跟踪游戏！"一阵急促的脚步声伴随着几个成年男子的喊叫声传来："小姐，小姐，你在哪里？"

"在——在那里！"有人喊了一声，又是一阵急促的脚步声。

"哎哟，小姐，我们可是追上你了！"来的人喘得上气接不了下气，"小姐，老爷让我们看着您，您可别乱跑啊，要不——老爷就该惩罚小的了！"一个高个子家丁气喘吁吁地说。

"你们也真是没用！跟个人都跟丢了，快快给我去找！"七七大叫起来，"我今天一定要找到他……你……你……你们眼睛睁大点，赶紧分散去找!”

众人一看小姐发怒了，马上四散找开了。听着脚步声渐渐远去，郑绍峰慢慢从旮旯处走出来，七七看到如天神一般降临的郑绍峰，惊得大叫：“我就知道我能找到你!”

郑绍峰用一种平静的语气问：“干吗一直跟着我?”

七七扑闪着大眼睛，直爽地回答：“因为我喜欢你啊!”

郑绍峰眉头一皱，心里想这个女孩子真是太直接了，他还是有礼貌地回答：“对不起，我不喜欢被跟踪。”

七七顿了一下，继续说：“你要是不喜欢我跟着你，那以后我去陪你上班吧!”郑绍峰吓了一大跳，这个女孩子还真是想一出是一出，他摇摇头表示不需要。

七七突然抓住他的手，热烈地说：“我第一次见到你就喜欢上你了，我要嫁给你!”

郑绍峰觉得匪夷所思，他想富贵人家可真是会宠溺孩子！你看，与其说那是娃娃，还不如说是一件小小的艺术品。在家，帮佣丫鬟伺候；出外，保镖随从跟班。穿的是绫罗绸缎，吃的是山珍海味，玩的是奇珍异宝，想的是天马行空。他想早点结束和这位大小姐的交谈，也好摆脱她的纠缠，他突然转过身，抬腿就跑。

没想到眼尖的七七早就发现了苗头，在郑绍峰抬腿之际一步上前扑进了他的怀里！郑绍峰吓得像触电般一把把七七拉开，风一样地跑远了。

七七在后面大喊着：“我一定要嫁给你！你到哪里我——就跟——到——哪里!”说完，用抱过郑绍峰的手掌捧住自己的脸蛋，露出了幸福的笑容。

郑绍峰感觉到一种突如其来的恐惧。不对，严格说是一种惊吓。

这种寒冷的天气真是适合睡觉，谁都不舍得离开温暖的被窝。屋里充满了暖暖的睡意，还有那迟迟不消散的气息。安静，安静，整个房间丝毫没有半点动静，只有那闯进屋来取暖的苍蝇嗡嗡绕圈作响。多么安静！安静得窗帘都纹丝不动，仿佛有什么东西压迫着它，让它不敢出声。房间里一片死寂。郑绍峰悄悄起了身，蹑手蹑脚地把床头的台灯开了，一片橘黄在房间温柔散开，整个屋子一下子有了一种温暖的气息。

“哥……”隔壁床的绍川醒了，他揉了揉眼睛，“哥，你怎么起来了？”

郑绍峰看着弟弟，用一种温和的声调回答：“睡不着，起来看会儿书。你赶紧睡，明天还上班呢！”

郑绍川看了一眼哥哥，小声地说：“哥，我告诉你一个秘密。娘说，要——要给我相亲。”

郑绍峰一惊，不解地问：“你才十七岁，娘怎么就想给你相亲了？”

绍川撇了撇嘴说：“我也是这么问娘的，可娘说，先订下来，过几年再成亲。听说，是一位富家小姐。”

郑绍峰回过味来了，但也没有表现出来，轻轻说：“娘也是想让你过上好日子。”

绍川似乎不领情，用不满的口气说着：“娘就是爱钱！咱家这条件，人家富家小姐怎么可能看得上？再说——再说我还这么小，就要包办我的婚姻，我真的不喜欢。何况长幼有序，哥哥还没成家，我怎么能比你早呢？哥，你跟娘说说去，还是不要给我介绍了吧！”

看着弟弟一脸的央求，郑绍峰只能安慰道：“娘的脾气你也知道，你越反抗她越是生气。你就顺着她，反正还有几年时间呢，先拖着。”说完拍了拍弟弟的后背，一脸的疼爱。

绍川看着哥哥，突然想起之前苏小启的事情，他一阵心慌，把头低下来，想了一会儿。

他做着思想斗争。

那是一段发酸的往事。

好一会儿，他把头抬起来，对哥哥说："哥哥，你能原谅我吗?"

郑绍峰有点发蒙，问："怎么了，绍川?"

郑绍川顿了一下，鼓起勇气说："哥哥，小启掉河那事——我当时真的——真的很害怕……"

郑绍峰握住弟弟颤抖的双手说："哥哥没有怪你！这事儿都过去了，现在重要的是咱们一家人开开心心过下去，你别想太多了。"

郑绍川感激地看着哥哥，继续说："哥哥，倩茹姐姐和你还有联系吗?"

郑绍峰心里一酸，摇摇头。绍川赶紧安慰说："哥哥，你别着急，我明天去问问苏府的小玉，她在苏太太身边做事，总是能打听到倩茹姐的消息的。"郑绍川这时候特别想为哥哥做点儿什么事情，弥补自己当时的过错。郑绍峰看着窗外，天色已亮，拂晓的几道灰白的光线稀稀拉拉地射到地面上，这是黎明前的黑暗。

这一天，郑绍峰歇工在家休息。突然"咚咚咚"响起一阵敲门声，郑绍峰开门一看，是书店小伙计。他羞涩地看着郑绍峰，露出憨憨的笑容，说："郑少爷，老板让您去一趟。"

郑绍峰应了声："稍等一下。"

回屋取了外套，他立马跟小伙计往书店走。郑绍峰看着这个比自己矮半头的少年，跟弟弟绍川差不多一样年纪，就问："你叫什么名字?"

小伙计转过头，看着郑绍峰说："我叫林子。"

"哦，林子？姓林吗?"

"不知道。"小伙计干脆地摇头，"我不知道自己姓什么，叫什么，父母长什么样子也不知道。是周先生救的我。他说是在一片林子里遇到当时年幼的我，就叫我林子了。”林子说这话的时候，脸色并没有太大变化，只有提到周先生的时候，语调稍微兴奋了一下。他看着郑绍峰，继续说：“周先生就像父亲一样照顾着我，我自小跟着他长大，他让我做任何事情一定都是对的，因为他是一个好人！”

郑绍峰听着林子的话，明白了这又是一个苦命的孩子。在风雨飘摇的年代，有多少孩子因为贫困和战争被迫和父母生离或死别。他拍了拍林子的肩膀，鼓励说：“你很勇敢。跟着周先生，他会好好照顾你的。”

林子咧开大嘴一笑，用相当得意的神情说：“那是自然。周先生心怀国家与百姓，在做一件特别有意义和正确的事情。郑少爷，我想你也是这样的人，虽然我不是很懂，但我知道你和周先生一样，都是好人！”

看着并未因童年悲惨遭遇而受打击的林子，还保存着一份天真与善良、憧憬与勇气，郑绍峰暗暗佩服。朴实的林子，毫不犹豫地做着自己认为应该做的事情。他笑着对林子说：“林子，以后你不要叫我‘郑少爷’，叫我‘哥’。以后我也是你的亲人，知道吗？”

林子一下子停下了脚步，看着郑绍峰真诚的眼睛，他心里非常感动，重重地点了下头。在书店没人的时候，他有时也会听周先生偶尔提起郑绍峰，都是满满的夸赞。林子始终非常清楚，周先生不仅救了他，还可以救更多人。他决定，一定要待在周先生的身旁，努力帮他做事。这个决定，将会彻底改变他的命运。

这些年来，灾难和杀戮降临到历史悠久、文化底蕴深厚的中华大地上。当普通大众只会埋怨天地不公、对时局情况一知半解时，有一些思想进步的人，已经在各个维度上布局营救受苦受难的祖国母亲了。

国家危亡，总得有人挺身而出。

那些狼子野心的人正虎视眈眈地瞅着我们，难道我们要呆若木鸡，眼睁睁看着国家任人侵略吗？

不，不，肯定不会。

很快到了书店。郑绍峰走进去，只见老周一脸严肃地坐在茶桌旁。林子非常熟练地关上店门，外面挂了个“今日休市”的牌子，然后机警地站在窗户边，观察着四周的一切 。

郑绍峰一看，心里咯噔一下，感觉老周肯定有重要的事情要和自己商量。平日里，郑绍峰和老周并没有表现得很熟络。自从一年多前，老周介绍郑绍峰往《今报》投稿，他们的“革命情谊”已经深深结下了。而自己在这一年多里，通过每周一篇的时局社论，在思想觉悟、文化修养以及爱国情怀方面都得到很大的提升，他的文章甚至对整个社会舆论都产生了一定的导向作用。

老周示意郑绍峰坐下，用一种严肃的声音说：“现在时局特别紧张，战争一触即发。”老周的言简意赅和一针见血，让郑绍峰顿时目瞪口呆。

老周继续说：“你这段时间都在苏家庄园干活，可能外面的情况不是特别了解，我跟你简单介绍一下。”

郑绍峰着急地点头，眼睛里都是迫切的光。

老周缓缓说道：“我们都知道，‘九一八’事变就是日本在中国东北蓄意制造并发动的一场侵华战争，是日本帝国主义侵华的开端。东北人在日本操纵的伪满洲国傀儡政权下，受到惨绝人寰的奴役和殖民统治。这是日本人企图把中国变为他们独占的殖民地而采取的重要步骤。早在1894年甲午中日战争，日本就想一口把辽东半岛吞在嘴里，到了田中会议，日本人依然宣称：唯欲征服世界，必先征服中国，唯欲征服中国，必先征服满蒙。想我东北三省广大同胞生活在日本帝国主义侵略者的铁蹄下，正备受各种蹂躏和残害，活在水深火热之中啊!”老周越说越悲愤。郑绍峰听得也是双眼冒火，这些他都知道，所以在他的时局社论中，也经常用犀利的言论表示出不满及愤慨。

老周看了一眼郑绍峰，他知道郑绍峰是一个正直、勇敢的爱国青年。通过一年多的考察，还有郑绍峰在《今报》上的出色表现，他觉得这个青年人是可以信任的，也是可以一起共事的。今天找他来，其实就是要和他亮明自己的身份，希望他能正式加入他们的队伍。他真诚地说：“国难当头，匹夫有责！绍峰，我希望你能加入我们的组织。”

郑绍峰心里一热，他早就有这样的预感，他一直在等着老周说这句话，他激动地点头：“我愿意，我愿意——这是我梦寐以求的理想。”因为激动，郑绍峰的脸涨得通红。

老周露出欣慰的笑容，他仿佛看到了中国的希望。“青年有梦想，中国有希望。”这句话一直萦绕在老周的脑海里，从第一次见到郑绍峰的时候，他就深觉如此，而今通过一年多的相处和考验，他更认定自己的选择。老周接着说：“日本侵略者正在全国各地重要城市进行部署，企图从军事上、文化上及精神上全方位瓦解中国。”

郑绍峰点了点头，说：“是的。现在日本人在我们祖国大地上肆意践踏，老百姓妻离子散，苦不堪言。我们必须团结起来，把日本人赶出中国！老周，有什么需要我做的吗？请您说，我一定配合!”

老周赞许地点了下头，对郑绍峰说：“你先别着急，听我说完。前线有将士杀敌，我们在后方也要做好援助工作。我们可以提供资料、情报，我们可以做宣传……我们能做的事情很多很多。我今天跟你讲的是一件大事——关于苏州的金融商业情况。”

郑绍峰有点不理解，老周似乎明白他的疑惑，笑着解释：“保护当地的经济产业、文化古迹也是一种抗战。”

天已经黑了，窗外的小雪也变成了时有时无的阵雪。

“自古以来，苏州就是历史名城。挨着上海，在文化和经济上也是繁荣发达的。现在局势动荡不安，上海是帝国主义列强眼中的重要城市，大家都想来抢一杯羹。而苏州的地理位置优越，物产也丰富充沛，日本人肯定不会放过这里的。只要上海一开战，那苏州也就岌岌可危了。长江流域的丝织业是国内最为发达的地区，苏州更是个中翘楚，现在政府也建立起纸币制度，我们的担心是——一旦开战，势必严重影响丝织产业以及造成货币贬值，这样会造成不可估量的损失。”

老周喝了一口茶，继续说：“我知道你在苏家庄园工作，苏方达的丝绸刺绣产业在苏州城是数一数二的。苏州丝绸刺绣产业链完整，制作精良，质量上乘，花色品种繁多，目前是中国出口的主要工业产品，也是享誉世界的中国工业产品。我们担心，日本人一来，这苏家庄园肯定是其窥探之物。”

郑绍峰大惊失色：“什么？日本人会来？”

老周平静地点了下头：“这是早晚的事情。上海的时局很乱，战争一触即发。不是今天，就是明天。避不了的。苏绣驰名天下，想必日本人也是觊觎已久。我在这里待了很长时间，也算是见证了这里丝织产业的发展。苏老板一直从事丝织生意，他也勇于创新，十年前率先改装电机使产量大增，效果显著，一跃成为领头羊，不得不说他的眼光是非常独到的。难能可贵的是，苏老板为人正直，爱国，乐善好施。如果日本人来了，以苏老板的个性很难屈服。所以，你现在在庄园里工作，在尽可能的情况下，多搜集和打听一些信息吧。”

郑绍峰明白老周的意思了。老周接着说：“还有商会会长——贾士礼，你听说过吗？”

郑绍峰点了点头，颇为尴尬地说：“我听说过，还认识……也不算认识吧——就是他女儿，最近有接触过。”

老周笑了一下：“我听说了。”

郑绍峰的脸一下子羞得通红：“怎么连——连您也知道啦？”

老周哈哈一笑，说："这七七小姐，是贾会长的掌上明珠，苏州城里无人不知、无人不晓。就算我在书店里，也能听到来看书的客人闲聊八卦的。"

郑绍峰慌忙解释："我和她什么关系都没有！"

老周温和一笑，说："这贾家势力很大。贾士礼是苏州商会会长，在南京和上海那边都有很强的人脉，据说和日本人那边也关系匪浅，很吃得开的。如果有机会，你可以尝试接触一下贾士礼或者他的女儿，趁机了解一下情况，也许对我们是有帮助的。"老周用一种期待和任重道远的眼神看着郑绍峰。郑绍峰若有所思，点了点头。

老周说："这些工作都很辛苦，也很危险。可能随时……"

不等老周说完，郑绍峰坚定地回答："贼人已在磨刀霍霍，我辈岂能袖手待宰？我不怕，从我开始投稿的时候，我就明白这一点。老周，您放心吧。"

老周赞许地点了点头，道："凡事不是谁想让它发生就发生，也不是谁不想让它发生就不发生。战争也是这样。我们现在的首要任务就是把外来侵略者赶出去，誓死守卫祖国的每一寸土地！"郑绍峰听得浑身热血沸腾。

那个年代，在苏州，一般较大的绸庄都有自己的专用船埠。郑绍川现在就在苏方达家的码头上干活。他和碧云身边的贴身丫鬟小玉偶然间认识了，这两个年龄相当的少年人碰撞出了爱的小火花。郑绍川为了能经常见到小玉，主动申请去苏家庄园做货品交接，这样他就可以经常借工作之名来见小玉。这一天，他又来找小玉。

在后院，小玉和郑绍川在一棵树下坐着聊天。小玉拿着一条自己亲手绣的手帕递给郑绍川，羞涩地说："给你，我自己绣的。"

郑绍川激动地接过来，放在胸口说："我一定天天都把它带在身边。"

小玉低头笑了一下，郑绍川看着小玉白嫩的脖颈、低垂的眼眉，这样温柔、这样可爱，他情不自禁地说："小玉，你真的好美。"

小玉嗤嗤地笑了起来，小声说："你这个傻瓜!"郑绍川不好意思地挠了挠头。

小玉看了看远方的山，幽幽地说："最近太太又发病了，晚上总是做噩梦。"

郑绍川问："那她有没有难为你们?"

小玉顿了一下，用漫不经心的语气说："没——没有。"

郑绍川不相信地说："你不要骗我。太太脾气那么不好，肯定不会给你们好脸色的。"

小玉叹了口气，说："太太也是可怜。自从小启少爷走了以后，她肚子里的孩子也流产了，心情肯定不好。没事，你不用为我担心。太太平时对我们还是很好的。"郑绍峰听了小启的名字，也陷入沉默，不言语。

过了好一会儿，他抬头问小玉："你有没有大小姐的消息?"

小玉摇了摇头。突然她像想到了什么似的，对郑绍川说："那天听姜妈说，太太把小姐的信都扣下了！还有听太太和老爷说，要给大小姐定亲！据说也是一个富家公子……"

郑绍川的头一下子嗡嗡大了，他觉得有必要马上告诉哥哥。他起身对小玉说："小玉，我现在有点急事出去处理一下，回头来找你。你自己在庄园里，一切多小心。"他边说边往外跑。

郑绍川跑回家的时候已经夜幕降临。他的鼻尖冻得通红，嘴里不停呼出白气。到了家门口他停下来，弯腰歇息了一下，随即开门进去。只见一个整洁的小炉里火烧得正欢，屋里子的锅碗瓢盆、一桌一椅都充满了生活的气息。哥哥正围在火炉边看书，侧脸显得英俊坚毅。哥哥看得入迷，没有留意到弟弟进来。冬天黑得快，屋里有点暗，绍川按了开关，橘黄的光马上流泻到屋子里的各个角落。

郑绍峰抬起头，对弟弟笑了一下，温和地问："今天回来得这么早?"

郑绍川喘着粗气，着急地说："哥——哥，出事了!"

"什么事？慌慌张张的。"郑绍峰不紧不慢地问，还伸手弹了弹弟弟衣服上的灰。

"倩——倩茹姐……"郑绍川使劲儿咽下一口气说，"倩茹姐要定亲了!"

"啊……你说什么?"惊得郑绍峰手里的书都掉地上了，"什么定亲了？听谁说的?"

"小玉——小玉告诉我的！她也是听太太说，说要让倩茹姐和一个富家子弟定亲，就在近期!"郑绍川憋得脸通红，虽然他曾经妒忌过哥哥，他也曾经喜欢过苏倩茹，但现在他是真心希望哥哥和苏倩茹能在一起，他拉着哥哥的袖子说："哥哥，你要想想办法，一定要阻止!"

这个消息来得太突然，那么意外，那么措手不及，郑绍峰感到一阵模糊和诧异，仿佛跌进一片黑暗里。

他茫然四顾，摇摇摆摆。

郑绍川看着失魂落魄的哥哥，焦急地说："哥，哥，你赶紧想想办法。小玉说之前小姐的信都给太太扣下了，我估计你收不到倩茹姐的回信应该是这个原因，倩茹姐肯定也收不到你的回信。不是倩茹姐不和你联系，而是你们之间有误会。哥哥，你赶紧去找倩茹姐吧!"

郑绍峰一听弟弟的话，突然清醒过来。他频频点头，对郑绍川说："我现在就去找倩茹，你在家好好照顾爹和娘。"

郑绍川懂事地点头，说："哥哥，你放心吧。你赶紧去，不要让自己后悔。"

郑绍峰感激地看着弟弟，发现弟弟在这一年多里突然长大了，懂事了。郑绍峰收拾了一些简单的行李，在门口和弟弟拥抱了一下，嘱咐道："照顾好自己，照顾好爹和娘。"郑绍川点了点头，和哥哥挥手告别。

看着哥哥的背影逐渐消失在苍茫的夜色中，郑绍川的心里有一丝激动。他多么希望哥哥和倩茹姐能在一起，这样他的心里就会好受一点儿。他回过头，看了看冷清的屋子，心情又黯淡下去了。娘又和贾府的六姨太去上海玩了，他好几次看到娘从黄谷阳的车里出来都眉开眼笑，还和黄谷阳勾肩搭背，非常亲昵的样子。他不敢告诉爹，也不敢去问娘，他把一切都埋在自己的心里——多希望这些都是假象。他有点怀念在北方小城的日子，虽然清苦一点，但一家人在一起还是其乐融融的。

他重重地叹了口气，抬头看见冬季夜空里的星星，结霜的树枝嘎嘎作响。他想起了小玉那可爱、干净的脸。

第九章

这一天，黄谷阳约了贾士礼吃饭。

黄谷阳提前叫上了柳燕眉，吩咐她好好打扮一番。饭菜就绪，只等贾士礼赴宴了。柳燕眉看着满汉全席，有些吃醋道：“你这是下了血本啊？这么久以来，也没见你带我吃过，哼!”

黄谷阳摸了摸柳燕眉的脸蛋，哈哈大笑道：“只是一桌饭菜而已，这你也吃醋?”

柳燕眉莞尔一笑：“我随便说说，和你开个玩笑嘛！只是话说回来，这贾会长怎么这么摆谱啊？咱们都等半天了也没见他来，真是大架子!”

“嘘!”黄谷阳立刻制止了柳燕眉，加重了语气说道，“以后这种话不要乱说了！你记住，要管好你的嘴巴，该说的说，不该说的都烂在肚子里！贾会长手握经济大权，在苏州位高权重，咱们想赚大钱还要靠他，目前我们是得罪不起啊。你和六姨太，最近怎么样?”

“很好啊！六姨太说她现在都离不开我了，去哪儿都要带着我！这不，昨天我们刚从上海回来，六姨太一开心又给了我这个玉镯子。你看，多透亮!”说完，柳燕眉伸出左手，让黄谷阳看看她的新镯子。

黄谷阳很满意，这个女人还是很识趣的。他知道她对钱财的痴迷，也知道她对他的渴求，所以他觉得自己把她牢牢拴住了——这是一种快感，来自内心虚荣和摆弄他人的快感!

“你要继续和六姨太保持密切联系，知道吗？对了，最近打探出什么消息了?”黄谷阳漫不经心地问道。

“哦，让我想一想。”柳燕眉假装想不起来，站在窗户边撇撇嘴，似乎有些不高兴。

黄谷阳见状，心里立刻明白柳燕眉又在耍弄什么把戏了。她在等他的甜言蜜语——这一点，从以前到现在都没有改变。柳燕眉斜着眼睛瞅着黄谷阳，试图从他那阴郁的面孔上侦查他的思路，可是她看到他似乎没有妥协的意思，忽然慌了手脚，连忙讪讪地笑道:“我，我只是和你开个玩笑！谷阳，你别生气嘛！六……六姨太说苏方达他们厂子又要购买设备了，好像都已经报备到商会了！我看啊，这苏方达运气可真不错，生意越做越大，那碧云可真是命好啊!”说到最后，明显是酸溜溜的语气，看来这柳燕眉对碧云的怨气，还是没有散去。

黄谷阳点点头，他的脑海里浮现出碧云那楚楚动人的身姿，继而对柳燕眉有一种说不出的厌恶，但他毕竟是一个成熟的男人，知道现在要不露声色，于是他压住了那种情绪，用柔和的声调对柳燕眉说道:“你干得很漂亮，我果真没看错人!”说完，他搂住柳燕眉，重重地在她的屁股上拧了一下。

“哎哟，你可真下手啦?疼呀!”柳燕眉半怒不怒，嘴角带着些许笑意。

“一会儿贾会长来了，你要好好表现，争取让他把这一季度的单子多给咱们几个，明白吗?”黄谷阳贴着柳燕眉的耳朵，边说边亲吻着。

柳燕眉乐得咯咯笑起来，小手垂在黄谷阳粗壮的胸脯上，半开玩笑地说道:“我觉得这贾会长平时看我都色眯眯的，你说万一贾会长看上我了怎么办?”

“那更好!”黄谷阳脱口而出。

“什么?”柳燕眉似乎明白了些什么，气冲冲盯着黄谷阳，厉声说道，“想不到你为了事业，连自己的女人都能拱手送出去！我在你眼里到底是什么？是一件商品吗？”说着说着，柳燕眉越来越激动，又伤心又气愤，眼泪簌簌地掉了下来。

黄谷阳假意搂过柳燕眉，深情款款地说道：“我怎么可能把你让给别人？你是我的，永远是属于我的！其实我也不想让你一个女人参与男人的工作，只是你也是知道的，现在我的生意在苏州要立足做大，只能靠贾会长。贾会长这个人，城府颇深，心机又重，我不得不从多个渠道去打探和维系这个关系的。我赚钱不也是为了让你以后过上更富足的生活嘛！你说，对不对？”

一番话，听得柳燕眉拧巴的眉头渐渐舒展开来。是啊，自己前半生没有碧云那样的好命，那后半生的幸福可要靠自己了——但凡有机会，就要抓住不松手！

这时，楼道里传来一阵声响。黄谷阳赶紧帮忙把柳燕眉眼角的泪珠拭去，又对她耳语了一句，柳燕眉立刻眉开眼笑起来了。包房的门被推开，只见贾士礼大腹便便地走了进来，黄谷阳慌忙迎接上去。

“哎呀呀，谷阳兄，真是不好意思！这商会最近会议多，迟到了，让你们久等了！”这贾士礼没等黄谷阳开口，倒是自己先赔起了不是。

黄谷阳急急摆手，低声下气地说道：“哪里，哪里！贾会长能在百忙之中赴宴，真是我莫大的荣幸！”

贾士礼看着黄谷阳，只是简单点了一下头。他把目光直接越过黄谷阳，直勾勾盯着柳燕眉，好像要用自己的目光把她吞下去。贾士礼把目光从她的面孔溜到她的脖子，再溜到胸前的耸起，又扫到纤细的腰肢和丰满的臀部，痴迷于柳燕眉姣好的身姿。黄谷阳默默看着这一切，不出声。

倒是柳燕眉，刚开始的时候还笑得风情万种，到后面越发觉得不自在，她咬了咬下嘴唇，转头看了看黄谷阳。黄谷阳看着胖得发肿的贾士礼，心里咒骂了几句，可脸上还是笑吟吟的：“贾会长，来，您先请坐!”

贾士礼这才把目光收回来，肥胖的屁股慢腾腾地坐了下来。

黄谷阳连忙用眼神暗示柳燕眉，柳燕眉马上拿起桌上的酒瓶，斟了一杯酒，巧笑倩兮：“贾会长，我先敬您一杯，谢谢您赏脸过来!”

贾士礼看着眼前的美人，发现柳燕眉的眼角还有些泪痕，转头盯着黄谷阳问道：“谷阳兄，你可不能欺负表妹啊！我看她好像刚哭过吧！这女人啊，天生是用来疼的!”

黄谷阳赔着笑脸说道：“贾会长，您说的哪里的话！表妹只是刚才和我聊天，想起了过往一些事情，心里难受才忍不住的。表妹，你说是不是?”黄谷阳赶紧接过话茬，又用眼神暗示了一下柳燕眉。

柳燕眉点点头，装作可怜地说道：“是的，方才想起了以前一些事情。”

“是不是有人欺负你了？来，说给我听听，没准儿我还能帮助你呢!”贾士礼说。

黄谷阳一听，脑海里快速闪过一个念头，他看了看柳燕眉，也是一脸愁容地说道：“唉！说起来也都是一些私事，本来也不应该叨叨给贾会长听的。既然贾会长问了，那我就替表妹说了吧！我表妹啊，前些时候在苏府遇到了一些不开心的事儿。”

“这苏方达平日里也是忠厚仗义的，怎么会和表妹起冲突呢?”贾士礼对苏方达的为人还是很清楚的，说这话的时候，他不由得眯起了眼睛，瞅着黄谷阳问道。

“唉！这……这说来话长啊！算了，今天就不聊这些不开心的事情了！贾会长难得赏脸，还是不要扫您的兴好!”黄谷阳支吾着岔开了话题。

柳燕眉见状，也急急地说道：“贾会长，真是对不起！不要因为我个人的私事浪费贾会长宝贵的时间。我，我自罚一杯!”说完，柳燕眉往自己的杯子里倒了满满一杯，一饮而尽。

贾士礼见状，拍手称赞：“表妹不仅长得美，还识大体，真是爽快人！”

黄谷阳心里暗暗高兴。柳燕眉负责倒酒，不时逗笑贾士礼，黄谷阳如愿以偿地从贾士礼的手中拿到了两个订单。酒局散场的时候，贾士礼喷着酒气对柳燕眉说道：“有空多去府里陪陪六姨太！”又转头悄悄在黄谷阳耳边说道：“下……下次让表妹单独陪我喝酒！”黄谷阳大喜，连忙狂点头。

回到家，黄谷阳依旧止不住内心的喜悦，他觉得又朝自己的目标前进了一步。对他来说，这仅仅是开始。为了成功，他可以用一些不正当手段的。

“阿波！”黄谷阳突然叫了起来。

“老爷，有什么吩咐?”孙立波瞬间就出现在他的面前，谦卑地低着头。

黄谷阳很满意孙立波的表现，他对孙立波说道：“阿波，最近你也很辛苦，来，陪我喝一杯。”

孙立波有些受宠若惊，连忙挥挥手，说道：“老爷，这……这不太好吧！”

“这有什么不好？你跟了我这么多年，一直对我忠心耿耿，我是知道的！阿波啊，你也比亦虎大不了几岁，我是把你当半个儿子看待的！”黄谷阳突然感慨地说道。

孙立波心里暖了一下，可是他很快镇静了下来。他跟随黄谷阳这么多年，太了解黄谷阳了！黄谷阳是一个谁也不会相信的人，唯一相信的人只有他自己。况且，他的性情阴晴不定，有些话，听听就好。孙立波依旧弯着腰，谦卑地说：“能得到老爷的赏识已经是我的荣幸了，我一定会好好干的！”

黄谷阳哈哈大笑起来，继续说道：“阿波，你知道吗？我就喜欢你这一点，懂得摆正自己的位置！你说，亦虎那浑小子，要有你的一半勤奋，那该多好！他啊，就仗着自己的一点儿小聪明，真是让我失望极了！”说到这里，黄谷阳脸上的笑容渐渐消失，大口喝掉了杯子里的酒。

郑绍峰趁着夜色，坐上了去金陵的最后一班火车。他靠着车窗，一夜无眠。郑绍峰看着窗外，黝黑的大山在寂静的夜色中沉睡着，偶有零星的灯火也是一闪而过，他抿着坚毅的嘴唇，就那样定定地坐了一个晚上。天色微白，火车到站了。灰白的天，真冷啊。郑绍峰跺了下脚，双手互搓了一下，拎着随身行李走出车站。郑绍峰停下来，看着这个陌生的城市。

这时，一辆黄包车来到他的身边，车夫哈着白气说：“客官，你要去哪里？”郑绍峰诚实地回答：“去金陵女子学校。”

“哎哟，这金陵女子学校离车站有点远，我看你也是初来乍到，我拉你过去吧。”车夫非常热情。

郑绍峰想了一下，就坐上了黄包车，心里夹杂了万千情绪：“倩茹，对不起，我来了！”

车夫拉了有一段时间，在一间客栈前面停下。郑绍峰一看——陵城客栈。他转头问车夫：“地点不对吧？”

车夫撇着嘴说：“客官，你坐了一夜的火车，应该休息一下。再说，金陵女子学校白天上课，也不会让学生出来的。你就等放学了再去找人吧。”说完，伸手要钱了。

郑绍峰看了一眼车夫，又瞟了一眼店铺牌匾，心里明白了——拉客进栈，一条龙服务。郑绍峰也不愿意和车夫再理论什么，这年头赚钱养家都不容易，他取了点儿钱给车夫，自己拿着行李进店吃个早餐并稍作休息。

这一觉一直睡到下午 3 点钟。郑绍峰好久没睡得这么沉了，可能是劳累，也可能是因为换了一个地方，总之他仿佛是一个风尘仆仆的赶路者，走了许多路终于能躺下好好休息一下了。他伸了下懒腰，在午后温暖的阳光下起床了。他摸了摸枕边的包——糟糕，盘缠不见了！他心里一惊，马上下楼问店家。

店老板横着眼睛，瞅了一下郑绍峰，慢悠悠说："你的意思是，我们偷了你的钱了？"几个彪形大汉立马围住了郑绍峰。

一看这个架势，郑绍峰义正词严地说："我没有说是你们偷的。但我的钱确实是在店里被偷的，只是希望店老板能帮忙查一下。"

店老板哈哈大笑起来："你这年轻人，说话真是有意思。自己的钱被偷，是你自己没有保管好。我们这里不是警察局，不负责破案。"

郑绍峰一听，气得脸色发红："你们还讲不讲理？你这是黑店，黑店！我要去警局报案！"

店老板一听，脸色一变，大声训斥："年轻人，话可不能乱说。我们是黑店，你得拿出证据。你要去警局报案，我们也去，告你诽谤！"郑绍峰和店家吵得不可开交。

这天中午，苏倩茹看着精心打扮的肖紫琰，问道："怎么，你又要出去呀？"

"是啊，我的白马王子约了我，我们要一起去看电影！"肖紫琰一边描着眉毛，一边喜滋滋地说，"我觉得他非常有趣，也非常有魅力！他还长得非常英俊，并且家境富裕。这年头又帅又多金的不多啦！"肖紫琰笑嘻嘻的，一脸的梦幻。

"可是又帅又多金一般还伴随着花心。"苏倩茹好心提醒着。

"不要把人都想得那么坏嘛！我和他聊天的时候，能感觉到他非常幽默，有男子气概，并且还很懂得体贴女人，我觉得他就是我的白马王子。"肖紫琰的声音有点大起来。

"很会讨女人欢心的男人，不一定靠谱。紫琰，你和他刚认识不久，不要着急，多了解一段时间再说。”苏倩茹感觉肖紫琰提到的这个男人让她有一种说不出的不安。

“你呀，心里总是想着你的峰哥哥，或是你的精神偶像陆风大侠。文化当不了饭吃，我们活在世上是需要物质的，明白吗？女人最终是要找到一个好归宿，明白吗？”肖紫琰试图说服苏倩茹。

苏倩茹摇了摇头，说：“紫琰，你是我的好朋友，我不希望你受到伤害。我们还年轻，还有很多其他事情可以做。还有我也担心他只是喜欢你的年轻、你的美貌……”

“你是不是想说他只是想和我玩一玩？”肖紫琰抢过话，“倩茹，我知道你关心我，我谢谢你。但我现在唯一知道的就是，他就是我喜欢的类型，我要抓住我的幸福。你知道，机会稍纵即逝！”

苏倩茹不再言语。她也知道肖紫琰是一个认死理的人，认定的事情十头牛都拉不回来。可是，爱情的事情谁能说明白呢，掉入爱情旋涡的人都变得异常盲目，自己不也是这样吗？苏倩茹陷入了沉思。肖紫琰迈着轻快的步子，出了宿舍。

黄亦虎开着小车停在学校旁边，等着肖紫琰。在众人艳羡的眼光中，肖紫琰高昂着头，得意地钻进了小车里。

两人吃了午饭，正商量着要去看电影。黄亦虎看着旁边巧笑倩兮的肖紫琰，阳光照在她那年轻健美的身躯上，不由得咽下了一口口水。

他拿起一个包装盒，递给肖紫琰，用热烈的爱恋目光看着她说：“送给美丽公主的礼物！”

肖紫琰一阵心花怒放，刚伸手要拿，又缩了回去说：“无功不受禄，这礼物我……我不能收。”

黄亦虎哈哈一笑，用一种溺爱的口气说：“说了是给美丽公主的礼物，你就收下！不然，我会伤心的。”说完，还做了一个受伤的表情。

肖紫琰开心极了，她觉得黄亦虎年轻帅气、幽默体贴，关键是出手阔绰、家境殷实，完全是自己理想中的白马王子啊！她抱着礼物，甜甜地笑着。

“快打开看看，看看喜欢不喜欢？不喜欢，我再去换！”黄亦虎体贴地说着。

肖紫琰打开了包装盒，“哇”，一阵小小惊呼，里面的东西都是她心仪许久的东西了：最新款的法国香水、擦脸膏，还有口红。全都是洋货，这些可不是普通人能买得到、用得起的——更何况她还只是个学生！

看着肖紫琰眼睛里全是满意、惊喜的亮光，黄亦虎顺势握住了肖紫琰的手说：“喜欢吗？”肖紫琰兴奋得直点头。黄亦虎右手来回不停地抚摸着肖紫琰光滑的小手，左手搭在方向盘上，嘴里吹着轻松的口哨，咧开的嘴巴仿佛是一个无尽的深渊，一个在等着肖紫琰跳进去的深渊。

这时黄亦虎瞅了一下后视镜，发现有一辆车在跟着自己。他心里咯噔一下，拐了一个弯，速度越来越快。他抽出摸着肖紫琰的右手，两只手灵活地掌控着方向盘。他感觉后面的车越跟越紧，他把车开得飞快，吓得一旁的肖紫琰嗷嗷大叫。

几个拐弯以后，黄亦虎很有经验地把跟踪的车辆甩开了。他在一个街道口把车停下来，对着吓得面色如土但双手一直紧紧抱着他送的礼盒的肖紫琰，伸手搭在她的肩膀上，说：“好了，没事了。我去店里取个东西，马上回来！”说完，下车走入客栈。

他一进门，看着一个身材和自己差不多的年轻人正被店里的几个彪形大汉围着，双方你一言我一语地争辩。黄亦虎眼睛一亮，他找来店老板，在他耳朵边悄悄说了几句话后，店老板就遣散了几个大汉，笑着说：“这都是误会，都是误会。”

店老板对着黄亦虎说：“这位少爷，你可以带他走了。”黄亦虎二话不说，直接拉起郑绍峰走到二楼的包间。

郑绍峰一脸惊诧，黄亦虎也不言语，直接伸手就要脱郑绍峰的衣服。郑绍峰一惊，问道：“你，你要干吗?”

黄亦虎用哀求的语气说：“兄台，外面有人追杀我，只能求你帮忙了!”

郑绍峰一脸正义：“刚才感谢你的仗义之举。朋友有难，定当帮忙!”

黄亦虎大喜：“你这朋友，我交定了！咱俩先换个衣服，你下去外面车旁，找那个穿紫色衣服的姑娘，她叫肖紫琰。”

“那你呢?”郑绍峰关切地问。

“我从后门出去，咱们车里汇合。”黄亦虎边换衣服边说。

郑绍峰换完衣服，下楼去外面，果然看见一个穿紫色衣服的姑娘站在车旁边。他刚要走过去，几个神秘大汉围住了她：“刚才车里那个男人呢?”

肖紫琰害怕极了，紧张地说：“他……他……他如厕去了!”

郑绍峰赶紧走上去，面色镇定地对肖紫琰说：“紫琰，我们走吧!”

几个神秘大汉仔细瞅了瞅郑绍峰，发现他不是刚才开车的男人，为首的骂了一句：“妈的，跟错人了！兄弟们，我们继续找!”

郑绍峰和肖紫琰站在车旁，他的心还在怦怦跳。人生路上，我们总是会遇到一些新事物，把我们推到我们认为正确无误的方向去，可是接下来，一些新事物又会接踵出现，把我们再推到相反的方向。我们总是觉得，这样的决定也许也是对的，我们在做着当下认为“正确”“应该”“值得去做”的事儿。郑绍峰心里想着，他就像颗弹珠一样，来回晃动思考着。一阵气喘吁吁声，黄亦虎一路小跑从后门冲过来，刚要对郑绍峰说话，就看见那伙神秘人又折路返回了!

郑绍峰大喊：“快上车!”

可是已经来不及了，一群人包围住他们，犹如饿狼般。为首的那个人气愤地说："好啊黄亦虎，你都学会金蝉脱壳啦？"

黄亦虎脸色一惊，用发抖的声音说："大——大哥，最近我手头确实有些紧张。容我这两天缓一缓，周转一下，过两天一定连本带利还上！"

那个人带着嘲讽的口气，大声说："缓？还要缓多久？这些话我都听腻歪了！来，我先卸你一条胳膊，等你宽裕了再给你装上！"

黄亦虎吓得面如土色地说："大哥，大哥饶命啊！"

那个人根本不理这一套，大手一挥："兄弟们，给我上！"

说时迟那时快，郑绍峰跳出来挡在黄亦虎前面，大吼一声说："慢着，不许动！"

那个人冷笑一声："哟，还有陪葬的？兄弟们，不要客气，成全他们！"

郑绍峰大吼一声："有话好好说。我可是练过的，都不要乱动！否则伤了谁都不好！"郑绍峰做了一个武术的动作，压住内心的紧张。

为首的神秘人冷笑着掏出一把锋利的刀子，银白的刀刃闪着白森森的光，对着郑绍峰一指："刀子无眼！我劝你还是识相点，赶紧闪开！"说罢，闪着刀子往黄亦虎方向捅去，黄亦虎惊得大叫起来，四处躲闪。

郑绍峰一个飞扑，挡在了黄亦虎的前面，顿时鲜血如注——胳膊给划伤了！眼看几个神秘人步步紧逼，形势越来越危急。一旁的肖紫琰吓得心惊肉跳，把心一横，扯着嗓子喊："警察来了！警察来了！"这一招还真是管用，几个神秘人纷纷作鸟兽散。

黄亦虎看着胳膊流血不止的郑绍峰，赶紧将他扶上车。一旁的肖紫琰看到满地的鲜血，再加上刚才的惊吓，双眼一黑，晕了过去。到了医院，郑绍峰做了简单的包扎，就要和黄亦虎告别。黄亦虎拉着他说："绍峰兄弟，你不要走！这南京你人生地不熟的，咱们也是经历过生死的，以后就是兄弟！你跟我回家吧！”

郑绍峰摇了摇头说：“不，不，我现在要去找一个朋友。她在这里的学校上学。”

黄亦虎说：“等紫琰醒了，我们一起去找。她也在这里上学，没准儿她认识呢！”郑绍峰心里想的都是苏倩茹，巴不得早点儿找到她，就谢绝了黄亦虎的好意，转身离开了。

郑绍峰忍着胳膊上的伤痛，心急火燎地赶到金陵女子学校门口。他看着校内的教学楼伫立在郁郁葱葱的树木之中，想着自己心爱的女孩子在里面求学，心里一阵激荡。他焦急地在门口等待着，等待着那个阔别已久的心上人从里面款款走出。他站得笔直，目不转睛地望着门口，看着走出来的一个又一个的学生，都不是苏倩茹。

这时，学校的一名行政女老师走过来，脸上露出一丝歉意，说道：“对不起！你要找的这个学生，早上已经离校了！”

“啊！”郑绍峰大失所望，他焦急地问，“那您知道她去哪儿吗？”

行政女老师摇摇头，说：“不知道。她并没有多说，只是说这段时间要请假。”郑绍峰听完，双手无力地垂下来了，满怀欣喜却变成了无所适从。

爱情啊，有时真是一种折磨人的东西。

肖紫琰从昏迷中醒来，看着淡蓝色的墙壁，自己躺在一张洁白的床上，房间里散发着淡淡的酒精味。她扭头一看，黄亦虎就靠在椅子上，闭着眼睛微微瞌睡着。她心里一喜，挣扎着要起床，黄亦虎听到动静睁开了眼睛，扶住要起身的肖紫琰，柔声说：“别动！我来扶你！”

肖紫琰的脸微微一红，不好意思地问：“我怎么在医院里？”

黄亦虎搂住她的肩膀说：“你刚才晕倒了！”

“哦，想起来了！我从小看到血就害怕，就会昏倒——咦？那个人呢?”肖紫琰张望着四周，在寻找郑绍峰的身影。

“哪个人?”黄亦虎不解地问。

“就是救你那个人呀!”肖紫琰扑哧一声笑了，“怎么这么快就忘记了?”

“哎呀呀!”黄亦虎假装拍了下脑袋说：“我一看到你，满脑子都是你，都忘了你说的那个人了！他去找他朋友了。”

肖紫琰一听黄亦虎的话，更是羞得满脸通红，把头扎在他的怀里。肖紫琰突然问：“对了，为什么上午那些人要追杀你?”

黄亦虎一愣，马上轻描淡写地回答道：“就是生意上的一些事情。你知道男人之间解决问题总是比较粗暴的——没事了，你不要多想。你现在好好养身子要紧。”

肖紫琰笑着说：“我也没什么事儿，现在都好了。只是——”她还是有些担心，一想到上午的刀光剑影，还真让人后怕。

黄亦虎拍了拍她的肩膀，说：“好啦好啦！这是男人的事情，女人不要问太多哦！你只要负责美美地就行啦！走，我去给你挑个礼物，压压惊!”肖紫琰听完，也没再追问，乐呵呵地出院和黄亦虎逛街去了。

他们吃了一顿令人愉悦的西餐。之后，两个人一起走进了黄亦虎在南京的家。肖紫琰看着这栋在闹市区带着小院子的别墅，眼睛里都是赞叹和惊喜，可又努力克制着自己的心花怒放。这一切，都被黄亦虎看在眼里，他的嘴角轻轻掠过一个弧线，带着一种势在必得的胜利。

经过一天的喧哗，这个城市安静下来。

房间里的光线有点昏黄，有点暧昧。黄亦虎深情款款地看着肖紫琰，热情地表白：“紫琰，你好美——我真的非常喜欢你。”

肖紫琰垂下了眼皮，又抬起头，直直地看着黄亦虎说：“真的吗?”

“没有你在我身边，我连一分钟都觉得是煎熬。”黄亦虎说，“一分钟，哦，不，一秒钟！你知道吗?”

肖紫琰看着一脸帅气的黄亦虎，想了想，点点头。黄亦虎一手把肖紫琰搂到怀里，从怀里掏出一个小礼盒，说：“送你的礼物。希望我的宝贝能喜欢!”

肖紫琰打开一看，露出惊喜的表情——那是一块金灿灿的甲壳虫怀表！她觉得自己沉浸在爱河中，满是甜蜜。

黄亦虎双手捧住肖紫琰的脸，用她小小的鼻子碰了下自己的鼻子。肖紫琰有点意乱情迷，不由得闭上眼睛，黄亦虎把嘴巴凑上去，轻轻地吻了上去——她的嘴唇真柔软，像羽毛枕头一样轻柔舒服；她的嘴唇真甜蜜，像蜜桃一样芬芳可人。黄亦虎加大力度，一手搂着肖紫琰纤细的腰肢，一手抚摸着她那如丝般顺滑的秀发，不停地亲吻着。

肖紫琰发出了轻微的喘气声，黄亦虎把这个声音看成了某种邀请，他的一只手不由自主地去解肖紫琰领口的扣子。肖紫琰闭着的眼睛突然睁开了，她扑闪着长长的睫毛，用迷离的眼神问道：“你会对我负责任吗?”

黄亦虎不假思索，重重地点头：“会，会，当然会!”

“那你得和我慢慢来。”肖紫琰有点羞涩地说。

黄亦虎一愣，立马明白了。他温柔地说：“慢慢来，好的，慢慢来。”他亲吻着她的眼睛，她的长睫毛，她的耳朵，并小声地说：“我会很温柔的。”

肖紫琰的眼里突然淌出眼泪，黄亦虎用温热的舌头舔干了它们，搂住肖紫琰说：“紫琰，你觉得伤心吗?”

“不，不，我觉得很高兴。”

“那么，就让我好好爱你吧!”

“好。你要好好爱我，直到永远!”

肖紫琰像自由落体一样，把自己的美好纯真呈现在黑暗中，温柔而又热切地拥抱着自己想要的幸福。可是她不知道，就在她甜甜睡去的时候，黄亦虎看着她的表情就像猎到猎物的猎人一样自鸣得意。他起身倒了一杯水，靠在窗户边，偶有夜间汽车开过的声音。他在想着如何把手里那笔滥账摆平。

一个女人热切地想成为一个男人的唯一，希望在他的怀里拥有一生一世的爱，可残忍的现实往往是：这个男人也许就是你听过或读过的故事里，那个玩世不恭三心二意的人，他的爱好就是追求不同的女人，享受不同的激情。

第十章

几日持续的阴天，终于放晴了，天空逐渐露出蓝汪汪的脸蛋。郑绍峰看着南京古城的秀丽风光，心情似乎好了一些。他看着眼前这棵大树，虽然在寒冬时裹着萧瑟的外套，但那蕴藏了无数胚芽的枝干仿佛都在蠢蠢欲动，他仿佛听到老周对他说："冬天到了，春天还会远吗?"他的心里为之一振，想着自己不应该气馁，还有很多事情需要自己去做，值得自己去做。他看了看湛蓝的天空，觉得自己应该在南京找份工作，一边等苏倩茹，一边做点儿有意义的事情。

苏倩茹坐在返回苏州的火车上，有一种恍然如梦的感觉。在南京的时候，她是多么想回苏州，可现在火车拉着她离家越来越近，她反而有一种力不从心的感觉。

傍晚时分，车到站了。

姜妈早就带了司机阿平在候车室等待。一看到苏倩茹，马上迎上来："大小姐，你可回来了!"姜妈飞奔上来，一把抓住苏倩茹的手，司机阿平则接过苏倩茹的行李，装进后备厢，开了车门，苏倩茹和姜妈依次上了车。

"大小姐，你总算是回来了！老爷和太太都可想你了！我也很想你啊!"姜妈看着苏倩茹，一脸的疼爱，"看看，你都瘦了！我一早就起来煲了你最爱喝的汤，回家就可以喝上!"姜妈看着瘦削的苏倩茹，忍不住流出了眼泪。

苏倩茹用细长白嫩的指头擦去了姜妈的眼泪，红着眼眶，笑着说：“姜妈，我挺好的。你看我这不是回来了！没有你的汤，我在金陵吃饭都不香呢！”

姜妈抬起眼，看着苏倩茹，心里一阵不忍：如果她知道此次回来，是太太要求定亲结婚的，还能开心吗？姜妈别过脸，轻轻叹了口气。

很快，汽车驶到了苏家大院门口。苏倩茹下了车，门口的一对石狮子，依旧精神抖擞。看着熟悉的家，她却有一种物是人非的感觉。

苏倩茹吸了一口气，走了进去。只见苏方达在大厅焦急地来回踱着步，远远看见她进门，就匆忙走出来，一年多未见的父亲略显憔悴，他一把抱住苏倩茹，说：“孩子，你终于回来了！”声音里有点哽咽，有点愧疚。

苏倩茹点了点头，忍住眼里的泪花：“爹，对不起！让您担心了！”

苏方达看着乖巧的女儿，她低着头，肩膀垂下去，仿佛是一个楚楚可怜的悲伤的小女孩。他满怀愧疚地说：“倩茹啊，这次回来咱就不走了！”

苏倩茹一惊，抬起头看着父亲，问道：“为什么？”

“因为你要定亲了！”苏方达没来得及回话，只听得碧云的声音从门口处响起。她的贴身丫鬟沉香和小玉正搀扶着她走进来。

苏倩茹一见母亲，立刻低下头，低低地喊了声：“娘。”

碧云哼了一声，还是一脸鄙夷地看着苏倩茹，跟她保持着一段距离。在她眼里，苏倩茹是孤星，是家里的大克星。如果不是梅大仙说结婚冲喜，她宁愿苏倩茹一辈子都在外面飘荡，永远不回来才好呢。她冷冷地说：“这次让你回家，你就是回来定亲的！”

苏倩茹一脸惊诧。她不解地问苏方达：“爹，这到底是怎么一回事？”

苏方达看着一脸倦容的碧云，生怕她又受刺激身体受不了，就赶紧打圆场："倩茹刚回来，肯定很累的。姜妈，你先带大小姐回房去休息，有事儿明天再说。"说完，让姜妈赶紧领苏倩茹回房歇息去了。

碧云瞪了苏方达一眼，看着苏倩茹被姜妈带回房间，闷闷不乐。苏方达叹了口气说："碧云啊，倩茹也是我们的孩子，你能不能对她好一点？再说她刚回家，别总是板着一张脸。"

碧云一听，嘴巴一撇："她是孤星，是咱家的克星！你看小启——哎哟，我的小启啊——"想到小启，碧云垂泪不止，她继续控诉着："只要她在咱家一天，咱家就不安宁！如果不是因为定亲，我才不会让她回家！你赶紧给黄谷阳打电话，就说倩茹回来了，让他们赶紧来提亲！"

苏方达听得头都大了，摆摆手说："这事你牵头的，你去安排就好了！我账房那边还有事，先去处理了！"看着丈夫回避、敷衍的样子，碧云的脸色更加阴沉了，她嘴角一抽，拿起了电话。

苏倩茹回到了自己的房间，看着房间里熟悉的一景一物，眼角有些潮湿。姜妈示意下人把行李放下，小渔立马把门关上，激动地说："小姐，你终于回来了！想死我了！"说着，眼泪流了下来。

苏倩茹抱了抱小渔，安慰道："没事的，我这不回来了？"

小渔看了一眼姜妈，欲言又止。苏倩茹看了看姜妈，又看了看小渔，觉得里面肯定另有隐情，就问："姜妈，到底发生了什么事儿？"

姜妈支支吾吾着："没事，大小姐。你先休息，劳累了一天！"

苏倩茹转向小渔："小渔，到底发生什么事情了？怎么你们每个人都是神神秘秘的，到底有什么事情瞒着我？"

小渔慌忙回答："大小姐，我也不是很清楚——我，我不知道。"说完，她瞅着姜妈，一脸的无助。

姜妈顿了一下，说："大小姐，您先休息。明天再找老爷问问就是了。自从小少爷没了以后，加上上次不小心流产，太太心情一直不好，你就多忍忍，其实她还是挺关心你的。”

苏倩茹想了想，也只能这样了，就点了点头。突然她问姜妈：“姜妈，那个……那个——绍峰还在庄园里吗？”

姜妈摇了摇头，说：“这两天绍峰没来庄园上班，听他弟弟说，他离开苏州了。我们也不知道他去了哪里。对了，你之前写给他的信，我有转给他。只是后面的信，都给扣下了。”

苏倩茹一脸的失望：“什么？我后来给他的信，他都没收到吗？”

“是啊，都给太太扣下了！前段时间，你那贾府的七七表妹还看上他了，闹着非要嫁给郑绍峰，整个苏州城都传开了！”姜妈无奈地说着。

苏倩茹一时心乱如麻，她没想到自己朝思暮想的男人也没了音讯，心情没来由地一阵低落和萎靡。

第二天一早，苏倩茹吃完饭，和苏方达来到花园散步。苏方达看着出落得亭亭玉立的女儿，说：“女儿啊，你真是长大了！”

苏倩茹笑了一下，搂住父亲的肩膀，撒娇说：“在爹这里，我永远是小孩子。”

苏方达哈哈一笑，宠溺地抚摸着苏倩茹的头发，说：“有空去找你娘聊聊天，她心情不太好，说话不好听你就不要和她太计较。”

“知道了，爹。对了，最近庄园生意还好吧？”

“还好。厂里的机器做了一些改进，最近订单有所增加，还是不错的。你有空也可以去厂房里转转，学习一下。”苏方达的思想还是比较先进的，不仅支持女儿走出去读书，也想着以后如有机会让苏倩茹接手庄园的生意，毕竟自己也有老的一天。

“真的吗？”苏倩茹一听苏方达同意自己去厂里学习，一下子忘了那些不开心的事情。苏方达笑着点了点头。

“女子无才便是德！一个女孩子家学习什么生意，在家做个贤妻良母就行了！”碧云的声音又响了起来，苏方达和苏倩茹都愣了一下。

“你怎么不在房里好好休息？这里风大！”苏方达看了一眼碧云，耐着性子说。

“我再不来，你这宝贝女儿都要把整个庄园祸害掉了！”碧云不高兴地说着，用眼睛瞟了一眼苏倩茹，“你是回来定亲的，不是来接管庄园的！”

“够了，孩子刚回来没两天，不要总说这些不开心的事情。”苏方达本身对这门亲事也不太赞成，无奈碧云死活坚持，动不动就以死相逼，他也就采取放任自流的态度了。

“老爷，你是想等她把咱苏家的人全克死，你才相信我是不是？”碧云气愤地说，脸色因恼怒变得有点儿狰狞。

“不是不信你，只是倩茹是我们的女儿，她不会害我们的。你别总是找什么梅大仙，你把你自己的身体照顾好就行了！”苏方达的声音也大了起来。

“梅大仙说的就是没错。小启就是怕火怕水，最后还不是死于……呜呜呜——”碧云又想起了伤心事，号啕着哭起来，边哭边指着苏倩茹说：“都是你，都是你这孤星害的！这些天就让黄谷阳来提亲，开春就把事儿给办了！”

苏倩茹一听，诧异地问：“办……办什么？”

“你和黄谷阳儿子的婚事！”碧云用一种不容置疑的口气说着，“这事我说了算！”

苏倩茹挺直了腰板，说：“现在都什么年代了，还有父母包办婚姻？两个不相爱的人，怎么可能在一起？这种思想太愚昧了，我不能接受！”

碧云的眉头拧得更紧了，带着不容商量的口气说：“自古以来，父母之命、媒妁之言，就是天经地义！”她用高傲的眼神瞅着苏倩茹，继续说："给你找的黄家，和咱家也是门当户对。过两天定亲，你好好准备一下，省得又祸害我们！"

"不，我不要定亲！"苏倩茹急得大叫起来，她转头看着苏方达说："爹，从小你教我'人定胜天'，我不相信那些'命软''命硬'。我是你们的女儿，我怎么会害你们呢？爹、娘，现在都民国了，我的婚姻我要自己做主！"

"做什么主？别以为送你去外面读个书，就回来耀武扬威了？"碧云喘着粗气说，"你是不是还想着那个穷小子？告诉你，这辈子，我不可能让你们在一起！"

"穷小子又怎么了？人家郑绍峰积极上进，能文能武，为人正直善良。如果要我选，我宁愿选择他！黄亦虎是谁？人品怎样？我什么都不知道，他要对我不好，那我一辈子是不是就要葬送在他的手里？"苏倩茹也是豁出去了，一下子都说了出来。

"好哇，你终于说出心里话了！你这是在等着郑绍峰那个穷小子啊！"碧云怒气冲冲，五官因为过分生气都拧巴在一起了，看起来有些狰狞。她指着苏倩茹的鼻子大喝道："想不到我养了你这个白眼狼！不仅要克死我们苏家所有人，还要大逆不道……你——你长大了，长本事了——啊——气死我了，咳咳咳——"碧云气火攻心，一下子咳嗽起来。

苏方达和姜妈赶紧扶住碧云，捋着她的胸口，给她顺了一口气，苏倩茹刚要上前，碧云一手把她推开了："别假惺惺的！你现在就想克死我，这样你就可以无法无天、胡作非为了！"

苏方达脸色一沉，对碧云说："碧云，你这样说孩子就过分了。倩茹没那个意思，她只是关心你。"

"关心？关心我，会一直和我顶嘴吗？我看她没安好心，就想气死我！好和那穷小子双宿双飞！"碧云气得嘴唇发抖，脸色开始发白。

苏方达皱了一下眉，压住怒火说："碧云，不要想得那么复杂。

倩茹说的也有道理，感情是不能勉强的。两个不相爱的人在一起，生拉硬凑是不会幸福的。倩茹是我们的孩子，我们也希望她幸福。这件事太草率，我跟谷阳兄说一下，这事就算了吧！”苏倩茹感激地看着苏方达。

“什么？”一听苏方达说这事要算了，碧云立马跳了起来，指着苏方达的鼻子大骂，“连你也欺负我！我这么做是为了谁？为了我自己吗？还不是为了你，为了这个家？”碧云越说越激动，“你忘了小启是怎么死的吗？我那可怜的小启啊……”碧云又开始号啕大哭起来，“你们父女一条心，是不是要气死我？”碧云气得直发狂，她一看花园水池里碧波荡漾，一头冲过去，边跑边叫：“好，好，你们都要我死，我现在就去死！”众人一看，吓得惊叫连连，姜妈带着马夫栓子第一个冲出去，把碧云在水池边紧急拉住了。

这时碧云嘴唇发紫，汗珠大颗大颗掉下来，捂着胸口大喊：“啊，啊，我的心好疼啊！”叫了几声，她终于支撑不住颓然倒地，昏死过去了。

众人一阵惊呼，围了过来，苏倩茹跑过来抱住碧云：“娘，娘，您怎么了？您别吓唬我啊！”眼泪大串大串地掉下来。

苏方达也抱住碧云，焦急地说：“碧云，你醒醒啊。我们没有怪你的意思，你醒醒啊！”

姜妈看着老爷和小姐，红着眼睛说：“老爷、小姐，最近太太心脏不好，总喊心口疼，你们可千万不要再气太太了！”

苏倩茹哭得稀里哗啦，抱着碧云不住地说：“娘，娘，只要你好好的，我什么都听你的。你千万不要有事！”苏方达看着母女二人，心里一阵苦涩。

姜妈站起来，对小玉说：“你现在去叫司机阿平，赶紧把车开到门口。”说完又扭头对栓子说，“你现在去找个担架把太太抬到门口，我们上医院去。”姜妈临危不乱，将几个人安排好。小渔扶着哭成泪人的苏倩茹回了房间，苏方达则跟着车，一起去了医院。

苏倩茹回到房间，想起刚才的事情，思绪更加复杂。她不想娘有事，但也不想自己如此草率的结婚，她的世界观中的自由主义变得和现实世界更加格格不入了！她该怎么办？

她为此想了一个晚上，昏昏沉沉地进入了梦乡。在梦里，她梦到了郑绍峰，只是他离她有一段距离，她拼命地喊着他，可他始终没有回应。她努力向前跑，想追上他，可不管她怎么拼命跑，却始终和郑绍峰保持着一段固定的距离。她又梦到了她的精神偶像——陆风，只是，他的脸是模糊的，看不清是什么样子，她想走上前细细看一下，梦醒了！她的眼角都是泪，这一觉睡得可真累啊！

郑绍峰在南京城里漫无目的地走着。因为不赶时间，也没有要去的目的地，他就这样一个人静静走着。他看着古城，一到冬天这里就仿佛坐上了时光机，有别于西安古城的豪迈敦实，南京有江南地区独有的柔情。郑绍峰正陶醉在古城的风景里时，突然感觉有人在叫他。街上行人不多，他看见一辆小车向他开来，开车的人把脑袋探出了窗外，还不停地挥手，他定睛一看，是黄亦虎。黄亦虎笑呵呵地说："绍峰兄弟，我终于找到你了！"

郑绍峰一愣，问："你找我做什么？"

"找你来我厂里帮忙。你看你，能文能武，是一个不可多得的人才啊！来，来，先进车，外面太冷了！"他让郑绍峰赶紧上车，接着说，"再说你救了我，我们就是兄弟了！以后我们不分彼此！"

"亦虎兄弟，你过奖了！我只是来南京找一个朋友。"郑绍峰摆了摆手，谦虚地说。

"我说，你那朋友是不是你喜欢的女孩子啊？"黄亦虎一脸坏笑。

"嗯……嗯。"郑绍峰脸上微红了一下。

"哈哈，我一猜就是！你们文人呀，说话都是含蓄的。像我，从不克制对女人的喜欢，而且都是主动出击!”黄亦虎大声笑着说，“女孩子嘛，都是要哄的，送送礼物说说情话，就搞定了!”黄亦虎的脑海里闪现出肖紫琰的影子，得意地笑了。

“她，不一样。”一想起苏倩茹，郑绍峰嘴角浮起一丝发自内心的微笑。

“有什么不一样，女人嘛，都是一样。都喜欢吃香喝辣，喜欢穿金戴银!”黄亦虎吊着眼睛，浮夸地说着。

“不，她对这些一点儿都不感兴趣。”郑绍峰义正词严地回应道。

“哈哈，果然是情人眼里出西施!”黄亦虎吹着口哨轻松地说，“对了，年关已近，说不定你喜欢的人早就回家了，你要不要和我一起回苏州?”

“回苏州?”郑绍峰睁大了眼睛。

“对，我爹给我定了一门亲！对方是苏州城里的一个富家千金，过些天我就回去定亲了！这些天你先和我回厂里，你就当我的副总吧！回头，你和我一起回苏州，你爹妈不还在那儿吗？这样，你也能照顾到他们!”

郑绍峰想了一下，黄亦虎说的也有道理。也许苏倩茹提前回家过年了，父母也是会担心自己的。而且，和黄亦虎在一起或许是一个不错的开始——可以了解更多情况，他需要的不仅仅是儿女情长，还有更重要的——发自内心的使命！于是他答应了黄亦虎的邀请。

这一天，小玉和郑绍川又在后山那边见面了。小玉把碧云和苏倩茹在花园吵架晕倒的事情，一五一十地告诉了郑绍川。小玉同情地说：“你说大小姐人那么好，为什么太太总是和她过不去呢!”

郑绍川鄙夷地说：“太太就是太迷信！天天算命，什么‘灾星’‘孤星’，全都是瞎扯!”

“嘘嘘——小声点儿，别让人听见！”小玉赶紧掩住郑绍川的嘴。

“小姐一看太太晕倒了，就什么都答应太太了。估计，很快就要定亲了！你哥哥呢？”

“我哥——我现在也不知道他在哪里。他估计不知道倩茹姐回来了，怎么办呢？”

“你要想办法联系上你哥，让他赶紧回来。不然小姐定亲了，就来不及了！”

“小玉，你真好。我要努力赚钱，然后和——和苏老爷提亲……”郑绍川红着脸，努力说出这几句话，惊得小玉脸上一阵兴奋。

“嗯，我这边也存了一点钱。到时——你若不够——不，到时，我都给你！”小玉低着头，两团红云飘上脸颊。

“小玉，你长得真好看。”郑绍川看着小玉可爱的样子，情不自禁地说着。

“真的吗？”小玉昂起头，亮晶晶的眼睛看着郑绍川，像是一汪干净纯朴的泉水。郑绍川郑重地点了点头。小玉的眼神带着一丝惊喜，一丝不安和紧张，她四下环顾，踮起脚尖飞快地在绍川的额头上亲了一下，然后捂着脸快速跑开了。留下一脸震惊的郑绍川，之后，一丝微笑在他的唇边荡漾开来——只有和小玉在一起，他才能感受到真正的快乐！

回到家，天色已经黑了。家里还是一片漆黑、冷清。有时，他真不想一个人回这个家。原来哥哥在，家里还有个说话的人，现在锅灶冰凉，炉火熄灭，一片死气沉沉。父亲在书局不死不活地卖着书，常常不回家；母亲自从和黄谷阳去贾府后，经常和贾府的六姨太一起去上海或周边城市玩耍，彻夜不归已是家常便饭。

郑绍川叹了口气，开了灯，把在路边小摊买的馒头就着凉白开干啃起来。“吱呀”一声，有人推门而进。郑绍川抬头一看，是父亲——郑庆书。

“你……你……就吃这个?”郑庆书一看，指着家里问，“你娘呢?”

“不知道。”郑绍川淡淡地回答。

“肯定又是和贾府的六姨太出去玩了!”郑庆书哼了一声。可是，他又能怎样呢？这么多年，柳燕眉总是高高在上，自己的温暾懦弱造就了她的无法无天。

“爹，你吃过了吗?”郑绍川问郑庆书，他已经对爹娘之间的争吵非常疲倦，索性转了话题。

“啊……啊……吃过了。在书局简单吃了！你说你娘，现在也不着家，你哥失踪了，你也要干活，她就不能在家好好做饭，至少让你回来有个热乎饭吃啊!”郑庆书不满地说。

“谁在说我呀?”柳燕眉的声音传了过来，郑庆书怔了一下，脸色微微一变。只见柳燕眉穿着最新款的貂皮大衣，打扮得珠光宝气地走进来。看着郑庆书和郑绍川吃惊的表情，柳燕眉把外套脱了，里面贴身的旗袍，她的身材更显得前凸后翘。

柳燕眉得意地说：“这是上海最新款的旗袍，美吧?”说完，转了个圈，腰肢一扭一扭地拿着一个盒子，递给郑绍川说：“儿子，这是妈妈给你的礼物。看看，喜不喜欢?”

郑绍川只顾着吃馒头，手也不接。柳燕眉一看，有点生气：“怎么？长本事了？连娘的话都听不懂了?”

郑庆书闷闷地说：“你看你，一整天在外面招蜂引蝶，儿子都没饭吃了，你也不管不顾!”

“嘿，你这个呆书匠！你会不会说话？谁出去招蜂引蝶了？我在家，这些美丽的衣服能自己长腿来吗？你们这些礼物也会自己飞来吗？我这是去社交，去给绍峰和绍川铺路！回头给绍川介绍个富家千金，我们就可以享福了!”柳燕眉兴奋地说着。

郑绍川抬头看着柳燕眉，努力把嘴里一口馒头咽下去，他不想让自己的声音听起来很气恼，压着怒火说：“我不要什么富家千金。”

“你就是爱钱！年轻人的婚姻，让他们自己做主就好了。我们不要管那么多。”郑庆书虽然迂腐，但对孩子，还真是真心疼爱的。郑绍川看着父亲，这么多年来，在这个家里，父亲的存在感一直很低，都被母亲压制着。但他知道，郑庆书是一个正直的人，他不爱慕虚荣，只是沉浸在自己爱书的世界里。

柳燕眉立马变了脸，开口大骂：“好啊，有本事你赚钱来给我看看！你瞧瞧你那书局，半死不活，养活你自己差不多！我吃啥，我喝啥，我用啥？你看看人家六姨太过的什么日子，再看看我过的什么日子，都是女人，凭啥我就得灰头土脸吃糠咽菜！再说了，我也长得不差，想当年我也是苏州城里的大美人！”

“那都是过去的事儿了。当下的日子当下过，不要总是攀比。人比人，气死人！”郑庆书苦口婆心地劝着。

“什么？就你没出息！你要是像黄谷阳或者苏方达一样，我和儿子至于住在这样破旧狭小的地方吗？”柳燕眉一听更来气了，指着郑庆书的额头，骂得更狠了，“都是你没用，没出息！就知道看书，看书！这书能给你变出钱吗？这日子没法过下去了！”

郑绍川痛苦地眨眨眼，他拉住柳燕眉戳郑庆书的手，说：“娘，不要再骂了！每个人的性格不一样，每个人的命运不一样……”

“我就是相信‘我命由我不由天’！我不相信我柳燕眉就要穷一辈子！我不甘心，我也不愿意！”一想到贫穷，柳燕眉心里就有一种无法控制的恐惧。而且，近半年来，她和六姨太走得很近，已经完全习惯了那种富裕浮夸的生活，她不想再回到从前。柳燕眉有一种不安的预感，她觉得她的丈夫和儿子要把她拉回来，拉回来做一个所谓的“贤妻良母”，再回去为了几毛钱和菜贩子讨价还价，穿着过时的廉价衣服……不，这不可能。

他们凭什么要她这么做?

为了表示她爱这个家?表示她爱孩子?表示她爱丈夫?

她以前这样做了,可是她不快乐。现在好不容易机会来了,怎能轻易放弃?

对,她不能轻易放弃!

她要做个决定!

她的牙齿紧咬着下嘴唇,嘴巴抿得紧紧的,原本回来时涂得亮红的口红都有些脱落了。她眼睛冒着怒火,对郑庆书冷冷地说:“这日子过不下去了!咱们——离婚!”

郑庆书和郑绍川都震惊了,郑庆书懊恼地抱着头,默默坐到椅子上,不回答。柳燕眉一看郑庆书这个怂样,一下子就来气了:“你看你,总是这么没出息!你能不能像个男人,痛快一点!”

郑庆书扯了扯嘴皮,想说什么,又咽了下去。他以为这次柳燕眉和往常一样,只是说说而已,也不理她。柳燕眉大吼道:“没出息的东西!”她火冒三丈地把桌上的水杯、花瓶砸在地上。她暴怒地吼着,吼到自己没力气了才安静下来,然后一字一句地说:“咱们,离婚!”

郑绍川的脸色已经由震惊转为麻木,他面无表情地看着这一切。没有意义的一切、循环往复的一切。

郑庆书喃喃地说:“燕眉,你闹够了吗?不闹了,不闹了,就这样吧。”

柳燕眉看着郑庆书懦弱的样子,眼里的泪水终于崩溃决堤。她大声哭喊说:“在这个逼仄的空间,看到的都是逼仄的家具、逼仄的脸孔,永远没有值得期待的东西,永远没有!我不想永远过这样的日子!离婚!”说完,她扭头冲出了家门。

屋子里一片死寂,两人都一语不发。

凭良心说,郑庆书面对生活贫穷的所作所为确实显得不太负责任。这一家子一直以来确实是柳燕眉操劳起来的。郑庆书虽然总是埋怨柳燕眉的虚荣和势利，可也不得不承认，她能应付绝望，能应付恐惧，这也是这么多年他们一家人能活下来的秘诀。当然，他不知道，柳燕眉在斤斤计较中过日子的时候，已经为这个家奉献了自己最美好的青春年华。他们一家父子三人以前一直猜不透为何柳燕眉总在各种找碴儿、吵架后，深夜里又自己默默流泪。

唉，生活总是一边是希望，一边是绝望。

柳燕眉哭哭啼啼地来到了黄谷阳的家。她进门就扑在黄谷阳怀里，抽噎着："谷阳，那个家我再也不想回去了！我要和郑庆书离婚，你把绍川认回来。"

黄谷阳看着把头埋在自己怀里的柳燕眉，一脸的嫌弃，但在柳燕眉抬头的瞬间，他立马变脸了，温柔体贴地问："怎么了？不哭了，宝贝。说说，发生什么事情了？"

"也没啥，就是不想和郑庆书继续过下去了！当年我们也是在一起的，如果不是你和……"柳燕眉看着黄谷阳的脸，忍住没说出那个名字，继续撒娇说："反正我要和他离婚，然后我们就结婚。"

黄谷阳忍着性子，说："这个事，不能操之过急。现在你在六姨太那儿出入自如，贾会长对我也是刮目相看。听说明年洋人要过来投资，咱们要趁热打铁，赶紧让贾会长把新一年的订单签给我，这样我们就可以高枕无忧赚大钱了！"黄谷阳心里也明白，这贾会长一直惦记着柳燕眉，他要和她结婚了，一切就完了！他也知道，柳燕眉这个女人，心思太多，性格冲动，成不了大事的。而且，关于儿子——黄亦虎才是自己真正的儿子，至于郑绍川，他心里一直犯疑呢。

"那你说我现在怎么办？"柳燕眉听了黄谷阳的一番话，觉得也是有些道理。

"你现在啊，就一个任务——那就是好好伺候我！"说完，黄谷阳抱起柳燕眉，打情骂俏地进了房间。

黄谷阳看着熟睡的柳燕眉，一只手臂伸出棉被，仿佛想要握住什么似的。他走上前，想帮她把手臂放进被子里，可又缩了回去。他看了她的嘴唇微微动着，仿佛是要和谁说话。黄谷阳转过了头，冷哼了一声，下楼到客厅。

他倒了一杯酒，叫来了孙立波。孙立波很快就来到客厅，对着黄谷阳点头哈腰，说道："老板，这么晚有什么事情吗？"

黄谷阳喝了一口红酒，说："少爷现在在哪里？"

"南京，在厂里忙着呢！"孙立波连忙回答。

"哦？这么认真？你明天跟他打个电话，让他把手里的工作安排一下，你去打理，让他近期回苏州。也只有你，能让我放心了！"黄谷阳盯着孙立波，叹了一口气。

"明白，明白。老板，明天一早我就去处理！"孙立波机灵地回答着。

"对了，阿波，现在局势也不太平，我想把南京的厂子迁移到苏州来，毕竟和苏家联姻后，资源都在这里。你这次去，好好清算一下，做好迁厂的准备。辛苦你了！"黄谷阳若有所思地说道。

"不辛苦不辛苦！能为老爷分忧，是我的荣幸！"孙立波一脸谄媚，黄谷阳很是满意地盯着他笑了。

日子已进入了腊月，工厂忙着赶工收尾，厂房里的灯火昼夜通亮。苏倩茹有时间就到厂房里转转。自从前几天和碧云在花园争吵后，这些天，算是相安无事。苏倩茹顺从地克制了自己，没有再去找碧云理论。

天空逐渐露出蓝色，冬意渐浓，苏倩茹在暖暖的阳光下走到后山，看到河边那棵树叶变黄的大树，她的心有一丝颤抖，心里不停追问着：“绍峰，你在哪里？我回来了，我回来了！”四周静悄悄的，偶尔昏鸦一声鸣叫，随即又沉寂下去。苏倩茹满脸惆怅地走回来，碰巧在花园见到了小玉。小玉看见苏倩茹，赶紧起了个礼，然后看了看四周，小声地对苏倩茹说：“大小姐，我能跟你说句话吗？”

苏倩茹一向待人和气，她提起精神说：“小玉，有什么事情你就说吧。”

小玉把苏倩茹拉到假山后面，细声说道：“大小姐，绍峰公子去南京找你了！”

“啊？”惊得苏倩茹赶紧捂住了嘴巴，“你怎么知道的？”

“是绍川告诉我的。现在绍峰公子也没回苏州，估计还在南京找你吧，他应该不知道你回来了！”小玉有点着急，边说边不停地张望着。

“绍峰怎么突然去南京了？”苏倩茹皱着眉头问道。

“他，他……听说你要定亲了，就连夜跑去南京找你！”

“他怎么知道我——我要定亲了？”苏倩茹追着问。

“这个……这个，小姐，是我该死！我，我告诉绍川的。我，我知道小姐你和绍峰公子情投意合，我就想着……小姐，绍峰公子是真的喜欢你的。”小玉扑通一声，跪下来，眼泪不停地流下来。

苏倩茹的心里一阵感动，赶紧把小玉扶起来：“小玉，不怪你，不怪你！谢谢你的好意，我知道你也是为我们好，谢谢你，谢谢你！”苏倩茹的心里荡起一丝温暖，原来郑绍峰的不辞而别是为了寻找自己，她的心里再次升腾起一种强烈的愿望——她必须抗争下去，为自己的人生做主！

第十一章

这一天，贾士礼给黄谷阳打了一个电话，邀请他到平江酒店吃饭，还特地点名要带上柳燕眉。黄谷阳立马心领神会，马上叫柳燕眉打扮一番，驱车前往饭店。

在车上，柳燕眉问黄谷阳："你们男人谈事情，干吗总要叫上我呀？你们男人的生意我们女人也不懂啊！"

黄谷阳搂着柳燕眉，笑着说："可能是贾会长看你总陪六姨太出去玩，也想感谢感谢你吧。"

"也是！这六姨太和我一起出去玩，总是被我逗得笑个不停，她说她都离不开我了，还说干脆让我搬去贾府住好了！"柳燕眉眉飞色舞地炫耀着。

"能和六姨太那么美的人住一起，三生有幸啊！你答应了吗？"黄谷阳一听，这柳燕眉还真有点本事，把六姨太都搞定了，怪不得最近贾会长对自己的态度是越来越好，看来枕边风的效果不错啊。

"我才不去呢！"柳燕眉把头靠在黄谷阳的肩膀上，斜着眼说，"如果我去贾府住了，我以后就不方便随时找你了……咦？你刚才说什么？你夸六姨太美，对吗？"这柳燕眉反应了过来，立马杏眼圆睁，微微发怒了。

"没有，没有。在我眼里，你永远是最美的。"黄谷阳赶紧哄着说。

"你是不是在敷衍我？六姨太比我年轻，难道你不喜欢吗？你们男人不都喜欢年轻貌美的吗？”柳燕眉依旧不依不饶。

黄谷阳心里暗暗叫苦，这个女人实在太难缠！他还是耐着性子哄着说：“天下年轻貌美的姑娘多了去了，难道我还得每个都喜欢呀？我刚才只是顺嘴一说，再说六姨太是贾会长的女人，我怎么敢惦记，对不对？”

柳燕眉一听，还有点儿道理。她看着黄谷阳一脸真诚的样子，似乎不像是在说谎。她假装气呼呼地说：“这一次就先相信你！”

黄谷阳一把搂住柳燕眉，把嘴巴凑在她的耳朵边，情意绵绵地说：“你看我这么多年一直没有续弦，就是一直期待能和你再续前缘，你要相信我！六姨太那边，你可不能去，要不然我就该孤单了！”

柳燕眉一听，整个人乐得心花怒放。她靠在黄谷阳的怀里，撒娇地说：“我也是这么想的，要是住进去了，就不方便啦！”

“哈哈哈，我懂，我懂！”黄谷阳乐得捏了一下柳燕眉的小脸蛋，说，“还是你想得周全啊！反正现在你在贾府是出入自如了，再接再厉，我的小宝贝！”说完，他亲了一口上去。

柳燕眉看着黄谷阳喜笑颜开的样子，就想趁热打铁，她问：“谷阳，我要和郑庆书离婚，然后你就娶我吧。春节后，好不好？”

黄谷阳脸上的笑容瞬间止住了，心里想：这个女人，怎么就这么穷追不舍呢！看来，她和郑庆书离婚是早晚的事，他得早点做准备，免得被这女人坏了事！他忍住不悦，对柳燕眉说：“之前就说了，这个事儿不能操之过急。咱们现在得先把贾会长拿下，一切等成功了再说，好不好？”

柳燕眉有点恼怒地说：“要是成功了，你再把我抛弃了怎么办？之前，你就是这样……”

黄谷阳笑着说：“这次不会的。宝贝，你听我说，以前的事情是我不对，但我也是没办法啊，不和亦虎他娘结婚，就没有今天，你说对不对？现在事情都过去了，缘分又让咱俩相遇，我们更应该一起努力，我也是想让你过更好的生活，是不是？”黄谷阳面不改色地说着谎言，“守得云开见月明，你再忍耐一段时间，等我好不好？”

“等等等，我都等了十年了！”柳燕眉心里一阵心酸，眼眶发红了。这十年里，她的心里确实一直等着黄谷阳，尤其是看着郑绍川的时候，心里更不是滋味。她也知道黄谷阳是一个见利忘义、视财如命的人，但感情的事情谁又能说明白？人生啊，有时碰到一个人，真是一辈子的宿命——不管他是贫穷还是富有，不管他是君子还是盗贼！想到这里，柳燕眉重重地叹了口气。

黄谷阳顿了一下，搂着柳燕眉说：“宝贝，别生气。等事成之后，我……我……我一定娶你！”眼看着酒店就要到了，黄谷阳想，还是得先稳住柳燕眉，然后就豁出去了。

柳燕眉一听，果然脸色阴转晴，看着黄谷阳惊喜地问：“你说的是真的吗？”黄谷阳点了点头。柳燕眉乐得咯咯笑，把刚才的不快抛到了九霄云外。

到了酒店，黄谷阳让柳燕眉把搭在自己肩膀上的手拿下来，他说：“贾会长一直以为你是我表妹，咱们可不能穿帮，记住了吗？”柳燕眉扭着纤细的腰肢，点了点头。

这是一个豪华的包房，看来今天贾会长的心情很不错。看着柳燕眉一路娉娉婷婷走过来，贾士礼的小腹一阵发热，全身骨架几乎瘫软了，心底阴暗地想：“要是摸上一把，该会多么销魂爽快啊。这个黄谷阳，真他妈有艳福，此等极品尤物都能网罗门下，眼光独到，艳福不浅啊！”

“哎呀呀，谷阳兄，你来了！”贾士礼张着一口大黄牙，腆着肚子站起来。

“贾会长，您坐，您坐！得您厚爱，倍感荣幸！”黄谷阳殷勤地说着，一把拉过柳燕眉，坐在贾士礼的旁边。

柳燕眉看了看黄谷阳，一脸媚笑地坐在贾士礼旁边，说："贾会长好！"

这娇滴滴的声音，配上柳燕眉那风韵犹存的笑容，贾士礼看得目瞪口呆，痴痴地说："这表妹几日不见，更漂亮了！"

这柳燕眉低头轻笑一声，抬眼对着贾士礼说："贾会长，您见笑了！您府里美人那么多，尤其是六姨太，那可是全苏州最美丽的女人，多少女人都羡慕她呢！"

贾士礼一听，笑着回应："六姨太最近心情很好，应该都是你的功劳。来，谷阳兄，你的表妹很厉害啊，敬你一杯！"

黄谷阳赔着笑脸，一饮而尽。转头，贾士礼对着柳燕眉说："这六姨太很是喜欢你，你有空多来府里陪陪她！这一杯，我敬你，谢谢你啊！"贾士礼一脸色眯眯地瞅着柳燕眉。这贾士礼也是个老江湖，自从第一次见到柳燕眉跟着黄谷阳来贾府，凭他多年的阅人经验，他早就判断两人的关系非同寻常，不仅仅是表兄妹那样简单。但他也不在乎柳燕眉和黄谷阳是什么关系，因为他现在最想做的事情就是——如何把眼前的美人儿拥到怀里。

酒桌上就是这样的，你一言我一语，互相恭维着；你一杯我一杯，互相敬着酒。推杯换盏间，三个人海阔天空地拉着家常。黄谷阳给贾士礼倒了一杯酒，笑着说："燕眉啊，你知道吗？咱们苏州商会多亏了贾会长帮我们企业招商引资，要不然哪能发展那么好呢！"

柳燕眉一听，脸上立刻浮现出崇拜的表情，娇声说道："贾会长，我可没少听表哥提起你，称赞您有魄力有担当，是商会的领头羊！表哥说在您的领导下，苏州这些企业都在不断做大做强。哎呀呀，要是没有您，苏州这些企业可都不知道怎么办才好呢！"听着柳燕眉一通夸赞，贾士礼更是乐得合不拢嘴。黄谷阳心底喜滋滋的，没想到柳燕眉的嘴巴那么能说。

黄谷阳一看酒酣耳熟，就赶紧凑过去对贾士礼说："贾会长，有一个事儿需要您帮忙。”

贾士礼一边看着柳燕眉，一边点头说：“说，尽管说。”

黄谷阳说：“明年洋人要过来投资，我希望贾会长您能优先考虑……”

话还没说完，贾士礼就盯着黄谷阳，吓得他不敢再说下去，房间里一下安静了下来。贾士礼见黄谷阳惊慌的样子，哈哈大笑说：“老弟，放心！肯定第一个给你！”说完，他瞅了瞅柳燕眉。

刚才安静的房间，再次热闹起来。黄谷阳心领神会，立马敬了一杯酒：“贾会长，小弟在此先谢过！”说完，在贾士礼耳边悄悄说了句话，就转头向柳燕眉说：“表妹，我下楼去车里取个东西，你先陪贾会长喝一会儿。”

“表妹啊，听说上次七七看上的人，是你的儿子？”贾士礼顶着一张油光满面的红脸问道。看着黄谷阳关门走了，贾士礼心里一阵欢喜。

柳燕眉以为黄谷阳很快就会上来，也不以为意。她有点儿不好意思地回答道：“正是我的大儿子。只是……我们……我们也没有非分之想……”

“说……说哪里话了？”贾士礼撇撇嘴说，“这话我……我就不爱听了！我可……没有别的意思，年轻人的事情我们管不着，如果七七喜欢，那就让你儿子来找她！我那女儿啊，也是被我宠坏了……”

柳燕眉一听，乐上眉梢，赶紧给贾士礼斟了一杯酒：“贾会长，您说的可是真的？”

贾士礼伸出右手拍了拍柳燕眉的手背，带着酒气说：“当真！这样，我们……我们就是一家人了！哈哈……”说完用手揉了揉柳燕眉的手背。

柳燕眉一惊，赶紧把手抽出来，说：“贾会长，来，您再喝一杯！谢谢您帮助表哥！”

“好，好。这杯我们，干了！”贾士礼也不客气。就这样，你一杯，我一杯，喝得柳燕眉头晕晕，眼花花。这贾士礼也是个阅尽千帆的人，他看着柳燕眉喝酒泛红的脸蛋说：“表妹啊，你长得可真是漂亮！”

柳燕眉嫣然一笑，说：“贾会长，过奖了！哪有您的六姨太漂亮呢！再说，她那么年轻……”

“有，有。你们是两种不一样的美。你成熟——有味道！你知道吗？我，我最喜欢在女人身上寻找美，那才是美应该存在的地方！像你这么美的人儿，就应该吃香喝辣，穿金戴银，知道吗？”贾士礼晃动着硕大的脑袋，嘴里喷着酒气，眯着眼笑嘻嘻地说。

贾士礼的一通话，让早已被酒精迷醉的柳燕眉一下子想起郑庆书来，那样糟糕的日子她再也不想过了！她醉眼蒙眬地问贾士礼：“真的吗？可以吗？”

贾士礼吐着酒气说：“真的，可以的。我可以给你，给你一切你想要的！只要，你跟着我！”说完，他伸手搭上了柳燕眉的肩膀，柳燕眉眯着眼睛，看着眼前的这个人的轮廓越来越模糊，仿佛是黄谷阳，又仿佛是谁——糟糕，她的脑子已经完全失控了！贾士礼露出了得意和满足的微笑，抱起柳燕眉走到隔壁的房间。

甜言蜜语的背后，一定是有所企图。

黄谷阳下楼后，坐上小车，吩咐司机开车。司机是孙立波临时调过来的一个年轻男孩，他问：“老爷，不等柳小姐了吗？”

黄谷阳翻着眼白瞪了一眼，怒斥道：“多嘴！开车，走！”吓得年轻司机战战兢兢地发动车辆，离开了酒店。

黄谷阳把头靠在车座上，脑袋有一阵发热，还有一阵发疼。他心里想着：燕眉啊，只能对不住你了！不过，这也是你自找的！他一想到明年的洋人投资订单，心里就一阵激动，想着一切的努力都没有白费。他深深知道，男人与男人之间，要成为“交心”的朋友，建立起“亲密无间”的关系。黄谷阳的嘴角勾起了一丝弧度，眼睛里泛出狼一样的凶光。

柳燕眉感觉到一阵口渴，挣扎着起床，揉了揉自己隐隐发疼的太阳穴，全身酸疼极了。她突然感觉到身上一阵凉飕飕的，双手交叉挽在前胸——啊！她发出一阵尖叫——自己身上光溜溜的，一件衣服也没有，她扭头一看，身边躺着一个男人！仔细一瞅，是贾士礼！

她惊得居然喊不出来，脑子里的各种片段像蒙太奇一样，忽闪而过。她明白了！屈辱的眼泪一下子夺眶而出！她慌忙起身，手脚哆嗦地穿上衣服，看着依旧睡在床上如同死猪一样的贾士礼，她的胃里涌出一阵恶心的酸水，她本想上前去甩几个巴掌或狠狠踹几下，可她到床边又停下来了。她想了想，这有什么用呢？这事闹开了，大家肯定会说是她勾引贾会长的，毕竟人家贾士礼在苏州家大业大，有钱有权，而她呢？

柳燕眉脑子里不停地做各种斗争，几个小人在脑子里来回拼斗，最终，她选择了离开。她不是不谙世事的小姑娘，也不是任人欺负的傻大姐，她现在要去找的就是黄谷阳！这个她心心念念、一直等待的男人，为什么要这样设计卖了她？对，她要去问个明白。柳燕眉下楼叫了黄包车，直接往黄谷阳的住处奔去。

黄谷阳就坐在二楼书房窗前，他似乎对这一切都了如指掌。他一看柳燕眉下了车，怒气冲冲地冲进别墅，他的嘴角不屑地抽了一下，随即拿起电话假装通话：“喂，喂，你那边说什么？啊——什么——货出问题了？什么——谁在背后搞鬼？啊——打仗？那我们的货怎么办？该死的！啊—— 一切都完蛋了！”他边说边瞄着楼梯，听着柳燕眉“噔噔噔”高跟鞋的声音越来越近，他的声音也越来越大，嗓门越来越粗。一切都是在演戏，演给上楼的人看的！

就在柳燕眉气冲冲推开书房门的时候，黄谷阳骂了句脏话，然后重重地挂上电话。柳燕眉惊得一愣，她看着面红耳赤、青筋暴露的黄谷阳，倒是先泄气了一半。她愣了一下，想起酒店的事情，又挺直了腰板，径直走到黄谷阳面前，双目圆睁怒斥道："黄谷阳，看你干的好事！你早就设计好了是不是？"

黄谷阳假装一愣，回答说："燕眉，你在说什么？"

柳燕眉一下流出委屈的泪水："贾士礼……贾士礼那个道貌岸然的伪君子，趁着我酒醉……把我……我……"柳燕眉抡着小拳头不停地锤打在黄谷阳那壮实宽厚的胸膛上。

黄谷阳慌忙抱住柳燕眉，安慰道："出了什么事？你，你慢慢说……贾士礼？他把你怎么了？"

柳燕眉抽抽噎噎，露出难以启齿的表情，哭得更大声了。柳燕眉不停吸着鼻子，然后咳嗽得很大声，因为生气导致这咳嗽在她的胸口轰隆许久，她脸色一阵通红，又显得筋疲力尽。

黄谷阳一听，大怒起来，气愤地说："这贾士礼怎么能这样！我去找他算账！这个糟老头家里有那么多姨太太，怎么还惦记你？燕眉，你放心，我不会让你白受欺负的，我这就去找他理论……就算他贾士礼在苏州家大业大、手眼通天，也不能这样嚣张！我就不信，这苏州的官府都是他家开的！还有没有王法！我的女人他也敢碰？就算赔上我的全部家当，我也要让他给你个说法！"说后面这几句话的时候，黄谷阳故意瞅着柳燕眉，说得义愤填膺，那真是情真意切，身子还不停往门外走。

这一席话将柳燕眉的怒火浇灭了好几分。再一听要赔上全部家当，柳燕眉立马拉住黄谷阳说："我……我以为是你……"

"你以为是我设计的？"黄谷阳一脸的无辜，随即一脸的悲怆，他仰天长啸一声，动情地说，"燕眉啊，你真这么想我？我真是太难过了！咱们认识这么多年，你又在帮我打点六姨太那边的关系，你觉得我会害你吗？而且这么多年来，你看我也是一直没续弦，就是在等着你！多亏老天爷，让我们再次相逢。我珍惜你还来不及，怎么会‘设计’你呢？况且咱们还有一个儿子，我怎么会干那种丧尽天良的事情呢？”黄谷阳越说越激动，双手一挥：“算了，你不信我就算了！我现在就去找贾士礼，就算拼了我这条命，也要给你讨个说法回来！”他边说边往外走。

这柳燕眉一听到这些催人泪下的“内心剖白”，再一看黄谷阳“视死如归”的架势，就完全相信了黄谷阳的话。她一把拉住黄谷阳，说：“别……别冲动。这贾士礼在苏州只手遮天，我们也得罪不起。我不想你出事！”

黄谷阳抱住柳燕眉，声音柔和了许多：“只是，只是委屈了你！不过，你放心，我肯定不会让你白吃亏。这事，我肯定得找贾士礼说说去！”

柳燕眉流着眼泪说：“谷阳，你不会嫌弃我吧？我这身子……呜呜呜……”

黄谷阳加大了搂住柳燕眉的力气，腾出右手帮柳燕眉擦去眼泪，说：“不，不会的。你在我心里，永远是最美最纯净的。这不是你的错，不能怪你！要怪就怪贾士礼——对了，还有我！都是我不好，我不该中途离开——可是我也没办法啊，你刚才也看到听到了，厂里出事了，我必须回来解决……我也没想到会发生这样的事情……燕眉，你打我，你打我！都是我没好好保护你……”这黄谷阳说得一把鼻涕一把泪的，柳燕眉在这一刻完全原谅了他，甚至伸出细长的手去轻抚他那布满胡茬的粗糙脸蛋。

事后，黄谷阳给柳燕眉在城区买了套房子，还送了不少钱。当然，这些都是羊毛出在羊身上——贾士礼给的。男人有时也是奇怪，家里明明有娇妻一大群，可还是觊觎外面的花花草草。可能，对这种男人来说，征服不同女人是他一生乐此不疲的兴趣。当然，他有钱，有权，还有时间，所以他们大方得很，爽快得很。

柳燕眉乐滋滋地搬了过去，郑庆书和郑绍川不肯一起去。街坊邻居以前都知道柳燕眉经常坐一个男人的小车回家，后来回家次数越来越少，现在是直接要搬走了。三姑六婆交头接耳，议论纷纷，这件事成为人们茶余饭后的无聊谈资。郑庆书一头栽在他的书局里，生意只能勉强度日，但他也乐在其中，一个人的吃喝拉撒都是在店里。

郑绍川这一日来店里看父亲，发现父亲越发憔悴苍老了。郑绍川管不了母亲，但也拒绝和她住在一起。他看着父亲略为佝偻的身影以及花白的鬓角，他的心里有一丝酸楚和同情。

他，现在是父亲唯一的朋友了。对的，父亲从小就疼爱他和哥哥，虽然家里不算富裕，虽然母亲总和父亲吵架，但一家人还是在一起，也算是和和美美。可这样的日子终是一去不复返了！郑绍川的眼角有点酸酸的，他用力来回擦拭了几遍，张口叫了声："爹！"

郑庆书缓缓回过头，看到郑绍川，眼里闪过一阵惊喜，一丝亮光，但随即又黯淡下去，他平静地说："来了，坐吧。"他总是这样的不苟言笑，总是这样的沉默寡言。

屋里一阵沉默。

"爹，吃了吗？"郑绍川找了个话题。

"吃过了！"

"啊……好。最近降温，您——注意身体。"

"嗯，好。"

对话很简洁，又是一阵沉默。

郑绍川将手里的一个盒子递给郑庆书："爹，给你。"

"什么？"丝毫没有伸手的意思，"我不缺什么，你带回去，自己用吧。"

"这是我给你找的一本书！"郑绍川轻轻说。

"啊，啊——好，好。"一提到书，郑庆书来了点精神，伸手接过来。他打开盒子，拿出里面的书籍——这是他梦寐以求的一本旧书，他的眼睛里燃起点点小火光，整个五官因为这丝亮光仿佛年轻了不少。他头也不抬，双手轻轻抚摸着书籍皱黑的外皮问道：“哪里来的?”

“我……我去旧货市场淘的。我让老板千万别卖，今天发了工钱就赶紧去买……买回来!”郑绍川见父亲对这本书很喜爱，他的心情也轻松了许多。

“嗯，嗯。很好，很好。绍川……长大了!”郑庆书喃喃地说着，他抬起头，看着自己的这个二儿子，心里有一股暖流奔涌而出，只是自己尽力把它压制着罢了。郑绍川看到父亲的眼角有东西在闪烁。

那是湿的。

对，他的眼角有一滴泪。

郑绍川顿了一下，站起身，对父亲说：“爹，我晚上还有夜班。我先走了，您多保重身体!”说完，他走了出去，消失在黑漆漆的夜里。他看着窗口的一团昏黄，知道门里一切都如以前，屋子还是那屋子，父亲还是那父亲，只是自己变成了这个城市中拼命工作的一个人。他昂起头，硬是让自己不要去看那些在寒冷夜色中凄厉号叫的夜猫或簌簌发抖的树木。

人啊，你知道自己是什么时候出生……但，永远不会知道自己在人世的时间有多长——这是随机不定的。

不管你信，还是不信。

第十二章

车子在一片雪地里停滞不前，很明显，陷入雪坑了。黄亦虎嘴里骂个不停，右手用力地拍打了一下方向盘，推开车门查看情况：“妈的，卡进一道很深的车辙里了！真是倒了血霉！”

黄亦虎骂骂咧咧，郑绍峰也跟着下了车，他皱了一下眉头对黄亦虎说：“别骂了，还是赶紧想办法把车开出来吧！”“有什么办法？这荒郊野外的，还有这该死的天气！亲还没定上，就要冻死在路上了！”黄亦虎两手一摊，翻着白眼说道。

郑绍峰瞅了一眼黄亦虎，不再说话。他四周看了看，只见右后轮陷到一道车辙里，郑绍峰看了一会儿，对黄亦虎说：“这天估计很快要下雪，咱们得赶在下雪之前把车轮弄出来！不然下雪了就麻烦了！”

黄亦虎闷闷地说：“我当然知道下雪麻烦了，关键是咱们啥工具都没有，咋弄？”

郑绍峰笑了笑说：“反正闲着也是闲着，试一试，总比什么都不做好。不做，就是等待失败。你说对不对？”

黄亦虎一听，这文化人就是不一样，说的话很有道理，他点了点头问：“绍峰兄，你有什么办法吗？”

郑绍峰去路边捡了一块略为平整的石头，对黄亦虎说：“来，先来干点儿活儿！”

黄亦虎一脸狐疑地看着郑绍峰，但貌似没有更好的法子了，只能死马当活马医了。

只见郑绍峰蹲下来，把轮胎周围的雪用刚才捡的石头都刮掉，弄得挺干净。他又用石头在车的后轮铲出一个斜面，保留坚实的土质，又找了一些碎石、树枝垫在轮胎下面。做完了这一切，他对黄亦虎说："你一会儿发动车子后，千万不要猛踩油门，用低速挡将车平缓驶出，知道吗？"

黄亦虎一脸诧异，问道："为什么？"

"因为你猛踩油门，车轮打空转只会压实雪层，更难有附着力了，同时这样还会使地上的雪塞进胎面花纹内，降低了轮胎的附着力。你先把车轮回正，使胎面更能抓牢地面。我在轮胎下垫了一些东西加强附着力，你准备启动吧。"郑绍峰站起来，拍拍身上的雪粒，额头上渗出不少密密的小汗珠，他坚毅的侧脸更显得英气逼人。

黄亦虎有点崇拜地看着郑绍峰，拍马屁道："哎呀呀，想不到绍峰兄不仅能写一手好文章帮我追女孩，还能帮我在冰雪天救汽车！这以后，我得好好重用你，真是人才……人才啊，哈哈！"

郑绍峰白了黄亦虎一眼，说："别贫了，赶紧吧。天色不早了！注意先回正车轮，千万不要猛踩油门，我在后面推！"

黄亦虎应了一声，此刻他也收起玩世不恭的样子，聚精会神地按照郑绍峰的指示去操作。郑绍峰站在车的右侧，随着发动机的声音，两个人一前一后地配合，在轮胎的呼呼声中，终于把车开出雪坑了。

两个人重新坐上车子，一路继续开到苏州。在车里，黄亦虎问道："绍峰兄，你以后就来我的缫丝厂工作，你当副总，怎样？"

"不敢当，我没当过什么副总，怕是心有余而力不足啊！"郑绍峰想着，如果能进入缫丝厂工作，也许对搜集信息有所帮助，但他口里还是谦虚推辞着。

黄亦虎笑着说："绍峰兄能文能武，博学多才，一定能行的！我爹说了，等我和这位富家千金结婚了，就要把缫丝厂迁回苏州，这样你也方便照顾你的爹娘，还有你的心上人……哈哈。"

郑绍峰一听，这个提议于公于私似乎很完美。于是，他点头答应了。所有的你情我愿，很多时候是因为各自的利益，每个人都在打着自己的小算盘。郑绍峰看着吹着口哨、一脸春风得意的黄亦虎，就问："对了，你那紫琰姑娘怎么办?"

黄亦虎面不改色，依旧哼着小曲，看着窗外渐渐暗下来的天空，语气里有点轻佻地回答道："她？也就是随便玩玩而已。大家都是成年人，有什么好在意的!"

"可我看那姑娘，似乎对你很是喜欢。"郑绍峰小心提醒着。

"喜欢？哼!"黄亦虎冷哼了一声，"她也就是喜欢我的钱！现在的女孩子，只要你有钱，就往你身上扑。所以说啊，钱是万能的，有了钱就拥有了一切!"

"我不这样认为。不是所有的女孩都是爱慕虚荣的……"郑绍峰的话还没说完，黄亦虎接下去说："我知道，你的心上人就不是！对不对，她是特殊的存在，是个完美的人儿！哎呀，有机会，绍峰兄一定要介绍给我认识认识!"

黄亦虎脸色突然柔和下来，仿佛沉浸在一片往事里，他用一种郑绍峰不曾听过的语气说道："以前，我也遇上过一个温柔的小女孩儿，她也是很纯洁，很美丽……"不过他很快恢复了常态，仿佛刚才的那一瞬间只是海市蜃楼，稍纵即逝，"我现在啊，就是回家，听父亲的话，赶紧和富家千金定亲、结婚！这样对我的事业有很大的帮助，我就可以做很多自己想做的事情了！对了，过几天，我邀请的上海的一个朋友会来苏州，到时也介绍你们认识认识！这个人很厉害的!"黄亦虎故作神秘地炫耀着。

郑绍峰有一点点窃喜，也有一点点不安。前日他收到老周的信息，说是近期日本人的行动越来越多了，他突然感觉黄亦虎说的这个上海的朋友，会不会跟日本人有什么关系？他现在不露声色地分析着各种信息，他要保持他的姿态，因为他知道，他选择了和老周一样的路，这也是最明智最正确的做法。

孙立波来到南京，直接进了缫丝厂。厂房里工人懒散不堪，各种材料胡乱堆砌着，看得他眉头紧皱。他一声喝：“都是干什么吃的？还不起来干活！谁再偷懒，立马滚蛋！”

这些工人一看孙立波来了，都吓得噤若寒蝉，四散走开回到各自的工作岗位。孙立波走进办公室，里面文件摆放得乱七八糟，桌上也蒙了一层浅浅的灰，孙立波用左手食指轻轻拂拭了一下，手指头立马有一层淡淡的灰土，他吹了一口气，无奈地说：“这少爷可真能干啊！”说完他打开抽屉，拿出一本账本。这时，一个工人端着茶水进来，孙立波瞅了一眼，问道：“少爷平时来上班吗？”

“啊，啊……来，来！”这个工人怔了一下，含糊地回答着。

“说实话！”孙立波大喝一声。这个工人吓得腿都开始站不稳了，磕磕巴巴地说：“少爷……少爷平时来得少！一般都是工头来安排做事。”

“工头呢？”

“前两天，给——给少爷辞了！”

“辞了？”

“对对对！少爷新认识了一个兄弟，就辞了工头让他这个兄弟当副总。这个副总和少爷一起回苏州了！”工人一股脑儿说出来。

孙立波用一种不可思议的表情看着这办公室里的一切，很快又恢复了常态。这个少爷，从小就是玩世不恭，喜爱投机取巧，吃喝嫖赌，样样精通。他对工人说：“下去干活吧。让大家认真点儿，别偷懒啊！被我发现了，有你们苦头吃！”孙立波狠狠地说。工人点着头下去了，孙立波看着账本，越看脸色越青。

这真是一本糊涂账！

账面上的钱已经所剩无几，而且有好几处缺口，金额还很大。他暗暗焦急起来：接了个烂摊子，怎么和老爷解释呢？

正在他发愁的时候，办公室的门咚咚咚地响起来，敲门声还挺大。他本来就心烦着，火气一下子上来，用力把门一开，破口大骂："妈的！谁这么不识相……"他抬头一看，一个大眼睛、五官英气的漂亮女孩正站在门口，孙立波立马闭上了嘴巴。

这个女孩越过孙立波，直接冲进办公室，大喊道："黄亦虎呢？黄亦虎在哪里？让他给我出来，出来！"

孙立波一听就大概知道怎么回事了。这爷俩一样，在外面的风流债一大堆，他的经验丰富得很，已经帮忙处理很多回了。只是今天这个看起来很漂亮、像学生一样的姑娘，怎么也和少爷扯上关系了？看来少爷现在的涉猎面是越来越广了。孙立波呵呵一笑，拉了一把椅子过来，说道："姑娘，请坐。你找我们少爷有事吗？"

肖紫琰一脸怒气，用手推了下椅子，说："甭废话！我找黄亦虎，他在哪里？快点告诉我！"

孙立波一看这姑娘火冒三丈的样子，饶有兴趣地回答道："我们少爷出去办事了！"

"办事？怎么最近都没去找我？快说，他去哪里了？"

"这个，不方便透露。姑娘有什么事儿，就告诉我吧。我派人去跟少爷说一下，等他回来了再来找你，如何？"

肖紫琰一听，脸色变得凶狠起来，她一把抓住孙立波的衣领，不知什么时候手里多了一把匕首，抵在孙立波的腰间，气愤地说："不要跟我瞎扯！我是他女朋友，快点告诉我，他在哪里！"

孙立波见势不妙，紧张地假笑着，点头说："好好好。既然你是少爷的女朋友，我就告诉你。少爷回老家了！"

"回老家？他怎么都没和我说一声？他都一个月没联系我了，就像人间蒸发一样……"肖紫琰喃喃地说着，忽然神色一陡，加大匕首在孙立波腰间的力度，"快说，黄亦虎老家在哪里？"

“在……在苏州。你是他女朋友，怎么连少爷老家是苏州都不知道呢？”孙立波也是一脸的迷惑和不解。

“哐当”一声，肖紫琰手里的匕首掉落在地，她神情木然，坐在地上，感觉自己陷入了某个圈套。她垂下眼睛，自言自语地说：“我是你女朋友，可却对你一无所知！你回老家了，也不告诉我一声，这是不要我了吗？我那么爱你，那么爱你——你为什么要不辞而别？现在是我最脆弱的时候，你为什么不在我身边？我……现在心情……非常……非常……非常糟糕！我的父亲病故了……呜呜呜……我现在，是一个人了！黄亦虎，你在哪里？呜呜呜……”

听着肖紫琰断断续续的话，孙立波大致知道了事情的来龙去脉，又是一个被少爷欺骗的女孩儿。只是，今天这个女孩似乎和以往的女孩不一样，孙立波不由得对她有了一丝同情和怜悯。他扶起肖紫琰，对她说：“姑娘，你也不要太伤心，哭坏了身体对自己也没好处的。”肖紫琰抬起头，梨花带雨地看着孙立波，也不再言语，踉踉跄跄自己走了出去。孙立波看着肖紫琰落寞神伤的表情，心里突然有一丝触动。

肖紫琰一路跌跌撞撞地走着，眼泪控制不住地往外流着。走在喧哗的街道上，看着川流不息的人群，她竟然有一种虚脱的感觉。她靠着墙停下来，隔壁橱窗的店铺正开着收音机，里面正播放着当季正红的歌曲。现在，任何一首歌都会让她泪流满面。

街道的树木在一阵风的吹动下，焦黄的叶子簌簌往下落，树上的叶子更显凋零。肖紫琰觉得此刻自己像极了树上的黄叶，无家可归，无处可去。想到这里，泪水又是一阵狂流，她捂住自己的脸颊，终于忍不住号啕大哭起来，蹲在一个角落，她的脑中已经不存在任何鲜明的感觉和狂热的爱意了，她觉得自己快窒息了。

也不知道过了多久，肖紫琰感到一丝寒意。她抬头看看四周，只见街上的霓虹灯已经亮起来，天上也不知道什么时候开始飘起小雪花。她把下巴抬起来，以便把空气吸进肺里。

她红着眼睛，似乎用尽全身的力气，慢慢地站起来，深深地咬着嘴唇，尽量不让自己失控喊出声来，天知道此刻她多想大骂一顿，可是她也知道，在这样的城市，这样的时局下，就算你死在街上也是没有人同情的，所有的“新鲜事”在隔夜之后，立马归于平静。她想了一会儿，终于想到了一个人。

她给苏倩茹打了个电话。当电话那头响起苏倩茹温柔的声音时，肖紫琰的泪水不由得滑落下来：“倩……倩茹，我……”

听着电话那头哽咽不止的肖紫琰，苏倩茹吓了一跳，肖紫琰从来都是爽爽朗朗、开开心心，怎么今天这样了？她着急地问：“紫琰，怎么了？你先别哭，告诉我发生什么事情了？”

“我……我……我无家可归了！”憋了半天，肖紫琰终于带着哭腔，说出了这几个字。

“啊？到底发生什么事情了？你……你先别哭，好好跟我说，我们一起想办法。”苏倩茹冷静地安慰着。

“我……我爹突然去世了！我连他最后一面都没见到……呜呜呜……黄亦虎也失踪了，我都找不到他！现在学校放假了，我……我不知道去哪里好！我——无家可归了！”肖紫琰重重地叹了口气说，“城市这么大，哪里是我的家？”

听着肖紫琰无奈茫然的话语，苏倩茹心里不由得心酸和同情起她来。她对肖紫琰发出了热情温暖的邀请：“紫琰，不要难过。你还有我这个朋友，我会帮助你的。你来我家，住多久都可以！”

收到苏倩茹真诚的邀请，肖紫琰那颗破碎孤单的心一下子有了温度，她惊喜地问：“真的吗？我可以去吗？会不会太麻烦你？”

“不会的。我家很大，不麻烦的。而且我也是一个人，你正好来陪陪我，这样不是两全其美吗？来吧，不用担心太多。要不，我让司机去接你？”苏倩茹觉得在这个时候，她应该调动自己的能力来帮助肖紫琰。

“真的？太好了！我也很想你。现在我只有你一个朋友了……你不用派车来接我，我自己去就行了。”苏倩茹的援助之举让肖紫琰的心情好了一点，她觉得自己在这个举目无亲的世界上有了一个安身立命的地方了——哪怕是暂时的。

当肖紫琰提着行李出站时，她远远地就看见苏倩茹和司机在车站等着她。她的心里有一阵暖流流过，在这样的境遇下，还有人如此对待她，她真觉得自己是个幸运的人——老天爷都在帮她。

苏倩茹一看到肖紫琰下了车，马上飞奔而来，见了面就紧紧拥抱在一起：“紫琰，你还好吧？没事了，我们一起回家！”肖紫琰热切地点着头，眼睛不由得一阵发潮。

车在苏家大院门口停下，肖紫琰下车后看到气派非凡的大门，她顿时目瞪口呆。原来，苏倩茹真的是大户人家的千金，真的是富家小姐！

瞬间，她觉得自己很卑微，很微不足道，身体居然开始微微颤抖起来。她迟疑地站着。

“紫琰，走呀！愣着干什么呢？阿平，帮忙把行李搬进去，让姜妈一会儿把炖好的汤送到我房间。”苏倩茹用脆生生的声音交代着司机阿平。

“啊！”听到苏倩茹的声音，肖紫琰恍然清醒过来，她看了一眼大门，在苏倩茹的陪同下，一起走进了苏家。她们一路走过花园，走过假山水池。虽是冬天，但由于花匠工人的精心打理，这些园林亦在冬天呈现出苍劲利落的景致，她看着一脸单纯快乐的苏倩茹，渐渐放松下来，她的脸上也逐渐浮现出笑容，因为她现在一点儿也不困惑纠结了。

肖紫琰跟着苏倩茹来到大厅，苏方达和碧云都在客厅喝着茶。看见年轻漂亮的肖紫琰跟在苏倩茹的后面，碧云的眉头微微一皱，用警惕的眼神瞅着她。苏倩茹说：“爹、娘，这是我的同学——肖紫琰。家里遇到了一些事情，我就邀请她来咱们家住一段时间。”说完，朝肖紫琰调皮地笑了一下。

“叔叔阿姨好。要麻烦你们一段时间，真是不好意思。”肖紫琰拘谨地说着。

“不麻烦，不麻烦。倩茹的同学就是我们的贵客，安心住下就是了！姜妈，好好收拾客房，让紫琰小姐住下。”苏方达看着年轻有活力的肖紫琰，不禁产生了一丝好感，爽朗地笑着。

碧云瞅了一眼眉开眼笑的苏方达，心里的醋意不由得弥漫开来，她面无表情地说：“既然是倩茹的同学就住下吧，不过过些天倩茹可是要定亲的，很快就会结婚。到时肖小姐住在这里，恐怕……算了，我会让姜妈给你提前找个住处安排。”

苏倩茹脸上红一阵白一阵，肖紫琰也不知道回答什么好了，大厅里陷入一片沉寂。苏方达用愤怒的眼神看了一下碧云，打圆场道：“紫琰姑娘，不要介意。想住多久就住多久，就当这里是你的家就行了。倩茹，赶紧带紫琰姑娘回房休息，坐了一天车肯定也累了！”

苏倩茹看了一眼面露不快的碧云，赶紧带着肖紫琰离开了。看着苏倩茹和肖紫琰的身影消失在走廊拐角后，苏方达面露不悦，说道：“碧云，人家好歹是倩茹的好朋友，也是第一次来咱们家，你就不能客气点？非要第一次见面就把话说得那么难听？你让倩茹的脸往哪儿搁？让我的脸往哪儿搁？”

碧云冷哼了一声，反唇讥道：“我看你是看到人家漂亮小姑娘，想献殷勤了吧？什么叫‘安心住下’，什么叫‘你的家’？我看你是有什么想法吧？”

苏方达一听，脸色一陡，大声呵斥：“碧云，你说话要负责任！都是当娘的人了，怎么说话还不过过脑子！我这也是出于礼貌，不要胡思乱想、瞎编乱造！”

“你若心里没鬼，干吗发这么大脾气！”碧云不甘示弱，咄咄逼人回应道。

苏方达定定地看着气急败坏的碧云，好几秒钟不说话。过了一会儿，他冷冷地丢下一句话：“你简直是疯了！不可理喻！”然后，拂袖而去。

碧云看着苏方达愤怒离开，咆哮起来：“什么？又是我的错！我这也是为了这个家好，梅大仙说了，年关将至，除了防孤星，还要防小人！看看，又说对了，一个孤星还不够，又领进一个小人来……这日子还过不过了？”碧云一怒之下，把客厅里的花瓶、茶盅等都摔得稀巴烂，又捂着心口喊疼，姜妈赶紧让沉香和小玉把碧云扶回房间休息去了。

看着一屋子的狼藉，姜妈无奈地摇了摇头。她感觉太太总是在猜忌着老爷，总是在找机会伤害他、刁难他，或者是——想要证明什么。她也知道，太太把现在的一切不快乐都归咎于大小姐，然后再把愤怒和绝望时不时甩在老爷身上。想到这里，姜妈有一种心有余而力不足的感觉，如果可以她真想替太太受这苦，毕竟她的命就是苏家救的。

“倩茹，我看你母亲——好像很不欢迎我。”肖紫琰紧张地说。

“没事的，她一直这样的。”苏倩茹淡淡地说着，仿佛这种事情早已见惯不怪了，她轻轻叹了口气说：“她对我也是如此，所以请你不要介意。”

“是吗？那你的日子岂不是……”肖紫琰把到嘴边的“很难过”硬生生地给咽了回去。她有点同情地说：“想不到你也有苦恼，希望我不会再给你添麻烦。”

“不会的。娘就是刀子嘴，豆腐心。她是吃斋念佛的，心地还是很善良的，你别介意，安心住下。我爹不也同意了吗？来，不要想那么多了，歇息一下。回头我带你去后山玩，小时候我们经常去，和绍峰哥哥……”一提到后山，苏倩茹明显开心起来，可说到“绍峰哥哥”时，她的眼神又黯淡下去。

肖紫琰看见苏倩茹的神色变化，也不敢言语。这时，姜妈端着两碗汤进来了：“肖小姐，来，趁热吃，这是甜酒酿。大小姐从小最爱吃了！”

“对对对，姜妈做的甜酒酿是一绝！快尝尝！”苏倩茹在一旁开心地叫道。

肖紫琰看了一眼，只见洁白的瓷碗里，雪白的江米静静地躺在碗底，金丝琥珀蜜枣点缀其间，中间还有一个鸡蛋，闻起来有甜甜的酒味儿，不禁垂涎三尺。肖紫琰接过碗，吸了一口汤：“哇，好好喝！”在这凛冽的冬天，一碗下去，又香又甜，令人寒意顿消。肖紫琰边吃边说：“奇怪，这味道跟我小时候家中仆人做的味道是一模一样！”

姜妈一脸怜爱地看着肖紫琰，说：“肖小姐，你肯定是记错了。味道是不可能一样的。我这是打小我娘教我做的方法，是我们家的独门配方。我也无儿无女，以后怕是这门手艺要失传咯！”

“真的，姜妈，和我小时候吃的是一模一样！”肖紫琰不甘心地回答着，“我真的不会记错，因为——这味道让我想起家的感觉！”说完，肖紫琰有一点感伤，刚才快乐的眼角慢慢垂了下来。

苏倩茹一看，赶快安慰道：“没事的，以后你想吃，就让姜妈天天做给你吃。这里，就是你的家！”肖紫琰感激地看着苏倩茹，姜妈的心里突然有些异样的幸福，一阵涟漪不断扩散开去：如果女儿还在世，也该肖紫琰这般大了！

郑绍峰回到苏州家里。他推门进去，竟从门上落了些灰下来，在冬日的阳光下，满室都是温柔的细小的灰尘在光线中上下翻动。郑绍峰怔了一下，环顾四周。

显然，这屋子已经有些天没人住了，更别提厨房的炉灶了，冷冰冰的。狭小的屋子里，因为太冷清更显得没有生气。郑绍峰用袖子拂了一下凳子，坐了下来。过了一会儿，有个人影闪了进来。来人看到屋里模糊的人影时，也愣了一下。郑绍峰细细看了一下，是弟弟郑绍川。

“哥，你回来了？什么时候回来的？”郑绍川有点惊讶，有点兴奋，他顺手开了灯，“怎么不开灯呢？”

“我……我也是刚回来一会儿。”郑绍峰有点儿走神。

“哥，你怎么了？”郑绍川关切地问道。

“没，没事。对了，怎么屋里这么冷清，爹呢？娘呢？”郑绍峰挥挥手，转移了话题。

“呃呃……爹在书局，我最近都在厂里宿舍住着。娘……娘，搬出去了！”郑绍川小心翼翼地说着。

“哦，这样啊！知道了。”郑绍峰似乎心里早就知道了，他没有太多的表情变化，也没有再问什么。

兄弟俩默默坐着。他们的父亲，他们的母亲，也许早就应该分开了。只是，用这样的方式分开，有些难以启齿。之前的街坊邻居，总是偷摸儿议论着，兄弟俩不是不知道，只是假装不知道。

人长大了，成年了，也就懂得事情的发展趋势是阻挡不了的。郑绍峰和郑绍川，似乎都过了愤怒的年纪——既然在一起已经没有意义，为什么还要勉强在一起？

“对了，哥，你去南京找到倩茹姐了吗？”郑绍川打破了宁静。

“没，没有。我去的时候，学校说她请假走了，我也不知道她去了哪里！”郑绍峰有点儿颓废地说着。

“哥，我跟你说，倩茹姐现在就在苏州，她回家了！”郑绍川着急地说，“哥，小玉告诉我的，说是太太以身体不好为名，骗倩茹姐回家。实际上，是安排她和黄少爷定亲！”郑绍川把所知道的消息都一股脑儿地告诉了郑绍峰。

“什么？她回来了？我……我早就该想到了，我真笨！”郑绍峰有点激动地说。

“哥，你先别着急。你得寻个机会去找倩茹姐，跟她说清楚。我觉得你们之间有很大的误会，还有太太……现在对倩茹姐看得可严了，你要小心点。”郑绍川好心提醒着。

“我知道了。谢谢你，弟弟。”郑绍峰看着弟弟，这一年在码头上班的他，长得更结实了，也晒黑了，思想也更成熟了。

“对了，哥，上次七七小姐还去苏家庄园找你呢，我觉得她挺喜欢你的……”郑绍川嘿嘿笑着说。

郑绍峰瞪了一眼弟弟，作势要揍他，俩兄弟在这狭小局促的屋子里嬉笑着，仿佛天真的时光从未丢失过。

这一天，郑绍峰偷偷地去了苏家大院的后山。那是他小时候经常去的，也是他长大后和苏倩茹再次相遇后两人常去的地方。他的心里暗暗祈祷着，希望能在那片有着他们太多回忆的地方再次见面。到了后山，郑绍峰站在那棵大树底下，仿佛他的面前站着苏倩茹，她安静乖巧地看着他，用那让人感觉安心美好的声音和他说着话。

苏倩茹带着肖紫琰往后山走着，她远远地看见有一个人站在大树下。她的心里咯噔一下，睁大眼睛又仔细瞅了瞅，泛起一阵无法表达的感觉。

她快步走上前，她多想见到他啊！晚一分钟也不行。她快速地跑着，迎着风，帽子被风吹掉了也不在意，继续跑向那个人，越来越近。郑绍峰听到急促的脚步声，转头一看——天啊，这不是自己朝思暮想的人吗！他狂奔迎上去，看着哭成泪人儿的苏倩茹，两个人在距离一米的地方，停了下来。

“你，你还好吗？”郑绍峰心里有万千话语涌上心头，却不知从何说起，他咽了咽涌上来的一股热流，努力地想装出轻松诙谐的语气，但一说出口却全变了调，他清楚地听见自己的声音是多么空洞和干涩，仿佛这声音来自一片虚无，茫茫然而思绪万千。

和恋人分别，已有一年半的时间。

一切就像回忆一样，真美，历历在目。

郑绍峰清楚地记着这一切，仿佛隔着多少个沧海桑田，又仿佛在昨天一样。苏倩茹微微一笑，眼里却是一片湿润，她何尝不是这样的感受？苏倩茹点了点头，又慌忙摇了摇头。离开心爱的人日子怎么会好呢？

她的眼睛一眨不眨地看着他。

他也是目不转睛地看着她，连眨眼都觉得是浪费。

“我，我也是刚从苏州回来不久。去寻你，学校说你请假了。”

苏倩茹的眼睛一亮，她的嘴巴张着，却一句话也说不出来。她使劲儿地点着头，流着眼泪。郑绍峰犹豫了一下，向前跨了一步，用略显紧张的双手搭在苏倩茹的肩上，搂着她。他终于找到了一种最轻柔、最安心的抚慰方式。苏倩茹靠在郑绍峰温暖宽厚的怀里，任由她的泪水肆意漫流着。郑绍峰紧紧地搂住她，他不想松开，他希望苏倩茹能感觉到他的温暖、他的扶持，哪怕只是多一秒，也好。

这条河流，这片山林，都是我们彼此满满的回忆，是属于我们的。

苏倩茹抬起头，泪眼蒙眬地看着郑绍峰。心爱的人啊，让我多看你一会儿吧！郑绍峰看着苏倩茹梨花带雨、嘴唇微张，他的心颤抖着。他看着苏倩茹红润小巧的嘴唇，心似乎快要跳出自己的胸腔了。吻她！吻她！快吻她！心里的声音这样告诉他！

郑绍峰刚要把嘴唇凑上去的时候，跟在后面的肖紫琰适时到了。她指着郑绍峰问苏倩茹：“倩茹……这，就是你的峰哥哥？”

郑绍峰慌乱地抽回了脑袋，苏倩茹娇羞地点了点头。肖紫琰的到来一下子让她清醒过来，她要定亲了，可对象不是郑绍峰！她的心里一阵酸涩，她小心翼翼地将自己从郑绍峰的怀里抽开。苏倩茹的动作非常小，非常细腻，但意味分明，不容置疑。这些细小的动作却都逃不过郑绍峰敏锐的眼睛，他的心一阵痛苦。

肖紫琰盯着郑绍峰，问道："黄亦虎呢？"

郑绍峰回答："他也回苏州了。"

"这个我知道，我是问，他现在住在哪里？"肖紫琰压着怒火问道，"你们不是兄弟吗？你肯定知道他住在哪里，快告诉我！"

"现在他在上海，说要定亲，去上海做几套衣服。"郑绍峰老实地回答着。

"你要是骗我，你会后悔的！"说完，肖紫琰气呼呼地扭头就走了。

郑绍峰挠了挠头，对肖紫琰冷不防撂下的话很不解。苏倩茹一看肖紫琰走了，也跟着追上去，边走边说："明天晚上，老地方见！"

肖紫琰的心里有丝丝的不安，她之前听孙立波说黄亦虎回苏州定亲，而且是和一位富家小姐。而苏倩茹被母亲催回家，也是说要和一位富家少爷定亲，难道……肖紫琰不敢再想下去！她回到房间，心不在焉地靠在窗前坐着。

这时，姜妈端着点心过来了，是芥菜圆子和甜酒酿。不知为何，姜妈对这个与自己女儿年纪相仿的姑娘，有一种莫名的亲切感。她看着发呆的肖紫琰，笑着问："肖小姐，在想什么呢？"

肖紫琰回过神来，看着姜妈慈眉善目的样子，她脸上挤出一丝微笑，吃着甜酒酿。"姜妈，真的，这甜酒酿的味道和我小时候吃的是一模一样！"肖紫琰边吃边说。

姜妈摸了摸肖紫琰乌黑的头发，叹了口气，突然说道："如果我的女儿还活着，也和你这般大了！"

“啊?”肖紫琰咽下嘴里的枣子，问道:“姜妈，你也有个女儿呀?”

姜妈垂下了眼皮子说着:“这是很多年前的事情了！可惜我只和她相处了三天……”姜妈感伤地说着，那声音在空气中飘来飘去。

“那您以后把我当作女儿吧。我现在无父无母，这世界上也没有一个亲人了!”说完，肖紫琰的鼻子顿了顿。

看着漂亮大方的肖紫琰，姜妈的心顿时暖起来，笑着点头。“对了，姜妈，倩茹是要和谁定亲啊?”肖紫琰随口问姜妈。

“那个啊，是和黄老爷的公子。这黄老爷是老爷的拜把子兄弟，这还是指腹为婚的呢!”

姜妈笑着说，她没注意到肖紫琰脸色微微一变。

“那，这……这黄少爷叫什么名字?”肖紫琰按捺住心里的怦怦跳，哑着嗓子问姜妈。

“黄少爷叫——黄亦虎！对，是这个名字!”姜妈用肯定的语气说。

“哐当”一声，肖紫琰手里的瓷碗应声而落，碎片撒落一地。肖紫琰发出一声哀号，异常凄厉，晕了过去！姜妈慌忙把肖紫琰扶上床，赶紧去请医生过来。听了医生的把脉，姜妈一惊，看着躺在床上面色惨白的肖紫琰，姜妈的心里五味杂陈。

“孩子，你醒了?”姜妈看着面色逐渐红润起来的肖紫琰，心疼地问。

肖紫琰摸了摸脑袋，发现自己躺在床上，头一阵发疼。她虚弱地问姜妈:“我怎么在这里？我怎么了?”

姜妈顿了一下，眼睛直直地盯着肖紫琰，缓慢地说:“你……你怀孕了!”

肖紫琰刻意避开姜妈的眼神，低下头，说:“我……我不知道。”

肖紫琰看着姜妈关切又疑问的眼神，她躲闪着，把头埋进被子里，过了一会儿才探出头说：“可能吧。唉……”鼻子一阵发酸，肖紫琰的眼睛里瞬间湿润润的。

姜妈有点动容，缓和了口气说：“刚才医生诊断了，你已经有两个多月的身孕了。不过你放心，我交代过了，这件事情只有你和我知道，太太他们都不知情。”

“啊！姜妈——我……我不知道怎么感谢你！我……我很害怕将要发生的事情，因为你知道——我……我这孩子不是老爷的。你要相信我这一点，真的。不然苏太太一定会把我赶出去的，我——我不知道去哪里好，我已经无家可归了！”肖紫琰害怕地哭着说。

“别哭，别哭，孩子。”姜妈拍了拍肖紫琰的后背，这真是个可怜的孩子。她对肖紫琰说，“我知道这个孩子不是老爷的，放心，我会暂时帮你隐瞒这个事情。只是，时间久了也不是办法，这孩子到底是谁的?”姜妈试着问道。

“是……是黄亦虎的!”肖紫琰咬着嘴唇，似乎下了很大决心，终于和姜妈说了实情，“我们是在金陵认识的，后来他失踪了，我找不到他，没想到他回了苏州，而且要和……和倩茹结婚!”

“呃?”姜妈都听糊涂了。

肖紫琰擤了擤鼻子，继续抽泣着说道：“我以为他失踪了，就想着自己把孩子生下来。没想到，要和倩茹定亲的人就是他！我……我发觉我自己忘不了他，我发觉自己还爱着他，这是一种我永远都不知道该如何去应对的感情——你看看，一边是我的好友，一边是孩子的父亲，我该怎么办？该怎么办？难道要我成全他们吗?”肖紫琰有点失控了，她想起黄亦虎，心里就一阵揪心。

“可他抛弃了你，他是个不负责任的人。”姜妈迟疑片刻，哀声说道。

“我知道，我知道。可是，可是我——还是爱他!”肖紫琰用一种急速的、绝望的、带着义无反顾的语气喊着，“我该怎么办？怎么办？”肖紫琰抓住姜妈的手，恳切地说：“姜妈，你帮帮我！帮帮我！”

“孩子，你先听我说，现在你必须冷静，别激动！当务之急，你要先调养好身体，如果你想要把孩子生下来，就一定要冷静，别恐慌。放心，我会帮你的。”姜妈好言相劝着，肖紫琰听了姜妈的话，情绪慢慢平复下来。姜妈自己也纳闷极了，这到底是一种什么感觉呢？为什么对一个认识没多久的姑娘如此上心？难道仅仅是因为她的年纪和自己的女儿相仿？

接下来的几天里，肖紫琰又告诉了姜妈很多其他秘密，包括自己儿时的一些经历。她觉得，有这样一个愿意分享自己过往的人真的很幸运。可能是长久以来她得不到母爱的缘故吧。

姜妈听肖紫琰讲述着家里的一些事情，心里的疑问也就越来越大，她总觉得自己和这个姑娘有着千丝万缕的关系，可是此刻却说不上来。不管怎样，姜妈选择了保护肖紫琰，在衣食住行上，总是悄悄地提供着自己能力范围之内的帮助。

这一天晚上，苏倩茹一个人悄悄地前往后山。因为，那里有一个重要的人，在等着她。远远地，她就看见郑绍峰在寒风中笔直地站着，就像一棵小白杨，坚毅挺拔。郑绍峰看着苏倩茹的影子一点一点靠近他的时候，心里燃起了一团小火球。恋人啊，还有什么比重逢相聚更值得期许和欣慰？两个人紧紧地拥抱在一起，至少，这一刻世界是安静的，这一刻，他们是对方的。

“倩茹，我带你走吧，好不好？”郑绍峰急促地说。

苏倩茹快速地点头，可又摇了摇头。她红着眼睛，说：“我要是走了，我娘怎么办？上次，她就差点丢了性命……”

“可是，如果你不走，你娘就要安排你定亲，这样我们就……倩茹，跟我走，好不好？”郑绍峰不死心地问着。

“绍峰，对不起，对不起！”苏倩茹哭着说，她的心里像刀割一样，为了他，她甚至愿意牺牲自己的生命。可是，她不能不管自己的娘，她只能狠着心对郑绍峰说：“对不起，忘了我吧！我……我这辈子对不起你，下辈子再还你！”

“我不要什么下辈子，我只要这辈子！倩茹，你的幸福应该你做主才是啊！”

“可是，我不能不管我娘啊！娘已经没有了小启，如果我一走了之，她肯定会寻短见的！绍峰，我不能那么自私，我不能为了自己，不管我娘……对不起！”苏倩茹绝望地说着。

“可是我们相爱啊！”郑绍峰因为激动而涨红了脸蛋。

“我知道，绍峰，你说的我都了解。可是，我娘呢？你觉得我娘能了解吗？她不可能让我们在一起的，她说了——除非她死！我们的相爱对我娘来说，是一种伤害。绍峰，原谅我，原谅我……”苏倩茹忍不住吼出声，她想过抗争，可发现真的力不从心——现在的她真是声嘶力竭了。

郑绍峰呆呆地看着掩面哭成泪人的苏倩茹，他想上前拥抱她，伸了手，可又收了回来。他多想保护她不受外界的伤害，为她抛开世俗的一切枷锁，可此刻，他却是那样的不堪一击！

他看着暗夜中的山林，风吹过，发出呜咽的响声，一切原本熟悉无比的景物突然变得无比模糊。一阵寒风吹来，他深深地打了个冷战，远处苏宅灯火通明的亮光刺痛了他的双眼。原来，物质和亲情是可以战胜爱情的！

郑绍峰默默地看着苏倩茹，然后闭上了眼睛。他知道，只要自己一转身，就意味着诀别。终其一生，郑绍峰从没像现在这样，爱得如此痛苦。就在这个黑夜，他们将彼此年轻、鲜活、真挚的情感关上了门。

看着郑绍峰落寞的背影慢慢消失在黑暗中，苏倩茹再也控制不住自己的情绪，她瘦弱的身体剧烈地颤抖着。她知道，是自己亲手毁了自己的爱情，是她亲口断了彼此的念想。此刻，黑夜就像一片阴郁无情的湖水，淹没了自己，无声无息。

第十三章

碧云又带着姜妈来玄妙观找梅大仙。碧云这一次并没有求签，见了梅大仙，她直接开门见山说道："梅大仙，又来劳烦您了！"

梅大仙闭着眼睛，用惯有的表情和语调，不紧不慢地问道："苏夫人，您这边又有什么麻烦了？"

碧云看了一眼身边的姜妈，示意她出去一下，姜妈识趣地走了出去，在门口静候着。姜妈是一个尽职又忠心的人，她不会偷听，她也不想偷听。碧云侧身凑近梅大仙，轻轻说道："梅大仙，上次按您的指点，我已经让女儿回家了，过段时间就让她定亲。"

"这不挺好的嘛！你还有什么不满意的吗？"梅大仙头也没抬，他知道必须在这个苏太太面前保持一种莫测的神秘感，让她觉得自己有无限的预知能力。他知道，她们这一类人来求的是什么——不是要家里的地位，就是要无尽的恩宠，因此她们这一类人的欲望永无止境，她们热切地渴盼别人的肯定和顺从，她们只顾自己的一念之想，并且执迷不悟。

"哎呀呀，梅大仙！你不知道，本来挺顺的，我那灾星女儿也顺从我的意愿了。可谁想到，这半路又杀出了个程咬金——跑出了个狐狸精！"说到这里，碧云的眼睛里带着浓浓的恨意，杀气腾腾。

梅大仙抬头看了一眼碧云，发现碧云好看的脸蛋因为愤怒而变得有些扭曲，在昏暗的灯光下显得有些狰狞。梅大仙伸出右手，五根手指头来回掐算着，他突然脸色大惊，语气中带着些许慌乱，急急说道："苏太太，这个女人会要取代你！"

"我就说是这样，果然就是这样！梅大仙，你真是活神仙！我第一眼看见她，就知道她来势汹汹、不安好心，太可怕了！都是倩茹那个灾星，非要自作主张邀请什么同学过来住，府里好不容易才消停一段时间，现在又是一团糟！"碧云慌乱地大叫着，在她的内心深处，她一直相信自己受到了诅咒，所以上天派了那么多人来惩罚她，又让她失去了孩子。此刻，她完全局限在纯粹情绪的领域，她被一种她认为可怕而又是宿命的心绪烦扰不宁。"梅大仙，你一定要救救我，救救我！我不会认输的，我也不会束手就范的！"碧云的眼中闪过一丝恨意。

梅大仙快速地消化着碧云刚才话里的信息，很快他的脸色闪过一丝得意。"苏太太，你莫着急。凡事有因果，凡事也能解锁。就看你愿不愿意了！"梅大仙煞有介事地说。

"愿意，愿意，不管付出什么代价，只要能赶走狐狸精，能保全我苏家平安，我什么事情都愿意做。梅大仙，您赶紧告诉我！钱不是问题，我一定不会亏待您的！"碧云像抓到了一根救命稻草，死死不放。

梅大仙干咳了几声，用一种神秘的语气对碧云说道："这个女人虽然留不得，但你可以好好做点文章，再送走也不迟。"

碧云一听，整个人怔住了。她没太明白梅大仙的意思。只见梅大仙用手指在茶杯里蘸了些水，在桌上写了个"郑"字。碧云看看字，又看看梅大仙，心里似乎有了想法。

梅大仙趁着碧云凝神的瞬间，故意打翻了放在桌上的小油灯。台面上的桌布立即积起一摊油，一抹火星跃过油水，顷刻间，火舌开始吞噬桌布。火光映红了梅大仙和碧云的脸庞，可奇怪的是，这一次碧云并没有慌乱大叫，而是镇定地看着燃烧的火焰，她黑黑的眸子里有一团喷薄的火苗。

过了好一会儿，碧云好像想起什么似的，突然惊声尖叫起来，惹得门外的姜妈推门而入。姜妈看着眼前晃动的火焰，赶紧把碧云拉到身后，又随手拿起旁边椅子的坐垫，扑灭了火苗。

由于桌面的东西不多，火势不旺，火焰很快就被姜妈扑灭了。姜妈转身拉着碧云的手，关切地问道："太太，您没事吧？您一向是怕火的，可别让火伤着您呀！"说完，她又向梅大仙问道："梅大仙，这到底是怎么一回事啊？好端端的，怎么起火了呢？我家太太最怕火和水了，您也是知道的……"

姜妈还没说完，就被碧云打断了："够了，姜妈。梅大仙这是在点化我，你别乱说话冲撞梅大仙，我苏府的人可是要讲究规矩的！"说完，她又对梅大仙说道："梅大仙，我知道该怎么做了，谢谢您的点化！事成之后，定来重谢！"碧云说完这些话，让姜妈把早就备好的一袋钱放在了桌角，就回去了。

梅大仙看着碧云和姜妈的身影消失在长长的石板路后，他收起了桌上的钱，嘴角露出一丝阴笑。他站了起来，摘下眼镜，接着扯下嘴唇上方的假胡须，又把头上的帽子挂在了墙上，这时的梅大仙看起来也就三十岁出头。他双手掸了掸身上的灰尘，信步走了出去。

他要去见一个人，一个一直给他安排任务的人。对他来说，谁给他钱多，他就听谁的。这几年，他一直和这个人保持联系，定期接受他安排的任务。梅大仙心里也明白，这个和他联系的人也只是个中间人，具体的幕后主使到底是谁，到现在他也没见过。当然，梅大仙是个聪明人，他不问，因为他知道这个幕后主使能把他打造成苏州第一神算子，肯定是非富即贵之人！只是他心里始终不明白，为什么总是让他在苏家制造矛盾呢？他百思不得其解，毕竟苏方达在苏州、在业界的口碑和人品是无可挑剔的。不过他转念一想，越是没有瑕疵的人，在有瑕疵的人眼里，就越是不应该存在的。他也顾不了那么多了，在这乱世，只要有钱赚，管它是非对错！

梅大仙整理了一下思绪，不知不觉地来到他和那个人的接头地点。这是一所郊区的平房，来的人并不多。很明显，对方的保全措施做得非常好。梅大仙走了进去，发现那个人早就在里面等他了。那个人总是戴着一个面具，所以至今梅大仙都没看清他的真面目。不过，也是无所谓，有钱即可。

那个人见到梅大仙，直接问道："办得怎么样了？"

"事情进展得很顺利，苏家太太已经着手安排女儿和黄亦虎的婚事了！"梅大仙得意地邀着功，"这苏家太太非常迷信，但凡有点风吹草动就过来找我！哈哈，真是个蠢女人！"

那个人"哼"了一声，用不悦的语气说道："别掉以轻心！布局了这几年，千万不要在关键时刻掉链子！要不然，你一分钱也拿不到！"

梅大仙一听，慌忙收起笑脸，点头说道："放心，放心，我一直跟进着呢！这几年，苏方达虽然生意做得越来越大，但他的家事却是一团糟，特别是这个苏太太，让苏方达是一个头两个大！哈哈！对了，刚才，苏家太太又来找我了！"

"哦？是不是有什么事情节外生枝了？"那个人语气明显地不满起来。

"没有，没有！"梅大仙收起笑声，着急澄清着，"是天助我们！"

那个人瞟了梅大仙一眼，哼了一声，说道："有话快说，别藏着掖着！别把你当大仙的那一套来奉承我！"

"不敢不敢！"梅大仙弯着腰，这个姿势和他面对香客的时候，真是判若两人——一个是唯唯诺诺，一个是故作神秘。梅大仙小心翼翼地说道："苏太太说，她女儿邀请了一个同学来家里住。她不喜欢这个女同学，还称她为'狐狸精'。我估摸着，她是担心这个女同学会去勾引自己的丈夫吧！这个苏太太，整天疑神疑鬼的！"

那个人听完了，冷冷问道："那你给他出了什么大招？"

"我啊，在桌上给她写了个'郑'字，又引了一把火，她就明白了。别看这苏太太平时一惊一乍的，关键时刻也不算太蠢。"梅大仙嘴角抽动了一下，眼里满满不屑。

那个人听完，脸色突然陡了起来，厉声说道："你才是个蠢材！谁让你写'郑'了？你是不是在暗示苏太太把事端又引向郑家兄弟？"

"这……这难道不好吗？"梅大仙有点摸不着头脑，"之前你不是都安排让郑家公子来挑起事端，我以为郑家也是你……"

"你……你什么！真是成事不足败事有余！告诉你，以后不要再把祸端指向郑家人了，其他的你自己去想办法！要不然贾……"那个人刚说出第一个字就收住了嘴，似乎是说漏了。他的表情有些气急败坏，"记住，我们的事情不能让别人知道。你知道的，我能让你成名，也能让你如丧家犬！记住，你要是再自作聪明，就别怪我翻脸不认人！"

梅大仙没想到今天的会面是如此的狼狈和落魄，他走在回去的路上，有些垂头丧气。傍晚的风吹来，梅大仙的脑子似乎清醒了一些，他不由得回忆起那些尘封许久的往事——那些情节在他的脑子里同时放映，让他混淆不已。他知道，那些回忆是很久很久之前的事情了，以至于他都无法确认那些记忆哪些是真哪些是假。但是有一点可以肯定，那些记忆全都闪亮鲜活地涌来，像是确实亲身经历过一样。他想做完这一单就离开苏州，因为他感觉到危险随时会来。

那个人回去以后马上去找贾士礼。只见贾士礼坐在客厅沙发上，听着音乐，手里摆弄着他喜爱的手串。

"会长，我回来了！"那个人谦卑地说道。

贾士礼头也不抬，依旧把玩着手串。过了一会儿，他才站起来，说了一句："万平，我们去书房说。"

"会长，事情进展还算顺利。"万平斟酌着字眼说道。

"什么叫还算顺利?"贾士礼依旧把玩着手串，不露声色地问道。

万平顿了一下，接着说："这梅大仙已经让苏太太着手安排女儿和黄谷阳儿子的婚事了！只是，只是苏太太的女儿突然领回了一个女同学，这苏太太担心女同学勾引苏方达，琢磨着要把这个女同学赶出去。梅大仙自作聪明地让苏太太把祸端指向郑家儿子……"说到这里，万平小心翼翼地观察着贾士礼的脸色，发现他并没有什么情绪起伏，就继续说道，"不过我已经警告梅大仙了，以后不要再把祸端指向郑家儿子。"

"行，你办得很好。不愧是我的得力助手!"贾士礼终于抬起头，脸色露出了一丝笑意。

这万平也就四十出头，跟着贾士礼也有十几年了，对贾士礼的秉性心绪拿捏极准，平日里深得贾士礼重用。万平看贾士礼心情似乎不错，想了一下，问道："会长，这郑家儿子您打算怎么安排?"

"安排?谁让我那宝贝女儿那么喜欢他呢！如果这小子还和苏家女儿纠缠不清，那七七怎么办?就算七七得不到，别人也休想得到!"说完，贾士礼的脸上闪过一丝杀气，"我们还是先按计划行事吧，苏方达这边，你抓紧跟进一下。至于黄谷阳……"说到这里，贾士礼的脑海里闪过柳燕眉的身影，冷笑着："就让黄谷阳再舒服一段时间，先借他的手……"贾士礼在他耳边说了几句话，万平频频点头。

"会长，那我明天就安排黄谷阳过来一趟。"

贾士礼靠在椅背上，重重地呼出一口气，说："这黄谷阳啊，心狠手辣，鬼点子颇多，你和他打交道，要注意一点。"

"是，我知道的。比起黄谷阳，这苏方达还是好对付得多啊!"

"那也不能掉以轻心！苏方达为人正直善良，府里府外都是满满赞誉。我们只能从他太太那边入手了！黄谷阳贪婪又自私，哼！这两个人啊，虽是发小，但性格却是迥异！”贾士礼眯着眼睛说道。

“会长说得是！”万平应和着。

“这两个人啊，一个是人，一个是兽。万平，你知道吗？人和兽最大的不同是什么？”贾士礼挑着眉看了万平一眼，继续说道，“记忆是人和兽最大的不同点。”

万平第一次听到这样的观点，脸上露出迷茫的神色。贾士礼似乎很满足这样的崇拜，得意地说：“兽，生来是要活的；而人，生来是要记的。兽是不停掠夺，不择手段，不顾后果，只想满足自己的欲望——活得舒服，活得疯狂。但兽是永远不会满足的！而人呢，他讲情讲义，他将经历过的事情编织成线，套上音符，串成一首有阅历的歌曲。他的人生不会迷路，因为他有追求，也有原则。你看苏方达，就是这样的人。”

“可他既然有原则，为什么还由着苏太太胡闹呢？”万平想不明白。

“哈哈哈，这你就不懂了！”贾士礼笑着说道，“苏方达宠妻在苏州是公开的秘密，虽然平时顺着她，但生意上的事情，苏方达是拎得清的！”

“原来如此！”万平恍然大悟。

“对了，你帮我去留意一下郑家大儿子，调查一下他的日常。”贾士礼忽然想了起来，“如果这小子可取，咱们就争取。就当我这个当爹的，给自家姑娘铺个路吧！还有，别忘了盯着点黄谷阳！”

黄谷阳此刻正抽着烟，坐在自家客厅里喝着红酒，哼着小曲，开心地想着明天去苏家提亲的美事。突然一阵电话声响起，黄谷阳接起来，是孙立波打来的。“老板，这边的账查好了。”电话那头传来孙立波的声音。

“怎样了？还能赚多少？亦虎这小子肯定赔不少钱吧？不要亏太多就行。”黄谷阳略有自知之明地说着。

“呃，呃，呃……”电话那头传来孙立波为难的声音。

黄谷阳眼睛一瞪，加重口气说：“说，不要吞吞吐吐！”

“老爷，您听了先别着急！”

“少废话，快说！”黄谷阳红着眼睛呵斥道。

“这个……这个账面都是空的，而且还有几处缺口——这年底员工的薪资都发不出来了！”孙立波咬着牙，直截了当地全说了出来。

“什么？这浑小子！让他去管理工厂，他倒好，全给赔了不说还欠一屁股外债！肯定是去上海炒股票赔的，气死我了！”黄谷阳气得七窍生烟，喘着粗气。

“老板，现在生气也不是办法。当务之急，是要把员工的工资想办法发了，这临近年关，如果处理不好恐怕会出乱子的。而且，对我们工厂的名声也不好！”孙立波努力平息着黄谷阳的怒火。

“你说得对！现在我们要和苏家联姻了，千万不能在这个时候出岔子。你赶紧先从苏州工厂这边支些钱，把南京那些员工的工资解决了，再收一下尾，那边工厂就关闭得了。你弄完这一切，也赶紧回来，我这边没有你还真不习惯呢！”黄谷阳说完，眼里的怒意还是没有消退。

“好咧，谢谢老爷！”

“要是亦虎能有你一半能干就好了……”黄谷阳叹了口气，“就知道吃喝玩乐，回头看我不打断他的狗腿！”说完，黄谷阳放下了电话。转身叫着管家：“老李，让少爷赶紧来见我！”

黄亦虎穿着睡衣从房间里走下来，睁着惺忪的双眼懒散地问：“爹，一大早叫我起来干什么？还没睡够呢！”

黄谷阳一听，气不打一处来，随手把杯子扔向黄亦虎，结果被黄亦虎灵巧地躲开了，他破口大骂：“你这浑小子！让你去南京管理工厂，你把钱赔光了不说，还欠下一屁股外债！整天就知道吃喝玩乐，就不能好好学习如何管理工厂的本领？睡睡睡，就知道睡！少活两年，眼睛都能睡凹下去！”

黄亦虎看了一眼黄谷阳，不满地说：“爹，你这不是咒我死吗？眼睛睡凹下去，那是死人！哪有老子咒儿子死的道理！”

“你还敢顶嘴了，看我不打死你！”说完，黄谷阳上前，踢了一下黄亦虎的大腿。

“老爷，别生气了！少爷可是您三代单传的独苗，打不得啊！”忠心的老管家——老李赶紧上前解围，“少爷还年轻，很多事情也在学习中的。俗话说，万物自有时，无论是播种，还是收割，都有各自的时间，急不得的……”

“好了好了，老李，你别说了，就知道你向着少爷。”黄谷阳不耐烦地打断了老李的话，这老李原来是亦虎他娘家的管家，对黄谷阳也是忠心耿耿。

“就是嘛，把我打死了，你跟娘怎么交代？再说，南京工厂亏损也不能全怪我啊，货卖不出去，也不是我一个人的错！我说，要怪就怪——苏方达！谁让他不帮忙介绍几个客户？想当年爹你还那么尽心尽力帮他呢！”黄亦虎对管家老李做了个鬼脸，赶紧转移话题，把责任推到了苏方达身上。

黄谷阳一听苏方达，冷哼了一声：“他不仁休怪我不义了！亦虎，明天去提亲，择日就和苏家小姐结婚，到时苏家庄园就是我们的了，你知道怎么做了吧？”

“知道。爹，你放心吧！”黄亦虎拍拍胸脯，忽然又想起什么似的，对黄谷阳说：“爹，今日我有个上海的朋友来，你有时间一起见见吗？”

“我今天约了贾会长，你先见吧。”黄谷阳似乎对儿子的朋友不太感兴趣，在他眼里，儿子的朋友不是狐朋就是狗友。

“好吧。那我先安排他去平江酒店，回头你有时间也见一下。”黄亦虎抬起头看着父亲，眼神活像一只浮上水面等待喂食的小鱼儿。黄谷阳看着儿子上楼，摇了摇头。

黄亦虎约了郑绍峰，一起去车站接这个朋友。车停在路边，两个人在车里聊着天。

郑绍峰看着吹着口哨的黄亦虎，说道：“你看看你，天天过着花天酒地的日子，小心一觉醒来，匿名帖就找上门来，或者第二天头条，就是你的了！”

黄亦虎耸耸肩膀，一脸无所谓地说：“对有钱人，他们不敢。”确实，匿名帖来得快，也去得快，或许那只是国民对政治不满或对某个人行为不满的一种宣泄方式。郑绍峰心里想着：现在苏州的报社，几乎都被日本人控制了，发的内容也都是亲日的，而像黄亦虎有日本人做靠山的，见报对他来说，只有好事没有坏事。

黄亦虎故作神秘地说：“绍峰，一会儿见的这个人，就是上次我跟你说的那个很厉害的人。”

“呃？”郑绍峰用迟疑的眼神上下打量着他。

黄亦虎一看郑绍峰不信，着急地说：“真的。是我在上海认识的，他是——”黄亦虎左右看了看，小声地说：“他是个日本人！”看着郑绍峰瞪圆的眼睛，黄亦虎露出得意的微笑。他玩着手上的戒指，脸上一派轻松。

郑绍峰看着黄亦虎，这个年轻的富家子弟，似乎永远都有大把的时间，似乎永远都有各种不同的兴趣。

仿佛取之不尽，用之不竭。

郑绍峰清了清喉咙，问道：“这日本人，现在可不是谁想认识就认识的，你是怎么认识的呢？”

“在上海玩股票，朋友介绍认识的。他是洋行的经理。”黄亦虎还是一副玩世不恭的态度。

“可你知不知道，跟日本人打交道是有危险的！很多人，都避之不及，你还……主动领进门?”郑绍峰虽然看不惯黄亦虎的纨绔子弟模样，但日本人的凶残他是清楚的，他的善良让他开始担心黄亦虎的安危。

黄亦虎看了一眼紧张的郑绍峰，拍了拍他的肩膀说：“绍峰兄弟，不用担心。他日本人凶残，我黄亦虎也不是纸老虎，哈哈。就像做生意一样，大家都是各取所需、互相合作嘛!”

“你跟日本人谈合作？难道你不知道现在日本人在中国大地上，各种烧杀抢掠、无恶不作吗？跟他们合作，你不怕危险吗？不怕别人戳你的脊梁骨吗?”郑绍峰好心提醒着。

“哈哈，绍峰兄弟的好意我心领了！放心吧，我不是吃素的老虎。再说，这个朋友我都认识好几年了，而且他的底儿我也都摸透了!”黄亦虎露出一副胜券在握的表情，“来了，赶紧下车!”黄亦虎看到从车站口走出来一个穿灰色大衣的中年男人，慌忙提醒郑绍峰下车。

郑绍峰仔细观察着这个人：个子不高，不胖不瘦，三十岁左右，一副金丝边眼镜下那双细而长的眼睛，闪烁着狡黠的光芒。黄亦虎上前握手：“小林兄，好久不见了!”这位叫小林的人，露出一口雪白的牙齿：“亦虎弟，好久不见，甚是想念!”

听着他一口东北话，郑绍峰讶异了一下，随即恢复了常态。这个人，如果黄亦虎不跟他说他是日本人，他可是绝对看不出来的。不管是言谈，还是举止，甚至说话的腔调，跟东北本地人简直无异。他们三人上了车，黄亦虎没有直接去平江酒店，而是掉头去了本地最大的妓院——浣花楼。

显然，黄亦虎是这里的熟客。老鸨早就备好了一间豪华套间，叫了院里的几名红牌过来招待。郑绍峰看了一眼黄亦虎，黄亦虎心领神会，偷偷地在郑绍峰耳边说道："这小林先生刀枪不入，就怕这胭脂香粉！哈哈，我这也是打听摸索了许久才知道的——投其所好是很重要的！"说完，他用手掸了掸郑绍峰宽厚的胸膛，露出一丝不怀好意的笑容。

郑绍峰对黄亦虎有点刮目相看。平日里，看他吊儿郎当，不务正业，可今天一看，似乎他的心机和城府绝不比他的父亲差。郑绍峰装作不动声色的样子，他有一种感觉，这个日本人的到来，势必有着不为人知的阴谋，他必须想办法打听一些消息。

老鸨看着黄亦虎，熟络地说："黄少爷，你好久没来了呀！我们这儿又新来了一批姑娘，都特别水灵！这三个，都是本院的招牌，尤其是她——"只见老鸨拉了一个姑娘上来，"她叫小芙蓉。"

郑绍峰抬头一看，这姑娘很是年轻，十七八岁，体态轻盈，清澈明亮的双眼，弯弯的柳眉，长长的睫毛微微地颤动着，白皙无瑕的皮肤透出淡淡红粉，小小的红唇与皮肤的白色，更显分明，一对小酒窝均匀地分布在脸颊两侧。她脸上似笑非笑，嘴角边带着一丝幽怨。

小林熏看得眼睛都直了，咧着嘴说："好看，真好看。"说完，他一把拉住小芙蓉，坐在身边。小芙蓉面露一丝难色，郑绍峰看在眼里，碰巧小芙蓉的眼睛一直盯着他，仿佛在求救似的。

郑绍峰心里一个恻隐，灵机一动，就对黄亦虎说："这个姑娘，我好像在哪儿见过？"

黄亦虎哈哈一笑，揶揄着郑绍峰："看来绍峰兄也是情圣啊，是不是对这姑娘也动心了？忘了你的小月牙了？"他一阵大笑，在小林熏耳边低语了几句，小林熏露出一个恍然大悟的表情，随即叫小芙蓉去郑绍峰身边坐，自己又拉了一个美艳的姑娘坐在身边。

小芙蓉对郑绍峰浅浅一笑，酒窝在脸颊若隐若现，可爱如天仙，郑绍峰看得眼睛都直了。一旁的黄亦虎和小林熏看着郑绍峰失魂落魄的样子，笑得更起劲了。小林熏一边喝酒一边说："果然是没经验啊，哈哈哈！今晚让小芙蓉好好伺候伺候他，给他开个初荤！”一阵放荡的笑声飘荡在包间内，郑绍峰不好意思地赔笑着，只是在看不见的桌子底下，双手握得紧紧的。

小林先生似乎对郑绍峰有所顾忌，说话都是点到即止的样子。黄亦虎笑着说：“小林兄，这是郑绍峰，我的兄弟，他救过我，是个可靠的人。咱们今天，就放开玩吧！”

一听黄亦虎的话，小林先生提起酒杯说：“原来是英雄，失敬失敬！”

郑绍峰咧嘴一笑：“不敢当，不敢当！”说完，他一饮而尽。小林先生一看，也就放开喝了。

佳人在旁，美酒催情，小林先生的话越来越多了。他一手摸着旁边美人的雪白脸蛋，一手拿着酒杯，对黄亦虎说：“亦虎弟，谢谢你的招待！今天来，我很开心。你——你什么时候去上海——我也好好招待你！来，干了这杯，为了今日的快乐！”说着他的右手开始不老实起来，对旁边的姑娘上下其手，发生一阵阵放荡的笑声。

郑绍峰有点儿坐不住了，小芙蓉倒是贴心，没怎么劝郑绍峰喝酒，只是静静地看着郑绍峰，不时给他夹菜。郑绍峰看着喝得正欢的黄亦虎和小林先生，硬着头皮继续待下去。

“小林兄，中国有句古话：上有天堂，下有苏杭！我们苏州的美景可是闻名于世，你可要好好游玩一下，好不容易来一趟，你一定要给我个面子，让我陪着你！”黄亦虎醉眼蒙眬地说着。

“一定一定，等我办完事情后，一定让亦虎兄陪我吃喝玩乐！”说完，他张着大嘴啃了旁边姑娘脸蛋一大口，惹得姑娘一阵娇嗔。

“那你这次除了来看我，还有什么事呢？”黄亦虎随口问着。

“井上公馆的清水少佐让我来苏州图书馆看看这里的藏书，还有啊……听说这里是中国丝绣故乡，来找找丝绣高人——你……你知道，只要……只要一开战，什么宝贝都很难保住的……”小林熏喝得有点迷迷糊糊，摘下了眼镜，红着眼睛说。

黄亦虎对这些不感兴趣，也没往心里去。他又给小林先生倒了一杯酒说："你说，明年你们要驻军过来，到时记得多关照关照我！你知道，我上海的那些股票可全打了水漂——血本无归！"

小林熏哈哈一笑，对黄亦虎说："没问题！就凭咱们的关系，肯定少不了你的好处！"

"对了，小林兄，绍峰兄可是个博览群书的人，文化极高，你要是想找书，问他……问他就对了！他爹还开了个书局，没有人比他更懂的了！"黄亦虎嘴里嚼着食物，冷不防地指着郑绍峰，讨好地跟小林熏说。

"那——那真是太好了！"小林熏上下打量了一下郑绍峰，说，"绍峰弟，回头你陪我一起去吧，亦虎的兄弟就是我的兄弟，希望我们合作愉快！"

郑绍峰的双手放在膝盖上，握得更紧了，他吸了一口气，赔着笑脸说："好，好的。"

黄亦虎和小林熏各自拥着一个姑娘回房间去，临走前黄亦虎对郑绍峰一脸坏笑，对小芙蓉说："今天晚上，好好伺候郑少爷，一定要让他满意，听到没？明天，明天——我再来找你玩儿！"说完，他搂着姑娘踉踉跄跄回屋去了。

郑绍峰打开了窗户，夜晚的冷风吹进屋，他的脑袋一下清醒了不少。过了一会儿，他关上窗户，对一旁的小芙蓉说："姑娘，你回去吧。"

小芙蓉扑通一下跪在地上，对英俊的郑绍峰说："谢谢郑公子今天帮忙解围！"

郑绍峰摆了摆手，说："举手之劳，不足挂齿！"

小芙蓉眼眶一红，看着一脸英气的郑绍峰轻轻地说："在这个烟花场所，很难见到郑少爷这样的正人君子了。"

郑绍峰一听，心里有点愧疚，皱着眉头自嘲说："正人君子就不会来这种地方了。"说完，他尴尬一笑。

"不，不，我知道郑少爷肯定不是这种人，你看你都不会看不起我们这种人。跟着朋友来，有时也是无奈之举，我懂。很多时候，人会做一些自己不想做、却又不得不做的事情。"说完，小芙蓉用晶晶亮的眼神看着郑绍峰，随即又低下头，缓缓地说，"像我做这一行，虽然我今晚来了月事……可还得来。"说完，她咬着牙，眼角的泪水滴落下来。

郑绍峰微微红了一下脸，但很快恢复常态。他对小芙蓉说："你……你可以选择不做这一行的。你还这么年轻……"

小芙蓉抬头看着郑绍峰，泪眼汪汪地说："在这乱世里，像我们这样的弱女子，还能有什么出路？我自小在哈尔滨与妈妈姐姐失散，随着难民沿途乞讨来到南方，又被贩卖到……到这烟花场所。我也想过逃走，可这里看护极严，每次都被抓回来，然后是一顿毒打……我也不想过这样的日子，可我又有什么办法呢？如果不是想着再见妈妈和姐姐一面，我早就不想活了……呜呜呜……"

看着小芙蓉止不住地哭泣，郑绍峰有些手足无措，又对她的遭遇有着说不出的同情。这一切，真是艰难之至。他掏出手帕给小芙蓉，说："别哭了，姑娘。"小芙蓉接过手帕，看着这位年轻英俊又正直善良的青年男子，她的心里荡起了一圈圈的涟漪。

"好好活着，一切就有希望。"郑绍峰坚定地对小芙蓉说。

小芙蓉止住了哭声，看着眼前这位英气勃发的青年人，她的心里突然有一种莫名的信任和勇气，她用力地点点头，眼角残留着一滴泪，更显得惹人怜爱，对郑绍峰说："好。我答应你。你——有空——来看我。"说完，她娇羞地低下头。

郑绍峰找了个借口，出了浣花楼。看着夜空皎皎一轮明月，对着古城的夜色下绝美的风韵，他有一种难以描述的抑郁及孤独。这是我们的故乡，我们的亲朋、好友以及温暖的家都在这片有着悠久历史的地方。而当真的有那么一天，侵略者来到这个地方，他们不会怜惜更不会善待这里的一切，这里将支离破碎……

郑绍峰不敢想象，但又不得不想象下去——绝望会以迅雷不及掩耳之势席卷这个地区的。他，必须加快脚步！

他一路狂奔，来到老周这里。

屋子还亮着灯光，他轻轻拍了拍门。老周披着衣服开了门，看到郑绍峰深夜造访，还是吃惊了一下，随即让他赶紧进屋。“老周，这么晚没打扰到你吧？”郑绍峰不好意思地说。

“没事，我是夜猫子，你忘了？”老周打趣着说道，郑绍峰瞄了一眼茶盘，果然小炉还在嘶嘶烧着，屋里依然茶香四溢。

郑绍峰满足地吮吸了一肚子茶香，坐下说道：“这才是熟悉的味道！”惹得老周轻声笑起来。

老周给郑绍峰倒了一杯茶，问道：“这么晚，是不是有事？”

郑绍峰接过茶，点了点头。他抿了一口茶，说：“老周，果然被你说对了！”

“呃？”老周目不转睛地看着他。

“日本人要来了！”

“你怎么知道？”老周眼睛一亮，示意郑绍峰继续说下去。

“之前，你不是让我多留意黄谷阳和贾士礼的动向吗？我今天晚上和黄亦虎一起去喝酒。黄亦虎就是黄谷阳的儿子，我在南京和他阴差阳错认识了，现在他让我在他的厂子里帮忙打点。他的一个日本朋友今天来苏州了，我和他一起去接的。”郑绍峰喘了一口气说，“黄亦虎这小子还是很有本事的，把这日本人的爱好摸个底朝天——去喝酒找姑娘。”说完他的脸微微一红，接着说：“这日本人叫小林熏，喝高说漏嘴了，说什么是上海的井上公馆的清水少佐让他来苏州看看这里图书馆的藏书，还有——找刺绣高人！”郑绍峰把听到的都告诉了老周，虽然他自己目前也不是很了解，但他知道这里肯定隐藏着一个恐怖的计划。

老周仔细地听着，点点头，对郑绍峰说：“你带来的信息很重要，也很有价值。”

“我不太明白，什么机关什么藏书，请您指点。”郑绍峰坦诚地请教老周。

老周微微一笑，对郑绍峰说：“绍峰，你说的这个日本人是不是中文说得特别好?”

“对对对，”郑绍峰忙不迭地点头，“我就很奇怪，这个日本人说的中文非常地道，而且还是标准东北口音，从外表上看，基本和中国人无异。”

老周保持微笑，脸上并无惊讶之色，缓缓地说：“日本在中国的情报机构庞大，他们认为军事进攻和间谍谋略犹如一车两轮，缺一不可。日本人投入了大量的人力、物力和财力，从很早之前——日俄战争后，日本势力侵入东北，以旅顺、大连为起点，以南满铁路为中心，逐渐向铁路沿线两侧渗透移民。民国九年的时候，沈阳日侨不到五万，现在的日侨是逐年剧增。”

“为什么要安排这么多人移民过来?”郑绍峰有点不解。

“因为，在日军大本营侵华计划中，满蒙不仅是他们辽阔的殖民地，也是他们的可靠后方，动员大批日侨移居满洲，具有深远的‘战略意义’，那就是慢慢吞噬中国领土。”老周的眼里逐渐迸射出愤怒的目光，“你说的这个日本人，应该是早期已经移居东北的日本浪人，号称‘中国通’，杂居华人住宅区，负有监视任务，与日本特务机关保持紧密联系，汇报中国人的思想及活动。”

郑绍峰若有所思地点了点头，接着问：“那井上公馆是干什么的?”

“是日本人在中国的谍报机构。日本在中国建立的间谍情报机构，在华东、华中、华南都有派遣军参谋部情报科、宪兵队、警察署的特高科等，也有以‘公馆’名义出现的谍报机构。你说的‘井上公馆’肯定也是一个谍报机构。他们里面都有一批既精通中国事务又熟练掌握汉语的间谍，并以种种身份作掩护。对了，这个小林熏在上海是做什么的，你知道吗?”老周突然问道。

“我想想……说是上海的一家洋行经理。黄亦虎玩股票认识的。”郑绍峰想了想说。

“上海是中国的经济中心，一些金融政策都是从那里率先提出的。这小日本也是费尽了心思，从文化、经济等各个领域渗透进来。为了做好潜伏工作，他们也是不计代价、不计牺牲的。为了入侵新疆、西藏，他们就提前派出年轻的间谍进入内蒙古喇嘛寺学习佛法，为日后装扮成蒙古族朝圣者进入西藏做好准备。有些人，还会去山东农村学习种植水稻，熟悉中国北方人的生活习惯；或者派人去北京当淘粪工人，以便融入各种组织。”老周耐心地解释着。

郑绍峰听得瞪圆了眼睛，啧啧说：“这日本人真是费尽心思，想得既长远又周全啊！令人细思极恐啊!”

“对！但是我们坚决不能让他们的诡计得逞！我们中国人要团结起来，共御外敌!”老周坚定地说，“绍峰啊，这小林熏说来苏州图书馆看看藏书，肯定是有阴谋的。日本人对我大中国的文化一直虎视眈眈，我想他们肯定是有动作的。苏州图书馆有许多历史藏书，都是无价之宝。”

“那我们要赶紧想办法，不能让这些宝贝被日本人抢走!”郑绍峰忧心忡忡地说。

“我会尽快把这个消息传给我的上级。你工作很出色，怪不得《今报》的主编许先生对你赞赏有加！绍峰，你要注意安全，继续跟进这个小林熏。”老周赞许地拍了拍郑绍峰的肩膀，同时眼里也有深深的忧虑，“这是一项危险的工作。”

“我知道，但我一点都不害怕。相反，我的内心充满了勇气和力量。老周，请您相信我。国难当头，任何一个有志之士，都绝不允许外来者侵犯我们可爱的家园！中国是我们的家，家里的每一件东西，都不能让侵略者霸占！”郑绍峰说得义愤填膺，但同时他的内心感到非常快乐。老周听得心潮澎湃，眼眶湿润。两个人的手，紧紧地握在一起。

碧云在大厅指挥着仆人装点庄园，晚上黄谷阳带着儿子就要来提亲了。苏方达心不在焉地看着这一切，踱着步子走出了大厅。他看见苏倩茹在花园站着，走过去看见女儿的眼睛红肿着，他心里一阵不舍，说：“倩茹，外面风大，进去吧。”

苏倩茹看着父亲，勉强笑了一下，摇了摇头。苏方达迟疑了一下，说：“晚上——就要定亲了！”

“嗯，我知道。”苏倩茹叹了一口气，向后退了一步，仿佛要把这庄园的景色看得全一点。她转过头，对苏方达平静地说：“爹，我会配合娘的，你放心吧。”

苏方达看着女儿憔悴的脸，他多想去制止这一切。

可他做不到。

所以，他点了点头，对苏倩茹说：“你娘也是为你好，希望你不要怪她！”

苏倩茹没有反应，只是目不转睛地盯着后山。苏方达沉重地叹了口气，看着站在眼前的女儿，他知道她不再是那个不懂事的小姑娘了，她也不需要他们教她如何听话、如何变得懂事。他也知道，现在他说什么，绝对都不是她想听的，因为——她想听的，恰恰是他说不出口的——他们都不想让碧云再次犯病。

晚上，黄谷阳带着大包小包来到了苏家。碧云笑得如三月盛开的鲜花，黄谷阳痴痴地看了一会儿，讪讪地说：“弟妹这么多年来，还是这样年轻漂亮！”

“黄老爷过奖了！不年轻了，我都是老人一个了！”碧云听着夸赞，心里非常高兴，可是嘴里还是谦虚应和着。

苏方达上前握住黄谷阳的手，看着他带来的一大堆礼物，说：“谷阳兄，太破费了！”

“应该的，应该的！这些洋烟洋酒，都是我托人从上海带来的。这些是我专门请人从东北挖来的三宝，非常纯正，给苏老弟补身子再好不过了！哈哈！还有这些，是我上次从日本带回来的护肤品和化妆品，专门给碧云和倩茹用的，用了保准弟妹回到十八岁，艳压群芳啊！”

一席话，逗得气氛活跃起来。

碧云笑着说：“谷阳兄太会说笑了，哪能回到十八呢！对了，你还这么年轻，怎么不再找一个呢？”

“我一个人习惯了，再说心里也一直忘不了亦虎他娘。以后的事情，再说吧。现在先把亦虎的婚事给办了，也算是了却他娘的一桩心愿吧。”

苏方达动容地说：“谷阳兄真是痴情啊，令人感动！”

碧云看了一眼黄谷阳，接下去说：“谷阳兄这么重情重义，想必教出来的儿子也一定不会差的！我们把倩茹交给你们，那自然是放心不过的。你说是不是，方达？”说完，她别有用意地看着苏方达。

苏方达知道碧云在提点自己，颇为不自在地点了点头，招呼几人喝起茶来。

肖紫琰从姜妈那里知道，今天晚上黄亦虎和他父亲过来提亲，非常着急。她死缠着姜妈，偷偷从后门溜出去，让姜妈带她去找郑绍峰。两个人一路迎着寒风走在小巷子里，姜妈指着拐角的一间平房，对肖紫琰说：“就是这一家。我先回去了，不然太太会起疑心的。你自己小心一点，早点回来。”说完，姜妈赶紧回苏府去了。

肖紫琰看着颇有岁月痕迹的木门，心想着：这郑绍峰真是个穷小子啊！这苏倩茹到底是看上他什么了？她边想边走上前，敲了敲门，正巧是郑绍峰开的门。郑绍峰大吃一惊，问：“怎么是你？”

肖紫琰也不回话，直接一个侧身，进了屋子，带进了一团冷气。她打量了屋子四周，看了看桌上的书，撇了撇嘴唇说：“现在这个时候，你还有心思看书啊？”

郑绍峰脸色没有太大变化，平静地说：“你找我有什么事？”

“天大的事！”她睁大着眼睛，对着郑绍峰一字一句地说，“苏倩茹今天晚上要定亲了！”

“我知道。”郑绍峰冷冷地回答，脸色依旧很平静。当然，肖紫琰不知道郑绍峰在努力控制着自己的情绪，就像平静的江面下暗涌的波涛。

看着郑绍峰面无表情，肖紫琰有点吃惊，她继续说道：“如果我告诉你，今天晚上和倩茹定亲的人是谁，你就不会这么冷静了！”她忽然深吸一口气，说道：“黄——亦——虎！”

“什么？”郑绍峰确实吃了一惊。

“我说，晚上和倩茹定亲的人是黄亦虎！吃惊吧！想不到吧？我也没想到居然是他！”肖紫琰有点发疯似的笑了起来，“我真傻！一个是我的好朋友，一个是我爱的人，居然……居然他们要定亲了！”肖紫琰一激动，说话有点儿上气接不了下气。

郑绍峰现在才明白了这一切。

原来黄亦虎说的苏州富家千金就是苏倩茹。可他在南京的时候，让自己写了那么多情书和肖紫琰卿卿我我，现在居然要和苏倩茹定亲？不行，他接受不了。黄亦虎的为人他很清楚，朝三暮四，拈花惹草，而且还吃喝嫖赌……这样的人，苏倩茹和他在一起怎么能幸福？

而且，黄亦虎也说过，和这位富家千金结婚了，就要把她家的庄园接手过来……想到这里，郑绍峰不敢再想象下去了！

是的，他本来已经决定要尊重苏倩茹的选择——离开她！可现在这样子，他觉得自己不能置身事外。他站起来，对肖紫琰说：“那你来找我，希望我怎么做?”郑绍峰的口气听起来完全不一样了，仿佛他一直以来都被蒙上眼睛，现在终于看见了。

“带我去黄亦虎家!”肖紫琰咬着牙说。

很快，郑绍峰带着肖紫琰来到黄亦虎在苏州的家。肖紫琰看着灯火通明的三层小别墅，对郑绍峰说：“你先回去吧，我自己一个人去找他。有些话，我需要当面问问他!”郑绍峰看了肖紫琰一眼，点点头，转身走了。

肖紫琰深吸了一口气，走到别墅门口。她不顾仆人的阻拦径直走了进去。黄亦虎听到楼下有吵闹声，从二楼楼梯探下身子，不悦地叫道：“吵什么吵，安静点!”

“少爷……有人找你……”管家老李唯唯诺诺地回答。

“今天晚上谁都不见，不知道我晚上要去做很重要的事情吗？赶紧让他走，快，快!”黄亦虎不耐烦地说。

“黄亦虎，你给我下来!”肖紫琰怒气冲冲地叫道。

黄亦虎一听是肖紫琰的声音，心里一惊。他快速下楼，示意仆人散开，看着一脸怒气的肖紫琰，问道：“你怎么找到这里了?”

“哼！你不要管我怎么找到这里，你说，你今晚干吗去?”肖紫琰看着西装革履、头发梳得油光锃亮的黄亦虎，心里不由得升起一团怒火。

“我……我……我今晚要去参加一个商会!”黄亦虎转了转眼珠子，假装看了一下手表，“哎哟，时间快来不及了，我先去了。宝贝，你先回家，回头我再去找你。”

肖紫琰冷笑了一下，顺势坐在客厅沙发上，对黄亦虎说：“好，你去吧。我在这里等你，等你回来好好说。”

黄亦虎一看，这肖紫琰来者不善。他就耐着性子，抱住肖紫琰的肩膀，柔声说：“宝贝啊，别生气。我真的要去参加一个商会，我爹正等着我呢!”

“你爹正等着你去定亲，对不对?”肖紫琰腾地站起来，一手拍掉黄亦虎搭在自己肩膀的手，“什么商会，你不要再骗我了！你就是要去和苏倩茹定亲，是不是?”肖紫琰控制不住自己的情绪，吼了起来。

黄亦虎一怔，很快恢复了平静。他心想，既然已经知道了，就不用再伪装了。他看着肖紫琰不带感情地应道：“对，我要去定亲，就是和苏家大小姐——苏倩茹！对了，你怎么也认识她?”黄亦虎从肖紫琰嘴里听到“苏倩茹”这个名字时还真有点意外。

“她是我的同学，我的舍友，我最好的朋友！你有没有考虑过我的感受？我现在就住在她家，你要和她定亲，那我怎么办?”肖紫琰咆哮着，她不敢相信眼前这个话语冰冷的人，就是之前跟她柔情蜜意、信誓旦旦的男人。

“你？该怎么办就怎么办！我们的关系结束了！我可以给你一笔钱，你可以过上衣食无忧的生活。”黄亦虎看着肖紫琰，云淡风轻地说着。

这一切听起来真是讽刺、荒谬极了。

肖紫琰听到黄亦虎说出这些话的时候，那种感觉真是残酷极了。但事实就是这样，这些话就是黄亦虎亲口对她说的，她的脑袋嗡嗡作响。忽然，她站起来，冲到门口，站在黄亦虎的汽车前面，黄亦虎匆忙追出来。

肖紫琰用一种凄厉的声音叫喊着：“黄亦虎！我告诉你，你想定亲，门都没有！你今天要是去苏家，除非这车子从我的身上轧过去!”黄亦虎嫌恶地皱了皱眉头，伸手示意仆人把肖紫琰拉走。肖紫琰用冰冷的眼神瞅着黄亦虎，充满痛苦和愤恨，此刻她近乎歇斯底里地尖叫着："好，好，好！你有本事！你轧吧，轧死我，连同你的孩子！"

黄亦虎愣了愣神才反应过来，肖紫琰是在告诉他，她怀孕了。

肖紫琰靠在汽车车头，泪流满面。黄亦虎顿时傻眼了，他万万没想到，肖紫琰肚子里竟怀了他的孩子！他缓了缓神，恢复了原来和悦的口气，上前搂住痛哭的肖紫琰。"听我说，紫琰，"黄亦虎顿了顿说，"我刚才说那些话，语气是有些重，请你原谅我。因为我并不知道你怀孕了，错误地说了不该说的话。因为最近我被我爹逼得太厉害了，而且你不知道，我家的工厂现在也是亏损得厉害……"

黄亦虎哄女人的招数和套路真是遗传了他爹的好基因，三言两语就让肖紫琰狂躁的喊叫声小了下来，他看着肖紫琰半信半疑的眼神，继续说："你是不是在怪我不辞而别？我也是没办法呀，上海股票出了问题，我得立刻去解决，不然所有的钱都要打水漂了！到时，我拿什么养你——还有我们的孩子，对不对？"看着肖紫琰阴转晴的表情，黄亦虎更是口若悬河、舌如莲花："这是自小定下的娃娃亲，而且我也是被我爹逼的——你知道，我和这位小姐，都没见过面呢！我最喜欢的就是你了！"

"你的意思是，你之前不知道这位富家小姐是苏倩茹？"肖紫琰有点心软了。

"对，我不知道苏倩茹就是你的好朋友。再说，这些都是长辈安排的，我也是没有办法啊！你现在不能冲动，对你对我对——孩子，都不好！"黄亦虎一说起孩子，肖紫琰瞬间冷静了下来，黄亦虎一看，心里暗暗得意。

"那我现在该怎么办？眼睁睁让你去定亲，看你和苏倩茹结婚？"肖紫琰喃喃自语着，眼睛里又泛起一层水雾。

"如果因为咱俩的冲动，把婚事搞砸了，我爹肯定会生气的，到时别说你和孩子，就是我也会被赶出门的！我们黄家和苏家联姻，就是要把生意做大做强，到时两个庄园都是我的——忍一时风平浪静，这样对你对我都好，明白吗？”看着肖紫琰半信半疑的样子，黄亦虎接着说，“你先回苏家去，安心养胎，到时给我生一个白白胖胖的儿子！我爹见了孙子，自然什么都会同意的，你要懂得这个道理——平日里你最体贴我了，对不对？”

肖紫琰听着黄亦虎这些有理有据的话，似乎很是动心。她思考了一会儿，对黄亦虎说：“好，我就再信你一次。如果你敢骗我，到时我们就鱼死网破，别怪我不念往日的情分了！”肖紫琰摸了摸肚子，她觉得自己只有如此了，若真的把黄亦虎逼急了，对自己也是一点好处没有。就这样，肖紫琰开始将自己的生命撕成一小段一小段。

我要好好照顾孩子……

我要撑到孩子出生……

孩子生下来，我们就能团圆了……

这种心理就像战争一样，大家等待的、坚持的，无非是最后的解放——或者援军的到来。而她的援军就是肚子里的孩子。此刻，她要做的就是保证肚子里孩子的安全。

这就是现状。

黄亦虎看着坐上车渐渐远去的肖紫琰，嘴角露出一丝微笑，渐渐地，渐渐地，五官凝聚成一个恐怖的表情。这个愚蠢贪婪的女人，只是自己风花雪月场所的一个过客而已，对他来说，不管一起做过什么，都会船过无痕。而现在，她步步相逼，那他也只能将计就计，把她当作放在苏家的一颗棋子。

猎物已经掉入陷阱，只待猎人一声枪响。

第十四章

郑绍峰找到弟弟郑绍川，对他说："绍川，你有办法见到倩茹吗？"

郑绍川看着气喘吁吁、神色紧张的哥哥，点点头说："我可以帮你试试，让小玉帮一下忙。"

郑绍峰感激地握着弟弟的手，说："你帮我约一下倩茹，就说晚上老地方见。"郑绍川连忙点头。

郑绍川在码头上着班，不时看着墙上的钟表，终于挨到去苏家交货的时间。他跟着货物的卡车进了苏家，立马去东院找小玉，凑巧在花园碰到了苏倩茹的贴身丫鬟——小渔。郑绍川四下张望，趁着没人，就叫住小渔："小渔，你等等。"

小渔一转头，看到一个年轻帅气的小伙子穿着码头的工服站在树荫底下，脸上有一丝紧张。她走上前，感觉这个人似曾相识，就问："你怎么知道我的名字？"

郑绍川主动介绍说："我叫郑绍川，是郑绍峰的弟弟。之前在苏家住过一段时间，我们见过几次面。"小渔一听，原来如此，怪不得这么眼熟。她笑着问："你来这里干吗？"

郑绍川看看四周，凑近小渔，低声说道："你告诉你家小姐，我哥找她——晚上老地方见。"说完他就一溜烟跑了。小渔一听，立马警觉起来，看看四周没有人，悬着的心又放了下来，赶紧跑回去告诉苏倩茹。

推开房门，只见苏倩茹面前放着一个篮子，里面有一方手帕及各色丝线等刺绣用品。她此时正托腮坐在窗前，看着缓缓西沉的落日，夕阳的余晖把树梢染成了金黄色，树叶在闪动，苏倩茹把手伸向天空，抓了一把，又收了回来。她觉得有点沮丧，仿佛这个季节没有什么是值得她高兴的。碧云已经定好了婚期，在腊月二十八。她也不知道为何娘这么着急，非要在过年前把婚事办了。当然，她也隐隐知道，自小到大，她就是娘眼里的孤星、灾星……想到这里，苏倩茹的心充满酸楚。

“小姐，小姐——告诉你一个好消息！”小渔捂着胸口，喘着大气说道。

“现在哪儿有什么好消息？”苏倩茹头也不转，依旧面无表情地看着外面。

“小姐啊，郑公子约你晚上见面——老地方！”小渔关上门，兴奋地说着，“小姐，你赶紧收拾一下自己，别灰头土脸地去见人……”说完，哧哧笑起来。

“小渔，你不要和我开玩笑！什么‘真公子’‘假公子’！”苏倩茹白了小渔一眼，有力无力地说着。突然她回过神来，睁大眼睛问：“你，你刚才说什么‘郑公子’？什么老地方？”

小渔双手扶在苏倩茹的双肩上，一字一句地说：“就是你心心念念的郑公子——郑绍峰！他约你晚上在老地方见！”

“他约我？你是怎么见到他的？娘不是不让他进门了吗？”苏倩茹一脸质疑。

“是他弟弟刚才在花园里遇到我，跟我说的，应该假不了。话说他弟叫……叫郑绍川吧，长得真是清秀俊俏……”小渔说着说着，脸颊红了起来。

苏倩茹看着一脸红云的小渔，打趣笑道：“看上人家弟弟了？”

“小姐，你不要乱说……我只是……”小渔羞得低下了头。

“哈哈，我们小渔也到了少女怀春的年纪啦！”苏倩茹侧着脸盯着小渔笑着说。

“哎呀呀，小姐，别笑话我啦！你赶紧收拾收拾，估计郑公子约你应该有什么重要的事情吧。你看你过两天就要结婚了。”听小渔一说，苏倩茹刚才还明媚的笑脸一下子忧伤起来，愁云又笼罩上来，她深深地叹了口气，一种挥之不去的感觉——一切梦想即将破灭——又笼罩在心头。

在小渔的掩护下，苏倩茹一个人悄悄前往后山。夜幕中，她见到了熟悉的影子，依旧伫立在那棵大树下。天气越来越冷，树叶越发稀疏。鸟叫声也越发凄厉，估计在这么寒冷的天气中觅食是很艰难的一件事。

苏倩茹哈着白气，站在郑绍峰面前。郑绍峰心里一阵激动，二话不说，直接把苏倩茹搂进怀里。天空中，圆圆的月儿照亮了苏倩茹和郑绍峰紧紧拥抱的画面——是的，这种感觉是何等甜美。

郑绍峰看着月光下乖巧可爱的苏倩茹，他深情地说：“倩茹，我带你走吧。我们去一个没有人找得到我们的地方，好不好？”

苏倩茹依偎在郑绍峰温暖的怀里，闭着眼睛幸福地点着头。一阵风吹过，将树枝疯狂摇晃。苏倩茹清醒过来，面露痛苦的表情：“说好了，我们不再见面，怎么……啊，我也是控制不住我自己！我该怎么办？绍峰，我们不应该再见面的！我答应我娘了，过几天我就要结婚了！”苏倩茹一把推开郑绍峰，这温暖的怀抱对她是一种抚慰，也是一种摧毁。

“不，不，我不同意你结婚！你知道你结婚的对象是谁吗？你了解他吗？”郑绍峰看着苏倩茹，一字一句地问着。

“我……我是不了解。但，这次我必须听我娘的。你知道的，如果我不这么做，我娘就要……我不能当罪人！”苏倩茹说到这里，掩面痛哭起来。

看到苏倩茹伤心地哭泣，郑绍峰的心里一阵酸涩，他上前搂住苏倩茹的肩膀，说道：“倩茹，你听说我。你结婚的这个人是不是叫黄亦虎？”

苏倩茹点了点头。郑绍峰接下去说：“肖紫琰是不是你的同学，你的好朋友？”

苏倩茹再次点点头。

郑绍峰狠下心继续说道：“黄亦虎是肖紫琰在南京的男朋友。肖紫琰已经知道，原来你就是黄亦虎口中的那位富家小姐，她去找黄亦虎了。”

苏倩茹听完如五雷轰顶，一下子呆住了。“怎么会这样？”她喃喃自语着，这剪不断理还乱的关系啊。

“倩茹，倩茹……”远处一个人影慢慢走近，苏倩茹细细一看，原来是肖紫琰。“你怎么知道我们在这里？”苏倩茹看着气喘吁吁的肖紫琰，感觉她比之前圆润了一些，她想可能是天冷，衣服穿太多的缘故吧。

“我去找你，你不在。我问了小渔，半天她才告诉我，你——你们在这里！你们不用担心，我不会告诉太太的。我只是想和你们商量一下。”肖紫琰搓了搓手，喘着气说道，“我都知道了！原来你要结婚的对象就是黄亦虎，而他就是我在南京的男朋友！啊，世界怎么这么小呢！”肖紫琰叹了口气，“我早就该想到了，他说他爹给他安排和一位富家千金定亲，而你又从南京回来定亲……我怎么这么笨，我应该早就想到才是！”

三个人都陷入一片沉默。是的，可能在很早的时候，大家的心中就有种奇怪的感觉逐渐扩散，直至现在事实完全喷涌而出。只是大家都是后知后觉的，当时都沉浸在各自的恋爱里。

郑绍峰打破了平静，说道：“倩茹，你不能和黄亦虎结婚！你和他之间也是没有感情的！”

“绍峰说得对！黄亦虎他和我已经有了……”肖紫琰硬生生把话咽下去，她本想说黄亦虎和她有孩子了，可是她看着郑绍峰和苏倩茹，顿时泄气了。她话锋一转，接着说：“倩茹，你和绍峰一起走吧！”

“我走了你怎么办？婚礼怎么办？”苏倩茹的脸色有些苍白。

“你放心！我会照顾好自己的。倩茹，你应该和你爱的人在一起，两个没有感情的人在一起是不会有幸福的。我想了一个法子，倩茹你看可不可以？”肖紫琰顿了一下，鼓起勇气，把心里的想法说了出来，“我替你去结婚！”

大家一听，都看着她。肖紫琰在夜色中摸了一下肚子，下定决心说：“结婚那天，让绍峰想办法把你接出去，你们两个人就离开苏州。我替你去拜堂、成亲。就算后面他们知道了，毕竟已经举办过仪式了，而且苏黄两家在苏州都是大户人家，都是要脸面的，这种事情肯定不会四处宣传的。黄亦虎和我之间有一段感情，况且我和他还有……算了，倩茹你放心，再怎样他也不会难为我的。等过段时间，事情平静了，你们再找机会回来。倩茹，你爹你娘肯定会原谅你的，毕竟你是他们的亲女儿啊！”

苏倩茹听得目瞪口呆，她看着肖紫琰说：“这……这样行吗？我娘要是知道了，肯定会……会被气死的！”

“不会的。你娘只不过是想你离开苏家，不管什么方式，只要你不在苏家，对她来说，都一样。”肖紫琰劝着苏倩茹。

“可你……你一个人在这里，我会很担心的。”苏倩茹还是不放心。

“没事的，我福大命大！”肖紫琰咧着嘴微笑着，似乎要让苏倩茹他们放心，可越是这样，苏倩茹越是觉得她内心是酸楚的，她在强颜欢笑，因为之前的伤痛和即将到来的不可预测的危险。

“真的不用担心我！况且，还有……还有姜妈，她一直都很照顾我的。好了，就这样说定了，我们都回去准备准备!”说完，肖紫琰就往回走，她的身子在寒风中已经有点疲惫了，她怕自己支撑不住。

看着肖紫琰的身影慢慢消失在黑暗里，郑绍峰和苏倩茹再次紧紧拥抱在一起。他宽厚的身体完全覆盖住她娇小的身躯，此刻他俩就像合二为一的种子，封在同一层皮里。“绍峰，好希望这一刻……这一刻能停止!”苏倩茹紧紧搂着郑绍峰。

“我也是!”郑绍峰用炽热的眼神看着苏倩茹说道，“我，我有些事一直想告诉你。”郑绍峰深深吸了口气，似乎给自己注入了一种力量，鼓起勇气说，“十年前，我就喜欢你。十年后，我依旧喜欢你。我身体的每个细胞都在呐喊着：我爱你，我爱你!”苏倩茹听得脸颊潮红，双眼潮湿。郑绍峰捧起苏倩茹嫩白的脸蛋一字一句认真地说着：“愿得一人心，白首不相离。”

苏倩茹紧紧搂着他，眼含泪花道：“好，好。有你这些话，我就什么也不怕了!”郑绍峰紧紧地抱着苏倩茹，生怕眼前的人飞走似的。

郑绍峰鼓起勇气，贴上那一抹他期待已久的娇嫩：先是轻轻一触，在夜色中有点冰凉；再是整个嘴唇吻下去，就像鲜奶油一样温软。郑绍峰遮住了星星的光，一个俯身又轻轻吻了下去，美妙的月光穿过树叶，斑斑驳驳地照在他们身上。

苏倩茹闭上眼睛，沉浸在郑绍峰那深沉如水的吻中，感受到他的温暖和甜蜜——如此美好，如此生动，如此珍贵。

这一天，苏府上下张灯结彩，热闹非凡。今天是苏家千金苏倩茹和黄家少爷黄亦虎的结婚之日。平日里，苏方达为人慷慨大方，今天不仅给工人放假一天，还允许工人们参加喜宴饱餐一顿，引得大家欢呼称赞。

这一日正好是晴天。缕缕阳光倾泻在苏家这座百年古宅上，浅灰的地砖在阳光的照耀下熠熠生辉。盛开的山茶和君子兰点缀着整个宅院，柔软芬芳的花瓣仰头追寻斑斓的光彩，徐徐的微风轻抚着绿树，隐隐传来阵阵的风铃声，冬日的萧瑟在这一片敲锣打鼓中渐渐消退，仿佛那温暖的春天就在不远的地方招手致意。

苏方达站在大厅上，眼里有一点无奈，有一点不舍。碧云出来了，看见苏方达落寞的样子，不满地说："老爷，今天是倩茹的大喜日子，你要高兴一点，不要愁眉苦脸的。"

"养了这么多年的女儿，突然要离开，心里很是舍不得啊！"苏方达眼眶发红，颤声说道。

"老爷，这倩茹又不是嫁到天涯海角，她随时可以回来看你的，你也随时可以去看她的呀！好啦好啦，别难过了，今天是大喜日子，我们都要开开心心的。"碧云搂着苏方达的手臂，柔情蜜意地安抚着。

"老爷、太太，时辰差不多了，黄家接亲的车也到了，小姐——小姐该出门了！"姜妈一路小跑过来禀报，看着苏方达湿润的眼睛，她也不禁红了眼眶。

"去吧，让小姐准备出来吧。莫耽误了时辰，一定要准时！不然不吉利！"碧云不停交代着，生怕出了什么纰漏。

而在苏倩茹的房间里，有一个穿着喜服、戴着红头巾的新娘子正端坐在床上。"小姐，时间差不多了，该准备出门了！"小渔红着眼睛，提醒着苏倩茹。

"准备好了吗？"姜妈推门而入，"小姐，该出发了！"姜妈看着小渔，说："小渔，你也是陪嫁过去的人，到了黄家，你要照顾好小姐，知道吗？"小渔重重地点点头。"小姐，到了黄家，你要多照顾自己，想姜妈的时候，就回来……姜妈给你做好吃的……哎呀呀，姜妈也是舍不得你啊！"说完，姜妈忍不住流下眼泪。

这时，苏方达和碧云也走了进来。苏方达上前握住苏倩茹的手说："孩子……爹舍不得你啊！到了黄家，你一定要照顾好自己……"

苏方达还没说完，碧云抢过了话说："说这些干什么，大喜的日子哭哭啼啼的，多不吉利！倩茹啊，到了黄家，不要像在家一样任性，要伺候好丈夫，勤劳持家，知道吗？”

苏方达看了碧云一眼，张口要说什么，但半天，又咽了回去，他实在不想在今天和碧云大吵一顿。

苏倩茹只是点了点头，对众人的关心没有过多言语。姜妈看着苏倩茹，总觉得今天的她有点古怪，但又说不清楚。一行人把苏倩茹送到了门口。黄家的八抬大轿早就在门口等候了，唢呐声响，鞭炮齐鸣，在热闹中，苏倩茹被喜气洋洋地抬往了黄府。

来黄府贺喜的人三三两两地经过，纷纷对黄谷阳表达着祝福和恭贺，黄谷阳站在大厅外，不住点头、微笑迎接着来往的宾客。苏州城里的商界名流都到场祝贺，门外前来参加婚礼的车辆鳞次栉比，更是凸显华贵气息。

商会会长贾士礼带着六姨太，还有七七小姐前来祝贺。郑庆书携着柳燕眉、郑绍川也一同来了。贾士礼看到盛装出席的柳燕眉，眼睛一亮，刚欲上前问好，旁边的六姨太倒是先叫起来：“哎哟，燕眉啊，你也来了！”贾士礼慌忙收回了脚步，讪讪地笑着，柳燕眉脸一红，转头和六姨太寒暄起来。旁边的郑庆书躬身对黄谷阳说：“谷阳兄，恭喜恭喜！”

黄谷阳大笑着，说：“谢谢，谢谢郑老弟！我和方达兄成了亲家，以后就是亲上加亲，以后你也要多来府里走走才是，别老憋在书局里！”说完，瞅了一眼柳燕眉和郑绍川。

柳燕眉的眼神一直追随着黄谷阳，而这一切又被六姨太默默地看在眼里。接着，黄谷阳又上前握住贾士礼的手，兴奋地说：“贾会长能在百忙之中参加犬子婚礼，真是荣幸！”

“谷阳弟，太客气了！这倩茹也是七七的表姐，以后啊，咱们也是亲戚，就是一家人了！”贾士礼咧着嘴巴哈哈大笑着。

“对对对！我们以后就是一家人了！以后，还要仰仗贾会长多多照顾！”黄谷阳媚笑着。

郑绍川正百无聊赖地站着，他本来就不想来，是被柳燕眉逼着来的。他觉得苏倩茹就应该和哥哥在一起，现在莫名其妙地和黄亦虎结婚了，他觉得太荒唐了。这时，有一个人走过来跟他说话。

“你是郑绍川吗？”一个清脆的女声响起。

郑绍川抬眼一看，一个五官英气长相柔美但却一身男生打扮的妙龄女子，正看着他说话。“我见过你，你哥哥呢？他今天怎么没来？”七七开门见山说道。

“我哥……他，他出门了！”郑绍川看到气势汹汹的七七，一下子磕磕巴巴起来。

“胡……胡说！今天表姐结婚，他怎么可能出门？你别骗我！你哥和我表姐相好的事情，我……我知道。现在我表姐结婚了，你哥就是我的了！快，快告诉我，他在哪里？”七七一着急，说话也结巴起来。

“我真的不知道！你打死我，我也不知道！我哥那么大人了，腿儿长他身上，我哪知道啊！”郑绍川心一横，豁出去，直接怼着说。

七七上下打量了一下郑绍川，感觉他不像是在说谎，想了一下，掉头就走了。

夜幕降临，仪式结束后，新娘被送进了洞房。新娘安静地坐在喜床上，屋里只剩她一人。只见新娘自己轻轻地掀起了一角红头巾，看着屋里的一切：屋子里的摆设都贴上了大喜剪纸，一对红烛把新房照得如梦般香艳。新娘喃喃自语着：“肖紫琰啊肖紫琰，想不到你是以这样的方式和黄亦虎结婚，真是可悲可笑啊！”原来新娘不是苏倩茹，而是肖紫琰。

她想着，当她心爱的人走进房间时甜蜜而温情的场景。她静静地坐在喜床上，重新盖上了红头巾，心里一阵忐忑，一阵焦急，也是一阵激动。

“砰砰砰”，有人敲了下门，然后直接进来了。肖紫琰的心里一阵发紧，新郎已经到来，走进了为他准备的房间。

“倩茹……我美丽的新娘子，我终于娶到你了！虽然……虽然我们没见过面，但——但是我知道你不仅聪慧美貌，而且还善良可爱。来，来——让我好好看看你，咱们从今天起，就是夫妻了！”黄亦虎喷着酒气，看着新娘端坐在喜床上那曼妙多姿的身躯，心里无比激动，他慢慢挑起新娘的红盖头——啊！一声惨叫，黄亦虎的脸色瞬间从潮红变成煞白！

“你……怎么是你？”黄亦虎气急败坏地叫着，看着红盖头下面并不是他梦寐以求的苏倩茹，而是他狠心抛弃的肖紫琰。

“没想到吧！哼哼……”肖紫琰也冷笑起来，“黄亦虎，告诉你，我们现在堂也拜了，亲也成了，我就是你的合法妻子！”肖紫琰一脸得意地盯着黄亦虎。

黄亦虎怒火中烧，一把抓住肖紫琰的衣领恶狠狠地说：“快，快告诉我，苏倩茹在哪里？这是谁出的主意？”黄亦虎用力一推，肖紫琰惨叫一声，后腰撞到了木头桌子的一角，一脸痛苦地看着黄亦虎。黄亦虎丝毫不理会，继续叫嚣着：“快告诉我，苏倩茹在哪里？”

看着黄亦虎五官扭曲的样子，肖紫琰忍着腰间的痛楚，虽然心里很不安，不过她还是昂起头，毫无畏惧地答道：“我不知道！就算知道，我也不会告诉你！”

黄亦虎一听，更来气了，直接扬起巴掌，朝肖紫琰精致的脸蛋挥去，“啪”的一声，脆生生的，清晰的掌印横卧在她的脸上。

肖紫琰眼含泪水直勾勾盯着黄亦虎。过了好一会儿，她像发狂似的，推搡着黄亦虎，喊道：“好，好好，你打我？你打我？来啊来啊，你直接打死我算了！把我肚子里的孩子也直接打死得了！”屋子里一阵推搡、吵闹，惊得黄谷阳也来了现场。黄谷阳看着满屋子的狼藉，还有坐在床头披头散发、泪如泉涌哭个不停的年轻女人，也直发愣。

“亦虎，你这是干什么呢？好好的洞房花烛怎么变成……变成战场了？你不能对倩茹这样，来，快道歉！”黄谷阳边斥责着儿子，边走到肖紫琰旁边，“倩茹啊，真是对不起！亦虎……亦虎应该是喝多了，你不要生气。老李，快——叫人收拾一下！”黄谷阳对着肖紫琰赔着笑脸，安抚着。

“够了，爹！她不是什么苏家大小姐！她是苏倩茹的同学！”黄亦虎不耐烦地说着。

“什么？”黄谷阳也是一头雾水，“这，这是怎么一回事？”

“她冒充苏家大小姐来成亲！”黄亦虎冷冷地说着，“真是疯了，她！”

“我是疯了！都是被你逼的！”肖紫琰也不甘示弱，脱口而出。

黄亦虎一听，更是焦躁狂怒不已，借着酒劲儿，随手拿起柜子上的一个花瓶就朝肖紫琰扔去，说时迟那时快，一个黑影闪过，把惊得呆若木鸡的肖紫琰一把拉开，花瓶“哐当”一声在地上砸了个粉碎！肖紫琰倒吸了一口气，这分明是要置自己于死地啊，她嘴里喊道：“黄亦虎，你的心好狠啊！”回头看了一下那个黑影，原来是孙立波，他关切又谨慎的眼神正盯着自己，她的心里突然有一种异样的感觉。

黄谷阳不耐烦地问：“你到底是谁？为什么会出现在我儿子的洞房里？快说！”

肖紫琰看着黄亦虎，摸着肚子，眼泪不争气地狂流下来。她掩着面，啜泣着。在此之前她觉得，他会将她内心的黑暗照亮。可这一刻，她觉得他又将她推进一片更黑的暗里。她看着黄亦虎，一字一句地说：“我是你儿子在南京的女朋友！你儿子无声无息地就抛弃了我，哈哈，告诉你，我会一直缠着你儿子的——你们甩不掉我的！”

一席话，听得众人鸦雀无声。黄谷阳的脸色一会儿红，一会儿白，很显然，他对儿子的这些桃花滥账也是知根知底。他不想再问下去，也不想再闹下去了。他大声叫着："孙立波，备车，把这位小姐送回苏家去。"孙立波应了一声，立马出去开车了。

黄谷阳对肖紫琰面无表情地说："这位小姐，我们家亦虎今天是和苏家大小姐——苏倩茹结婚。不管你和亦虎之间发生了什么事情，那是你们的事情。我黄某娶的是苏家的媳妇，你不是，所以很抱歉，请您从哪儿来，回哪儿去！老李，送客！"说完，他面露不悦，拂袖而去。黄亦虎也跟着父亲，气冲冲地出去了。

肖紫琰收起破碎的心，回头看了一眼烛火通红的新房，感觉自己在深渊边缘，摇摇欲坠。可是，她的心里还是有些高兴的——因为不管怎样，她阻止了苏倩茹和黄亦虎的婚礼。她在小渔和孙立波的看护下，被送回了苏家大院，黄谷阳父子的车辆尾随其后。

孙立波看着车后座的肖紫琰，想不到几日不见肖紫琰憔悴了许多，开口说道："肖小姐，一会儿你就少说几句，不要再惹怒老爷和少爷，过几天他们气消了也就好了。"肖紫琰看着孙立波，心里一下明白这个人是在提醒自己，扯了扯嘴角，最终还是没说一句话。孙立波从后视镜里看到一脸憔悴的肖紫琰，心里暗暗叹了口气。

碧云和苏方达正在客厅坐着，苏方达还在为女儿出嫁的事情闷闷不乐。突然听到外面一阵声响，只见以黄谷阳为首，后面跟着黄亦虎以及其他几个人，怒气冲冲走进来。

"方达兄，你这真是羞辱我啊！"黄谷阳一见到苏方达就不客气地说道，"就算你不想女儿嫁到我们黄家，就算你觉得我们黄家配不上你们苏家，也不必用'狸猫换太子'的伎俩，真是欺人太甚！"

苏方达一脸错愕，他看了看黄谷阳身后穿着大红嫁衣、脸上有清晰五指印的肖紫琰，心里似乎明白了几分，但还是问道："这，这是从何说起？"

"哼，你们直接问她！"说完，黄亦虎把肖紫琰一把推了出来。

姜妈见状，想移步靠前扶住肖紫琰，可碍着人多，还是停下了脚步，眼里充满不舍。

碧云一看肖紫琰，就厉声问道："怎么是你？这到底是怎么一回事？倩茹呢？你们在搞什么鬼？"肖紫琰看了碧云一眼，不说话。碧云一看，更来气了，气咻咻说道："我就说这个女人住在府里不吉利，果然是吧？快说，你把倩茹弄哪去了？是不是你和郑绍峰干的？"

肖紫琰站着不动，也不说话。这段时间，她的眼睛一直盯着黄亦虎，而黄亦虎却不时回避她的视线，姜妈把这一切看在眼里，她的心里不禁隐隐作痛起来。这傻姑娘啊！

黄谷阳对苏方达说："我们黄家娶的是苏家小姐，这个人不是，我给你们送回来，请方达兄务必给我们黄家一个说法。"

肖紫琰看着咄咄逼人的黄谷阳，还有不负责任的黄亦虎，她终于开口道："倩茹去哪里，我不知道。但换亲是我的主意，跟别人无关。我是谁、跟你儿子是什么关系，你问问你儿子不就知道了么！总之，这个事情是我一人做的，跟苏家其他人没有任何关系！"苏方达看着肖紫琰，心里倒是有几分钦佩。

碧云一听，问黄亦虎："黄少爷，你和肖紫琰是什么关系？"

黄亦虎看着众人的脑袋都转向了他，等着他回话，他张了张嘴，没发出声。肖紫琰一看，冷笑一声说道："我替他说，我是他在南京的女朋友，他因为要回来和倩茹结婚，所以抛弃了我！"

苏方达和碧云一阵错愕，黄谷阳的脸上也开始不悦了，他恶狠狠地盯着黄亦虎，说了句："自己惹的事，自己解决！"说完就头也不回地离开了苏府。

姜妈看了看呆立的众人，赶紧站出来说："老爷、太太，这大小姐一向孝顺善良，肯定不会无缘无故失踪逃亲的。天色已晚，有什么事情明天再说吧。至于——"她转头看了一眼黄亦虎，意味深长地说道，"黄少爷，您也请回吧。您和肖小姐的事情您最清楚。我想，您也不想肖小姐的身体受到伤害吧?”姜妈的话一语双关。黄亦虎脸色一陡，心里明白了，他恨恨地看了肖紫琰一眼，起身告辞了。

苏方达赶紧带着气咻咻的碧云回房间休息，示意姜妈处理后面的事情。姜妈看众人都散了，就赶紧扶肖紫琰回了房间。看着肖紫琰嫩白的小脸上清晰的五指印，姜妈心疼地问:“谁打的?”

肖紫琰没有回话，眼神空洞地坐在椅子上。她觉得自己的胸口正在被撕裂，仿佛出现一道血淋淋的伤口。姜妈看着一脸憔悴、衣衫不整的肖紫琰，一边动手帮她换衣服，一边说:“孩子啊，你受苦了!我早该想到是你了，我上午看着就觉得不对劲——咦?你这里怎么了?”姜妈帮忙脱掉大红的嫁衣，里面白色的秋衣似乎有一丝淡淡的血色。

“是不是黄亦虎打你了?”姜妈着急地问道。肖紫琰还是没有什么反应，任凭姜妈掀开腰部衣服的一角。“呀!这都撞青了!这边还有点红肿，破了点皮——这黄亦虎，怎么出手这么重!”姜妈愤愤不平地说着，“来，我帮你上点药，你躺床上去!”肖紫琰像个木头人一样，也不反抗，就直直地躺了下去。

姜妈掀开肖紫琰腰部的衣服，露出光滑的后腰背，上面青肿一片，还泛有点点血丝，姜妈拿着热毛巾往上面敷盖。只见青肿部位的下方，仿佛还有一块什么东西，姜妈俯下头，细细看了一下——她瞪圆了眼睛，这怎么可能?她的心里一阵翻江倒海，沉寂十八年的往事一下子在脑子里抖了出来!这个蝴蝶形的胎记，和自己十八年前出生的女儿，一模一样!她用颤抖的手，轻轻摸着这个胎记，不禁泪流满面。

而肖紫琰经过了一天的折腾，沉沉睡过去了——长长的睫毛上还沾着晶莹的泪珠，姜妈看着这个姑娘，百感交集。

也是在同一天，郑绍峰约了老周，带着苏倩茹来到郊区。他们来到河边，河面宽得看不到对岸，上面有一层薄薄的浮冰——这天也是够冷的。一辆马车停在河边，车夫坐在马车上，马匹低下头喝水。

郑绍峰看了看旁边的苏倩茹，寒风把她的鼻尖都冻红了。他清了清喉咙，准备说话。这地方完全是隐蔽的，前面有一片光秃秃的焦黄色草篱笆似的芦苇和蒲草正好围住了他们。

老周看着郑绍峰还有旁边的这位年轻女子，微笑着，仿佛是认识许久似的。郑绍峰开心地介绍道："老周，这就是苏倩茹。"老周微微颔首，倒是苏倩茹羞红了脸蛋。

"倩茹，你好。我是老周，听绍峰提过你很多次——"说着，他看了郑绍峰一眼，郑绍峰不好意思地挠了挠头，"绍峰是有为青年，他一直在努力，在进步！我也听绍峰说了你逃婚的事情，对你的勇气表示钦佩。年轻人，总是要大胆追寻自己的理想的，不为世俗的枷锁所绑架。"苏倩茹红着脸，点点头，郑绍峰悄悄地握紧了她的手。

"我先安排你去南京，到我一个朋友的报社上班，只是绍峰现在不能一起去。"老周严肃地说。

"为什么？"苏倩茹和郑绍峰几乎同时问道。

老周看了看他俩，缓缓说道："因为，绍峰还有更重要的事情去做！"老周看着郑绍峰，用一种热切的眼神看着他，仿佛在促劝着什么。突然一阵狂风吹来，芦苇和蒲草都弯下了腰。老周听着那哗啦啦的声音，平静地说："革命尚未成功，同志仍需努力！"

郑绍峰一下子领悟过来，他看着老周说："对。我还有没完成的事情，我必须完成它！老周，对不起！"说完，转过头，对苏倩茹说："倩茹，你先去南京躲避一段时间，等我处理完这边的事情，就去找你。你，你一定要等我！"

苏倩茹看着老周，再看看郑绍峰，她心里知道，他们肯定在做一件特别值得去做的事情，她觉得现在没有必要问个清楚，于是点点头说："绍峰，放心吧。我会照顾好我自己，你也要注意安全！"车夫拉着苏倩茹，在尘土飞扬的模糊中，渐渐消失在老周和郑绍峰的视线里。

老周看出郑绍峰眼里满满的不舍，说："以后，像这种分别有可能是常态。"郑绍峰怔了一下，随即点点头，说："我明白。老周，对不起，我差点因为儿女私情误了大事，请您原谅我！"老周和蔼地笑了，说："正直纯洁的感情，可以让两个人更进步。这个不是坏事。只是，我们现在是和时间赛跑，所以要暂时把儿女私情放在一旁，待到革命成功时，你就能领着心爱的她，一起看山花烂漫！"说完，老周的眼里露出一丝带着希望的微笑。

郑绍峰细细品嚼着这些话。老周又严肃地对郑绍峰说："换亲这个事情，黄亦虎可能会对你有很大意见。你现在要做的就是一问三不知。还有，你一会儿马上回家里去，我相信黄亦虎很快就会找上门的。"

"放心吧，老周，我知道该怎么做。肖紫琰答应过了，她不会说出是我帮苏倩茹离开苏家的，我相信她。"郑绍峰说。

"嗯。老虎已经开始活动了，羔羊不能坐以待毙！你要知道，老虎永远不会和羊一同躺下的，它是不会承认彼此间有对等的合约的。羔羊要学会和老虎一同奔跑，明白吗？"老周的眼神充满着炽烈的情感，就像太阳一样。

果然，在郑绍峰回家后不久，黄亦虎怒气冲冲地寻上门来了。他一脚踹开门，大喊道："郑绍峰，你给我出来！"

只见郑绍峰正悠闲地在桌边看着书，头也没抬。黄亦虎一看，更来气了，一把抓住郑绍峰的书，扔在地上，叫道："你还有心思看书！我新婚妻子跑了你知道不知道？是不是你搞的鬼？"

郑绍峰缓缓起身捡起被扔的书本，摇摇头，掸掸书上的灰尘，继续坐下。黄亦虎看到郑绍峰一副气定神闲的样子，更是气得火冒三丈："你快说啊，不然，不然我……"

"想干吗？打架吗？"郑绍峰冷冷地看了一眼黄亦虎，"别忘了我可是学过功夫的。"吓得黄亦虎老实了一点。"我不知道的事情，你让我说什么？"郑绍峰面无表情地说。

"你，你说你不知道？那……那你今天怎么没去参加我的婚礼？"黄亦虎不死心地问道，"我还听贾府的六姨太说，七七小姐爱慕的人就是你，和她的表姐——苏倩茹爱慕的是同一个男人。那这个男人就是你了，你为什么之前都没有和我说？"

"你也没和我说，你要娶的人就是苏倩茹，我怎么知道那么巧，就是同一个人？再说了，我和倩茹家世悬殊，她娘是不会同意的！她家看护得那么严，我怎么可能混得进去？"郑绍峰后面说的倒是实话，黄亦虎一听也是，苏太太不惜以死威胁苏倩茹和他结婚，怎么可能同意苏倩茹和郑绍峰结婚呢？也许是自己错怪了郑绍峰吧，黄亦虎开始犹豫起来。

"那——那你今天怎么没来参加我的婚礼？"黄亦虎不死心地问道。

"新娘结婚了，新郎不是我，你觉得——我有那么大度吗？"郑绍峰用他特有的语调缓缓说着，"换作是你，你去不？是去大闹一场，还是自取其辱？"

黄亦虎一听，怔住了。郑绍峰总是这样不慌不忙地切中要害，让人猝不及防。看着郑绍峰直勾勾盯着自己，黄亦虎有点心虚了，他慌忙避开了他的眼睛。

"你看你，在南京的时候，我就劝你不要那么花心处处留情，这下好了，肖紫琰追到苏州来了！她还是苏倩茹的好朋友，你这样让倩茹怎么可能接受你？"郑绍峰一下说到黄亦虎的痛处，他看着黄亦虎郁闷的表情，接着说，"我和倩茹是不可能的，她娘肯定是不同意的。你啊，还是好好处理紫琰姑娘的事吧。"

郑绍峰细细观察着黄亦虎的表情，果然，黄亦虎一听到肖紫琰，一下瘫坐在椅子上，嘟嘟囔囔地说：“这个女人也真是麻烦！现在还赖在苏家，让我真是进退两难！”黄亦虎用力地抓了抓头发，忽然站起来，大声说：“算了！他妈的啥都不想了！喝酒去！”这样的领悟对他而言，也是一种解脱，因为他本来就是一个花花公子。

看着黄亦虎出了门，郑绍峰悬着的心终于放下来了。世界似乎一下子放慢了脚步，变得稳定下来。

“啪啪啪”，又是一阵敲门声。郑绍峰开了门，只见七七小姐撞了进来，吓了他一大跳。“你果然在家里啊！我终于找到你了！”七七咧着嘴巴大笑着。

“你怎么来了?”郑绍峰皱着眉头问道。今天家里真是热闹。

“表姐结婚了，没人跟我抢了，你现在就是我的了！我去跟我爹说，咱俩也结婚！”这七七大大咧咧地说着，一双大眼睛含情脉脉地看着郑绍峰。

郑绍峰的眼睛睁大了，似乎是因为痛苦，也是因为崩溃：“你真是奇怪！哪有女孩子主动说要结婚！再说，我和你不熟！”

“我……我知道。但是我们在一起后，就……就会越来越熟！感情是……是可以慢慢培养的嘛，只要——只要我喜欢你就好了！你……你知道吗，我从来没遇到过你这样的男人，我第一次见你，就……就喜欢你了！我……我这辈子——非……非你不嫁！”七七一紧张，口吃得越发厉害。

听了七七的话，郑绍峰哭笑不得。他说：“说你傻，也不傻。”

“你是我唯一的结婚人选，你到哪里我就到哪里！”七七一屁股坐下，索性不走了。郑绍峰真是“秀才遇到兵，有理说不清”。他看了眼七七，无奈地说：“你要真喜欢我，就做些我喜欢的事情吧！”

“什么事情?你说，我就去做！”七七一听，来劲了。

“例如……例如关心街头要饭的穷苦人啊，孤儿院的孩子啊，还有……还有你可以穿得淑女一点，顺便再学点刺绣啊，修身养性陶冶情操！”郑绍峰随口说了一些，只要能打发她走。

“这些啊，不是很难。你等着，回头我再来找你！”七七快乐地叫着，像一只小百灵一样唱着动听的歌儿，跟郑绍峰挥挥手，就飞快地跑开了。郑绍峰无奈地闭上眼睛，此刻，他只想静一静。

这个春节因为换亲导致了联姻的失败，黄家和苏家就在一片混乱中度过了。黄谷阳大年三十晚上在黄亦虎亲娘的灵牌前喃喃自语着，过了一刻钟，他来到大厅，正好碰见黄亦虎哼着小曲儿刚回家，他一看儿子那吊儿郎当的样子，气不打一处来，大喝一声：“亦虎，你过来！”正陶醉的黄亦虎突然听到一声断喝，让他快活的思维一下从云端跌回地面，他吓了一跳，看着脸色不太好的父亲，低着头走过来。

黄谷阳红着脸，喘着粗气训儿子：“你看看你，整天就是吃喝玩乐，不知天高地厚！这苏家大小姐逃婚了，你也不着急，真是没用！”

黄亦虎低着头，不吭声。

黄谷阳一看，更是气得火冒三丈：“你平时不是油嘴滑舌最能说的吗，怎么现在哑巴了？啊？”

黄亦虎抬起头，瘪了瘪嘴，小声地说：“这——这苏家小姐逃婚我也没办法啊，我连人都没见过呢！”

“你要平时不那么拈花惹草不就没那么多事了？在南京你干吗招惹那个……那个叫什么？”黄谷阳转头看了一眼一旁的孙立波。

孙立波识趣地接口道：“老爷，她叫肖紫琰。”

“对，就是这个肖紫琰！你看看，现在这个女人住在苏家，说你抛弃了她，现在搞得我都进退两难！”黄谷阳心里一阵怨恨，若不是儿子惹上了这个肖紫琰，就苏方达的女儿逃婚这个事儿，他苏方达无论怎样都得给他一个说法。现在倒好，扯上一个肖紫琰，自己有理也不占优势了！想到这里，他狠狠地看着黄亦虎，越发生气，说道：“这个肖紫琰，你要尽快和她断绝关系，处理干净！她若是要钱，赶紧给她，不要再纠缠不清！还有，你要选择一个最实用的方法，不要总是搞那些无用的东西！”

黄亦虎低着头，闷闷地听着父亲的训斥。

黄谷阳指着儿子的鼻子说：“你现在不要再跟其他乱七八糟的女子搞在一起！从今天起，想想怎样找回苏家大小姐，争取早日结婚！这对你的事业、对我们黄家是最有价值的！”黄谷阳训得有点累了，孙立波赶紧扶着他坐下，手脚利索地递上一杯水，黄谷阳喝了一口，继续道：“不要让眼睛长在头顶上，不要好高骛远，不要眼高手低，不要做白日梦……”

黄亦虎听着父亲的陈腔滥调，心里非常不痛快。他想着：“你玩女人可以，我就不可以？你通过联姻壮大家产就是务实？你想着通过贾会长和日本人搞垮苏方达，难道不是在做白日梦？”他对自己喋喋不休的父亲突然从心底涌出一股厌恶感，他不喜欢每次见面都被他训斥，更不喜欢他操纵规划自己的人生。他，他想着有一天要做自己——对，做自己。

黄谷阳大概是骂累了，踢了黄亦虎一脚后，就让黄亦虎睡去了，自己坐在沙发上喘着粗气，孙立波非常识相地赶紧端来一杯酒。黄谷阳接过，看了看孙立波，又闭上了眼睛。时间已晚。深夜的寒露让阴湿的空气悄悄爬进石壁，爬进他的骨头，爬进他的五脏六腑，随着一阵寒噤慢慢渗入他身体的每一个细胞。

“老爷，夜已深了，您也早点休息吧？”孙立波看了看窗外。

“唉！”黄谷阳发出一声叹息，“他妈的，这年越过越没意思！”说完，一口气喝掉杯子里的酒。“这时局太不稳当了，听风声，这日本人随时会来。南京那边也快保不住了，这生意也是越来越难做了！

你看，这年——多冷清！比往年的烟花爆竹，都少了许多！”黄谷阳幽幽地说着。

“是啊，大家都想办法囤物资呢！这万一日本人来了，就麻烦了！”孙立波应声附和着。

“你说得对！我们也要提前囤点物资，这仗说打就打，咱们得趁着开春赶紧赚一笔，不然——阿波，过了春节你就去原来的那些客户那里走动走动，咱们得提前收春蚕。上次那批秋蚕，质量不太好……都是亦虎这败家小子搞的，净整些垃圾货回来！”黄谷阳一想到儿子，就开始头大起来，忍不住又要开骂。

孙立波见状，赶紧说道：“老爷，别生气了！气坏身体就不值当了！”黄谷阳赞许地看了看孙立波。

郑绍峰看着窗外的寒星点点，一点睡意也没有。他想着另一个城市的苏倩茹，她一个人在异乡还好吗？因为时局的影响，今年的新年明显冷清了许多，但是家家户户还是贴了春联，把那经过一年风吹日晒，纸张斑驳、红色褪白的对联换上新的，在这样艰难的时局下仍然能感受到老百姓过年的那种传统与美好祈盼。毕竟，顺水行舟，逆水也得行舟。他点了盏孔明灯，看着它跟随着风的方向，一路忽闪忽闪飘摇上去——燃烧着希望，点亮了黑暗！

苏倩茹一个人坐在宿舍里，平静地看着夜空，有一盏孔明灯徐徐飘来。她侧着脑袋看着这浮沉于天地间的明亮一盏，不禁泪眼潸潸——月沉碧海望重楼，谁放明灯惹梦游。鹑火星稀萤点点，北辰途远雁啾啾。人间每寄千般愿，天帝难平万种愁。借问飘摇风送处，今宵热泪未东流？

碧云对肖紫琰可以说是恨之入骨。姜妈送来一碗热汤，碧云斜着眼睛瞅着姜妈，冷冷地说道：“姜妈，那个肖紫琰你得帮我看紧一点！”

姜妈有点不理解碧云的意思，碧云哼了一声，恨恨地说道：“那个小狐狸精，仗着自己年轻漂亮，总是跟老爷抛媚眼、献殷勤，别以为我看不出来！姜妈，我现在让她住在苏家已是对她很仁慈了，你让她别没事总在院子里蹦跶——尤其不要出现在老爷的面前！否则——别怪我不客气了！”

姜妈看着一脸怒意的碧云，点点头，说道：“太太，您真是心善，慈悲心肠！您放心吧，我会让她在后院老老实实待着……”话还没说完，只见苏方达进来了。

碧云一看，就对苏方达说：“老爷，这年都过了，肖紫琰不能再住下去了！你看，她给咱们惹了那么大的祸，没跟她计较已经很不错了，况且她也不是咱苏家人，我看……赶紧让她离开，免得又生事端！”碧云的脑海里闪现出梅大仙写的字和满桌的火。

苏方达一想到女儿此刻飘零异乡，不知去向，心里就一阵酸楚。看着与女儿同龄的肖紫琰，平日里也是知书达理，有时聊天也大方得体，他实在不忍心把孤身一人的肖紫琰赶出去。

这时，姜妈又出来说话了：“老爷、太太，这肖紫琰确实在换亲这个事情上做得不对，不过她现在孤苦伶仃一个人，小姐答应要照顾她的。如果此刻把她赶出去，恐怕肖小姐也无家可归了！”

碧云冷冷地看了姜妈一眼，说：“姜妈，你怎么总是帮肖紫琰说话？你别忘了，你是苏家的管家！要注意自己的身份！”

姜妈立马跪下去，说道：“太太、老爷，苍天明鉴，我姜妈对苏家是绝无二心的！”

苏方达一看，赶紧扶了姜妈起来，说道：“姜妈，我们知道，我们知道。这么多年，你在苏家鞠躬尽瘁，尽心尽职，我们是看在眼里的。”说完，苏方达扭头看了一眼怒气冲冲的碧云，他知道她的情绪又浮上来了，打着圆场说道：“姜妈说的也有道理！倩茹的同学，也是我们的客人。再说，我们家这么大，不差一个人。这孩子也是可怜……咱们也当是做做好事——你不是吃斋念佛的吗，就当作积福行善吧。碧云啊，处世让一步为高，待人宽一分是福。”碧云一时无语，只能恨恨地瞪了姜妈一眼，甩手回房去了。

苏方达看着愤然离开的碧云，不禁摇了摇头。他转过头对姜妈说：“姜妈，刚才太太的话，你不要放在心上。她年纪轻轻就跟了我，也未经什么世故，容易在逆境中沉沦，也容易苛以待人，但她的心肠还是善良的。”

姜妈红着眼圈，低着头说：“老爷，谢谢你。我知道太太是‘刀子嘴豆腐心’，我感谢老爷您当年救了我，这辈子我做牛做马都要报答您!”

苏方达微微一笑，转身去了书房。姜妈看着老爷离开的背影，心里非常感动——老爷饱经世故，却不世故，他见过生活的凌厉，内心依然向阳。

姜妈回到房间，看到肖紫琰躺在床上休息，心里既高兴又难过。她轻轻走进去，看着肖紫琰越发圆润的身体，发呆了好一会儿。窗外的阳光温暖极了，照在肖紫琰美丽的脸庞上，暖烘烘的，她闭上了眼睛。她感觉姜妈的手轻轻地摸了摸她的脸，她假装睡熟了，一动不动。

渐渐地，姜妈的眼睛一片湿润，她陷入了对往事的回忆中。

那一年的冬天特别冷，天寒地冻。在安徽宿州的一个官员家里，一个身怀六甲的年轻女子独自在一个房间里，烛火摇摇，冷冷清清。白天她就一个人在房间里，摸着圆滚滚的肚子，脸上泛着母性慈爱的光辉，轻轻地与肚中的孩儿说话。到了生产之日，历经千辛万苦，她终于诞下一个漂亮健康的女婴，三日后，这个产妇在一个月黑风高的夜晚，被丢至郊区河边！可怜的母亲，与自己刚出生三日的女儿断了联系，从此天各一方。

想到这里，姜妈不禁潸然泪下，看着熟睡的肖紫琰，姜妈更是心里发酸，捂住了嘴巴，飞快离开了房间。等姜妈走后，肖紫琰翻身起来，陷入了沉思。

第十五章

元宵节过后，各行各业也逐步恢复了正常营业的状态。郑绍峰打开窗户，二月的轻风徐徐吹入，阳光正好。今天，他收到黄亦虎的消息，他们两个人要陪同小林熏去苏州图书馆转一转。郑绍峰早早醒来，奋笔疾书写了一篇社论，放入信封中，投入路口的邮筒中。他拉紧了围巾站在路边，在春寒料峭中等着黄亦虎。黄亦虎最近天天沉迷在莺歌燕舞之中，他说这样能抚平换亲带来的伤痕。两个人再去城南盘门外接小林熏。年底之前，日本人就在苏州城南盘门外圈了一块地作为日军驻点——小林熏此刻就住在那里。

一看到黄亦虎的车，小林熏立刻摆了摆手，黄亦虎娴熟地停下车，又亲自下车替小林熏打开了右驾的车门。小林熏刚要进去，一眼看见后座微笑的郑绍峰，马上改变了主意，也坐到了后座。他对黄亦虎说："我和郑先生坐一起，可以多听听他的讲解。"黄亦虎看了郑绍峰一眼，直接发动车子出发了。

路上，小林熏似乎对一切倍感好奇和喜悦。他看着窗外的郁郁葱葱，不由得赞美道："这里的景致，真是美啊！"

郑绍峰咬紧了牙关，忍住内心的愤怒，也不言语。倒是前座的黄亦虎接了腔："苏州美景，举世闻名。小林先生，您可要好好欣赏一番。"

小林熏频频点头，眼睛里露出贪婪而又兴奋的光。他转过头，问郑绍峰："郑先生，似乎有心事？"

郑绍峰面不改色，平静地回答："是的。最近家里发生了一些事情。"

"那有什么需要我帮忙的？"小林熏倒是十分热情。

黄亦虎一听，急忙接话道："不麻烦小林先生了。绍峰兄就是遇上了一些家长里短的事情，都是家事，不用麻烦小林先生。"

郑绍峰用意味深长的眼神看了一眼黄亦虎，对小林熏说道："亦虎说的是。都是些家里鸡毛蒜皮的事情，不麻烦小林先生了！"

"郑先生，若是有什么事情是我能帮上忙的，请尽量讲，不用客气。"小林熏的言语听起来十分诚恳，但在郑绍峰看起来，却是虚伪至极。

"对了，郑先生，这苏州图书馆是什么时候建立的呢？"小林熏话锋一转，开始切入正题了。

郑绍峰清了清喉咙，回答道："苏州图书馆，始建于1914年，它的前身是清末正谊书院学古堂。"

小林熏频频点头，接着问："那郑先生可知道现在图书馆的藏书有多少？"

郑绍峰摇了摇头，说："这个我不清楚。我离开苏州十年了，也是前两年刚回来，对这方面并无太多了解。"

小林熏的眼里露出猜忌的目光，但很快又恢复常态，开着玩笑："看来，郑先生是真人不露相啊！"

黄亦虎一听，赶紧打圆场说道："小林先生，绍峰兄确实离开苏州十年了，有些情况是不太了解。但绍峰兄对藏书的好坏、精品和赝品的分辨可是很在行的！"

小林熏一听，脸色似乎缓和了许多，看着郑绍峰说："那一会儿还要请郑先生多加指教了！"

到了苏州图书馆，小林熏精神抖擞，面露红光。他问郑绍峰：

“听说，这里面藏书涵盖中国各个朝代，是真的吗?”

郑绍峰闻着馆内馨馨书香，不无自豪地说道：“中国五千年历史文化，这些古籍史书，都是中国历史的有力见证。”

小林熏听完，笑嘻嘻地说：“郑先生说得极是。我就是仰慕和尊崇中国文化，所以来了苏州，就想来这儿看看。”说完，他贪婪地看着馆内的藏书，这一切都被郑绍峰看在眼里，而郑绍峰心里也隐隐感觉到，小林熏对那晚酒后的话似乎是不记得了——忘了自己说过是清水少佐派来调查的。现在他说是以个人的身份来了解情况，郑绍峰决定将计就计取得他的进一步信任。

他微微一笑，对小林薰说道：“小林先生似乎很喜欢藏书?”

小林熏的眼睛一亮，点头道：“是是是，非常喜欢!”

郑绍峰故意说道：“这馆内藏书有不少精品，涵盖了宋元明刻本、清代精刻本、旧抄本和稿本，这些都是价值连城啊!”

小林熏毫不迟疑地表示赞成，郑绍峰接着说：“看小林先生如此喜欢，我可以带您去我父亲的书局转一转，看看有无您喜欢的藏书，若是喜欢您就拿去!”一席话说得小林熏眉开眼笑，不亏本的买卖谁都喜欢，更何况天上掉下馅饼，不捡白不捡。小林熏满口答应，直接要黄亦虎开车带他去郑庆书的书局。

到了郑庆书的书局，小林熏忙不迭地四处查看。转了一圈，小林熏的脸色明显有些失望，看来郑庆书的书局满足不了他的需求，这时郑绍峰适时问道：“小林先生，是否有合意的?”

小林熏摇了摇头说道：“这里没有清水少佐喜欢的类型，本想过几天回去给他带个手信呢!”言下之意，失望至极。

看着小林熏失望的神色，郑绍峰微微一笑说道：“不好意思啊小林先生，家父的书局比较小，藏书少，让您失望了！不过您别灰心，我现在带您去一个更大的书局，那里也许您会挑到合适的礼物!”

小林熏高兴地说：“绍峰兄，果然是聪明人!”说完，竖起了大拇指。黄亦虎对郑绍峰会心一笑，三个人驱车前往老周的书局——宁月斋。

路上，郑绍峰在小林熏耳边轻声道："宁月斋可是苏州城里有名的百年书店，里面的宝贝不少，一会儿您可要好好挑选——我送给您！"

小林熏非常高兴，友好地拍了拍郑绍峰的肩膀。黄亦虎在后视镜里默默看着这一幕，嘴角露出一丝得意的微笑。到了店里，小林熏马上被书局的典雅古朴吸引住了，郑绍峰和老周不露声色地交换了一下眼神，开始招待小林熏。

这一天，黄亦虎陪着小林熏喝了一个晚上，半夜才醉醺醺地晃着身子回家。黄谷阳黑着脸，坐在沙发上等着黄亦虎。黄亦虎睁着迷离的眼睛，对黄谷阳说道："爹，这么晚，你怎么还不去睡啊？"

黄谷阳听到这话，翻了翻眼睛，冷哼一声道："一想到你这败家儿子，我就睡不着！"他站起来，看着酒气熏天的儿子继续说道："你看你，除了吃喝玩乐，还能做什么？每天喝得醉醺醺的，一点出息也没有！南京的缫丝厂，都被你败光了，还欠了不少外债！我这么多年辛辛苦苦攒下的家业，迟早要毁在你手里！"

黄亦虎听着黄谷阳叨叨个不停，心里着实厌烦极了，借着酒劲就回嘴："爹，你不要天天说我没出息！"

"你要有出息干点大事给我看看啊？你现在除了败家，除了找女人，你还能干什么！"黄谷阳大吼起来，惊得门外的孙立波赶紧进来。

"我……我找女人怎么了？你不也是！"黄亦虎也大声嚷起来了，脸涨得通红通红的，"我前天也见你搂着一个女人去酒楼呢！"酒劲一上来，黄亦虎说话也是没了边儿。

黄谷阳一听，脸色一陡，指着黄亦虎的鼻子大骂道："你这个浑小子，现在翅膀硬了，敢和我顶嘴了是不是？我要不是为了你，早就给你找后娘了！”说完，伸手拿起桌边的一杯茶水就往黄亦虎的头上洒过去，凉茶水一下把黄亦虎浇醒了，看着暴跳如雷的父亲，黄亦虎一下子清醒过来，低着头不说话。

“怎么？怎么不说了，刚才不挺能耐的吗？说啊，说啊，接着说啊！”黄谷阳把桌子拍得砰砰响，因为生气导致双眼通红，喘着粗气，“你看看你，结个婚新娘子跑了——让我颜面尽失，管个厂管黄了——钱都打了水漂，你说说你，还能干啥？前些天的商会表彰大会，苏方达又是苏州第一，我们呢？今年洋人来注资，苏方达肯定排在首位。你说你，有这么多心思寻女人，就不能想想怎么搞垮苏方达？真是气死我了！”黄谷阳双臂抱在胸前坐着，看上去满腔气愤。

孙立波凑上去，给黄谷阳倒了一杯水，说道：“老爷，您先消消气！少爷肯定有办法的！”说完，他朝黄亦虎挤了挤眼睛。

黄亦虎一下子心领神会，恭恭敬敬地说：“爹，想搞垮苏方达，我有的是方法。”

黄谷阳斜眼看了一眼，没好气说道：“别净吹牛！”

“真的，爹。我现在就有一计，定能搞垮苏方达。你要不要听听？”黄亦虎一脸邪恶，很有信心地跟黄谷阳说道。

黄谷阳一脸狐疑地看着儿子，但还是听完了黄亦虎的计划。听完，他瞅了瞅黄亦虎说道：“希望你这一次不要让我失望！”

黄亦虎胸有成竹地说：“爹，放心吧！苏倩茹走了更好，我照样给你搞垮苏家！我现在在苏家，还有一枚棋子。爹，你就等着我的好消息吧。”孙立波一听“苏家的棋子”，脸色略为沉了一下，但很快又恢复了原状。

黄亦虎买通了苏家的一个小厮，把肖紫琰约了出来。黄亦虎把车开到了郊外的一片树林。肖紫琰把头抵到车窗玻璃上，哀怨地说：“你还来找我做什么？”

黄亦虎一把抓住肖紫琰的手说：“宝贝儿，你还在生我的气吗？看你难过的样子，我的心里也是很难受的呢！”

肖紫琰抬头望着黄亦虎，仔仔细细地打量着对方。她的眼神有一点难过，但她尽量控制着自己不让眼泪落下来。

“我想请教你一个问题：关于我们两个人的未来，你到底是怎样想的？”

黄亦虎假装低头找烟，躲开了肖紫琰的眼神，他笑嘻嘻地说：“宝贝，我不知道你在说什么。”

肖紫琰直勾勾地盯着黄亦虎，眼神不凌厉，却充满了渴求：“我说，关于我和你的关系，你到底有什么想法？你打算怎么安排我？”

黄亦虎耐着性子说：“宝贝，现在这样不挺好的嘛，你在苏家住得好好的，我有空就来看你。”

肖紫琰一听，心里凉了半截，皱着眉头说：“你的意思是，我一直住在苏家？”

黄亦虎被问得开始不耐烦起来，挥着手说：“你不住这儿，那你住哪儿？你还想住我家去吗？”

肖紫琰顿了一下，咬了下牙，豁出去说：“对，我就想天天见到你，和你在一起！”

黄亦虎皱了皱眉头，对肖紫琰的要求显然很不满意。他顿了一下，说：“我爹现在还在为换亲的事情生气呢，你可不要给我添乱。乖乖地住在苏家，等时机成熟了我就接你出来！”

肖紫琰一听，垂着泪说：“你这没良心的，我最近难受得厉害，眼瞅着就要三个月了，我在苏家过得多辛苦你知道吗？这天也开春了，很快暖和起来，我的肚子就藏不住了，我可怜的孩子……”

黄亦虎一听到孩子，心里稍微软了一下，再看着哭得楚楚可怜的肖紫琰，就抱住她说：“紫琰，你听我说。我现在也是没有办法的。现在家里的产业出了些问题，我自个儿都难保呢！我也想给你和孩子一个好的生活条件，可现在——唉，家里的生意被苏方达一直压制着，我爹也正在气头上，我怎么敢和他提让你回来呢？你知道我心里是爱你的……”

肖紫琰一听黄亦虎说还爱她，止住了哭声，泪眼婆娑地看着黄亦虎，似乎被他刚才的话打动了。黄亦虎一看，搂着肖紫琰柔声说：“紫琰，你平时最善解人意了，一直帮我分担忧愁。你也知道，我们家生意最近出了点问题，所以父亲才想出联姻这个办法。何况我们两家也是早有婚约，迟早要成亲的。至于你，我是最喜欢你的，我肯定不会丢下你不管——你肚子里还有我们的孩子，为了孩子，你一定要顾全大局！将来，我肯定接你们母子风风光光回家……你听话，乖。”

黄亦虎哄女人的功夫可真是了得，一席话说得肖紫琰不仅怒气全消，还对未来充满了希望。她看着他，有点不确定和小惊喜地问：“你说的，都是真的吗？”

黄亦虎捧起她的小脸，深情地说：“我若负你，不得好死！”肖紫琰一阵惊呼，赶紧用小手捂住黄亦虎的嘴巴，一脸满足地靠在黄亦虎的胸前。

“可我偷偷换亲，你爹是不是特别生气？”肖紫琰小心翼翼地问道。

“是，爹是有些生气。不过，你只要帮我一个小小的忙，爹估计就会给我们机会了。”黄亦虎闪着眼睛说道。

“真的？什么忙？”肖紫琰急急地问道，“只是我成日在苏家待着，能帮得上吗？”肖紫琰一脸落寞。

“宝贝儿，这忙只有你能帮！”黄亦虎低头在肖紫琰耳边讲了自己蓄谋已久的计划。

“啊！不不不，我不能做这样的事情！苏老爷和倩茹都对我挺好的，在我无家可归的时候收留了我，我——我不能恩将仇报！”肖紫琰听完黄亦虎的计划，大惊失色回答道。况且她想到苏家视她如女儿般的姜妈，心里也有一丝顾虑。

“宝贝儿，我知道你善良，可你知道吗？苏方达就是一个道貌岸然的伪君子！当年要不是我爹拼命帮他找人找关系，哪有他今天苏家丝绸老大的地位！哼，他赚了钱就过河拆桥，把我爹逼得无路可走！紫琰，如果你了解他的真实为人，你就不会对他心存好感了！况且，我们这么做，也是为了我们的孩子——难道你不想我们的孩子过上好日子吗？”黄亦虎循循善诱地编织着谎言，肖紫琰听得有点动心了。

“可……可我万一被人发现了，怎么办？”肖紫琰迟疑地说。

“放心吧，宝贝！你神不知鬼不觉地帮我偷来契税单子，谁也不会察觉是你干的。退一步说，就算你被发现了，我也给你安排好了地方，到时你直接从苏家出来跟我过日子!”黄亦虎拍着胸脯信誓旦旦地说着。

肖紫琰的眼中闪现着希望，她抬头看着黄亦虎，痴痴问道：“亦虎，你说的是真的吗？到时你会和我在一起，咱们一家三口好好过日子，是不是？”

很显然，肖紫琰掉入了这个梦幻的陷阱。哦，可怜的诱惑！这些甜言蜜语对肖紫琰来说，如此难以抗拒，而在黄亦虎的眼中，肖紫琰只不过是一枚棋子！如果当时她保持了冷静，或许还可避免掉入陷阱。可谁知道呢？人总是对闪现的每一丁点儿希望都想放手一搏，她无法抗拒这美好的说辞，她又投入了这个“甜蜜”的怀抱。

黄亦虎紧紧搂着肖紫琰，深情款款地说：“宝贝，只要你帮我这一次，搞垮苏方达后，我就跟我爹说是你帮了大忙，到时候他会同意的。毕竟，你还怀了我的孩子，是不是？相信我，这一次你帮了我，也就是帮了你自己，为我们的将来试一试，如何？”说完，他温热的嘴唇凑上去，紧紧拥吻着肖紫琰……

肖紫琰不再犹豫了，她想起之前两人的甜蜜时光，点了点头。

肖紫琰笑容满面地回到苏家，姜妈一看，问道：“紫琰，今天怎么这么高兴？”

“没……没什么。”肖紫琰慌忙答道，姜妈看了一眼，觉得有点奇怪，但转念一想，开心点总是好的，毕竟对身体对胎儿是有好处的。肖紫琰看着对自己嘘寒问暖的姜妈，心里有一点愧疚，但一想到能和黄亦虎在一起，就硬下心肠，对姜妈说：“姜妈，你陪我喝点酒好不好？”

姜妈一听，关切地说：“傻孩子，你这都快三个月了，千万别喝酒。”

“姜妈，我今天就是高兴。来苏家一段时间了，都是您照顾着我，我心里特别感激。所以——我想和您喝一点。”肖紫琰说的这些倒是实话，姜妈的内心也是一片感动，两个人在屋里聊着天。

“紫琰啊，你这肚子也是一天天见长了，我恐怕帮你瞒不了多久。”姜妈为难地说道，同时也为紫琰暗暗担心，“眼下，你也只能走一步算一步了！”

肖紫琰垂下眼皮，轻轻叹了口气说道：“我觉得黄亦虎的心里还是有我的，只是迫不得已！”

姜妈顿了一下，回答道：“孩子，身体是自己的，不要太相信男人！”

肖紫琰脸上泛起一阵痛苦，幽幽说道：“姜妈，你陪我喝一点，好不好？”

姜妈一把夺下她的酒杯，说道：“你别喝酒，对身体不好！”

“可我——心里烦恼啊！”说完，肖紫琰竟嘤嘤哭起来。

姜妈一见，心疼得不得了，就对肖紫琰说：“来，我陪你喝点，你喝茶就好，就当我替你借酒消愁了！”

“姜妈，你真是对我太好了，就像亲妈一样好！”肖紫琰的这句话让姜妈的心里一阵急促跳动，她怜爱地看着肖紫琰。

肖紫琰一杯接一杯地敬着姜妈，直喝得姜妈双眼开始迷离起来，喃喃说：“哎呀，我不行了，头晕了——不能再喝了！”说完，眼皮一沉，姜妈直接趴在桌子上昏睡了过去。肖紫琰见状，一脸愧疚地说：“姜妈，对不起！对不起！我也是没办法，希望你不要怪我！”接着，肖紫琰把房间的灯一关，轻轻带上门，偷偷离开了房间。

肖紫琰来到碧云的房间，看到有一个仆人在打扫，她躲在外面柱子后，等着那个仆人打扫完毕，悄悄地溜进去，看着屋子里面的摆设。忽然，门吱呀一声，小玉进来了，一看到肖紫琰在里面，很是诧异。

“肖小姐，你怎么在里面？”小玉有点警惕。

“哦哦——我刚才看到屋里亮着灯，以为是姜妈在这里。看着她最近很是辛苦，就想过来帮帮她！你……你来干什么？”肖紫琰灵机一动，反问道。

“我落下了刷洗工具，过来拿。对了，姜妈刚才说去看你呀？”小玉有点疑问。

“啊，呃呃……对对，你瞧瞧我这脑子！”肖紫琰假装拍了下脑袋，镇静地说，“刚才姜妈说她不舒服，让我过来帮她拿个东西。你先去忙吧，我拿完东西就锁门。”

小玉看着一脸泰然自若的肖紫琰，听她说是姜妈让她过来，也不便多说什么，拿着刷洗的工具就走开了。到了花园，小玉看到揉着脑袋的姜妈，就问道：“姜妈，你好点了吗？”

“什么好点？哦，对了，脑袋有点疼……”姜妈断断续续地回答着，刚才她醒过来，发现屋里的肖紫琰没了踪影，就出来寻找。

“姜妈，刚才遇到肖小姐，她在太太房间里，说是你让她帮忙取个东西！”小玉看着姜妈，如实说道。

姜妈心里一惊，连忙说：“对，对，我让肖小姐去帮忙拿点东西！你……你先回去歇息吧，我去看看！”姜妈心里一阵胆战，这老爷和太太今晚去贾会长家赴宴，看时辰，一会儿也该回来了……姜妈越想越怕，赶紧一路小跑去太太的房间。

肖紫琰将屋内的灯关闭，点着小油灯在黑暗中翻箱倒柜，找着黄亦虎说的契税单子。她嘴里喃喃说着："怎么那一张就是找不到呢?在哪里呢?"她一沓一沓地翻着，丝毫没有注意房门已经被姜妈悄悄开了个缝。肖紫琰打开柜子下面的抽屉，在昏暗的油灯下，她的眼睛一亮——就是这张了，她终于找齐了她想要的东西。

姜妈看着肖紫琰像个溜出坟墓的幽灵一样，在漆黑的屋子里上下搜寻着，她有点恐惧，仿佛对面有个四处乱滚的大火球，正用熊熊烈火烤着她。姜妈定了定神，看见肖紫琰把契税书和票据卷好放在怀里，把抽屉拉回原来的样子，拎着油灯准备开门出去，在门口堵住了她。

该来的总会来，不该来的永远不会来。

肖紫琰一脸惊慌失措，语无伦次地说："姜……姜妈，你……你怎么来了?"

姜妈皱着眉头问道："大晚上你在太太房里做什么?原来你晚上请我喝酒也是别有用心?"

肖紫琰唰地一下羞红了脸，但很快恢复了镇定，她对姜妈说："姜妈，你不要管我，就当什么都没看见好吗?"

"不行！把东西给我，我就当作晚上的事情没有发生。"姜妈希望肖紫琰能悬崖勒马，伸手就要去取她怀里的单据。

"姜妈，你不是说把我当亲女儿看待吗?你就帮我这一回，我也是没办法的啊！"肖紫琰急了，说话都带出了哭腔。

姜妈一愣，心里一疼，手里的动作停了下来。这时，大门外隐约传来一阵汽车声，"糟了！老爷太太回来了！"姜妈小声喊着，情急之下，把肖紫琰拉回了她的房间。

姜妈看着一脸垂泪的肖紫琰，心疼不已。但她还是对肖紫琰说：

“孩子，把单据拿出来，咱们不能做对不起老爷太太的事情啊！”

肖紫琰咬着嘴唇，坚定地摇了摇头，说：“不行，不行！姜妈，求你了，我就借用一下，很快还回来！你就帮我这个忙，装作什么都没看见好不好？”说完，她死死地抱住手里的单据。

姜妈看着肖紫琰，想起苏老爷二十年前救了自己，现在又收留了肖紫琰，于是伸手去抢肖紫琰手里的单据，嘴里说着：“孩子，你不能一错再错！娘不能眼睁睁看着你走入万劫不复之地！”

“娘？”肖紫琰停下了动作，睁大眼睛看着姜妈，仿佛不认识她似的。

姜妈一下也止住了手里的动作，她看着一脸呆滞的肖紫琰，摇着头，咬着嘴唇，泪眼像断了线的珠子，不停往下流。

“你刚才说什么？你是我娘？”肖紫琰一脸不信，她看着面如土色的姜妈，再次问道，“姜妈，你干吗要这样说？我娘早死了，我知道你疼我，说把我当亲女儿看待，但我娘不是你！”

姜妈一听，情绪一下子被调动起来，心里酸溜溜的，她激动地说：“她不是你娘，她不是你娘！是她害了我们娘俩，是她害了我们啊——都是她，要不然咱们娘俩也不会分别将近二十年！”说着，姜妈的眼里冒出了两簇小火苗，愤怒的情绪点燃了姜妈尘封多年的思维，“她的死，是罪有应得！是报应——苍天何曾饶过谁！哈哈哈……”姜妈难以控制地一会儿哭，一会儿笑，看得一旁的肖紫琰又是惶恐又是纳闷。

“你干吗说我娘？她对人很好的，对我更是无比疼爱！姜妈，我都不知道你是什么人，你凭什么说我娘不好？”肖紫琰一脸怒气。

“你爹是不是叫肖桐语？安徽宿州人？”姜妈问肖紫琰。

“是，是。”肖紫琰有点惊呆了，“你怎么知道我爹的名字？”

姜妈不回答她的问题，接着问：“你娘是不是叫叶素云？”

肖紫琰机械地点了点头，她有点发蒙，感觉自己被带入了一个旋涡。突然间，姜妈一把扯开肖紫琰后腰的衣服，露出里面的胎记，泪眼汪汪地说："孩子啊，这就是你出生时带的胎记，因为像蝴蝶形状，所以我给你取了小名叫'小蝶'。换亲的那天晚上你被送回来后，我帮你敷药，就看到这个胎记了……当时我就肯定你是我的女儿了……呜呜呜……本来我也想把这个秘密一直藏在心里，只想默默照顾你，可——你今天偷了老爷的单据，我不能坐视不管，我不能眼睁睁看你一错再错！"

肖紫琰听得目瞪口呆，她觉得事实让她难以接受。她摇着头说："你不是我娘，你不是！如果你是我亲娘，你干吗要抛下我不管？"

姜妈一听，泪如泉涌，她心里一阵酸楚，悲伤地对肖紫琰说："孩子，我的小蝶啊！不是娘不要你，而是娘身不由己！"姜妈抽抽搭搭地说着："当年叶素云不能生育，而你爹也一直未续妾，她就怂恿你爹和我在一起……你爹对我确实是很好……我怀上你以后，叶素云不仅不生气，还好吃好喝伺候，可就在我生下你第三天，她就悄悄派人趁你爹不注意把我扔到江边，企图害死我……害得我和你从此天各一方……呜呜呜……你之前说吃我的甜酒酿，和你家里老仆人做的味道一样……孩子啊，那老仆人柳妈——她就是你的亲外婆——我的亲娘！她带着我在肖家生活了二十年，伺候了你爷爷，你爹，还有你——整整三辈！"姜妈说到这里，再也忍不住，抱住肖紫琰号啕大哭起来。

肖紫琰怔怔地听着姜妈的一席话，仿佛是晴天霹雳，她知道姜妈的话句句属实，她在这巨大的震惊中不敢相信又无法不信。她突然想起，爹生前在花园总是念叨着一首诗：锦瑟无端五十弦，一弦一柱思华年。庄生晓梦迷蝴蝶，望帝春心托杜鹃。沧海月明珠有泪，蓝田日暖玉生烟。此情可待成追忆？只是当时已惘然。

她突然问姜妈："姜妈，你是不是叫姜杜鹃？"姜妈点点头，肖紫琰一下全明白了，她瘫坐在椅子上——这个人，真的是自己的亲娘。她想了想，跟姜妈一五一十地说了自己所做的事。

姜妈抹了抹眼泪，说："孩子，你不能犯傻了！苏老爷不仅救了我，还收留了你，咱不能恩将仇报啊！"

肖紫琰有气无力地说："可是，我真的没办法了！黄亦虎说，只要我帮他这一次，他就接我出去，我们一家三口就可以团圆了！"

"他的话你也相信？经过这么多事情，你觉得他还值得你托付吗？"姜妈着急地说，"再说，你要是这样做，就是把老爷给坑了，把整个苏家都毁了！"

"可是，姜妈——哦，不，娘——我现在什么都没有了，我只有这条路可走了！你是我的亲娘，你肯定不会眼睁睁看我无路可走吧？"肖紫琰摇着姜妈的手说道。

"可是，可是你还有娘啊！"姜妈热切地说，"孩子，以后娘可以照顾你！我去和老爷说，他肯定会同意你住在苏家的，你放心吧。孩子，娘和你一起面对，我会照顾好你的！"

肖紫琰幽幽地看了姜妈一眼，摸着略为鼓起的肚子，说："现在的现实，就是我不知道该如何生活下去！我现在的生活方向就是黄亦虎，我想和他在一起！娘，我有了黄亦虎的孩子，孩子不能没有父亲！我爱他，我想带着孩子和他住在一起！为了他，我什么都愿意做。娘，你就帮我这一次，是福是祸，我都要搏一下！"

姜妈左右为难，抬头看着泪流满面的肖紫琰，心里一阵疼痛，她终于点点头，说道："好，紫琰，为了你的幸福，娘——这次帮你！"

第十六章

三月的小雨淅淅沥沥下个不停。苏方达看着屋外的树木和平台，都已经湿透了。这场雨如此绵密，如此漫长，他有点思念离家漂泊的女儿——苏倩茹了。他陷入了沉思，以至于没有听到雨滴滴到屋顶的声音，也没有看到雨滴在檐槽里汇成水流。风拂过树木，一阵哗啦啦响，那是春天的声音。突然一个电话打破了宁静，苏方达接完电话后，神色匆匆，换了衣服就要出门。碧云正好出来，就问道："老爷，你脸色怎么这么难看？发生什么事情了？"

苏方达抬头看了一眼碧云，回答道："刚才贾会长打电话给我，让我去他家一趟，说是有要事相商。"

"只是有事商量，你干吗这么紧张？"碧云看着脸色不佳的苏方达，不解地问。

"唉，估计不是好事。贾会长在电话里也没说清楚，就是说有一点小麻烦。你知道的，如果不是特别重要的事情，贾会长也不会这样着急叫我过去。"苏方达脸色阴郁地摆了摆手，他似乎有一种预感——这是一个不好的消息，"行了，不说了，我先过去了！你们晚饭先吃，不要等我！"说完，他快步离开客厅，让司机送他到贾府去。

碧云看着一脸焦躁不安的苏方达离去，转头对姜妈说："姜妈，你安排一下，过两天咱们去玄妙观一趟。家里这些事儿让我还是烦心，我得找梅大仙说说去！"

"贾会长，这么着急见我，有何重要指示?"苏方达躬了下身体。

"苏老弟啊，如果不是特别重要，我也不会这样急着要你过来了!"贾会长一脸严肃，接下去说道，"苏老弟啊，有人在商会告发你。"

"什么?告发我?"苏方达一脸诧异，"告发我什么?"

"苏老弟啊，我也不信，但是人家的告发信写得有理有据，这一次我不得不详查了——市里也知道了，就算咱们是姨表，恐怕这次我也没法帮你了!不过，我还是在第一时间通知你，尽量给你多争取点时间调查一下，我当然相信你是被陷害的了!"贾士礼叹了口气说道。

苏方达一听，急得满脸通红："真是多谢贾会长了!只是到底告发我什么?我苏方达做事一向光明磊落，不怕别人落井下石!"

"苏老弟啊，别人告发你偷税漏税，而且还擅自降低收货标准，造成其他商户无利可图!"贾士礼皱着眉头说道。

"什么?"苏方达大吃一惊，"怎么可能?我一向在缴税方面认真老实，从未有过投机取巧之事。再说，贾会长您也是知道的，我在苏州经营绸庄这么多年，年年生意都是数一数二，这么下三烂的招数，我苏方达肯定不会用的!"

"哎呀呀，苏老弟，先别生气。我也相信你的人品，但是这个事情，既然市里都知道了，我肯定要调查一下的。咱们是亲戚，所以我今天就着急把你请过来，先和你说一下，让你有个思想准备。"贾士礼安抚着苏方达。

苏方达感激地看着贾士礼，连连作揖。"谢谢贾会长信任。只是，他们是如何告发我的，有什么证据呢?"苏方达冷静地问道。

"告发人除了写告发信，还附上了一些税单——你的税单。契书和税单漏洞百出，你怎么解释?"贾士礼直言道。

"贾会长，可否让我看看那些税单?"苏方达小心翼翼地问道。贾士礼倒是爽快，马上叫仆人送过来，苏方达接过税单，细细看下来，脸色大变：“贾会长，这不是我的税单！明显是有人作假，不信的话，您可以随我去看账上一笔一笔的记录。”

“如果这税单不是你的，那就是——有人要加害于你咯？”贾士礼摸着下巴慢慢说道，“也许是你年年生意好让别人眼红了？这些税单都是内部资料，怎么会落到别人手里？你回去得好好查一下。还有，你不知道，这个告发人是要直接告发到南京商会的，还好被我及时发现，给压下来让咱们苏州商会自己调查。你是知道的，如果到了南京商会，最轻也是把今年洋人给你庄园注资的事情搅黄了，严重的话是要查封你庄园的！”

一席话听得苏方达后背冷汗涔涔，他额头冒着细密的汗珠，不住地对贾士礼点头说道：“贾会长，这一次太感谢你了！只是不知道是谁，这么龌龊卑鄙，居然在背后干这种偷鸡摸狗之事。”苏方达的脸涨得通红。

“苏老弟啊，你也先别生气。我看你还是先回去，赶紧找找契书和税单，先想想怎么把这一关先挺过去。人红是非多，你家大业大，眼红的人肯定不少。还有——”贾士礼突然想到了一件事，神秘兮兮地说道，“这个告发的人，应该对南京商会比较熟，起码那上头应该有人吧，你想想最近有没有得罪谁。”

苏方达陷入了沉思。

在这座城市里，绝大多数人继续过着自己的生活，仿佛什么事情都没发生过一样。夜晚的喧嚣，也是属于那些有时间有金钱的人。黄亦虎开着车，在街角等着肖紫琰。他的嘴角闪现着一丝笑容，是得意的，也是自负的笑容。他看到街头有个人影影绰绰地走过来，掸下了手里的烟头，打开后座的车门，把来人迎接了进去。

黄亦虎笑着说：“宝贝，你来啦！”肖紫琰抬起头，嘴里哈出白气，虽是春天，但倒春寒也是让人冷得不行，她搓着双手，哈着气，似乎要从这样的举动中获取一些热量。黄亦虎见状，直接把肖紫琰的两只小手捧在手里，轻轻抚摸着，温柔而又急切地问："东西带来了吗？"

肖紫琰白了他一眼，伸手去怀里取，可又收了回来，她迟疑地说："事成了之后，你是不是真的接我们母子出去住？"

黄亦虎连忙点头。肖紫琰想了一下，把怀里的单据取出递给黄亦虎。黄亦虎眼睛里露出兴奋的光，嘴里不住说："宝贝，你真能干！这一次，我们要好好折腾一下苏方达，哼！"肖紫琰看着黄亦虎的脸上露出邪恶的凶相，她的心里有一丝不舒服，严格来讲，是有一丝愧疚。

肖紫琰看着黄亦虎，哀怨地说："亦虎，希望你这一次不要骗我！要不，我就不知道怎么面对苏家，怎么面对倩茹了！"

黄亦虎拿着一沓票据，如获至宝，高兴地说："不会，不会。你这次帮我了大忙，我一定不会亏待你的！你看，这是什么？"黄亦虎从身后掏出了一个礼盒。

"什么？"肖紫琰有点无精打采，似乎还沉浸在自己的思绪里。

"你最喜欢的呀！我觉得这条项链特别适合你，所以——来，我给你戴上！"黄亦虎乐滋滋地拿起珍珠链子，亲自给肖紫琰戴上。

肖紫琰看着黄亦虎贴心的举动，心里逐渐松懈下来——也许他是真的在乎我的，也许我的行为是值得的。肖紫琰在心里不停地暗示着自己。看着胸前颗颗莹润的雪白珍珠，再看看盈盈笑脸的黄亦虎，她再次相信了他。

只是，她不知道，她的人生将充满无止境的欺骗和等待。

黄亦虎拿着单据吹着口哨，开车回家。到了门口，就看见黄谷阳在客厅焦躁不安地来回走动。他嘴角一扬，快速走进去。黄谷阳一见到他就说："怎么样？到手了吗？"黄谷阳必须尽快拿到单据，然后去贾会长那边，趁热打铁，赶在洋人注资之前把苏方达搞垮。

黄亦虎扬了扬手里的票据，得意地说："我说没问题就没问题!"

黄谷阳接过票据翻看着，瞟了儿子一眼，说道："想不到你小子还真有两下子，这颗棋子还挺管用!"

"那是！你儿子我玉树临风，搞定女人是家常便饭！哈哈。"黄亦虎有点得意忘形了。

"阿波，进来!"黄谷阳冲门外喊了一声。

孙立波本来待在外面，站在一边朝里面不停张望着。黄谷阳一叫，他意识到自己已经等了好长一段时间了，现在，这段等待终于结束了。他小跑进来，问道："老爷，有何吩咐?"边说边看着黄亦虎。

黄谷阳咧着大黄牙，得意地说："这一次，亦虎可是帮了大忙了!"

"是是是，少爷就是能干!"孙立波吹捧着。

"那女人根本就是个傻子，随便哄哄就帮忙把票据偷出来了！哈哈……"黄亦虎冷笑着。

孙立波看看黄亦虎，再看看桌上的一沓票据，他明白了——这些都是肖紫琰帮忙干的！孙立波看着黄谷阳父子那冷漠的脸，心里有一丝慌乱，本来这些都是他最熟悉的，可却在刹那间觉得无比陌生。他是在心疼肖紫琰吗？他不知道，但此刻他的心却是微微发颤。他的心仿佛被砂纸磨过一样，敏感极了。

黄亦虎对黄谷阳说道："爹，你要的东西我已经给你了，我出去玩了!"说完，扭头就往门外走去。

看着儿子玩世不恭的样子，黄谷阳张大嘴巴本想骂两句，可一看到桌上的票据，就重重地叹了口气，生气地瞟着黄亦虎的背影。孙立波赶紧说道："老爷，少爷也算是立功了，就让他去玩吧!"

黄谷阳听了，有点生气地说道："你就是向着少爷！算了，不说他了！阿波，前段时间我交代你办的事，如何了?"

孙立波眼睛骨碌一转，俯下身，在黄谷阳耳边轻声说道："一切按计划行事，很顺利！"黄谷阳露出一丝诡异的笑容。随之而来的沉默让整个屋子静悄悄的，仿佛是有人拿了一整面墙那么大的海绵把所有的声音都吸走了似的。孙立波谨慎地看着黄谷阳，仿佛他就是一头善变无常的狼！

那个三月，天灰蒙蒙的，春寒料峭，寒风刺骨，淫雨霏霏。黄谷阳约了贾士礼到浣花楼相聚。

贾士礼盯着黄谷阳瞅来瞅去，仿佛在寻找什么似的。黄谷阳开口问道："贾会长，在找什么东西？"

"啊……没，没什么！只是，今天表妹没一起来吗？"贾士礼失落地问道。

黄谷阳哈哈一笑，说："哎哟，我的贾会长，这个地方是来找表妹的，哪能带表妹来？"

贾士礼一听，也是哈哈一笑，道："对对对，我都给忘了！只是，下次黄兄要再安排一下……"

黄谷阳知趣地点点头，很有默契地眨着眼睛，一脸淫笑："放心吧，贾会长！下次——一定让你满意！"随即，两个人碰杯喝了起来。

"贾会长，苏方达偷税漏税的事情，怎样了？"黄谷阳一边倒酒，一边试探着问道。

"他说没有。不过我和他讲，要有证据——让他回去找契书票据了。如果他能找到，账能对齐，就能证明他没事，下个月洋人过来注资，也不会受影响。"贾士礼一双昏黄的眼睛目不转睛地盯着黄谷阳，似乎想从他的表情里看出些什么。"对了，你怎么这么关心苏方达啊？"贾士礼漫不经心地问道。

"哎呀呀，苏兄是我的老朋友，我一直都是很关心他的！"黄谷阳面不改色地说道，"虽然联姻失败，成不了亲家，但友谊还是在的嘛！我也不希望他出事，毕竟苏兄一直是咱们商会的领头羊啊！”黄谷阳假惺惺地说着。

贾士礼饶有兴致地看了黄谷阳一眼，说：“这次苏方达要是找不到票据，恐怕就麻烦了！”贾士礼叹了一口气，“也不知道是谁在暗中捣鬼，向南京商会举报他呢！”说完，他瞟了一眼黄谷阳。

黄谷阳假装大吃一惊：“什么？是谁这么卑鄙，背后放黑枪？”

两人四目相对。

其实，他们现在心里都非常明白。

贾士礼哈哈一笑，说道：“是福不是祸，是祸躲不过！这一次，就看苏方达自己的造化了，我该帮的也帮了，你说——是不是？”说完，重重拍了一下黄谷阳的肩膀。

黄谷阳心领神会，赶紧敬了贾士礼一杯酒，觍着脸说：“贾会长，英明！”说完，他把带来的箱子拿出来，一打开，都是白花花的银圆！他往贾士礼那边一推，媚笑着：“一点心意，请贾会长笑纳！”

“别别别，无功不受禄！收回去，收回去！”贾士礼皱起眉头，装模作样地推辞着。

黄谷阳连忙说：“应该的！以后还有很多地方需要贾会长指点，谁让我们是一家人呢！”说完，黄谷阳颇有用意地笑着，贾士礼微笑着，脸上并无惊讶之意——因为这就是贾士礼的一贯作风。

就这样，苏方达因找不到票据，失去了今年洋人注资的资格，又背上了“偷税漏税”的罪责，一时间，订单取消不少，剩下的几个都是十几年的老客户在勉强维持着。短短几日，苏方达憔悴了不少，鬓角都添了不少白发。

黄谷阳露出自己被尼古丁熏成黄色的牙齿，在自家客厅喝着红酒，高兴地唱起了歌来。他对孙立波说：“痛快，真痛快！”

孙立波马上说："老爷英明！"

黄谷阳摆了摆手，眼露狼一样的凶光，说道："这才是开始！好戏还在后头！"说完，冷哼了一声。

孙立波频频点头，又手脚麻利地帮忙添酒。黄谷阳看着杯中猩红的液体，晃动着那抹红色，用低沉的声音问："你了解狼吗？"

孙立波摇了摇头。

"狼是不折不扣的肉食动物，凶狠又狡猾。它一旦尝过肉的味道，其他食物就再也满足不了它。"黄谷阳用一种阴冷的语调说着，"你见过狼的眼睛吗？"

孙立波再次摇摇头。

黄谷阳发着狠说："狼眼在黑暗中会睁得更大，它在灯光的反照下会呈现一种不自然的冷绿—— 一种有穿透力的矿物般的色彩。它在黑暗中看着每一个夜行的人。如果哪个夜行的旅人，在夜晚的草丛中看见这些放光的可怕亮片就应该撒腿就跑。当然，如果你被吓得呆若木鸡就另当别论了，这是你活该！"他仿佛在叙述一个故事，一个别人的故事。

"你知道吗？这世界上，就有那么一些人不信邪，他们啊，偏偏要在夜深人静的时候走进树林，用自己鲜香可爱的肉体去吸引它，这些来无影去无踪的野兽可是不会手下留情的。"黄谷阳脸色一陡，用一种近乎恐怖的声音继续说，"它们会咬断你的血管，撕裂你的胸腔，吸啃你的骨血，吞噬你的血肉，一滴不剩、一口不落。"黄谷阳喘着大气，眼睛里发出令人不寒而栗的凶残目光。

孙立波盯着黄谷阳，听着他这一段令人匪夷所思的话。

"狼要开始嚎叫了！这个声音本身就是一种杀戮，你听到你的身体被撕裂的声音吗？"黄谷阳喘着粗气说道，"苏方达，你听到了吗？我忍了你这么多年，凭什么好事都被你享受了？凭什么？哼哼——现在换成我了，我要让你尝尝失败的味道！"

“老爷，您的意思是，苏家大院就是你的肉?”孙立波小心翼翼地问着。

“我要连肉带骨都吞下去!”黄谷阳似乎是在回答孙立波的问题，又似乎是自言自语。他的眼前又浮现出碧云美丽的脸庞，心里暗暗说道：“你早晚也是我的肉!”他看着晚春的太阳一点一点坠入西山，淹没在树丛后方，似乎再也不会爬上山头了!

生活总是在继续，不管好与坏。

孙立波在马不停蹄地四处收购春蚕茧。这四月底和五月初是最忙的时候，除了向固定的客户继续收购，孙立波还让几个工人在附近的县市村庄收购蚕茧。今年的雨水不是很好，导致收来的蚕茧质量参差不一。

“孙经理，这些茧子不太好，有点发黄，要吗?”一个工人手里拿着几个茧子问道。

孙立波用手指捏了一个，掂量了一下，说：“这个茧层比较轻，颜色也不好，值不了几个钱。你问这些散户，全收了按这个价要不要?”说完，孙立波朝工人比画了一个数字，工人心领神会，去和围在村口的那些散户沟通。

“孙经理，孙经理，这些茧子有点发红，茧形也不太好，要吗?”另一个工人捧着几个茧子也过来问。

孙立波白了他一眼，粗声粗气地说：“都要都要！按等级出价，明白吗？动动脑筋，别动不动就过来问!”

“明白了!”工人毕恭毕敬地回答着，一转身，斜着眼睛叨叨着，“怎么今年连次等茧子也要了，真是莫名其妙!”

孙立波耳朵尖，一下子听到了，立刻大声说：“你……你停下!你刚才说什么?”

工人吓得面如土色，颤抖着说：“没，没啥!”

孙立波叱喝着："老实干活，该说的说，不该说的别乱说！对了，价格压低点，知不知道?"工人唯唯诺诺，点点头赶紧跑开了。

孙立波自从被黄谷阳任命为经理后，工作更加卖力了，带着几个工人夜以继日地在邻近县市郊区收了几天的货，满满装了两大车。到了工厂，马不停蹄地命令工人卸货、加工。孙立波大喝一声："这批货很重要，大家加班加点也要在六月一日前完工。耽误了黄老板的交货时间，后果自负！"厂房里的工人一听，纷纷低下头，在各自的岗位忙碌起来。

孙立波看了厂房里的机器，微微摇了摇头。这里的机器还是早先购自法国的两绪共捻式缫丝机，这是一种以蒸汽为动力并为煮茧和缫丝烘燥提供热源的设备。缫丝车挡车每人一部，每两部缫丝车另配打盆工一人。今年孙立波和黄亦虎去了一趟上海，看到有新出的新型循环式煮茧机、剥茧机、立缫缫丝机，他觉得这些设备非常先进，对工厂的生产质量与经济效益都会有较大提高，他和黄亦虎提过应该考虑购买，可惜黄亦虎并不感兴趣。他想着，要是自己干的话，肯定要换上最新的设备……孙立波看了一会儿，就起身回去和黄谷阳汇报工作进度了。

"老板，所有的工作都有条不紊地进行着，就等你发话了！"孙立波弯着腰，对黄谷阳说。

黄谷阳眯着眼睛，看了看日渐暖和起来的天，掐灭了烟头说道："好！现在你就派人去苏家预订刺绣丝巾三千条！我已经和贾会长打好招呼了，你赶紧去办！"黄谷阳站起来，盯着远处，眼睛发红，恶狠狠地说："上次偷税漏税事件让你元气大伤，苟延残喘着，这次我让你全军覆没，再无翻身之地！"

孙立波说："老板，要想一鼓作气扳倒苏方达，三千条——恐怕量太少！我觉得应该翻倍——六千条！咱们上次南京滞销被退来的那些次品货加上最近新收的那些，倒是刚好够做六千条的分量，这次索性都倒腾给苏方达，一来咱们清仓关门，二来彻底撼动苏方达，一箭双雕！”

黄谷阳一听，脸上露出赞许的表情，他奸猾地看着孙立波，说道：“你这个主意非常好！就按照你说的去办吧！”

打从偷税漏税的事情发生后，苏方达的情绪一直很低落。订单的减少，名声的受损，让他的内心很受打击。这一天，他看着满院子春暖花开的美丽景致，还是提不起任何兴致。他微微驼着背，在这个吐旧纳新的季节里，他却仿佛走向了冬天，一切是那么萧瑟，那么悲凉。

“老爷，老爷，好消息！好消息！”一阵急促的脚步声，苏方达循着声音转头看去，原来是账房的小六气喘吁吁地跑过来。

“小六，什么事情这么匆忙？”苏方达问道。

“老爷，有……有个大订单来了！”小六一脸兴奋地说道。

“什么？说来听听？”苏方达一听大订单，也来了精神。

“今天有个商户以高价急订六千条刺绣丝巾，说是销往国外的！”小六咽了咽口水说道。

“哦？这么多，真是一个大订单。我们能赶出来吗？”苏方达的眼里也闪现出惊喜的光。

“咱们庄园再加上收购咱们家的散户，这些材料也仅仅只能做三千条。”小六有点失落地说道，“可是这是个好机会啊！”

“那，这个买家你打听了吗？靠不靠谱？”苏方达挑了自己比较关心的问题问道。

小六点了点头，很肯定地说：“很靠谱！据说是前两年刚刚在上海的一家丝织厂定过一万匹布，全都销往了国外。这次是贾会长牵线，找到了咱家！”

苏方达一听贾会长牵线，悬着的心放下了，他点了点头说道：

“既是贾会长牵的线，应该是没问题的。怎么办呢？这么好的机会，总不能眼睁睁看着没了吧？”

小六也是着急地点着头，他在苏方达身边多年，他听得懂，也看得懂，知道苏方达此刻是迫切希望能接下这笔订单的。小六想了想说道：“老爷，如果原料不足是不是可以从黄老板那里订购？然后我们再加班加点赶制，或者和买家沟通一下，适当延缓一下收货时间，您看怎样？毕竟这么好的机会……”

苏方达边听边点头，说道：“小六，你说得很有道理！这一次机会，咱们不能错失！我现在就给谷阳打个电话，看看他是否能备齐这些货。对了，他不是刚在苏州开了缫丝厂吗，我问问他是否有兴趣一起做丝织生意。”

小六高兴地说：“那自然再好不过了！老爷，只是这单生意，咱们要抓紧了！”

苏方达点了点头，示意小六下去忙活。自己则快步走到客厅，拿起了电话。姜妈拿着茶水出来，看着苏方达略为红润的脸庞，问道：“老爷，是不是有什么好消息？”

苏方达露出多日未见的笑容，对姜妈说：“对，算是多日来唯一一个让人开心的消息吧。姜妈，你叫阿平备好车，到门口候着，一会儿我要出去一趟！”

“哎呀呀，苏老弟！大晚上你来我这，是有什么着急的事情吗？”黄谷阳装作惊讶出去迎接苏方达。

苏方达抱了个拳，直接说道：“那我就开门见山吧！谷阳兄，我这有个大买卖，还需要谷阳兄帮老弟一把！当然，这笔生意于你于我都是一个大赚的机会，所以我第一时间想到找你一起做！”苏方达一脸的真诚。

黄谷阳瞪大眼睛，哈哈一笑：“噢！那敢情好啊！我就说方达老弟有什么好事都想着哥哥我！说说看，是什么样的好事？”

“今天我儿这来了一个阔气的买家，一张口就要六千条纯刺绣丝巾，说是要销往国外的。但是他要得急，只有一两个月时间给我们准备。不知道谷阳兄感不感兴趣？如果你这边能搞到足够的货源，剩下的事情自是好做！”苏方达一口气说完。

黄谷阳装作很为难的样子，站起身踱起步来，他缓缓说：“苏老弟，不是我不想帮你，而是你这个订单的数量太大！要搞到这些货源，恐怕我也要大费周折！”

苏方达的眸子渐渐暗下去，有点失望地说：“谷阳兄，这是一笔极好的买卖，我不能眼睁睁看着不做啊！要不，咱俩一起做，如何？我出四千，你出两千，事成之后咱们五五对分！”

黄谷阳吃了一惊，他没想到苏方达对自己如此慷慨无私。他缓了缓神儿，用一种近乎为难却又豁出去的语气说道：“好吧！既然老弟都开口了，做哥哥的我再犹豫也太不应该了！就按你说的办，我让阿波去备货！”说完朝孙立波看了一眼，四目相望，颇有深意。

苏方达感激地笑了起来，紧皱的眉头也终于舒展开来，他随口问了句：“谷阳兄，你南京的厂子如何？货源还算充足吧？”

黄谷阳怔了一下，按捺住内心的紧张，佯装镇定地说：“当然！南京的工厂还是火得不得了！相比之下，苏州这边就稍见落后些！”

苏方达微微一笑，安慰道：“不着急，慢慢来！待这笔生意事成，你这边的工厂自然也会步入正轨！”

黄谷阳抱着拳头说道：“这还得请苏老弟多多帮忙！”

苏方达笑着说：“当然，当然！这笔货就全拜托谷阳兄了！越快越好！那我就不打扰了，告辞了！”黄谷阳应付着大笑，送苏方达出门去。

看着苏方达的汽车逐渐消失在夜色中，黄谷阳的笑容慢慢凝固，渐渐浮现出一种可怕的表情，如狼一样的眼睛凶悍地盯着远处，燃起细狭的火焰，嘴角有一丝轻蔑的笑。

书房内苏方达正看着书，账房小六慌慌张张地跑进来，不住喊着：“老爷，不好了，不好了！”

苏方达放下书，疲惫地眨了眨眼睛，问道：“怎么了小六？这么慌慌张张？”

小六扑通一声，跪在地上：“老……老爷，那……那笔生意，坏了！买货的刘老板，跑了！”

苏方达一听，大惊失色，就在这么短短一瞬间，他仿佛从暖春掉入了寒冬，四周一片寒冷黑暗！他定了定神，沙哑着嗓子问道：“怎么跑了？”

小六明显带着哭腔，答道：“我，我刚才到警署查了一下，这个人是出国了！可他压根儿也没打算带什么丝巾，连三百大洋押金都不要了！这人——蒸发了！”说完，小六吓得哭了起来。

苏方达呆呆地坐在椅子上，半晌说不出话来。自己赔也就算了，这次还连带上了黄谷阳，他的心里有深深的愧疚，连忙起身去黄谷阳家里，把这个消息告诉他。

“什么？跑了？苏老弟，你不是说很靠谱吗？怎么就突然人间蒸发了？”黄谷阳一脸生气，嗓门都提高了不少。

苏方达一脸无奈，说道：“说的是啊，之前查询都没有问题。我去调查他了，确实是出国了，可并未带什么要准备的货！而且这次他出去，看样子是人去楼空不再回来，我——我们这次被人陷害了！”

黄谷阳看着苏方达落魄的样子心里高兴得很，可他努力克制着自己，继续黑着脸说道：“那可怎么办呢？这一次我可是把所有的家当都投入到南京的工厂里，如今货物已经全部备齐，如果没有人买，我可就要眼睁睁看着工厂破产了！苏老弟，你可不能坑我呀？”

苏方达此刻焦灼得如同热锅上的蚂蚁，可他也毫无办法阻止事情的发生。他叹着气说道：“我也万万没想到会出这样的事情！”

“苏老弟啊，你这回真是把我坑死了！南京那边我推了其他人的货源，那些老东家我是全得罪光了！我让工人加班加点就是赶制你这批货，现在你若不要这批货，我只能自认倒霉关上铺子滚回苏州了！”黄谷阳装作着急的样子，唉声叹气地说着。

苏方达颓然坐下，思忖了一会儿，终于开腔说道：“谷阳兄，这次是我拉你入伙的，是我的责任，我不能让你关门破产！这样吧，你还是把货全部卖给我！”苏方达咬着牙，做了这个决定。

黄谷阳忙说：“哎呀呀，这怎么能行呢！不太好吧！”暗暗地，黄谷阳露出了得意的神情。

“什么？买家跑了？”碧云在祠堂里念着经，姜妈过来小声地告诉了她这个消息。她停了下来，一张俏脸严峻起来，赶紧起身急急忙忙往书房里走去。

碧云看着椅子上憔悴的苏方达，一下子忍不住抽泣起来：“老爷，你的身体还好吧？”苏方达看着碧云，刚要张嘴回答，突然胸口一阵发紧，觉得肺腑翻滚，咳起来。他感觉有东西涌上去，赶紧拿了手帕出来接住—— 一阵猛咳，捂住了嘴巴！苏方达颤巍巍地把手绢拿下，红殷殷一片，碧云惊得尖叫起来：“老爷，你这是怎么了？别吓我啊！”说完，忍不住抽泣起来。

苏方达看着手绢上的鲜血，叹了一口气，虚弱地说：“别哭了，碧云。我没啥事，也就是心情郁结，胸口发紧，咳出来就好了！”

碧云用手给苏方达不停地揉着胸口，苏方达说道：“想不到我苏方达也有这一天……”

碧云看着苏方达，安慰道：“留得青山在，不愁没柴烧！老爷，好在我们还有这批货，把货卖出去也能回一些本，就好了！”

苏方达重重叹了一口气，闭着眼睛说道：“不提这批货还好，一提——我……这胸口……疼！这些货一检查，都是次品！”

碧云脸色一变，愤怒地说：“老爷，那咱们不能收啊！你赶紧找黄谷阳把货退了呀！”

苏方达喘了喘气，摇摇头说道：“碧云，你有所不知，这批货是黄谷阳急急赶出来的。我也没想到他在短短的两周内能赶出这么多货！可能就是他着急帮我赶货，质量上才有所疏忽，这也不能怪他，要怪就怪我这次太心急！”苏方达深深自责着。

“老爷，话不能这样说。就算是赶货，也要保质保量。再说，你也没逼着他合作啊，这也是他心甘情愿的，凭什么都让咱们一家吃亏？让他南京的工厂再返工呀！”碧云愤愤不平地嚷嚷着。

苏方达深深地看了碧云一眼，他觉得碧云说的也有道理，可他还是认为是自己太心急的缘故。他一副认栽的样子，颓然说道：“黄谷阳因为这事儿，南京的工厂已经倒闭了。我……我怎么能再要求他一起承受损失呢！咳咳咳……算了，我身体不舒服，回房休息一下。”苏方达顶着瘦削的肩膀，慢慢地走出去。整个庄园静悄悄的，失去了往日的活力。夜晚的鸟叫声有些凄厉，直直穿透苏方达的心,无助和空洞绝望地充斥着他的胸膛！

姜妈端着一碗人参鸡汤走了进来，她看着苏方达眉头紧锁地看着账本，心里也十分不好受。她轻轻地将鸡汤放到桌子上，对苏方达说道：“老爷，别看了，喝点鸡汤休息一下吧！您最近太憔悴了，让人看着怪难受的。”

苏方达放下账本，抬头看了一看正在抹眼泪的姜妈，勉强一笑说道：“姜妈，没事。你先放那儿吧，我一会儿喝。”

姜妈顿了一下，说道：“那您一会儿记得喝。老爷，我先下去了，不打扰您了！”说完，转身往门口走去。

“对了，姜妈，最近有没有小姐的消息？”苏方达突然问。姜妈停下脚步，难过地摇了摇头。苏方达一脸失落，似乎知道这是意料之中的答案，可他就是心存着那一点幻想，希望能听到自己想要的答案。

“如果倩茹在就好了，至少还有人陪我说说话……现在庄园遭遇不测，我才感觉身边没有一个可商量的人。要是倩茹在家，还能帮我分析一下接下来该怎么办，唉！”苏方达摇摇头，眼里噙着泪花，“这孩子也是受苦了！我——我没有尽到一个父亲的责任啊！”

“老爷，老爷别自责了！大小姐肯定能理解您的！您要保重身体，小姐这边我们继续打探消息，要是她能回来就太好了！至少她是上过大学的人，见多识广，一定能帮您排忧解难！”姜妈宽慰着苏方达。

“姜妈，我们能不能请紫琰小姐帮忙去找倩茹，她们年轻人，沟通起来也顺畅。”苏方达突然想到了肖紫琰，他越发想念自己漂泊在外的女儿了。

姜妈一听，脸色微微一变，吞吞吐吐地说道：“老爷，紫琰最近……最近身体不太舒服，出不了门。”

“哦？她怎么了？要不要请医生看看？”苏方达关切地问。

姜妈低着头回答道：“没，没什么大碍。可能是此前帮忙换亲，受到一些刺激，又染上了风寒，现在正调养着呢！”

苏方达听完，松了一口气，说道：“那就好。紫琰是倩茹的好朋友，咱们不能怠慢她，要好好招待，知道吗？你让她放松些，以前的事情过去就过去了，我们都理解她的难处——她也是个可怜的孩子！无父无母，无家可归。”

姜妈一听，张口要说什么，又生生憋了回去，只能感激地对苏方达说道：“谢谢老爷对紫琰的关心。我……我让她有空过来陪您说说话吧。”苏方达微笑着点头，冷不防地，苏方达突然剧烈地咳嗽起来，看得一旁六神无主的姜妈心情差到了极点。

姜妈回到房间，看着卧躺在床上看书的肖紫琰，心里有一股异样的温暖。多少个日日夜夜，她都无时无刻想着自己的女儿，现在她就活生生地在自己的眼前，和自己生活在一起，她不能不百感交集。

肖紫琰看姜妈来了，就坐了起来，问道："娘，我听说最近庄园出了一些事情……苏老爷，还好吧？"

姜妈的脸上浮起一丝哀伤，叹了一口气说道："这回，老爷真是遇到大坎儿了！"

"到底怎么一回事？"肖紫琰焦急地问着，虽然自己不是苏家人，但好歹住在苏家，而且苏老爷一直待她如亲女儿一样，她也不想自己最要好的朋友家里出事。

姜妈幽幽地说："老爷这两年真是多灾多难！先是儿子溺水失踪，太太又流产了，大小姐又流落异乡，现在生意上又惨遭奸人陷害，真是举步维艰！你说，老爷这么好的大善人，怎么就命运多舛呢？老天爷真是太不公平了！"姜妈愤愤地说着，她在埋怨着天理的不公，也在唏嘘命运的无常。

肖紫琰倒是很冷静，她的声音平静缓和，问道："娘，你跟我说说，这苏老爷是被谁陷害的呢？"

姜妈摇了摇头，说："不知道啊！老爷也纳闷呢！只是这单生意是和黄谷阳合作的，后来说是下订单的人跑去国外了，人家压根儿没想进货！哎呀呀，这里面的关系我也讲不清，总之就是被坑了！"

黄谷阳……肖紫琰心里默默念着这个名字，问道："黄谷阳——是不是黄亦虎的父亲？"姜妈点了点头，肖紫琰的心里一下子明白了！姜妈突然"啊"的一声尖叫，她和肖紫琰都没有再说话，只是彼此交换了一下眼神。那种眼神，就像从悬崖坠落——是那种发现一切已经太迟的人才会出现的眼神。

她们都明白了。

姜妈的眼里充满了悔恨的泪水，她拼命地打着自己的脑袋，揪着自己的头发叫道："都是我的错，都是我害了老爷！如果不是我支持你偷出契税单子，老爷也不会背上'偷税漏税'的污名，也不会情急之下接了这个订单——按照老爷的秉性，急单、要单一般是不接的！他都是想重振苏家士气——毕竟庄园里还有那么多工人等着他养活呢！呜呜呜……都是我造的孽啊！老爷那么善良正直，我却恩将仇报，我不是人……"姜妈忍不住痛哭起来，狠狠抽着自己的耳光。

肖紫琰一看，慌忙抓住姜妈的手，说道："娘，娘，您别打自己了！这都是我的错，是我逼着您帮我的，千错万错都是我的错！我，我，我太自私了……我对不起倩茹，对不起老爷，对不起您……"姜妈看了一眼泪眼婆娑的肖紫琰，心里越发难过，两个人抱头痛哭起来。

这一天，姜妈在厨房手脚麻利地做着点心，肖紫琰在旁边看着嘴角含着一丝微笑的姜妈。姜妈真是个勤劳能干的人：厨房收拾得一尘不染，大大小小的锅和长长短短的刀具，都有序地摆放在固定的地方，蔬菜水果等也是恰到好处地放在它们应该在的地方……甚至还有一排绿植放在了窗台边，为整间厨房增添了不少情趣。

"娘，我吃不了这么多……"肖紫琰笑着说道。

"我知道。这一份是给老爷的，你一会儿帮忙把这碗百合肉蓉粥给老爷端去，顺便陪他说会儿话吧！唉，上次老爷就叨叨着现在庄园里一个说话的人都没有了，你就陪他聊会儿天解解闷儿吧！"肖紫琰点了点头，端起粥往书房走去。

"老爷，您喝点粥，这是姜妈亲手做的，能化痰止咳。"肖紫琰轻轻地放下碗，看着比实际年龄至少苍老十岁的苏方达，心里不免有一丝愧疚和懊恼。

"紫琰来了？难得你们这么有心，谢谢了！听姜妈说，你最近身体不适，好点没？"苏方达看着肖紫琰，心情似乎好了一点。

“谢谢老爷的关心，我的身体已经好了。我吃住都在苏家，老爷的大恩大德无以回报，区区几碗粥算不了什么！”肖紫琰轻轻地说着。

苏方达微微一笑，道：“你和倩茹是好朋友，就安心住在家里吧！”随后，苏方达又盯着肖紫琰看了一会儿，笑着问道：“紫琰，你最近好像胖了些？”

肖紫琰心里一慌，眼神稍微有些闪躲，但还是努力让自己的情绪平复下来，她吸了一口气，笑着说：“在这里不愁吃不愁喝，都快把我喂成一只小猪了！还是要多谢老爷您和姜妈这么无微不至地照顾！”

苏方达一听，哈哈大笑，说道：“你可千万不能瘦了，要不然到时倩茹回来，她可会来找我这个爹算账！”

“要是倩茹在家就好了！”肖紫琰轻叹了一口气说道，“她要是看到您这个样子，一定会很心疼的。老爷，把倩茹找回来吧！”

“我也是很想倩茹，也希望她能回家。不知道她一个人在异乡过得如何……我这个爹，对不起她啊！”一提起倩茹，苏方达的眼眶微微泛红，他转头看着肖紫琰说：“你有什么办法找到倩茹吗？”

“我……我试试。只要老爷同意她回来，我就想办法去联系她！”肖紫琰回答道。

“太好了！紫琰，听你这么说，我的心情好多了！”苏方达脸上泛起红光，嗓音也开心了不少。而这一切，恰被正要进门的碧云听在耳中，她的心里升腾起一股莫名的怒意，掉过头，愤然离去。

“姜妈，那个肖紫琰怎么还住在家里？你去找个地方，让她搬出去吧！”碧云让沉香找来了姜妈，小玉在帮碧云捶着肩膀。

“啊？太太……这住得好好的，怎么……”姜妈愣了一下，说话也吞吞吐吐起来。

“怎么？听不懂我的话吗？上次不是交代你不要让她在老爷面前晃来晃去吗？”碧云挑了挑眉毛说道，“把这个小妖精赶紧弄出去！省得她三天两头去勾搭老爷！”碧云很是不悦。

“这……太太，老爷下午还让她帮忙找大小姐回来呢！要……要不要问下老爷的意见？”姜妈小心翼翼地说着。

“什么？这家里是你做主还是我做主？”碧云尖声叫道，她一下子站起来，吓得小玉动都不敢动。“这个家，我说了算！你赶紧去找个住处，让这个小狐狸精搬出去！明天，明天就要搬走！”碧云焦躁、愤怒地说着。

姜妈的心灼烧着，全身上下不禁一阵颤抖，心脏开始怦怦狂跳起来。她思来想去，终于做了一个决定，她“扑通”一声，跪在碧云面前，说道：“太太，太太，对不起！这都是我的错！求求你，不要赶紫琰走！”姜妈不停地磕着头。

碧云一听，皱着眉头问道：“姜妈，这到底是怎么一回事？我都被你搞糊涂了！”

姜妈只好把肖紫琰是她亲生女儿的真相告诉碧云，但她瞒住了肖紫琰怀孕的事情。碧云听完，脸色微微和气起来，姜妈的声音已经哭得有些嘶哑，被内心涌出的情感彻底击倒，她跪在地上哭着说：“太太，我不是成心要骗你们的！我……我也是不知道如何向你和老爷开口呀！当年老爷在河边救了我，我这辈子就是做牛做马也要报答你们苏家！我以为我的女儿早就不在人世，谁知道老天爷垂怜我，把我可怜的女儿又送到了我身边……呜呜呜，太太，求求您，不要赶她走！她现在也是无家可归，只有我这个亲人了！太太，您吃斋念佛菩萨心肠，求您大人大量啊！”

碧云看着姜妈声嘶力竭、双手掩面痛哭，她的内心也翻起一阵波澜。是啊，她并不是一个完全自私、冷漠的人，她只是被妒忌、猜疑蒙蔽了眼睛。她扯了扯嘴角，淡淡地说：“好吧，姜妈，看在你对苏家尽职尽责的分上，就让肖紫琰住下吧！不过，以后你要让她和老爷保持距离，知道吗？”

姜妈捣头如泥，嘴里不停说着：“谢谢太太！谢谢太太！”

肖紫琰来到郑绍峰家里，郑绍川开了门，一看到肖紫琰有点讶异："你怎么来了？"

肖紫琰没有直接回他的话，只是问道："你哥什么时候回来？"

郑绍川说："他说出去取点东西，一会儿就回来。你若不急，就等他一下吧。"说完，他拉过一把椅子请肖紫琰坐下。肖紫琰看着年轻英俊的郑绍川，总觉得他像一个人，可她怎么也想不起来。肖紫琰坐了一会儿，就站起来看屋里的摆设。屋里没有过多的东西，都是实用、必需的家具，简单朴实。

她看到屋角有张书桌，轻轻走过去，看见桌上七零八落地放着一沓纸，每张纸上都有刚毅英气的字迹。她随手拿了一张看起来，问道："这些都是你哥哥写的吗？"

郑绍川看了一眼说："哥哥每天都会写很多文字，平时都在房间，今日里屋的桌子坏了，哥哥就临时到外面写……没想到你会来，这么乱，见笑了。"

肖紫琰笑了笑，说道："你哥和倩茹一样，都是文化人！我就不喜欢看书，更不喜欢写字……"说着说着，肖紫琰的声音停止了，她看到了一个熟悉的名字——陆风！她有点讶异，心想：这个陆风不是苏倩茹的精神偶像吗？她一直渴望能和这个人认识，怎么陆风的文章会出现在郑绍峰家里？难道……肖紫琰的心里有点不自在起来，正在她发呆的时刻，郑绍峰回来了。

郑绍川看哥哥回来了，就说："哥，紫琰小姐找你。我去上班了！"说完，戴上工帽就出门去了。

郑绍峰看肖紫琰手里拿着稿子，心里一怔，随即恢复了平静，走上前说道："你怎么有空来找我了？有事吗？"说完，一副漫不经心的样子，收拾着桌上的纸张。

肖紫琰把手里的纸张递给郑绍峰，讪讪地说："那个……那个倩茹还好吧？"

“挺好的。”郑绍峰简单回答了一下。

两个人沉默了一下。天边，夕阳已经低得不能再低，眼看着就要沉入西山了，屋子里又暗了许多。肖紫琰清清喉咙，似乎有话要说。她想了一下，鼓起勇气说：“我……我想请你把倩茹找回来！”

郑绍峰没有回答，只是不解地看了她一眼。

肖紫琰急急解释道：“绍峰，我知道换亲的事儿给你们制造了不少麻烦，不过我也是没办法的。现在，苏老爷的庄园遭遇了一些事故，苏老爷身体欠佳，他很是想念倩茹，希望倩茹能回来。”

郑绍峰一听，连忙问道：“苏老爷的庄园怎么了？”

肖紫琰皱着眉头，心里一阵狂跳，低下头红着脸幽幽说道：“说来话长。现在客户订单骤降，又赔了一大笔钱，随时都会破产的！苏老爷因为这些事，都咳血了！”肖紫琰猛然抬起头，说道：“郑绍峰，你赶紧想想办法，让倩茹回来吧！现在苏老爷需要她，庄园也需要她！不然……不然——真的有可能会……”肖紫琰说不下去了，一半因为愧疚，一半因为难过，她啜泣了起来。

郑绍峰点了点头，说道：“好的，我尽快和她联系，这个事情不是小事！紫琰，谢谢你！倩茹肯定为有你这样的好朋友感到高兴！”郑绍峰真诚地说着，肖紫琰却脸色通红，连耳根也烧起来了。

“对了，郑绍峰，你是不是有笔名？”肖紫琰突然想到了什么。郑绍峰怔了一下，心里暗暗自责起来：下午怎么就那么不小心呢，没把草稿收好。肖紫琰看郑绍峰没有说话，有点神秘地说道：“其实，这是个好消息！对你来说，应该是值得高兴的！”

郑绍峰更是一脸迟疑，肖紫琰凑到他耳边说道：“你是不是笔名叫‘陆风’？放心吧，我不会和别人说的。原来这个陆风就是你啊，你可是我们金陵女子学校的女生偶像啊！”郑绍峰不否定，也不点头，他的心跳逐渐加快，但他努力地克制着自己。

“你知道吗？倩茹的精神偶像就是陆风！她一直很喜欢看陆风在

《今报》写的社论，每一期都看，还用剪刀剪下来呢！之前在南京，每一期的报纸还是我买给她的呢！”肖紫琰回忆起往事，沉浸在一片愉悦之中，脸上竟带着淡淡的红晕。

郑绍峰睁大了眼睛，肖紫琰看着他笑道：“倩茹要是知道她心目中的精神偶像——陆风，就是她的峰哥哥，不知道该有多高兴！你看你们，志同道合，真是天造地设的一对！”

第十七章

时间慢慢地向着约定的日子推移着。

这一天，老周和郑绍峰相约一起去南京。两个人在火车包厢里事无巨细地聊了很久，真是令人激动又难忘的一次聊天。老周看着朝气蓬勃的郑绍峰，仿佛看到了中国的希望和未来。他看着窗外闪过的树木，对郑绍峰说："现在的中国，正走在一条深不可测的道路上，但黑暗总是有尽头——尽头处就是无限光明！中国人要团结起来，一起找到光！"

郑绍峰重重地点了点头，很赞同老周的意见，说道："您说得很对！国家现在内忧外患，我们也看清日本人的阴谋，借着所谓'大东亚共荣'的旗号招摇撞骗，这分明就是赤裸裸的侵略和殖民！我们必须团结一切可以团结的人，一起把日本侵略者赶出中国！老周，我年纪轻、经验少，我希望您能多指点指点我！"看着郑绍峰真诚的眼神，听着郑绍峰慷慨激昂的话语，老周不时赞许地点着头。

老周微笑着说："我的年龄足够做你的父亲。当然，你有你的父亲，他也会教诲你很多人生的道理，这点毋庸置疑。但我很高兴，你能要求我给你些父亲般的建议。作为你的上级，一个年长你许多的人，我也非常乐意。"

和亦师亦友的老周聊天，郑绍峰每一次都能受益匪浅。老周接着说："这一次我们来南京找苏倩茹，除了要请她回苏家庄园，更重要的是了解刺绣高人的调查进展情况。前阵子她来了消息说，有打听到一位神秘的老人家，咱们这次正好去了解一下情况。上次你说小林熏有提到‘刺绣高人’，根据我们的情报分析，这也有可能是一个阴谋。”

郑绍峰频频点头，说道：“倩茹胆大心细，肯定能出色完成任务的。只是我们两个人经验尚少，还需要多加磨炼。”他说完羞涩一笑，挠了挠后脑勺。老周和蔼地笑着，说：“你们已经非常了不起了！革命需要你们，你们是青年人的表率！”

此时的南京已是初夏。暖阳，繁花，天空一片明澈。街道上熙熙攘攘，乍看之下一片太平，暗涌的波涛却未曾停止。老周和郑绍峰走在去往《金陵日报》的路上，郑绍峰的心里一阵激动，想着即将见到心爱的姑娘，嘴角不觉泛起一丝微笑，加快步伐。

忽然，一阵呵斥声让老周和郑绍峰停下了脚步。他们往左边一看，只见马路对面一个擦鞋工——七八岁的男孩，穿着打着多处补丁的衣服，正跪在地上低着头怯生生地听一个浓妆艳抹的中年女子的训斥。“我这鞋是刚买的，是进口货，你刚才使那么大劲儿干吗？擦坏了你赔得起吗？”中年女子恶狠狠地说着，“穷鬼！活该你干这活！”

小男孩不说话，单薄瘦弱的身体不停抽动着，低着头看不出是因为紧张害怕而颤抖，还是因为哭泣而抽动着身体，总之，他此刻应该是无助委屈极了！路过的人看到这一幕，只是对小男孩投来冷漠的一眼，仿佛这是自然不过的事情。

中年女子一看小男孩不回话，更是暴跳如雷，凶巴巴地说：“快擦！我赶时间呢！”

小男孩熟练地擦着，眼里已经噙满泪花。这本该是在父母身边撒娇的年纪，在教室里享受书香的年纪，却因为这样的时代不得不在街头做着不属于他这个年龄的工作，受着不属于这个年龄的精神摧残。

郑绍峰不由得握紧了拳头，和老周转身走过去。

中年女子撇嘴看着一尘不染的鞋子，鄙夷地看着依旧跪在地上的小男孩，转身就走。“这位太太，您……您还没付钱呢?”小男孩一看中年女子转身走了，着急地站起来喊叫着。

中年女子一听，转过头，拎起只到她腰部的小男孩，凶神恶煞地说：“你差点擦坏我的鞋子，还敢要钱?没让你赔钱就不错了！是不是想挨揍?”

小男孩吓得面如土色，眼泪汩汩冒出来，中年女子看着吓哭的小男孩，得意一笑，扔下他，顺势用右脚踢了几下，轻蔑地说：“识相的话就赶紧滚!”

郑绍峰冲过去，直接拦住中年女子的去路，用不容置疑的语气说道：“请你给钱!”

中年女子看到眼前这位满脸正气、健壮高大的青年，眼里掠过一阵惊慌，但很快又恢复了蛮横之气：“你不要狗拿耗子——多管闲事！快走开，不然——我……我报警了!”

郑绍峰看到一旁的小男孩已经被老周扶起来，有意盯着中年女子：“这事，我管定了！你报警啊，警察来了，也是要讲道理的。”郑绍峰看中年女子明显有点迟疑的样子，继续说道：“你一个大人欺负一个小孩不觉得汗颜吗?我看你也像个当妈的人，怎么没有一点儿同情心呢?现在大敌当前，怎么中国人也欺负自己的同胞了呢?”一席话引来路人的围观，大家开始对中年女子指指点点。

中年女子看了看四周，脸涨得通红，气呼呼地说：“看什么看?我有说不给钱吗?”说完，从钱夹子里掏出一张纸币，扔在地上，慌张地从人群中溜出去了。

众人渐渐散开，郑绍峰把钱捡起来递给小男孩，一脸关切地看着他。小男孩拿着钱，脸上依旧有泪痕，郑绍峰一阵心疼，又从自己的口袋里掏出了一些钱，塞到他的手里，说：“天快黑了，赶紧回家吧！”

小男孩点着头，用脆生生的声音回答道：“谢谢叔叔。您真是个好人！再见！”说完，脸上露出天真灿烂的笑容，挥挥手转身走了。郑绍峰看得有点鼻子发酸：这样的笑容，才是属于孩子童年的；如果没有战争，该多好……

郑绍峰和老周一起肩并肩继续走着，两个人都有些心情沉重，很快两个人来到了《金陵日报》门口，只见苏倩茹穿着一袭白裙，正站在门口的树下等着他们。郑绍峰远远看着白裙飘飘的苏倩茹，心情似乎好了一些，加快步伐小跑上去。苏倩茹闪闪发亮的眸子一直追随着郑绍峰，越来越近，越来越近——终于，朝思暮想的人儿来到自己的面前，这不是梦，是现实。

苏倩茹和郑绍峰定定地看着对方，使劲儿地看着彼此，因为激动，两人的脸颊都有些微微泛红。郑绍峰多想把苏倩茹拥在怀里，告诉她，他有多想她，他有好多话想与她分享。可是，现在不是时候，他忍住了自己的冲动，把喉间的一股热流努力咽下去，开口的第一句是：“你，你还好吧？”

苏倩茹微微一笑，猛点着头，说：“好……挺好的。”

瞬间，两个人的眼眶都红了。

老周看着他们，脸上一直带着淡淡的微笑，郑绍峰看了一下老周，心里顿时踏实了许多。他从没见过像老周这样温和、沉静、有教养的人，他是一位有智慧的长者。

郑绍峰不好意思地挠了挠头，露出一口白牙，说道：“咱们赶紧找个说话的地方吧。”苏倩茹晶亮的眼神一直跟着他，点点头，表示赞同。

他们来到了一个安全的地方，畅聊了许久。老周看着充满朝气的苏倩茹，笑着说：“倩茹，我听老许讲，你的表现非常积极，非常好。”

苏倩茹有些不好意思，谦虚地说：“我也还是在学习阶段，需要更努力！”

老周笑了起来，郑绍峰倒是有些激动，他目光热切地说：“倩茹，你真的很棒！我看了你的几篇采访报道，都是很有深度的，对社会对民众都起到了正面的引导！特别是上次‘五·一二’报道，你在乱七八糟的猜测中理出了头绪，还原真相，按照事情发展的顺序将这次的人为灾难原原本本地写下来，不掺杂任何政治和感情色彩，真的是非常出色！”

苏倩茹听着心上人的夸赞，想到他如此关心自己的一举一动，心里甜丝丝的，嘴里却说：“绍峰，我还是个新手，还需要加油。我原先以为报社就像军营一样，必须服从命令，写什么都必须遵照上面的命令。可是，在我们报社，社长他总是鼓励我们去挖掘真相，传播真理，追求正义的自由，虽然他很有可能面临着危险，但他始终临危不惧，坚定从容。”

老周微微一笑，说道：“老许早已把个人生死置之度外了。”郑绍峰和苏倩茹点着头，露出钦佩的眼神。

郑绍峰也是颇有感触，说道：“国家正当危难之秋，吾等虽是一介书生，但现在的上位者都只求自保，救国不分书生武夫。正所谓：英雄做事无他，只坚忍一心，能成世界能成我；满目疮痍，尔等当一心救国救民！”

老周一脸赞许，苏倩茹更是激动不已，她的心在剧烈地颤动，她为他的话感到兴奋与自豪，她说：“绍峰，你讲得太好了！你的观点和我们日报的陆风颇有些相似——啊，最近他的言论也是越发犀利，越发独到……对了，现在当局一些人对他是颇有不满，我担心这样下去，恼羞成怒的政府会暴跳如雷，他可能会有危险。”苏倩茹不知不觉提到了她的精神偶像——陆风。也是，她现在在报社上班，每周他们报社都能收到陆风雷打不动的稿子，可是除了社长，似乎没有人知道这个人从哪里来，他简直是神秘的存在！

老周和郑绍峰不由得对视了一下，彼此会心一笑。正在这时候，咚咚咚传来了一阵敲门声。众人紧张起来。

老周细细听着敲门的声音，突然嘴角一笑，站起来把门开了——老许进来了。只见老许和老周来了个大大的拥抱，互拍着双方的肩膀，仿佛这是一场久别重逢。苏倩茹一看，慌忙起身，说道："社长好！"

只见老许摆了摆手，微笑说道："倩茹，很意外是吧?"说完，转头看着郑绍峰，满脸喜悦地问道："想必，这位就是大名鼎鼎的社论才子——陆风，对不对?"

郑绍峰看着眼前这位长者，有着令人敬仰的高雅风度，他羞涩地点了点头，老周则是一直微笑不语。而这时候，旁边的苏倩茹则惊呆了：什么，陆风?郑绍峰就是陆风?就是自己的精神偶像陆风?

老周似乎看穿了苏倩茹的心思，他笑着说："对的，郑绍峰就是陆风，陆风就是郑绍峰！"

苏倩茹一脸惊喜，这个消息让她心潮澎湃，激动、兴奋、惊异全部涌上心头，此时的她几乎不能自已——她呆呆地看着郑绍峰，眼里居然有泪花微微渗出。

老许轻拍着郑绍峰的肩膀说道："年轻人，真是好样的。你的社论大胆而犀利，你所表现出来的才华和驾驭信息的能力，真是可攻玉的他山之石！"

郑绍峰谦虚地说："还是要感谢老周，给我指明了这条路，让我做了该做的事！"

老许和老周是多年的好朋友，又同为党内同志，他看着老周的得意门生郑绍峰，笑着说："你的社论确实写得很好！它就像报社的晴雨表，比其他任何报纸都能更有效地反映舆论热点——这真是一种立竿见影的民主参与形式！有很多读者给我们写信，也积极响应和发表着他们的观点，这点非常喜人！当然也有负面的——譬如书信恐吓啊，寄刀片、寄子弹的也有……”老许对这些恐吓根本无所谓，用一种轻描淡写甚至有些幽默的语气说：“希望他们把枪也寄过来，这样我们就配套了，哈哈！”大家一阵笑声，但隐隐也为老许的工作担心着，祈祷着。

老周微微点头，切入正题说道：“现在局势越发不太平了，我们这次来，是有要事和许兄商量的。”

老许的脸色严肃起来，点头说道：“报社最近也经常有当局的人过来查看，新闻审查严格了好几倍。上面也给我们施加了政治压力，舆论环境越发糟糕，人人自危。陆风——哦，绍峰，你的社论揭露了保守派和当局暴政的恶劣行径，这是他们不允许的，他们现在千方百计想控制我们的言论自由。”

他真是一针见血。

郑绍峰有点激动，涨红了脸说道：“难道，他们没有意识到如此下去国将不国？日本人虎视眈眈，都已经进到家里了！难道我们要坐以待毙？”

老周颇有感触地点着头，看着他们几个人说道：“留给我们的时间不多了。现在就像一场百米赛跑，只能跑，不能想。战争是容不得时间的追赶的，枪杆子才是硬道理，就看谁的火药多，谁的速度快。看看这么些年来，多少有志之士奔走呼号，换来的却是军阀割据、战事连绵、各种清算、白色恐怖……”

郑绍峰接过话头，剖白着事实，发表着自己坚定的看法。

苏倩茹几乎一个字也没有听进去，她被一种激荡的情绪牵引着，她呆呆地看着郑绍峰，控制着几欲盈出来的泪水。郑绍峰在众人面前大声刚毅地说出自己的意见，而且还是在苏倩茹的面前，他的身体兴奋得有点微微颤抖。

老许也深有同感，他感慨地说道：“浊世之中，多的是满口救国、两手屠刀的军政要人。全然不把老百姓的利益放在眼里，这样的政权不会长久，也是不会成功的！”

郑绍峰用力地点着头，压抑着内心的激动，说道：“只有共产党才能救中国！只有共产党才能将人民从水火之中救出来，才能让老百姓翻身做主人！”

苏倩茹心驰神往地听着他们聊了许久，看着眼前的三个人，她觉得百折不挠、坚定信念就是他们三个人最令人难忘的品质，那个下午她过得非常愉快，她倾听了很多她不曾听过的言论，她的内心是更加充盈，几欲雀跃。

这时，老周转过头，看着苏倩茹，说道：“哎呀呀，我们只顾着自己说，都忘了倩茹了！”

苏倩茹摇摇头，微笑着说：“没事没事。我听你们说……挺好的。嗯，真的，我觉得你们给我上了一堂课，一堂生动、有意义的课！我要谢谢你们——你们都是我人生路上的老师！”苏倩茹发自内心真诚地说道。她看着他们三个人，感动于他们身上高尚的道德品质，也敬仰着他们的大爱情怀。

老周满意地看着苏倩茹，用如往常一样沉稳的语气说道：“倩茹，你和绍峰都很出色！绍峰是‘以笔为戎，以纸为戈’，而你是‘以针为笔，以丝为墨’，两人志同道合，坚守初心，真是令人可敬可佩啊！”

郑绍峰和苏倩茹一听，两人对视一笑，眼里有说不出的浓情蜜意。老周和许先生在一旁，也都微微一笑，不住点头。老周接下去，说：“今天我们来找你，是有两件事情的。”苏倩茹点了点头，继续倾听着。

老周看了郑绍峰一眼，示意他接下去讲。郑绍峰心领神会，看着苏倩茹，说：“倩茹，第一件事情就是——我们希望你能回苏州。”

苏倩茹瞪圆了眼睛，充满了迷惑。郑绍峰顿了一下，说道：“你家近段时间发生了一些事，生意上有些不顺，苏叔叔这边身体也不大好……希望你能回去帮忙处理，毕竟苏家庄园也是耗费苏叔叔大半生的心血……”

郑绍峰的话还没说完，苏倩茹就忙不迭打断道：“我……我爹怎么了？”

郑绍峰眼里有一丝不忍，但还是告诉了她实情：“苏叔叔为小人所害，生意上亏损不少。”

苏倩茹马上红了眼睛，哽咽地说：“我……我真是不孝……真对不起我爹，在他需要我的时候，我竟然不在……”

老周慈爱地看着苏倩茹，轻声劝道：“孩子，现在不是自责的时候。你应该振作起来，用你的聪明才智，去帮助你爹重振庄园，这才是当务之急！”

老许看着自己手下这个年轻人，也安慰道：“放心，你还有我们支持你。先回去把家里的事情处理一下，什么时候想回咱们报社，我们随时欢迎你！”

郑绍峰此时也紧紧地握住苏倩茹的手，温暖有力地支持着她。苏倩茹收起了眼泪，一脸坚毅点了点头，说道：“谢谢你们！”她接着问：“那第二件事情呢？”

郑绍峰看着苏倩茹，眼里满满的溺爱，说道：“你忘啦？这也是你约我们来的目的呀？”苏倩茹羞涩一笑，不好意思地说：“对不起，我……我都给忘了……”

她看三人目不转睛地看着她，仿佛孩子一样不知所措。郑绍峰拍了拍她的肩膀，微笑着说：“别紧张，慢慢说。”

苏倩茹报以一笑，顿了一顿，清了清喉咙说道：“关于刺绣高人的事情，我打听到了一些消息。”苏倩茹看了三人一眼，接下去说，“在仪凤门附近，有一家丝绸店叫秋浦记，里面有一个神秘的老太太，她的手艺精湛独特。她家的东西基本是达官贵人所订制，据说这位老太太身份特殊，谁都不知道她从哪里来，她是一年前才到这里的，平时很少有人见过她的真面目。”

老周、郑绍峰和老许面面相觑，老周首先开了腔，问道：“你可知这位老太太住在哪里?”苏倩茹摇了摇头，说：“我这也是在一次采访中无意获得的消息，她的行踪比较神秘……对了，据说她和静海寺的虚空师太关系很好。”

“这是一个很重要的线索。”老许若有所思地说，“或许，我可以帮上些忙。”

大家齐刷刷地把脑袋转向老许，眼神热切而惊喜。老许微微一笑说：“我和静海寺的虚空师太倒是有一面之缘，应该能说得上话。明日一早，我们就去静海寺。”大家都点点头，对明天的拜访充满了期待。

静海寺位于南京城仪凤门外，北倚狮子山，东接天妃宫，西临护城河，为明成祖朱棣褒奖郑和航海的功德所下令修建的皇家寺院，是中国海上丝绸之路以及郑和下西洋的重要历史遗存之一。

他们四人一早来到静海寺，看到这里依旧香客如云，香烟缭绕。苏倩茹双手合十，闭上眼睛说道：“愿香火永存，愿战火平息。”

老周轻叹了一口气，说道：“静海寺，寺名取自‘四海平静，天下太平’之意。它是为供奉郑和从异域带回的罗汉、画像、佛牙、玉器等物品以及奇花异木的活株而敕建。明清时规模宏大，殿宇林立，气势恢宏，号称‘金陵律寺之冠’‘金陵八大寺之最’。曾几何时，静海寺辉煌鼎盛，但后来也屡遭战火、饱受侵凌。”

说到这里，老周的神色黯淡下来，一声叹息：“中国历史上第一个不平等条约——《南京条约》就在此议约。条约签订后，耆英、伊里布竟在静海寺内杀猪宰羊，摆下酒宴，‘犒劳’英军，还为守护军舰的英军送去酒食‘慰劳’。静海寺，成为中华民族遭受奇耻大辱的历史见证。”一席话，听得众人义愤填膺。

一行人见到虚空师太，只见师太五十岁左右，面目慈祥，气定神闲。她见着众人，微微颔首，双手合十轻语道：“阿弥陀佛!”抬头看见老许，眼睛一亮，微微一笑道：“许施主，别来无恙?”

老许也双手合十，回道：“托师太的福，一切安好。”

虚空师太点头微笑，请众人来到偏房，坐下谈话。老许首先开了腔，介绍道：“师太，这些都是我的朋友。今日前来，是有要事相询，还要麻烦师太指点。”

虚空师太浅笑一下，道：“出家人不打诳语，有什么问题直接问之即可。”众人面面相觑，心里很是感激。

老周点了下头，问道：“师太，此次冒昧前来，是向您打听一个人。”

师太表情没有太大变化，脸上仍是带着淡淡的微笑。老周接下去说：“南京秋浦记老板，您可认识?”

虚空师太微微一怔，但很快调整了自己的表情，看着四个人，点了点头，说道：“认识。”

众人一听大喜，露出了功夫不负有心人的笑容。虚空师太看了看他们——这四个人，脸上皆是正义之气。老许似乎看出了虚空师太的担忧，张口说道：“师太，请您放心。不瞒您说，我们找这位老板，是有要事相商——日本人就要来了！日本人最近一直在找一批刺绣高人，想来是有什么阴谋，听闻秋浦记的老板技艺高超，您与她关系匪浅，所以我们几个便不请自来，打扰了!”虚空师太静静地听着老许诚恳的话语，听一句，点点头，神情专注地看着他。郑绍峰和苏倩茹看着虚空师太，两个人颇有默契地交换了一下眼神，心里也都明白了——四个人缘何而来，虚空师太早已心中有数，但她还是让他们把话说完了。

只见虚空师太微微一笑，闭上眼睛，双手合十，不紧不慢道：

“阿弥陀佛！你们要找的人，我认识；你们要问的事，我也懂。”

众人看着她，虚空师太眼里闪过一丝悲戚，说道：“这个秋浦记的陈老板也是个历经劫难的人。十八年前，我在黄山游历，见到被劫匪抓住的陈老板——她当时历经千辛万苦终于逃出魔窟，晕倒在黄山脚下，碰巧那日我经过，有缘救下了她。当时她衣衫褴褛，遍体鳞伤，还被打瞎了一只眼睛……阿弥陀佛！”虚空师太陷入沉思，脸上充满了慈悲之情，众人听得一阵唏嘘。

虚空师太顿了一下，看着老许说道：“她和你一样，都是和我佛有缘啊！”

老许双手合十，感激地说道：“当日若不是师太施手相救，在下恐是没有今天了！”

老周一惊，恍然大悟：“原来……”

老许点了点头，回答道：“是的。去年在反动派的围捕中，多亏了师太及时出手援助，不然……真是凶多吉少！”

虚空师太说：“都是中国人，理应互相帮助。何况我佛慈悲，怎能眼睁睁见一个好人身陷囹圄而袖手旁观呢！”

郑绍峰眼神里透出无限的敬仰，说道：“师太虽遁入空门，但心系国家百姓，真是令人钦佩！”

苏倩茹也是一脸崇敬，对着慈祥的虚空师太说道：“师太慈悲！不知您是否可以安排我们与陈老板见上一面？”

虚空师太细细地端详着苏倩茹，半晌，才问道：“这位姑娘是？”

苏倩茹微微一笑，回答道：“师太，我叫苏倩茹。这应该是缘分，我家里也是做丝绸生意的。如果可以，我也想拜会一下陈老板，跟她多学习学习。”

虚空师太顿了一下，问道：“苏姑娘老家哪里？”苏倩茹爽朗地回答道：“山东。家父苏方达，一直在苏州做丝绸生意。”苏倩茹说起父亲，脸上全是自豪之情，只是一想到父亲受奸人所害，生意凋敝，身体抱恙，她的神情就渐渐忧伤起来。

虚空师太看着苏倩茹，似乎在她的脸上寻找着什么，不过虚空师太是一个镇定的人，她很快缓了过来，对老许他们几个说道：“后天这个时候，你们再来，我安排你们和陈老板见上一面。”众人一听大喜，纷纷鞠躬表示谢意。

两日后，几人如约再次来到静海寺。到了偏房，只见虚空师太一人在里面等候。虚空师太似乎明白众人的疑问，笑着说：“陈老板过会儿就来，你们先稍等一下。来，喝茶。”

郑绍峰看着虚空师太，似乎想到了一个问题，就问道：“师太，能否请教一个问题？”

虚空师太点了点头。郑绍峰一脸不解，问道：“师太，为何陈老板的店名叫秋浦记？如果我没有记错的话，秋浦是安徽的一个地名吧？”

“是啊是啊，难道陈老板是那里的人？”苏倩茹随即附和道。

虚空师太露出慈祥的笑容，缓缓说：“陈老板也是山东人。只因十几年前逃难至秋浦，留下难以磨灭的印象，对这个地方刻骨铭心。”

众人露出恍然大悟的表情，虚空师太接着平静地说：“那是陈老板当年遭罪的地方！在那里，她唯一的儿子抛弃了她！”

苏倩茹若有所思地听着，突然她说了句：“秋浦，秋浦……这个地方我好像听我爹提过。”大家都把脑袋转向了她，眼光聚集在她的脸上。苏倩茹揉了揉太阳穴，侧着脑袋想了一会儿，然后眼神坚定地看着众人，说道：“对，是秋浦。我以前听我爹提过。那时候我还没有出生，我爹带着奶奶去安徽避难，然后——就和奶奶失联了！”苏倩茹的脸上升起一丝哀愁，幽幽说道：“可怜我爹天天想着奶奶，我自出生也没见过奶奶的样子……”郑绍峰看着表情落寞的苏倩茹，伸出手搂住了苏倩茹的肩膀，苏倩茹感激地看着他，沉默下来。

虚空师太双手合十，道："阿弥陀佛！我佛慈悲，如是有缘定能再相逢！苏小姐，冒昧再问一下，您的父亲叫什么？"

苏倩茹擦了擦眼角的泪水，答道："家父苏方达。"

虚空师太说道："果然一切自有天意啊！"接着她转向偏房一侧，朗声叫道："陈老板，出来吧！该面对的，终究要面对！"说完，双手合十，念着阿弥陀佛。

只见从屏风后面，缓缓走出一位年过六旬的老妇人。这老妇人气质华贵，穿着大气，只是右眼带了一个眼罩，看起来有些惊悚。她直愣愣地盯着苏倩茹，仔细打量着，众人面面相觑，不知所措。虚空师太指着老妇人说道："这就是陈老板。"

大家正要开口说话，只见陈老板抢先一步，看着苏倩茹，用颤抖的声音问道："你……你的父亲是谁？"

苏倩茹有点疑惑，但还是如实回答："家父苏方达。"

陈老板一听，颓然坐在地上，一言不发。郑绍峰连忙把陈老板扶到椅子上，只见陈老板双眼紧闭，老泪纵横。老周和老许交换了一下眼神，似乎他们俩知道一些了，老许转头问虚空师太："师太，这是为何？"

虚空师太轻叹一口气，说道："陈老板的儿子，也叫苏方达。也许，这就是天意啊！"

大家脸上都露出不可思议的表情，郑绍峰说道："苏老板为人正直善良，绝不可能做出抛弃母亲这种事情的！"

老周也频频点头，说道："苏老板的口碑，在苏州人尽皆知，确实是人人夸赞。我想，这里面……会不会有什么误会？"

"误会？想当年我在逃难期间被土匪绑架，土匪要求在秋浦河边一手交钱一手放人……可怜我受尽磨难，在那个暴雨倾盆的夜晚……他……他——苏方达，却狠心弃我而去！若不是我历经千辛万苦逃出土匪窝，又恰逢虚空师太相救……哪还有我这老婆子存活于人世间？

苏方达，你……你好狠的心啊！”

陈老板一只手揪住自己胸前的衣领，因为太激动而喘得厉害，仿佛要把多年的怨气释放出来，她仅有的一只眼睛睁得大大的，直勾勾地瞅着苏倩茹，声嘶力竭地说道：“若不是你的父亲抛弃我，我怎能落得如此人不人、鬼不鬼的面容？他苏方达抛母顾己，天理不容！”陈老板越说越生气，“丑事藏得再深，迟早也会被挖出来的！他现在生意惨淡，身患重病——这是报应，报应！”说着说着，陈老板笑了起来，然后又哭了起来：“方达啊，你怎么能这样对你自己的母亲啊……方达啊，你知道吗？娘这么多年一直想着你啊！呜呜呜……”

“不，不是这样的！”苏倩茹尖叫起来，她哭着说，“我爹不是这样的人！事情的经过也不是这样子的。”众人再一次把眼光聚集到她的脸上，苏倩茹喘了一口气，流着眼泪说道：“虽然爹很少提及这件事情，但我知道，奶奶的失联是爹一辈子的心病。他经常去祠堂，对着奶奶的灵牌说说话，逢年过节，总是不忘拜祭。虽然当年的事情我不是特别清楚，但我爹曾经和我说过，他当时收到土匪的书信，要求准备五千银圆去秋浦河边赎人。爹准备了，也带上钱了，可那天晚上到了河边，却看不到奶奶……”

说完，苏倩茹扑通一声，跪在陈老板的面前，说道：“如果您真是我的奶奶，那请您相信我，相信您的儿子——他从来没有想过抛弃您！他一直思念着您，一直盼着您回家！”

陈老板听完苏倩茹的话语，脸色有了些变化，但还是用狠狠的语气说道：“这恐怕是你爹编出来的谎话吧！”

苏倩茹慌忙摇摇头，说道：“不是的。那一年，在同一个地方，我爹还救了一个人，现在她在我们家做管家——姜妈。”

“你莫要骗我！苏方达无情无义，生了个女儿也是如此巧舌如簧、满嘴谎言！”陈老板突然尖叫起来，她泪如雨下说道，“他宁可救别人，也不愿救自己的母亲啊！我恨他，我恨他！我永远都不会原谅他的！”

陈老板想到那个漆黑的夜晚，冰冷的河水边，自己披头散发地被一群土匪推搡鞭打……这样的噩梦重现，她全身颤抖，不能控制自己。这么多年来，她一边恨着自己的儿子，一边却是思念不停。她一直幻想有一天能与儿子重逢，想着事情也许另有隐情，可又为这十几年的被遗弃愤愤不平，她的心里矛盾冲突备受煎熬！

苏倩茹看到陈老板面如土色、失声痛哭，情急之下一把抱住了她，说道：“我没有骗您，真的没有。爹一直在寻找您，十年前他听闻安徽剿匪，四处打听当年绑架您的那些土匪的下落，好不容易找到一个人，那个人说您在逃跑途中被刺了一只眼睛，然后跌落山崖而亡！他还带着爹到当年您掉落悬崖的山头……”苏倩茹哭得梨花带雨，郑绍峰看得心疼不已。

郑绍峰接下去说：“陈老板，您先冷静一下，让倩茹把她知道的都说出来，我们一起分析一下，也许是真的另有隐情呢！”

老周也点点头，诚恳地说：“陈老板，您是一个明事理的人。我知道，这个事情给您心里留下了难以磨灭的苦楚。只是，我们要探清真相，还原事实。我相信，您的儿子——苏老板也是日日夜夜期盼与您团圆！”

陈老板听完这些话，情绪渐渐缓和下来。虚空师太也开了腔：“阿弥陀佛！给别人一个机会，也是给自己一个机会。这样，于人于己都好。”

苏倩茹感激地看了众人一眼，抽抽噎噎地说道：“这些是我听姜妈说的。姜妈说，当年在一个漆黑、寒冷刺骨的晚上，她被人丢至秋浦河边便失去了意识，是爹和随从把她从鬼门关救了回来，爹找了当地医生救治她两天两夜，才捡回了一条命。从此以后，姜妈就在我家做事，我也是她带大的。只是姜妈为何被人丢弃在河边，她没说，我也没问。陈老板——哦，不，奶奶，我说的话句句属实，爹……爹如果知道您还活着，一定会非常高兴的！”

老许一直静静地听着，他知道此刻最重要的是要化开陈老板的心结，让她知道事情的真相。老许慢慢地说道：“陈老板，对于当年的事情，不管真相如何，有一点可以肯定的是——这些年您确实遭罪了！错已铸成，回天乏术。但是，我们现在基本也能厘清事情的来龙去脉了——您的儿子，当年肯定是如约去河边赎您，只是阴差阳错救错了人！您想想，如果他不是去赎您，为何在冷雨夜出现在河边救一个毫不相干的女人？您好好想想，当晚是不是有什么意外导致你们错过呢？”

老许有理有据的分析，让陈老板也冷静了下来。这么多年来，她一直心怀怨恨，若不是在虚空师太的开导下，恐怕她心里那难以抚平的伤痕早就让她做傻事去了！

事隔这么多年，她第一次冷静下来去回忆当晚的经过——那个夜晚，大雨滂沱，土匪为了安全起见，中途改变了路径，走了山路。那山路蜿蜒崎岖，荆棘丛生，把她的脸和衣服都刮花了。也不知道走了多久，到了河边，她筋疲力尽瘫倒在地上。土匪见无人来赎又将她暴揍一顿后，拉着心灰意冷、绝望至极的她一路奔走，她在途中寻得一个机会逃脱，不料被土匪发现，追赶至悬崖并刺瞎她一只眼睛，一怒之下还将她推了下去！

陈老板的眼角渗出密密的泪珠，她摇着头，嘴里喃喃地说：“天意啊，天意！”

虚空师太看了一眼老许，微微一笑，继续开导着陈老板：“大难不死，必有后福！这日子，好坏都要过。过去的，就让它过去吧。放下仇恨，迎接新的生活。阿弥陀佛！”

陈老板仿佛被醍醐灌顶一般，点着头说道：“这一天，我也是盼望许久了！”

苏倩茹一听，惊喜万分，眼中带泪，紧紧搂住陈老板：“奶奶，奶奶！我带您回家，回家！”

陈老板看着乖巧懂事的苏倩茹，眼泪一下子又流了出来，久违的亲情包围着她，温暖着她的心，此刻她一句话也说不出来，也紧紧地搂住苏倩茹，两人抱头痛哭起来。众人看得又感动又欣慰，虚空师太更是满脸笑意——她为陈老板的真正释怀感到由衷的高兴。

陈老板心情平复下来，就急急地问道：“倩茹，你爹最近怎样了？”

苏倩茹脸色暗了下来，回答道：“庄园生意近来情况不是很乐观，爹的身体也不好。绍峰和老周他们，这一次就是到南京来找我，让我回去帮助爹。”苏倩茹眼神热切地盯着陈老板，握住她的手说，“奶奶，您跟我回家吧！我想现在只有您能帮助爹了，我没什么经验——我可以和您学习，咱们一起协助我爹重振苏家雄风！”

陈老板抬头看着虚空师太，似乎在等待她的意见。虚空师太点了点头，说道：“该面对的总要面对！这一天，终于来了！是好事情！”

陈老板仿佛获得了一种力量，这么多年，虚空师太不仅是她的救命恩人，是她的莫逆之交，更是她的精神导师！她慈爱地摸着苏倩茹的脸说：“好，好！奶奶跟你回家……你真是个好孩子！”

苏家大院。

苏方达的身体一直未见好转，咳嗽依旧困扰着他，而更让他心力交瘁的是庄园的生意一蹶不振。碧云看着丈夫这个样子，就叫来姜妈：“姜妈，你快想想办法，让倩茹回家吧。你看老爷这个样子……呜呜呜，真让人心疼啊！”碧云说着说着，就哭了起来。此刻的她，已经忘记了梅大仙的指点了，她只想让自己的丈夫早点好起来。

姜妈安慰道：“已经想办法在联络小姐了。太太，您别难过，您现在是家里的主心骨，一定要保重身体！”

碧云听了姜妈的话，止住了眼泪，说道：“那个……你让肖紫琰赶紧联系一下倩茹吧，她肯定有办法联系上的……不管怎样，先把倩茹找回来再说!”

姜妈一听，心领神会，连连点头。姜妈端来一碗汤，回到房间，看到靠在床上的肖紫琰，只见她的肚子越发圆润，夏天薄薄的衣服已是遮不住了，她很少出门，一个人在这四四方方的房间里，犹如坐牢一般——可她，却仍是坚持了下来！姜妈看着女儿，心里一阵心疼，但还是扬起了笑脸，问道：“紫琰，今天感觉怎样?”

肖紫琰抬起头，摸着滚圆的肚子，笑着说：“娘，这些天，胎动越发厉害了！一直在踢我呢!”

姜妈笑了笑，说：“当年，你也是这样活泼，踢得娘一夜都无法入睡呢!”

肖紫琰看着慈爱的姜妈，心里有点难受，这里的衣食住行都是她负责，她带着一丝愧意说道：“娘，近来辛苦您了!”

姜妈把汤递给肖紫琰,说：“傻孩子！跟娘客气什么！娘照顾你是应该的。来，把这碗汤喝下，现在你和孩子都需要营养，知道吗?”姜妈笑着说，“对了，大小姐这边你联系上了吗?”

肖紫琰咽下一口汤，点了点头，回答道：“郑绍峰去找她了，应该这几天就能回家了!”

“太好了！终于把小姐盼回来了！谢天谢地，谢天谢地！阿弥陀佛!”姜妈双手合十，嘴里不住地念叨着。

肖紫琰看着姜妈这个样子，轻轻笑了一下，说道：“娘，瞧把您乐的……倩茹回来，您就这么高兴呀？小心我会嫉妒哦!”

姜妈轻叹了一口气，坐到肖紫琰的身边说：“紫琰啊，老爷和庄园现在这个样子，咱们可是罪魁祸首啊！苏家好吃好喝给咱们，咱们却做了对不起他们的事情……”姜妈说到这里，眼泪一下子涌了出来，哽咽地说，“老爷救了我，我却恩将仇报。现在，唯有努力弥补，才能消除我内心的罪恶感！紫琰，你听娘说，万一以后东窗事发，你就把所有事情推到娘身上，知道吗？”

肖紫琰看着姜妈，眼泪汪汪，心里纵有万分悔恨也是于事无补，她把头扭到一侧，说道：“娘，都是我连累了您！”

“傻孩子！你是娘的孩子，无论怎样，娘都会帮你的！”肖紫琰扯了扯嘴角，附在姜妈的肩膀上轻轻啜泣起来。

姜妈一看，连忙说：“孩子，咱不哭，不哭！怀孕期间，不要哭，对孩子不好。”

肖紫琰点了点头，忍住眼泪，看了姜妈一眼，欲言又止。

姜妈叹了一口气，说道：“你还是忘不了他，对吗？”

一听这话，肖紫琰的眼泪又唰唰地流了下来，她带着哭腔说道：“娘，我……我真的忘不了他！你知道他在哪里吗？他为什么都不来看看我？难道——他一点儿都不想要这个孩子吗？”

姜妈眼里带着一丝恨意，说：“紫琰，听娘的话，忘了他！他——他现在上海逍遥快活呢！”

肖紫琰终于听到了心上人的消息，喃喃地说：“他果真是忘了我了！他果真是不爱我，不爱我……”姜妈看着神情呆滞的女儿，心里也是一阵凄苦。

第十八章

夜幕降临，贾府的灯光接连地亮了起来，整栋宅子流光溢彩。贾士礼拥着六姨太，粗糙的大手抚摸着六姨太细嫩的手臂。六姨太撒娇地靠在贾士礼的怀里，娇滴滴地说道：“老爷，你明天陪我去上海一趟吧！我常去的百货商场进新货了！”

贾士礼皱了一下眉头，答道：“明天？真不巧，明天市里有会议，走不开啊！”说完，他瞟了一眼六姨太，假装不在意地问道：“对了，你可以找柳燕眉一起去啊，你平时不是最喜欢带着她出门吗？”

六姨太冷哼了一声，不满地说：“别提那个女人了！不知道抽什么风，最近打电话让她来都敷衍着，也不想想当初她是怎样巴结我的！亏我还送她不少东西，真是忘恩负义！”

贾士礼怔了一下，接着说：“你就和她说，来府里聊聊她儿子和七七的事情，她肯定会来的。”

六姨太不解地盯着贾士礼，似乎想从他的脸上搜寻一点儿信息，可是发现贾士礼依旧没太多表情，就问道：“你怎么知道？”

贾士礼笑了笑，两手一摊说：“这柳燕眉一心想攀个好亲家，谁都看得出来。难道——你没看出来吗？”

面对贾士礼的反问，六姨太倒是松懈了不少，确实是这样的。她和柳燕眉也接触了大半年，多少还是有所了解的。六姨太回答道：“你说的倒是真的。只是这柳燕眉有两个儿子，不知道你那七七宝贝看上了哪一个？平日里，我也劝七七多穿穿女装，学着做点儿女红，可她总是跟我对着干，真是不识好人心啊！”说到最后，六姨太话里有话。

“哎呀，宝贝，你不要和七七计较。七七这孩子是有些任性，平日里也常顶撞你，我是知道的，但她就是这个性格，我也拿她没办法。你是长辈，就多担待她！”贾士礼对这唯一的女儿确实是非常疼爱，言语里全是宠溺。

“你啊，就是个女儿奴！我看，七七就是你的软肋，以后你可别被别人抓住这个死穴了！”六姨太有些幸灾乐祸，“我看你在外面呼风唤雨，可在家里却是被女儿呼来喝去！别人家都是重儿子，你正好是相反。想想还真是有意思。”

贾士礼咧开大嘴开心地笑着，用手摸了摸六姨太光滑的脸蛋，说：“我这也是老来得女，女儿是父亲的贴心小棉袄啊！我女儿找的人，不需要家财万贯，只要对我女儿好，就行了！”

“行行行，明天我就帮你约柳燕眉来聊聊。”六姨太不耐烦地回答着，这一切被贾士礼都看在眼里。他也不点破，也不生气，女人这点事情他早已经看透了！

第二天，六姨太给柳燕眉打了电话，说要谈谈她儿子的事儿，果然柳燕眉没过多久就来了贾府。六姨太有些嘲讽地说：“哎哟，郑太太，现在想见你一面还挺难的嘛！”

柳燕眉努力挤出笑容，讨好地说：“六姨太，你可别误会！我不是不来，是最近生病了，整个人都提不起精神呢！你看，我这儿还有去医院打吊瓶的针孔呢！”说完，撩起手臂的衣服，试图要证明自己。

六姨太瞥了一眼，还真有个小针孔，脸色顿时缓和了不少，就问道：“那现在感觉怎么样？”

“托六姨太的福，现在基本痊愈了！”柳燕眉叹了口气，忧愁地说，“病来如山倒，病去如抽丝。这话果然不假。六姨太，你不知道我生病那几天，真是吓坏了！现在我才知道，好身体是多么重要！你不知道，躺在床上什么都做不了的感觉真的是很恐怖，感觉自己被世界抛弃了一样……”柳燕眉又开始喋喋不休起来，六姨太一看，柳燕眉还是之前的样子——聒噪而胆小。

“那你以后要多注意身体。晚点回去的时候，我给你拿些人参燕窝，回去好好补一补，也算是我对你迟来的慰问。”六姨太似乎不生气了，恢复了以前的状态，“对了，这贾府的七七小姐看上你大儿子了，什么时候你带你儿子来府里做个客？老爷说了，门第不重要，关键是对七七好。”

柳燕眉心里咯噔了一下，不知道是该高兴还是该失望。本来她一直琢磨把绍川推荐出去，可人家七七偏偏看上了绍峰。不过，看上谁都一样，毕竟两个都是自己的儿子。这贾府比苏府气派多了，如果两家联了姻，碧云就不会再看不起自己了！一想到这里，她也顾不上和贾士礼之间的尴尬关系，热情地回应着六姨太。至于绍川，回头再让黄谷阳帮忙就是了，她的算盘打得满满的。

“阿波，少爷最近怎么都没见到人影？”黄谷阳皱着眉头，脸色不好起来。

孙立波慌忙上前回答道：“少爷去上海了！说是洋行的经理——小林先生邀请他过去的！”

黄谷阳一听，脸色骤变，一手拍在桌上发出砰的巨响，怒斥道：“上次就赔个精光，他还敢去！是不是要把我的家底全输掉才甘心？我怎么生了个这样的败家玩意儿！回来我一定要打断他的腿！你给他打电话，让他赶紧滚回来！”孙立波看着暴跳如雷的黄谷阳，赶紧应声退了下去。

黄谷阳怒气冲冲地坐在沙发中，他的胸脯因为愤怒不停起伏着，嘴里依旧骂骂咧咧的。突然，他听到窗外一阵汽笛声，从窗户往外一看，只见柳燕眉从车上下来，窈窕的身材裹在旗袍里，更显曼妙多姿。柳燕眉和车里的人摆了摆手，小车开走了，她扭着细腰走了进来。

柳燕眉一进屋就看到面红耳赤的黄谷阳，她轻轻一笑，两只小手捶打着黄谷阳的后背，柔声说道："谁又惹我们黄老板生气啦？"

黄谷阳闷着声音答道："还不是黄亦虎那小子！整天就知道吃喝玩乐，气死我了！"

柳燕眉咯咯一笑，说道："哎哟，我还以为是什么大事呢！男人要想事业成功，就要出去交际应酬，这很正常嘛！要都像郑庆书那个书呆子一样，一辈子只能当个穷鬼！"

黄谷阳一听，脸色渐渐缓和下来，搂住柳燕眉，问道："你刚才和谁在一起？"

"吃醋啦？哈哈……不是男人就是啦！我和六姨太刚才去逛街，她说有点累了，想先回家休息，我就顺路来你这儿了！"

"我看你现在和六姨太好得像一个人似的，怪不得贾会长对你非常满意……"

黄谷阳还没说完，就被柳燕眉打住了："别跟我提那个人！"

黄谷阳讪讪一笑，马上说："好好好！宝贝，对不起！对不起！我是说，你搞定了六姨太，现在贾会长对我是刮目相看，生意上特别照顾，这……这都是你的功劳！"说完，在柳燕眉的脸上亲了一口。

柳燕眉一听，稍微缓过脸色，一把搂住黄谷阳的脖子坐在他腿上，娇声说道："只要你别忘了对我的承诺就好。"

"承诺……什么承诺？"黄谷阳喃喃问道。

"就是你答应事成之后和我结婚呀！难道——你……忘了？"柳燕眉一边娇吟着，一边反问。

"啊，啊……没忘，没忘！等你和郑庆书离婚了，我就信守承诺和你结婚，否则——天打雷劈，不得好死！”黄谷阳说完，一把横抱起柳燕眉，直奔卧室，屋子里留下柳燕眉心满意足的笑声。

这天晚上，浓妆艳抹的柳燕眉来到郑庆书的书局，只见店里冷冷清清，只有他一人在灯下看书。柳燕眉冷哼一声，心想：果然不是做生意的料，开个书局就像坟场一样冷清！她鄙夷地看着眼前这个男人，大声哼了几声。郑庆书听到声响，慌忙抬起头，一看是柳燕眉，眼神一亮，问道：“你——你怎么来了？”

柳燕眉撇撇嘴，趾高气扬地说道：“我来看看你有没有被饿死！”

郑庆书皱了一下眉头，依旧用惯有的语气答道：“燕眉，你怎么说话这么难听呢？”

“这就难听了？更难听的话我还没说呢！郑庆书，我今天找你不是来跟你吵架的。”柳燕眉斜着眼睛，坐在椅子上，跷着二郎腿说道。

“你——你想干吗？”郑庆书自和柳燕眉结婚起，打嘴仗就一直不是她的对手。

柳燕眉哼了一声，口气一如既往地强硬：“我要和你离婚！抓紧把手续办了！”

郑庆书愣了几秒钟，似乎这个结局是他意料之中，可他又不肯面对，他用一种很轻的声音说道：“燕眉，别闹了。孩子都大了，还离什么婚呀？”

柳燕眉用一种奇怪的眼神瞅着郑庆书，拿这样的理由说服她，让她感到不可思议。她摇摇头，说道：“这种日子我过够了，我再也不想和你这样憋屈着过日子了！以前孩子小，我一直忍着，现在孩子大了，我要去追求我自己的生活了！”柳燕眉说话像机关枪，不达目的，誓不罢休。

郑庆书一听瞪大了眼睛，脸色一阵红一阵白，忍了半天才说道：“绍川还小，你……你现在在外面花枝招展的，已经让他很难堪了，如果你再……”

“够了！少拿绍川说事儿！谁花枝招展了？哪条法律不允许女人穿得漂漂亮亮的？我看你是读书读傻了！”柳燕眉大声训斥着，她看着郑庆书的温暾懦弱就来气，这个男人只会说些软趴趴的话。她觉得和他在一起，生活就像一潭死水，没有波澜，没有惊奇，他不懂得浪漫，不懂得夸赞她，就连吵架也是剃头挑子——一头热！

柳燕眉越想越气，越想越不甘心，就大吼道：“不离也得离！绍川跟着我，不用你操心！”

“绍川也是我的儿子，我怎么能不关心呢？”郑庆书低着头，小声地说着。

柳燕眉看着他，暴怒和鄙视席卷而来，气势汹汹，挥之不去。她跺着脚脱口而出：“绍川不是你儿子，你就甭担心了！”

郑庆书一阵错愕，抬起头看着柳燕眉，似乎只有这个消息才让他脸上的表情有了明显变化。柳燕眉心里一阵得意，大声说道：“绍川是我和别人生的儿子，不是你的儿子，你明白了吗？”还没等郑庆书回答，两个人同时听到“哐当”一声，有东西砸落在地上。

两个人循声望去，只见门边站着郑绍川——不知道从什么时候起他就站在这里了！只见郑绍川脸色煞白，眼里含着泪水，紧握着两个拳手，他因为震惊，身体在微微颤抖。而地上，是摔碎一地的瓷片，陈年的酒香飘满整个屋子——那是他用这个月的工钱特地给郑庆书买来的上等女儿红。郑绍川的心，如同这瓷瓶，在这个夜晚，碎了个稀巴烂！

他的眼光越过柳燕眉，仿佛不认识她似的，直勾勾地盯着郑庆书，一字一句地说道：“爹，我只认您这个爹！”说完，他头也不回，一路狂奔，消失在苍茫的夜色中。

郑庆书看着儿子夺门而出，一下子急火攻心，猛然咳嗽起来，长期的心情郁结和营养不良，让他直接咳出了一口鲜血，在灰暗的地面上盛开了一朵鲜红的花……郑庆书紧闭着双眼，喘着粗气，瘦削的肩膀上下抖动着。

柳燕眉被彻底吓住了，呆呆地站立着，嘴唇哆嗦着，许久也说不出一句话，半晌才指着郑庆书，结结巴巴地问道："你……你……你没事吧？"

郑庆书头也不抬，颤巍巍掏出手帕擦了擦嘴角，冷冷地说："你走吧，再也不要回来了！"

柳燕眉看着这个似乎与世隔绝的男人，眼泪一滴一滴掉下来，她用一种近乎绝望的声音说道："到现在，你还是如此自我——冥顽不灵，冥顽不灵！"说完，捂着嘴巴踉踉跄跄地离开了书局。

待一切渐渐恢复宁静，郑庆书终于抬头看着空荡荡的四周，精疲力竭地站起来，把门关了起来。他虚弱地靠在门板上，嘴里喃喃地说着旁人听不懂的话。过了许久，郑庆书慢慢走到桌子前，缓缓而坐，拿出一张纸，眼里噙着泪花写了起来。

柳燕眉一路哀号着狂奔，眼泪横飞，不知道跑了多久，她有些累了，直接在一个墙角靠了下来。她看着这个似乎一切正常的世界：人来人往中，似乎谁都不在乎伤痛和死亡哪一个会先来。或许在战火纷飞的年代，大家都觉得活一天算一天吧！柳燕眉坐在墙角，无依无靠，仿佛一具失去意识的形骸，她觉得自己简直糟透了！

她感觉自己的世界被撕裂，一切都陷入黑暗。生活不是生活，都是苟延残喘而已。她大口大口喘着气，告诉自己：以前那么糟透了的生活，不也这么挨过来了？将来，无论如何也不会比过去更坏了！

对的，就是这个样子。

坏生活不可能一直坏下去的。

她是一个不信命的人，更是一个有了机会绝对会搏一把的人。她整理了一下情绪，擦拭了一下满脸的泪水，抬头看了看前方——黄谷阳的家就在不远处。她拉了拉衣角，把头昂起来，往黄谷阳家走去。

黄谷阳正和孙立波谈着话。黄谷阳习惯性地把眼睛一挑，问道："阿波啊，最近苏方达有什么新情况吗？"

孙立波嘿嘿一笑，弯下腰给黄谷阳的杯子里添了红酒，回答道："老板，你放心！这一次，苏方达想翻身恐怕是痴人说梦了！我打听来的消息说，苏方达的厂子现在已是停了一半工，薪资都快发不出来了……还有，他本人的身体也是每况愈下——都吐血了！"

黄谷阳一听，愣了一下，随即开怀大笑起来，脸上尽是得意和开心的神色，他看着孙立波说："太好了，太好了！果然天助我也！苏方达，你不仁就别怪我不义！哼哼！阿波，这一次你的功劳最大，我要好好奖赏你！"

孙立波一听，马上摇摇头，说道："老爷，能跟着您干大事我就心满意足了！这……这都要感谢您对我的栽培！小的愿意鞍前马后，誓死效劳！"

黄谷阳听着这些话，很是满意，他脸上泛着红光，笑得眼睛都眯成一条缝了："看来还是你最忠心！好好干，我不会亏待你的！咱们得乘胜追击，再想个计策让苏方达彻底破产，永无翻身之地！"他拍了拍孙立波的肩膀，突然想到了什么，问道："对了，少爷最近在干吗？"孙立波支支吾吾起来。

"是不是又去上海了？"黄谷阳脸色一陡，立马变了语气。

"呃呃……是，是的。他说小林先生请他去一趟，这次他要赚大钱回来！"孙立波小心翼翼地说着。

"放屁！他不赔钱就不错了，还赚钱！真是笑话！这个败家玩意儿……"黄谷阳开始骂骂咧咧起来，"我怎么就生了这么个混账小子呢！真是，真是……气死我了！"黄谷阳喘着粗气，太阳穴两边的青筋开始显现，看样子是气坏了！

孙立波一看，赶紧安慰道："老爷，您也别太生气。这次搞垮苏方达，少爷也是功不可没，我看在您的调教下少爷会越来越好的！毕竟他现在还年轻，还需要多加历练！去上海，也能多交些朋友，也不是坏事。那个小林先生是日本人，现在时局这么混乱，我看日本人早晚会来苏州的，少爷这样做也许是给咱们多留条后路呢！"

听孙立波这么一说，黄谷阳的脸色逐渐由阴转晴，眼睛直勾勾地盯着酒杯，手里摇晃着红色液体，若有所思地想着——没错！机会，只属于有野心的人！他的嘴角渐渐露出一丝轻蔑发狠的笑容，孙立波感觉黄谷阳仿佛一头贪婪的狼，他噤若寒蝉，忍不住倒吸了一口气。黄谷阳没有注意到孙立波的表情变化，客厅里的电话忽然响了起来。黄谷阳示意孙立波去接听，孙立波点了下头，拿起了电话。

只听电话那头一阵嘈杂，黄亦虎的声音飘了进来："阿波，我爹在吗？快！快叫他接电话！"黄亦虎的声音非常急促，但也是激动异常，仿佛有什么喜事一般。

黄谷阳脸色威严，接过电话，刚要骂儿子，黄亦虎那头就兴奋地说："爹，爹，我翻了！翻了！"

"什么翻了？莫名其妙！你浑小子赶紧滚回来，别在上海瞎折腾！"黄谷阳不耐烦地说。

"爹，我的股票翻了！翻了五倍！这一次我们赚大发了！哈哈哈……"黄亦虎笑得合不拢嘴，得意地说，"爹，这一次您得对我刮目相看了！我把缫丝厂一年的钱，都赚回来了！过两天我就回去，你等着给我摆庆功酒吧！"

黄谷阳一听把缫丝厂一年的钱都赚回来了，脸色明显柔和下来，但语气还是有些生硬，说道："算你小子还有点出息！"

"爹，以后您就等着我给你赚大钱吧！"黄亦虎胸有成竹地说，"对了，您最近让阿波再去打听打听城内有什么刺绣高人，小林先生这次帮我股票翻了五倍，我也要还他个人情！好了，先这样，我和小林先生要出去喝酒了！”说完，黄亦虎匆匆挂了电话。

黄谷阳放下电话，对孙立波说：“阿波，少爷说他股票翻了五倍，把缫丝厂一年的钱都赚回来了！”

“少爷真是厉害！果然虎父无犬子！我就说，少爷脑子灵活，肯定能赚大钱的！”黄谷阳得意地笑了笑，似乎对这通电话带来的消息很是满意——当然，他对自己儿子终于赚钱了更是满意。

他看着孙立波，勾了一下手指头，孙立波立马心领神会，低下头，黄谷阳在他耳边说道：“你最近去城里城外打听打听，苏州一带有无刺绣高人。对了，苏方达的厂子里也去看看，有合适的都留意一下。”孙立波点点头，但并无继续追问的意思。孙立波非常了解黄谷阳的秉性——不该问的不要问。

忽然，门口那边传来一阵急促的脚步声，两个人几乎同时把脑袋转过去，一看是柳燕眉。黄谷阳冷哼了一声，坐了下来。孙立波识趣地退了出去。

柳燕眉看到坐在沙发上的黄谷阳，叫了声：“谷阳……”

黄谷阳假装意外的样子站了起来，看着柳燕眉红肿的眼睛，关切地问道：“燕眉，你怎么了？”

柳燕眉扭着腰肢贴上来，嘴角抽动着，回答道：“谷阳……这日子过不下去了！你给我做主吧！”

黄谷阳佯装一惊，搂住柳燕眉，问：“这到底是怎么回事？谁又欺负我的宝贝了？”

柳燕眉微微皱着眉头，娇柔地靠在黄谷阳肩上，用一种厌恶的口气说道：“还不是郑庆书那个窝囊废！他把我赶出来了！以后……我就无家可归了！”

听着柳燕眉的话，黄谷阳知道她又借机说事了，就耐下性子安慰着：“想不到郑庆书这么过分！没事，我不给你买了房子嘛，以后你就住那儿好了！反正现在你也很少回去……”

“只是……只是一想到郑庆书那个态度，我就心有不甘！那个书呆子居然敢赶我出来……”柳燕眉心里恨恨的，她看着一脸威严的黄谷阳，心里挣扎着，犹豫着，最终还是肆意说道：“谷阳，你帮我教训教训他！不然——我咽不下这口气！”柳燕眉抬起头，与黄谷阳四目相对。

黄谷阳迟疑了一下，问道：“这样做，不怕你两个儿子知道了对你有意见吗?”

柳燕眉回答得很直接：“郑庆书已经知道绍川不是他儿子了！管不了那么多了……再说，你早晚也要认回绍川这个儿子，是不是?”

黄谷阳心里骂了句“蠢女人”，脸上没显露出太多不悦，他沉思了一下，点点头，说：“好！那我就安排人去烧了他的书局吧!”

柳燕眉“啊”了一声，随即冷哼一下，哈哈大笑起来。她知道，郑庆书一辈子最宝贝的东西就是书，如果他的书局着火了——那他将痛不欲生、生不如死！这个就是她想要的结果——谁让他一辈子心里眼里都是书，书，书！柳燕眉搂住黄谷阳的脖子，讨好地看着他，把红红的小嘴儿凑了上去……

苏倩茹和郑绍峰约好回苏州的日期。陈老板把南京的店铺做了盘点清理，带着贴身的仆人——敏姑，来到了静海寺和虚空师太告别。陈老板老泪纵横，握住虚空师太的手，说道：“师太，当年若不是您出手相救，就没有我的今天。这一别，不知何时能再相见啊!”

虚空师太笑着说：“阿弥陀佛！你我有缘，定会再见！莫哭莫哭，和家人团聚，这是好事，应该高兴才是!”

陈老板一只眼睛流着眼泪，点着头说道：“这些年，我辗转各地，若不是您扶持，生意也不会做得这么成功，更不用说找到亲人了，您真是我的大恩人啊!”虚空师太双手合十，脸上一直保持着微笑，她看着终于解开心结的陈老板，非常欣慰。在一阵不舍中，陈老板告别了虚空师太，来到了苏倩茹在南京居住的地方。

到了门口，她发现老周、郑绍峰和苏倩茹都一脸严肃，老周在窗口抽着烟，苏倩茹和郑绍峰则静默地坐在椅子上，屋里安静得有点儿沉闷。

陈老板和敏姑在门口停顿了一下，还是迈步走了进去。她看着脸色阴郁的三个人，困惑不已地问道："这是……怎么了？"

苏倩茹一看奶奶来了，就扑到她的怀里抽泣着。陈老板看着郑绍峰，问道："谁欺负倩茹了？"

郑绍峰扯了扯嘴角，说不出一句话。此刻，他的内心波涛汹涌，他们一直担心的事情终于到来了！老周掐灭了烟头，压抑着内心的愤怒："昨天，北平爆发了卢沟桥事变！日本人终于在华北开战了！"

陈老板脸色一惊，急急说道："这个消息太可怕了！想之前，我们一路寻亲避难，沿途都有听说日本人的暴行，这……这可怎么办？"

旁边的敏姑也开了腔，说："怪不得今天街上的报纸都买不上了，喇叭也是响个不停，原来是出了大事！"

郑绍峰点着头，严肃地说："日本人狼子野心，无恶不作！从1937年五月起，日本陆续增兵华北，不断制造事端，频繁进行军事演习，华北局势日益严峻。前段时间，日军在卢沟桥附近不断进行挑衅性军事演习，一场暴风雨即将到来！果然，昨日日军借机挑起事变，估计很快还会有侵略动作的！"

老周一脸悲痛，用一种坚定的语气对大家说："卢沟桥事变在全国引起了强烈反响。今天，中国共产党中央委员会通电全国进行呼吁。"他指着桌上的报纸，"这是共产党的呼吁——全中国的同胞们，平津危急！华北危急！中华民族危急！只有全民族实行抗战，才是我们的出路！并且提出了'不让日本帝国主义占领中国寸土''为保卫国土流最后一滴血'的响亮口号。蒋介石代表的国民党也提出了'不屈服，不扩大'和'不求战，必抗战'的方针。我想，日本人很快会对苏州、南京等城市有一系列动作的，咱们得赶紧回去想想办法，不能眼睁睁看着日本人践踏国土、掠夺资源！”大家频频点头。在危难时刻，这些善良正直的人总是会走到一起，给予彼此勇气和温暖。

到了苏州城里，老周和郑绍峰交换了眼神，一切都在不言中。老周先行与他们告别，回到了自己的书店，而郑绍峰和苏倩茹则带着陈老板和敏姑，踏进了苏家大院的大门。

临进门，陈老板停下了脚步，她心跳得厉害，抬头看着“苏家大院”四个大字，眼眶发红，喉咙哽咽，喃喃地说：“方达啊，你果然不负你爹嘱托，真的把咱家刺绣发扬光大了！真是娘的好儿子啊！”苏倩茹听得也湿了眼角，看着饱经风霜的奶奶，心里一阵酸楚。敏姑扶住了陈老板，四个人走了进去。

苏方达一早就接到女儿的电话，说下午能回家，并带了一位非常重要的人。他早早就在大厅等候着，一边巴不得想早点儿见到日思夜想的女儿，一边也思忖着女儿所说的非常重要的人是谁。他来回踱着步，眼睛不时往门口看着，等得很是心急！

碧云看着苏方达焦急的样子，撇了撇嘴说道：“不就是倩茹回来嘛，干吗这样心神不安？”

苏方达瞟了一眼碧云，说：“倩茹毕竟是你的女儿，她回来你难道不高兴吗？”

碧云表情没有太大变化，依旧冷冷地说：“我今天同意她回来已经不错了，希望她不要再给我惹事！让她回来，可是要她帮你的忙——不然，我才不会让她回来的！”

苏方达一听碧云怪里怪气的话，微怒，但一想到一会儿倩茹回来，他不想因为和碧云吵架而坏了气氛，便努力压下怒意，说道：“一会儿倩茹回来了，你不要再说那些刻薄的话，知道吗？”

“知道了！”碧云哼了一声，“也不知道这丫头又在搞什么鬼，这一次又要带什么莫名其妙的人回来！真是的，当家是旅店啊，家里已经有一个肖紫琰赖着不走，现在又说要带一个回来，真是读书读傻了！”碧云愤愤不平地叨叨着。

苏方达整个人顿时僵住了，没想到碧云对自己亲生女儿的成见如此之深，他摇了摇头，心里十分清楚——不管对方现在说什么，绝对都是他不想听的；而他现在说的每一句话，她似乎也都当作耳边风，依旧坚持自己的执念！苏方达加重了语气说道：“这家里的事情，还是我说了算。在倩茹的事情上，你就不要再插手了！一会儿孩子回来了，你尽量注意你的态度，不要让我再失望。”

碧云刚要张嘴辩解，看了看苏方达铁青的脸，话到嘴边只能硬生生憋了回去。

一旁的姜妈看着两个人闹不愉快，心里也十分着急，往门口一看，苏倩茹和郑绍峰带着两个人进了门，赶紧说：“老爷、太太，小姐回来了！”苏方达一听，朝门口一看，果然是苏倩茹和郑绍峰，还带着两个人走过来，他一路小跑，赶紧迎接上去。

苏倩茹看着苏方达远远小跑过来，非常高兴，对着陈老板说：“奶奶，这就是我爹！”

陈老板怔怔地看着苏方达过来，心跳不断加速，撞击的力道越来越猛，胸口仿佛有把大铁锤，狠狠地捶打着自己——她的灵魂仿佛已经出窍！不知道为什么，她觉得有点恐惧，她幻想了那么多年的场景，如今真真切切地呈现在眼前了，此时她反而茫然失措，以至于紧紧抓住苏倩茹的手。

“倩茹，你终于回来了！爹甚是想念你！”苏方达看着眼前的女儿，似乎又长高了一些，又成熟了一些——眉宇之间多了一份坚定和从容。

“这位是？”他注意到苏倩茹旁边的陈老板——她为什么只有一

只眼睛？而且还似曾相识？看着苏方达盯着自己，陈老板低下了头，不自觉地把左侧脸往身边的敏姑身上靠。

郑绍峰一看，赶紧说："苏叔叔，咱们有话进屋说吧！"

苏方达忙说："对，对！里面请！"说完，眼神一直追随着陈老板，总觉得这个人似乎在哪儿见过，可一时又想不起来。

到了客厅，几个人坐了下来。姜妈招呼小玉给几位客人上了茶，碧云则懒洋洋地坐在椅子上，也不打招呼，闭上眼睛享受着沉香的肩部按摩。

苏方达一看，有点生气，又碍于客人的面子，耐着性子说："碧云，来客人了，招呼一下。"

碧云轻轻哼了一声站了起来，看了一眼陈老板，被她的独眼吓了一跳，"啊"的一声，叫道："倩茹，你这死丫头，又是从哪儿弄来的老太太，吓我一跳！"说完，他不停拍着胸口。

苏方达一听，大怒道："碧云，你忘了刚才我交代的事情了吗？来者是客，怎么如此出言不逊，真是有失体统！"他回头又跟老太太作了一个揖，满脸歉意："老人家，失礼失礼！贱内有所冒犯，请多多包涵！"

陈老板努力抑制自己内心的波澜，表面上依旧没有任何表情，只是微微点了点头。

苏倩茹有点急了，她站起来，对苏方达说："爹，你再仔细看看——她是谁？"

苏方达细细打量着，虽然眼前这位老太太失去了一只眼睛，但大气从容，气质不凡——一看就是大户人家的太太。他看看倩茹，又看看眼前的陈老板，眼睛没有离开她的脸——仿佛在寻找、察看什么。他的心跳如此狂乱，他完全无法控制自己的呼吸了！他张了张嘴，说："你，你，你……是……"他觉得有点儿不可思议，又摇了摇头说，"不，不可能的！"

碧云看着苏方达失神落魄的样子，赶紧扶住他："老爷，你怎么了？"她又瞪了一眼苏倩茹，厉声说道："你这扫帚星！一回来又要把你爹气病是吗？早知道我就不该同意让你回来，一回来就惹事，真是灾星！"

郑绍峰一看碧云又骂起苏倩茹了，就打抱不平说道："有你这样当母亲的吗？女儿一回来不仅没给好脸色，还骂个不停，真是太莫名其妙了！"

碧云一听脸色变得非常难看，对着郑绍峰恶狠狠地说："你这穷小子来我家做什么？谁让你来的？我告诉你，你这辈子想和我们家倩茹在一起，绝对不可能！除非……除非我死了！"

苏方达大喝一声："够了，碧云！你简直不可理喻！"

一旁的陈老板倒是冷冷地看着碧云。

郑绍峰扶着苏倩茹，大厅里一片安静。这时苏倩茹跪在苏方达面前，指着陈老板哭着说："爹，她是奶奶啊！"

苏方达一脸难以置信的神情，喃喃地说："奶奶？"

"对！就是二十年前失联的我的奶奶、您的母亲呀！"苏方达看着跪在地上痛哭的苏倩茹，又看着坐在椅子上的陈老板，只见她仅有的一只眼睛紧闭着，眼泪不停地往外渗。他看着她，越看越像，他的心灼烧着，全身上下不禁一阵颤抖，心又开始怦怦跳起来。屋里的其他人也被这个消息震住了，大家都看着苏方达，屋里又陷入了一片安静。

突然，苏方达"扑通"一声，跪在陈老板面前，泪水决堤而出，用颤抖的声音说道："娘，您真的是娘——您真的没死！娘，娘……儿子不孝，让您在外面受苦了！"陈老板看着跪在自己面前的儿子——她和儿子的生离死别，已经有二十年了！

二十年前的那个夜晚，她的心死了。

而在二十年后的今天，她的心又复活了！

她看着儿子四十出头的年纪，却已两鬓斑白，她的心一下子痛了起来——儿子这些年，也是不容易啊！她伸出颤巍巍的双手，握住苏方达的手，老泪纵横，纵有万千话语，此刻都化成一句话：“儿啊，儿啊，娘终于找到你了！”说完，母子相拥在一起，抱头痛哭。此情此景，让屋里的每一个人都动容不已，大家也都跟着啜泣起来。

苏倩茹把找到奶奶的经过简单说了一遍，苏方达紧紧握着陈老板的手，嘴里一直说：“娘，儿不孝！让您受苦了，让您受苦了！”

陈老板看着倩茹，说：“这一次多亏了倩茹，是她让咱们一家团圆！这也是佛祖保佑啊！倩茹，她真是个好孩子，好孩子啊！”苏方达不停地点着头，陈老板则越过苏方达的眼神，意味深长地看了碧云一眼。

苏方达大声喊道：“碧云，还不赶紧过来拜见娘！”

碧云吓得面如土色，慢慢走过来，跪下来怯生生地叫道：“娘……对不起，我……”

陈老板似乎有点不耐烦，摆了摆手，说：“算了算了！我看你脸色不太好，先回房休息吧。”她看着碧云瘦弱、病恹恹的身躯，似乎有点儿不太满意。

陈老板看沉香和小玉扶着碧云离开了大厅，指着郑绍峰对苏方达说：“绍峰这孩子很不错，仪表堂堂，饱读诗书，正直有担当，倩茹和他在一起，错不了！”

苏方达一听，立马附和道：“娘的想法和我一样！绍峰的爹就是郑庆书，娘，您还有印象吗？就是从小和我一起长大、爱看书的那个。”

陈老板笑着说：“记得，记得！想不到绍峰是他的儿子，真是亲上加亲啊！”一席话说得郑绍峰和苏倩茹害羞不已，两个人的心里都是喜滋滋的。

“老爷，老太太回来了，这可是大喜事！我这就安排厨房做些好吃的，给老太太接风洗尘！”姜妈一脸高兴，看到苏方达终于露出发自内心的笑容，她也十分激动。

“这位是?”陈老板看了一眼姜妈，问道。

“这就是姜妈，咱们家的管家。也就是二十年前，爹在秋浦河边阴差阳错救起的那个人。”苏倩茹抢着回答道。

姜妈扑通一声，跪在陈老板面前说道：“老太太，当天晚上我被人丢在秋浦河边，幸亏老爷及时相救，否则我早就当了孤魂野鬼了！老太太，我知道当年老爷是去赎您的，可是阴差阳错……呜呜呜，老太太，对不起！如果不是我，您也不用受这么多苦了！老爷也不用这么多年来，一直装着个心结，他一直惦记着您！”

陈老板看着泪如泉涌的姜妈，心里也是感慨万千。可能是经历过生活的残酷，她有着异于常人的胆识和睿智，现在一家终于团圆，她也不想再计较什么，她扶起姜妈说：“这一切都是老天爷的安排。所幸我们现在都平安无事。过去的，就让它过去吧！咱们以后，团结一致，把苏家庄园重新发扬光大！”

郑绍峰紧紧地牵着苏倩茹的手，为这短暂的团圆感到快乐，但他的心里却是很沉重——战争，一触即发！

第十九章

七月下旬的一个晚上，老周和郑绍峰相约在书店见面，林子还是和以前一样，在门口守着。老周脸色严峻，对郑绍峰说：“根据可靠情报，在华东一带，日本人也在酝酿着战争。中国，危在旦夕！”

郑绍峰点了点头，说：“您说得很对！我看这城南外的日本人越来越多，看来日本人已经按捺不住了！”

“是的。所以我们要抓紧时间。日本人早对苏州图书馆收藏的古籍书虎视眈眈，我这边已经通知了蒋馆长，他们即日就会有所行动。我们继续观察城里的情况，一有动静及时汇报。还有，你的社论要坚持写，或许舆论还能有些许作用。”

郑绍峰叹了一口气，摇着头说：“现在苏州、南京的诸多报社基本被日本人控制了，发的内容也都是亲日的居多。老许那边好像也遇到了一些麻烦。”

老周点了点头，说：“也是。最近敏感时期，我们的联系更要隐蔽和小心。有需要的时候，我会让林子去找你，没有特殊情况，你以后不要来我这书店了！我担心，书店已经引起敌人的注意了！”

郑绍峰点着头，仔细听着老周交代的每一句话。老周拍了拍郑绍峰的肩膀，说：“如果，如果有一天我被捕或牺牲了，你就到这条路的路口，有一家杂货店——十泉杂货店，去找店老板老杨。他也是我们的同志，万一我不在了，他就是你的直线上级，知道吗?”老周冷静地说着，仿佛这是一件极其平常的事情。

郑绍峰眼含泪水，看着老周视死如归的样子，哽咽地说：“老周，你不会有事的，咱们还有好多事情要一起做呢！”

老周微微一笑，说道：“孩子，日本人抓人是不需要理由的！作为共产党人，我们做好了随时牺牲的准备！当务之急就是要先把日本人赶出中国。然后，我们联合一切可以联合的力量，慢慢地，一点一点地修复我们的国家，总有一天她会焕发出全新的姿态，屹立在世界的东方！”老周的眼里闪出一点泪光。

郑绍峰忍住眼泪，说道：“可是现在处处都是特务，怕是坚持不到那个时候我们都牺牲了。”

“所以，在牺牲之前我们要努力创造一个根据地，一个联络点。中国有千千万万爱国的有志之士，大家都同时做着这样一件微小的事情，积少成多，星星之火必可燎原！孩子，你们还年轻，中国的未来需要你们！”听着老周的一席话，郑绍峰仿佛又明白了些什么，他对自己一直追随老周在做的事情，又有了更深的理解。

夜幕降临。郑庆书看了看逐渐暗下来的天空，再看看街上门可罗雀的冷清，他轻轻叹了一口气。这日子越来越清贫——内忧外患，自己的嘴又笨，生意越发惨淡。可是对于郑庆书来说，只要能糊口，就行了。

他轻轻地把每一本书摆正、抚平、排好序。在一些有灰尘的角落不时用鸡毛掸子和湿毛巾拂拭，小心翼翼又慢条斯理。在这些日常细节与动作中，存在着某种专注，能够使他真正感到平静。当然，他也时常在夜深人静的时候想起柳燕眉，可是这又有什么用呢？追根究底，这一切还是和人性息息相关。所有的日子都是这样过的。

黄谷阳和孙立波驱车前往郑庆书的书局，在离书局不到五十米的路口停了下来。黄谷阳一言不发，面色阴郁地看着不远处的书局，橘黄的灯光从斜开的窗户流泻出来。半晌，黄谷阳开了腔，问道：“阿波，现在几点了？”

孙立波摸出怀表看了一眼，毕恭毕敬地回答：“老板，九点一刻了。”

黄谷阳点点头，哑着声音说道：“再过一刻钟，行动吧！”

孙立波疑惑道：“老板，其实你不用亲自来，这件事情交给我就行了！我一定会办得天衣无缝，不会有第三人知道的。”

黄谷阳咧咧嘴，唇边似乎泛起一丝意味不明的微笑，他看着坐在司机位的孙立波，回答道：“阿波，你办事我肯定放心。现在，你是我身边最信任的人了！只是，今晚我就想亲眼看看这火是怎么烧的！”

黄谷阳的眼里似乎也泛起了两堆小火苗——那是邪恶的、丑陋的、怨恨的火苗。他咬着牙说道：“柳燕眉让我烧掉郑庆书的书局，我这把火是连人带店都烧掉！凭什么他和苏方达的子女都那么孝顺，凭什么苏倩茹就看上了他的穷儿子？上次苏倩茹换亲逃跑肯定是他儿子的主意，我可不傻，心里门儿清呢！这一次我就要让苏方达身败名裂，让郑庆书家破人亡！”孙立波一听，倒吸了一口气，背后的汗毛都竖了起来。原来，这也是黄谷阳借刀杀人的一个连环计！

孙立波顿了一下，问道：“不知老板下一步怎么走？”

黄谷阳轻蔑一笑，说道：“一会儿事成之后，你马上给苏家太太写一封匿名信，就说按照她的指示已经放火烧了书局。回头再放出消息，说是苏家干的，这时柳燕眉和他的两个儿子肯定会上门要个说法——我们坐等好戏就行了！”

孙立波听得胆战心惊，问道：“那，苏太太要是不承认怎么办？”

黄谷阳哈哈一笑，脸上全是得意之色，他拍了拍孙立波的肩膀说道：“阿波，苏太太承认不承认不是我们要关心的问题。出了这样的事情，真相已经不重要了！这两家必定心存芥蒂，如鲠在喉——苏倩茹和郑绍峰想在一起，那是永远不可能的！”黄谷阳冷哼一下，恶狠狠地说，“我就是要搅得他们鸡犬不宁！”

孙立波点头附和着，他看着黄谷阳如狼一样凶狠贪婪的眼神，不禁一阵胆寒。

忽然，孙立波看到前面有两条人影并排往郑庆书的书局方向走，他定睛一看，原来是郑绍峰和郑绍川兄弟俩。孙立波对黄谷阳说："老板，不好了，郑庆书两个儿子来了！"

黄谷阳睁开小憩的眼睛，扯了一下嘴角，冷冰冰地说："正好！连老天都助我！一起解决了！"

孙立波张了张嘴，本来想提一下郑绍川的事——上次柳燕眉找黄谷阳，他在门口听到了柳燕眉说郑绍川是黄谷阳的儿子，可看样子，黄谷阳不仅不想认这个儿子，还处心积虑想杀人灭口。一想到这里，孙立波觉得眼前的黄谷阳就像一个魔鬼—— 一个冷血、无情、自私、恐怖的魔鬼！

"去吧，行动吧！速战速决！"黄谷阳终于发出了指令，孙立波点点头就下车了。穿着一身黑衣的孙立波背着一个包、拿着一根木棍悄悄来到了书局门口，只听见屋里的爷仨儿正在聊着天，他们做梦都没有想到厄运已经降临，魔鬼已在身边。

孙立波扭头看了一眼不远处车里的黄谷阳，深深吸了一口气，狠下心把木棍斜插在门框，又快速从包里掏出一个竹筒，取出几个火折子用力一晃，火光腾起。他"嗖"地一下将竹筒扔进了窗户里，紧跟着又快速扔进几瓶汽油。屋子里一下子腾起了火光，郑庆书父子一阵乱叫，噼里啪啦一通声响，孙立波顾不上那么多，赶紧往回跑，可又停了下来，他顿了一下，又折回去把门框上的棍子取了下来，赶紧飞奔回来，坐上车。

黄谷阳露出满意的笑容，说："阿波，干得漂亮！我要好好奖赏你！"

孙立波双手还在发抖，嘴唇直哆嗦，他那惨白的面容勉强一笑，说："老爷，谢谢您的夸赞！"

黄谷阳看着夜色中的火光，陶醉地说：“这真是一场美妙的烟火表演！”

郑绍峰听到门口的动静时，已经来不及了。

这一切来得太突然，根本来不及反应。书局里全都是书，火折子加上汽油，火势瞬间蔓延，整个屋子四处冒烟，火苗丛生。郑绍峰的第一反应是冲到门口去开门，可是门被挡住了，他着急大叫：“绍川，快，你和爹赶紧从窗户逃生！”

郑绍川扶起已经被吓蒙的郑庆书往窗户方向逃。可郑庆书像着了魔似的，看着着火的书籍，两只手颤巍巍地抖着，嘴里不停地喊：“我的书，我的书啊！”

郑绍峰见窗户下面的矮书架已是火光一片，他用力地踹着门，门突然开了。只见一个黑影跑开了，他想跑出去追，可耳边传来爹和弟弟在火海里挣扎乱叫的声音，只好作罢，眼睁睁看着黑影消失在眼前。

他回头看了一下，发现郑绍川拉着不想出来的郑庆书，他大叫：“绍川，快！这边，从门口出！”

郑绍川看了看就在门口的郑绍峰，他现在完全可以一脚踏出去，但哥哥却毫不犹豫地跑进来拉着郑庆书，冲郑绍川大喊：“绍川，你先出去！赶紧找人来救火！爹就交给我吧！快，快走！”郑绍川一下子想起了哥哥当年在苏家祠堂先救苏小启的事情……他一下子都明白了！哥哥从来都是把别人的安危放在第一位，现在的他已经明白为什么当年哥哥要先救苏小启了！如果换成是现在的他，当年也会做和哥哥一样的决定。

屋里的烟雾越发浓厚，三个人都咳嗽起来，火势蔓延极快，书海成了火海！郑绍川对哥哥大声说：“哥哥，要走一起走！”火光中，郑绍峰看着弟弟坚毅的脸庞，他的内心一阵感动。

他和郑绍川使劲儿架起郑庆书，努力把他拖出来，街坊邻居也都起来帮忙救火，现场一阵混乱。郑庆书怔怔地看着燃烧的书局，神情呆滞，泪眼蒙眬。突然，他像想到什么似的一跃而起，箭一般地又冲进火光里。等郑绍峰和郑绍川回过神来，他已经没了身影！

兄弟俩快速冲到门口，可喷吐的火舌犹如毒蛇的信子，让他们不得不停下脚步！郑绍川大喊："爹，爹，你快出来！"

郑绍峰着急地说："绍川，你在外面等着，我进去找爹！"说完就要往里面冲，郑绍川一把拉住郑绍峰，说："哥哥，让我去！你还有很多事情要做，不能去冒险！"

就在兄弟俩争着谁去的时候，几个好心的街坊过来拉住了他们，劝说着："这火太猛了！根本进不去，就算进去了也是死路一条！"邻居的话刚说完，就听到里面木头断裂的声音——这是一间木质屋子，而且年代久远，加上满屋子的书籍，火势的蔓延速度超乎想象。

"那我也不能眼睁睁看着我爹被火活活烧死啊！"郑绍川涨红了脸，痛哭着说。郑绍峰冷静了下来，他死死拽着弟弟，这火来得太突然、太猛烈——似乎一切都是计划好的。他知道现在进不去，进去了也救不了，他能怎么办呢？现在唯一能做的，就是拉住弟弟，他紧紧咬着嘴唇，流血了都没发觉！在众人的帮助下，火势渐渐小了下来，这时已经是后半夜了。

郑绍峰拉起跪坐在地上的郑绍川，他红着眼睛，嗓子已经喊哑了。两个人踉踉跄跄跑进屋里，满屋的书籍已经烧了个精光，四处都是黑灰，有些还保留着书籍的样子，可轻轻一碰就散了。屋里的黑烟依旧还有残留，偶有的火星在窸窸窣窣地燃烧着。

他们在废墟中寻找着父亲。终于，他们在一个墙角找到了郑庆书，只见他面朝墙壁，双手紧紧抱住胸口，两条腿也是尽力蜷缩在一起。

这个地方离书籍和木头柜子有一点距离，人倒是没有太多被烧灼的痕迹，应该是被屋里的浓烟呛倒的，他的怀里似乎有什么东西，双手一直紧紧搂着。

郑绍峰和郑绍川轻轻把父亲转过来，只见父亲的脸上一片安详，似乎毫无害怕之意，嘴角甚至还有一丝微笑。他们看到父亲的怀里紧紧抱着一个小木匣——原来，父亲是为了这个木匣才冒死冲进来的！郑绍峰打开木匣，里面放着一些信件，最上面有一本旧书——就是郑绍川上次去旧货市场淘来送给他的。

郑绍川一看，泪如泉涌，他失声痛哭着、哀号着。他的心里有太多太多的苦：他不知道自己的亲生父亲是谁，他也不想知道！而这个非亲生的父亲，为了自己送的一本书却不顾生死……他紧紧地抱着父亲的身体痛哭起来……

柳燕眉一觉醒来，发现昨晚黄谷阳根本没有来她这里，就想着去看看他。她起床梳妆打扮一番，叫了一辆黄包车来到黄谷阳的家。将近中午，黄谷阳的车还停在院子里，她轻轻一笑：他肯定是昨晚又喝酒去了。孙立波正巧开车送管家老李去银行办事。剩下的都是些不中用的家仆，这些仆人见到她，脸色一下煞白起来，纷纷四下散开。

柳燕眉觉得有些奇怪，但还是扭着腰肢径直走到黄谷阳的房间前。刚要敲门，她听到屋里有些动静，她屏住呼吸把耳朵贴在门上，听到了男人喘着粗气的声音和女人娇弱的呻吟，她的脑袋轰地一下炸开了。

她的心剧烈地跳动着，她不是不谙世事的豆蔻少女，明白里面发生的事情。她深深地吸了一口气，用力推开了门，看到了她不愿看到的一幕……

黄谷阳一听门开的声音，朝门口一看，吓了一跳，一个翻身，从女人身上下来。“怎么了？干吗停下来？”女人意犹未尽。柳燕眉一听女人的声音，瞬间惊呆了——这是贾府六姨太的声音。他们是什么时候搞到一起的？为什么自己一点儿都没觉察到？

她指着黄谷阳的鼻子，颤声说道：“黄谷阳，你这没良心的人！你竟然，竟然……”

黄谷阳面无表情，冷冷地说：“既然你已经看到了，我就不多说了。”

“你怎么能这样对我？你不是说要和我结婚吗？”柳燕眉气得满脸通红，又指着六姨太的鼻子骂道，“我把你当姐妹，你却来挖我的墙脚！你怎么这么无耻，这么卑鄙！”

六姨太冷哼了一声，轻蔑地笑了。

黄谷阳大声训斥道：“谁要和你结婚？这都是你的一厢情愿！玉儿比你年轻、漂亮，更通情达理！你也不看看你自己，人老珠黄，你也配和玉儿比？哼，你只不过是我的一颗棋子而已！”

柳燕眉气得浑身直打哆嗦，她没想到自己用尽力气不顾一切去爱的男人，竟然如此狼心狗肺，忘恩负义！她站在房间中间，对他们破口大骂。

黄谷阳搂着六姨太躺在床上，看着她像跳梁小丑般上下乱蹿，脸上尽是轻蔑的笑容。柳燕眉看着他们的样子，更是气急败坏，她冲上去一把揪住六姨太的头发，使劲儿捶她的脑袋，六姨太发出凄惨的叫声。黄谷阳一看，用力抓住柳燕眉的手，一个巴掌使劲儿扇下去，又猛然把她推开。

柳燕眉一个踉跄，后脑勺撞到了窗台上，瞬间感觉后面湿湿的，用手一摸——全是血！她气得张牙舞爪，厉声叫道：“黄谷阳，你太狠了！你有本事，把我杀了，把我杀了呀！”

黄谷阳慢悠悠地从抽屉里掏出一把小手枪，对柳燕眉冷冰冰地说：“你以为我不敢？滚，快滚！别在我这儿装疯卖傻！”说完，乌黑的枪口对准了柳燕眉。

柳燕眉流着眼泪，她的心像被千刀万剐一样，她知道黄谷阳的为人——阴险、狡诈、冷酷无情。她一直存有一丝希望，哪怕这希望是渺茫的，是冒险的，但她还是想搏一把！可惜最后，自己只不过是他的一颗棋子、一个性伴侣而已。

黄谷阳看着面如土色的柳燕眉，丝毫没有怜惜，他继续冷冷地说："你不懂游戏的规则，你太贪心了！赶紧滚！"

柳燕眉终于明白了，之前的甜言蜜语都是假的。现在，黄谷阳毫不避讳地坦诚了一切，一切越来越清楚。她嘶吼着："黄谷阳，你太狠了！你连自己的亲生儿子都不要了么！你真的好狠心啊！"

黄谷阳也大声呵斥："别总拿儿子说事儿！这个儿子是谁的，不好说！就你水性杨花的样子，我才不信这儿子是我的！"

柳燕眉一听，如当头吃了一棍，缓了一会儿才清醒过来，她嘶吼着："你不是男人！你太缺德了！"说完恶狠狠地瞪着他。

黄谷阳若无其事地说："你爱怎样说就怎样说。我看你还是关心关心你家里那个男人吧，现在是死是活，还真不好说。"柳燕眉怔了一下，似乎明白了什么，发疯似的冲出了屋门。

柳燕眉跑到书局，发现那里三三两两站着些人，房子不见了，眼前是一片断壁残垣。她的心剧烈地跳动着，她上气不接下气，她的胸口仿佛有重锤在敲击，那么疼，那么伤。她又一路疯跑回家，嘴里不停叨叨着："庆书，庆书，你千万不要有事……我错了，我错了，我真的知道错了！"

她跑到家，看见郑绍峰和郑绍川呆呆地坐在床边，郑庆书则一动不动躺在床上。她心里一惊，跌跌撞撞地走过来，郑绍峰和郑绍川听到声响回头一看，是多日不见的娘！兄弟俩看见柳燕眉披头散发地闯进屋，肩膀上似乎还有殷殷血迹，立刻站起身扶住她。

柳燕眉看着有些烧痕的郑庆书，泪如雨下，痛哭着说："庆书，你醒醒，你醒醒！我回来了，我再也不走了……呜呜呜……我们好好过，我再也不提离婚了！你醒醒啊，我错了，我知道错了！我……我再也不骂你了！你醒醒啊！”柳燕眉的声声哀号，刺痛了郑绍峰和郑绍川的心——不管怎么说，她始终是他们的娘！而且，从小到大，娘确实是很疼爱他们的，她总是想方设法让他们兄弟俩吃上肉，穿上新衣，还努力供他们读书……

郑绍峰默默地拿出那个父亲誓死保护的木匣子，轻轻递给柳燕眉。郑绍川扶着柳燕眉，哽咽地说：“娘，这里头有爹写给你的话。”柳燕眉双手颤抖，哆嗦着接过了木匣子。

郑庆书不善言辞，但书写却是他的强项。原来他每一次和柳燕眉吵架后，都会为她写一段话。柳燕眉拿起其中一张纸，上面写着：

燕眉，我知道你跟我在一起过日子是委屈你了！你年轻，漂亮；我无权，无钱。你我的结合，也许从一开始就是个错误。可是，当初你决定嫁给我的时候，你知道我有多惊喜多高兴吗？那时候，我就告诉自己，无论怎样，我都不会生你的气，都会包容你所有的一切……绍川的事情，我早就知道了，可是我并不介意，我还是视绍川如己出。因为我爱你，所以我也爱你所有的一切——哪怕是不属于我的！

她泪如泉涌，又抽出一张，上面写着：

燕眉，我知道你这些年过得不快乐，我知道我就是你不快乐的主因。近来你几次三番跟我提离婚，我就应该聪明地觉悟，毕竟我想要一段令人满意的关系已然无望。但我又舍不得你的离开。我只想我们一家四口平平安安过日子……可是，你要的生活我始终给不了，我对不起你。家里的事情乱七八糟的，而最令我难受的是你怨我、恨我——你看我的眼神也充满了鄙夷，这是最最令我难受的。

柳燕眉一张一张看着，她的眼泪像断了线的珠子，不停往下落。她张着嘴巴，把这些信纸紧紧抱在怀里，她眼神茫然，看着天空掠过的飞鸟，失魂落魄……忽然，她像疯了一样，狠狠地抽着自己的耳光，凄厉地叫着："这一切都是我的错，我的错啊！我，我……该死的人是我啊！"

郑绍峰和郑绍川尝试着靠近柳燕眉，想拉住她，但她惨白的脸抽搐了一下："我说你——你们——不要碰我！"柳燕眉尖叫着，她的声音听起来让人感觉到绝望和崩溃："我让人恶心！我让人恶心！"

她用呆滞的眼神直勾勾地瞅着盒子里的几封信，也许她在想：一定还有其他的话是郑庆书没有写出来的。她的凤眼里流出一丝清澈，她不知道自己此刻是清醒的，还是混乱的。但，她唯一知道的就是——她的这一生，过得稀里糊涂！

她始终等待着一个不该等的人，那是一场无止境的等待。

那是一场卑微、屈辱的等待。

对她而言，也有一个始终在等待她的人。

他默默守候，却一直被她嫌弃和糟蹋。

一直到最后，她对所有的一切才豁然醒悟。

可是，这一切醒悟得太迟了！她的每一条血管，每一个细胞，似乎都在拼命地回忆自己和郑庆书的点点滴滴。是她太过招摇，太过荒诞，太过贪婪！

柳燕眉披头散发地哈哈大笑着，泪水却不停地掉下来，她大声叫喊着："黄谷阳，我诅咒你！我诅咒你！你不得好死！"

说完，她眼神凄凄地看着两个儿子，微微一笑说道："儿子，娘对不起你们！以后，你们兄弟俩……要互相照顾。我死后把我和你爹，合葬在……在一起！"话音刚落，柳燕眉以迅雷不及掩耳之势撞到了墙角的柱子上，头上的鲜血顿时喷涌而出，瘫倒在地。

郑绍峰和郑绍川赶紧冲过去，扶起脸色煞白的柳燕眉，大叫：

“娘，娘，你不要死！”柳燕眉虚弱苍白的脸上露出一丝慈爱，努力抬起右手想抚摸一下两个儿子，最终，还是伸到半途就掉下去了——她死了。

郑绍川号啕大哭起来。郑绍峰的胸口像压着一块大石头，上下起伏着。他没有哭出来，他想不到和父母的生离死别竟然是这样的猝不及防——也许，人生都有裂缝，而所有的裂缝都陈述了一个事实：世界上的一切并不全是合理和透明的。每一个年代，都会出现荒诞不经的事。

苏倩茹一听郑绍峰家里出事了，马上跑来帮忙。她看着失魂落寞的兄弟俩，心里也是一阵酸楚。她咬了咬嘴唇，走上前去，轻声说道：“绍峰、绍川，节哀顺变！”

兄弟俩抬头看着红着眼睛的苏倩茹，都轻轻地点了点头。苏倩茹上前轻轻握住了郑绍峰的手，一个深情的眼神已是说明了一切。她看着绍川失魂落魄，面色苍白，心一紧，开口说：“绍川，别太难过，还有我和你哥……”

话未说完，郑绍川突然仰天悲啼，跪在地上，他终于把压抑许久的心情释放了出来，哭喊着：“老天爷为什么这样不公平？我爹是那么好的一个人，为什么要他死？为什么？娘虽然做错一些事情，但她也是省吃俭用拉扯我们长大啊，为什么？为什么？老天爷你太不公平了！爹、娘，你们怎么那么狠心丢下我啊！”

郑绍川咆哮着，发泄着自己的伤痛，他继续嘶吼着：“我成了没爹没娘的孩子了！”

郑绍峰眼含泪水，紧紧抱住弟弟，哽咽地说：“绍川，绍川……你还有哥哥，还有我！”

郑绍川失声痛哭，靠在哥哥身上，泪水模糊了他的双眼，他的声音非常悲凉：“父母在，人生尚有来处；双亲故，此生只剩归途！

哥，咱们成了没爹没娘的孩子了！人家是有老可依，咱们是无老可依！”

想到这里，郑绍川又是一阵号啕大哭，他的内心总是细腻的、敏感的。你可以听出他声音中的绝望感，那种绝望和心碎在声音中颤抖着，随时都要撕开一个口子，让那些悲凉的泪水喷涌出来。

苏倩茹在一旁也听得泪如雨下——是啊，无老可依——这个问题是她永远未曾想过的，如果有一天自己也是无老可依了，那该怎么办？这真是一个既恐怖又现实的问题！屋里只有绍川陆陆续续的抽泣声了，大家都不再言语。

突然，门被推开了，三个人齐刷刷转头看去——原来是七七。只见七七一脸哀伤，她看着苏倩茹，说道：“表姐，我……我没别的意思。我就是听说书局失火了……我……我特别担心绍峰哥哥，就过来看一下。”

苏倩茹点点头，忍住眼泪看着郑绍峰。七七转头看着郑绍峰，看着眼前这个她深深喜爱的男子此刻是那样的脆弱和憔悴，她的心揪成了一团。她多想伸出手轻轻抚摸他的脸，多想靠近他，拥抱他……可是她不能，她必须把这一切都压在心里。她看看苏倩茹，又看看郑绍峰，咬着嘴唇说道：“你……你是最坚强的。”

过了一会儿，门口又有一阵声响，屋里的人扭头看去，原来是苏方达和陈老板——苏老太太。只见苏方达一脸悲戚，步伐失去了以往的矫健，他想念着这位儿时的伙伴，叹息着人世的无常，他越想越难过，眼泪夺眶而出。他一会儿摇摇头，一会儿用手帕擦擦眼泪，一会儿喃喃自语……在这风雨飘摇的年代里，还有什么比活着更好的呢？

苏老太太对斯文博学的郑庆书也有深刻印象，她见到儿子对挚友的悼念后更加动情。这种糟心的事情真让人痛苦。只是遇上了，你来不及痛苦就得逼着自己先去解决眼前的诸多问题。庄园惨遭奸人所害，现在已经摇摇欲坠，此时的苏老太太，对这种感伤的时刻，已经没有了泪水夺眶的感觉——她经历了太多太多!

看着屋里的几个人，她清了清喉咙说道：“我知道大家此刻心里都很难受。但现在不是难过的时候。我们要振作起来——国破山河在，家破人还在！我们应当比以前更努力，在这乱世中活出自己的价值!”苏老太太的一番话，让众人逐渐清醒过来。七七看着屋里的人，回味着刚才苏老太太的话，似乎明白了些什么。

是啊，日子终归还是要过下去的。

苏老太太和苏方达在书房说着话。苏老太太说：“儿啊，目前庄园生意惨淡，你不要太着急。先把身体养好才是要紧的事儿。前两天倩茹和我提了建议，先从庄园里挑出一批心灵手巧的绣娘，我来教她们——用咱们家的祖传刺绣秘谱！我觉得这是一个好法子！现在虽然时局不稳，但依旧有人对刺绣有着极高的需求，我们可以把握时机打出一条新出路。”苏方达看着满脸坚毅的苏老太太，不住地点头，这个时候他突然想到郑绍川说的话，他深深感觉到了：无老可依是悲凉，有老可依是幸福！虽然自己也是当爹的人了，可是有娘在，一切是那么安全，那么温暖。

苏老太太接着说：“咱家这祖传秘谱啊，现在国难当头，万不可轻易泄露出去！等战局平稳了，咱们再把秘谱公开，让更多的人能够学会这门技艺，把刺绣技术发扬光大。因为它不是属于我们苏家的，它是国家的，是民族的瑰宝！儿啊，你说好不好？”苏老太太自从跟了虚空师太，学会了很多，也看淡了很多。

苏方达看着母亲慈祥的脸庞，不禁为母亲的仁厚和胸襟所折服，他频频点头，握住母亲的手说：“一切听娘的安排!”

姜妈给碧云送了一碗燕窝粥，看着太太一脸的心思，愁眉紧锁，就关切地问道：“太太，近日来您好像有心事?”

碧云心不在焉，看着窗外，懒懒地说：“这日子真没劲！想不到老太太还活着，居然回来了！”

姜妈赶紧看了四周，跑去把房门关上，紧张地说：“太太，这话可别让老爷听到。这老太太受了那么多苦，终于回来了，老爷最近气色都好多了！”

碧云撇了撇嘴，哼了一声，没好气说道：“他是高兴了，我可是遭殃了！你没看那老太太对我横眉冷眼、上下打量，分明就是对我有极大的成见！我看她就是嫌弃我没给他们苏家添个孙子！”一想起孙子，碧云又想起了苏小启，她的眼泪滴了下来，颤悠悠地叫道：“哎哟，我可怜苦命的小启啊！娘真的好想你啊！我的命怎么这么苦啊！”

姜妈一看，赶紧上前扶住哭天喊地的碧云，安慰道：“太太，您别多想了！身体要紧！”

苏倩茹正好想过来看看碧云，刚到门口，就听到里面一片哭喊。她慌忙推开门，看见碧云捶胸顿足的样子，姜妈在一旁束手无策。她快步走上前，扶住碧云，问道：“娘，您怎么了？”又转头问姜妈，“姜妈，我娘怎么了？”

姜妈面露难色，不好作答。碧云抬头一看，没好气地说：“都怨你！莫名其妙地就把什么老太太领回来了，现在这个家容不得我做主了！”

苏倩茹一听，全明白了。原来，奶奶的回来撼动了娘在苏家的绝对地位。苏倩茹耐着性子安慰道：“娘，您别想太多，奶奶回来是咱家一件大喜事，您看爹的身体好多了，应该高兴才是。再说，奶奶主要是协助爹管理庄园，这家里的事情爹不还是让您当家吗？别多想，身体要紧！”苏倩茹的一席话好似也有道理，碧云渐渐平静了下来。她斜眼瞅着苏倩茹，心里还是有些疙瘩，淡淡地说：“好了，我没什么事情了。我想休息一会儿，你和姜妈先出去吧！”苏倩茹和姜妈交换了一下眼神，点着头，关门出来。

走在花园的小路上，姜妈心有余悸地说："小姐，刚才真是多亏了你！不然太太再一闹，惊动老爷和老太太，事情就闹大了！"

苏倩茹微微一笑，说道："娘就是疑神疑鬼，但她的心是善良的，可能——这是内心缺乏安全感吧！"

姜妈似懂非懂，但她对苏倩茹是打心眼里佩服的——无论太太对她是多么恶言恶语，她对太太依然是关切有加，对这个家也是尽心尽力，这真是一个善良的女孩啊！

苏倩茹顿了一下，问道："姜妈，紫琰最近怎么样？我好像许久都没见到她了！唉，也是最近事多，不然我应该早点儿去看她！"

姜妈心里咯噔一下，支支吾吾着说道："紫……紫琰最近挺好的。她也是很想你，就是最近……有点风寒，不宜出门！"

苏倩茹一听，有点紧张，问道："没大碍吧？"然后用撒娇兼埋怨的口气说道，"姜妈，你怎么不早点儿告诉我，紫琰生病了，我应该去看她才是！"

姜妈看着善良的苏倩茹，心里一阵感动，红着眼睛说道："紫琰有你这个好朋友，真是她的福气！"苏倩茹笑了笑，拉起姜妈的手，一路小跑着去了肖紫琰的房间。

肖紫琰摸着滚圆的肚子，站在窗前，一语不发。

一周过去了，他没有打电话过来。又是一周，他还是没来找她。然后一连好几个月，他都没有任何音讯。她开始意识到，他的年龄比她大，她虽然已是成年人了，可是他，一早步入社会，在风月场所浪荡惯了的人，对女人花钱大方，长得还不赖……在嫉妒的掌控下，她开始胡思乱想，越是得不到越是想占有。清醒的时候，她会觉得他们之间的差距是现实的；可在一些诱惑下，她会模糊地感觉到他们的关系是不同寻常的，但因为有了孩子，所以更加迫切需要这种关系的稳定。她摸着日渐隆起的肚子，才知道自己有多依赖他，哪怕知道他在骗她，也愿意为他付出一切。

她告诉自己，不要再想他。可这肚子里的小生命一天天长大，她又不自觉地想起他，她不知道自己这样苦苦追寻的意义是什么，但感情怎么能是说断就断、说忘就忘的呢！想着想着，他的眼睛模糊了。这时，门“哐当”一声开了，肖紫琰慌忙低下头用袖子胡乱擦拭去眼角的泪水。

“紫琰，我回来了！好久没有见你，我可是想死你了！”只见苏倩茹的声音飘了进来，她进门看到站在窗前的肖紫琰，立刻呆住了——眼前的肖紫琰挺着个大肚子！

肖紫琰一看是苏倩茹，也震惊得说不出话来，她喃喃地说：“倩……倩茹，你……你怎么来了？”然后低头看了一下自己的肚子，羞得转过身去。

姜妈赶紧把门关上，小声说：“小姐，这一切都是我的安排。”

苏倩茹不解地看着姜妈，坐下来听姜妈把事情的来龙去脉说了一遍。苏倩茹一边听，一边唏嘘，对姜妈的命运感到同情，更为紫琰的坚持感到不可思议。她紧紧地握着肖紫琰的手，不停地说：“紫琰，你太傻了！你怎么这么傻啊！你受苦了！”肖紫琰轻轻啜泣着，苏倩茹也是一阵心疼，不由得跟着啜泣起来。

姜妈说：“黄亦虎从来没有来看过紫琰，我跟紫琰说这个黄亦虎就是个薄情的负心汉，根本不值得等待！”苏倩茹看了一眼姜妈，示意姜妈先回避一下，她有话要单独和肖紫琰聊一下，姜妈识趣地关上门，到门口把风去了。

肖紫琰泣不成声，说道：“可是，他无论怎样，都是我肚子里孩子的爹呀！”

苏倩茹看着当断不断的肖紫琰，鼓起勇气说：“你没看到吗？他是那种把时间都花费在保持某种姿态上的人，他根本不想让你走进他的生活，难道你看不出来吗？他一点儿都不爱你！”

这番话让肖紫琰停止了哭泣，绝望地坐在椅子上，她心里知道，可又不想承认。她也了解黄亦虎的为人，他一定会以自己的方式达到目的。想到这里，她抱紧了肚子，这是她唯一活下去的希望。

“说真的，紫琰，你需要冷静一下。黄亦虎要的是地位、金钱和专制，你对他来说，只是一段误入的短途旅程。”苏倩茹抱着肖紫琰，继续说，“他要追求他要的东西，而你恰好不在这个范畴，你应该心知肚明。”

“可当时……他说他爱我啊！”肖紫琰凄厉地尖叫起来。

“是这样，没错。但，那个爱只是一时的爱，是有所图的爱。等他得到了，爱也到了尽头。而你，是想拥有他的一切。”苏倩茹狠下心说。

“你不要再说了！”肖紫琰痛苦地捂住了耳朵。

“好，好。那我先回去了，你好好休息。”苏倩茹转身要走。

“等等——你再陪陪我，我一个人很是孤单。”肖紫琰抬头露出略为苍白的脸蛋，“好吧。我还能和谁说呢？你是唯一了解我的人，我努力忘掉他，给我点儿时间好吗？”

苏倩茹笑了，心疼地抱紧了肖紫琰：“好，时间会冲淡一切。将来，你就不再是过去的你了，你会成为一个新的你。而那个新的你，也许想要的也是不同的东西了！”

“或许吧。”肖紫琰抚摸着凸起的肚子，喃喃地说，“现在，我就想他健健康康、平平安安生下来。”她那晶莹的泪珠挂在长长的睫毛上。

“这就对咯！你要告别过去，迎接自己新的未来。这就像一个吐旧纳新的过程，排除之前的废气，吸进更新鲜更优质的空气，你的体格会越来越健壮，你的人格会越来越独立。往前走一步，你会觉得世界原来还是很明亮的，人生还是很灿烂的。加油！”苏倩茹加重握住了肖紫琰的手。

“谢谢你，倩茹！我会勇敢的，你放心！”肖紫琰眼泛泪花，笑着对她的好朋友说道。两个人的手紧紧地、紧紧地握在一起。

天快黑的时候，孙立波在苏家大院的门口拐弯处，等着姜妈。姜妈趁着没人注意，闪到旁边的一条僻静小道，冷冷地问："你又来做什么？"

孙立波不在乎姜妈的冷眼，他拿出一袋东西给姜妈，说道："姜妈，麻烦您把这些东西带给肖小姐，她现在需要滋补身体。"

姜妈一脸鄙夷，没好气儿地说道："不用了，请拿回去吧！紫琰在苏府吃好喝好，不需要你们在这儿假惺惺！如果黄亦虎真有悔过之意，让他亲自来道歉！"

孙立波面露难色，迟疑了一会儿才说道："这……这是我自己的一点心意，跟少爷没有关系！"

姜妈抬头看了他一眼，疑惑地说："你干吗要这样做？"孙立波迎着姜妈的眼神说："我跟肖小姐见过几次面，我只是觉得，肖小姐很不容易——你放心，我不会告诉别人肖小姐怀着少爷孩子的事情！"

"你们那个少爷，真是太缺德了！"姜妈没好气地说。

孙立波沉默了一下，说："姜妈，如果可以，请您想办法让肖小姐离开苏家到外面住吧。毕竟那里人多嘴杂，孩子出生了肯定也瞒不住的，这日子过得一惊一乍的，对大人对小孩都不太好。"

姜妈一听，这话说得还是很有道理，但她用狐疑的眼光瞅着孙立波，她现在也分不清这孙立波到底是敌是友——她也管不了那么多，只是看起来他似乎对肖紫琰很关心，不过姜妈还是很小心谨慎，毕竟上次肖紫琰被黄亦虎怂恿哄骗偷契税单子的事情，到现在还令她后悔万分。

孙立波看出了姜妈的猜疑和犹豫，表达了最后的意思："姜妈，如果肖小姐搬出来，外面的房子我来帮忙解决！放心，这些都是我个人的意思，和黄家无任何关系！"他似乎也明白姜妈的担心，直截了当摆明了自己的立场。当然，他不会告诉她们，黄谷阳已经打听到苏老太太不仅失踪归来，手里还有苏家祖传刺绣秘谱，而且他还联合了日本人密谋夺取的事情！他只想让肖紫琰搬离苏家，远离这场是非——这可是一场会要人命的是非！

姜妈点了下头，但还是冷冷地说："谢谢你的好意。只是，肖小姐的事情，我会处理的，不劳您费心了！这些东西，您拿回去吧！"

孙立波对姜妈拒人千里之外的态度并无太大反应，似乎早就习惯了，他还是平静地说："姜妈，以后肖小姐要是有什么难处，你可随时来找我。"说完，把袋子塞到姜妈手里就快步离开了。姜妈看着手里的东西，想大声呼叫，又闭上了嘴巴，左看看右看看，只好拿回家去了。

回了房间，肖紫琰看姜妈手里大包小包的一堆东西，就开玩笑说道："娘，你买这么多东西，是想把我喂成大胖子呀？"

姜妈苦笑着说："这不是我买的，是别人送给你的！"

肖紫琰一听，脸上露出既惊又喜的表情，脱口而出："是黄亦虎送来的吧？我……我就知道他不会这么绝情的，看来他还是想着我，想着孩子的！"

姜妈看着女儿高兴的样子，很不忍心打断她的幻想，但她还是告诉了她实情："不是黄亦虎！"

肖紫琰眼里的亮光马上黯淡了下去，嘴里喃喃地说："我也知道不可能……"然后抬头看着姜妈，皱眉问道，"那是谁？"

姜妈回道："孙立波——黄谷阳公司的经理，就是那个高高瘦瘦的小伙子，整天都跟在黄谷阳的后面！也不知道他跟着黄谷阳干过多少坏事！"

肖紫琰一下想起这个人了——就是在换亲夜里救了自己的那个男人！她点点头，说："我知道了。他救过我。"然后简单地把换亲那个晚上发生的事情说了一下。

姜妈听得后怕不已，颤声说道："这黄亦虎也太狠心了，黄家真没一个好人！看来这个孙经理，也不是个太坏的人，真是多亏了他及时出手相救，要不然……”姜妈紧紧抱着肖紫琰，流着眼泪说，“你要有什么三长两短，娘怎么办？”

肖紫琰勉强一笑，说：“娘，我这不是好好的吗？没事了。那个孙立波……能不见就不见了。”肖紫琰心里明白，孙立波对自己的关心是来自他对自己的好感，只是她不想再和黄家的人有什么牵扯了，而且她的心——现在也装不下第二个人了！

姜妈点着头忙说：“我知道了。他到底是黄家的人，说不出这里面有什么阴谋诡计，咱还是小心为好，可不能再害了老爷和小姐！毕竟他身在黄家办事，不是一丘之貉，就是另有隐情！”姜妈一边碎碎念，一边让肖紫琰躺下休息，拿起一条薄被子给她盖上。

肖紫琰不回答，只是把身子侧向墙壁，心里居然隐隐觉得孙立波属于后者——天啊，她闭上眼睛，努力让自己不要再想那些乱七八糟的事情！她现在要做的就是，听苏倩茹的话——活出新的自己！

还是那片后山，还是那条河。郑绍峰和苏倩茹依旧在那棵大树下，两个人紧紧偎依在一起。郑绍峰有点感慨地说：“倩茹，咱们终于可以光明正大地在一起了！”

苏倩茹把头靠在郑绍峰的肩膀上，左手紧紧握着他的右手，回答道：“是啊！这两年来，真是艰辛！我们也一起经历了很多事情，还好我们都没有放弃彼此！”

郑绍峰笑了一下，说：“反正，我是一辈子都要缠着你的！”说完，在苏倩茹的额头轻轻吻了一下。

苏倩茹娇羞一笑，说：“七七表妹听说你回来了，前两天还来我家找你呢！我想，我这位表妹是不是也要一直缠着你？”苏倩茹假装吃醋，噘着小嘴说道。

“我——我对她一点意思也没有！这——这都是她一厢情愿！我早和她说清楚了，我喜欢的人是你！”郑绍峰一听，有点急眼了，慌忙解释着。

苏倩茹继续逗着郑绍峰："听说七七表妹前段时间一直在街上救济乞丐，让家丁开设粥摊免费施舍，还给一些穷苦人家的孩子送去了衣服鞋袜——也算是做了好事！这，都是你的功劳！"说完，苏倩茹瞟了郑绍峰一眼。

"这样啊，我上次也是随口那么一说——没想到她还当真呀！"郑绍峰有点惊讶。"我这表妹，虽然心直口快，但心地善良——跟她爹完全不一样！"苏倩茹笑着说，"看来，爱情的力量太伟大了！居然能让跋扈的富家小姐都变了样，郑大少爷——你的魅力可真大呀！"苏倩茹突然发现，逗郑绍峰是一件很有意思的事情，他着急又不知所措的样子真是可爱。

郑绍峰急得脸都红了，语无伦次地说："我……我可啥都没做！你……你再说……我就，就……"

"就怎样？你能把我怎样？我就……"苏倩茹本来还得意扬扬的，瞬间目瞪口呆了——原来郑绍峰一个吻封住了她的小嘴，丝毫不再给她说话的机会！郑绍峰挑着眉，脸上尽是坏笑，苏倩茹刚想张嘴再说，郑绍峰再次紧紧堵住了她的嘴巴——夕阳无限好，浓情羡煞人。

过了许久，苏倩茹红着脸把头埋在郑绍峰的胸前。她喃喃地说："真想时间停下来，就这样过一辈子。"

郑绍峰柔情地说："我们永远都不会分开的！"苏倩茹点了点头，说："现在奶奶回来了，爹的身体也好多了。在奶奶的帮助下，庄园也逐渐恢复活力了！最关键的是——娘现在不会赶我出门，也不逼着我结婚了！"

郑绍峰右手搂着苏倩茹，微微一笑道："我们还有很多事情要做，等到抗战胜利，咱们就结婚，好不好？"苏倩茹一惊，开心地点着头。郑绍峰看着渐渐西沉的夕阳，他想起了自己的爹娘和那天晚上的黑影……

第二十章

老周的书店，最近总有几个可疑的人进来。他们轮着班，从开业到打烊，总是有那么几个人——气息非常明显，老周一下子就觉察出来了。老周不动声色，在他眼里，那几个人的眼睛，仿佛是地狱里狗的眼睛，盯着他。他知道自己被监视了，这里也随时会有危险。虽然上次有提醒过郑绍峰，但他还是担心郑绍峰会过来。他喝着茶，脑子里不停地转起来。老周不慌不忙和林子交换了一下眼神。

林子心领神会，走过去笑着问那个瘦高的青年："要不要我帮您推荐一下？最近到了一批新书，很是不错。"林子职业化的问询和对其他客人的行为举止没有两样。

瘦高青年一愣，然后快速、持续地眨眼——这是一种不由自主的条件反射。他支支吾吾地说："不，不用，我自己看看就行。"说完，他一直盯着老周，试图想从老周那里获得些什么，可老周根本没有看他，还在做他自己的事情——仿佛他只是个寻常客人罢了，林子也如往常那样去接受别的客人的问询、打包、收款等。

这天下午，老周把一个打包好的盒子递给林子，朗声说道："林子，这是上午客人买的书，你给送过去。"

林子点点头，伸手接过盒子——他的手心里突然多了一个小纸团。他接过盒子，背对着特务，顺手把盒子抱在怀里——小纸团一骨碌也塞进了衣服内口袋。整个动作一气呵成，没有任何破绽。特务看着林子出门，想了一下，也跟着出门了。

老周看着特务跟出门，他的心也揪起来了。门外也有特务，只见瘦高特务和外面的一个马脸特务耳语了几句，又匆忙折回了店里。老周依旧招呼着客人，只是心里的鼓敲了起来——看来敌人是要收网了！如果还有别的更好的方法，他绝不会让林子去冒险的！

林子警惕地走着，他能觉察到有人一直跟着他，走着走着，他停下来给自己争取时间—— 一边系鞋带，一边思忖着如何把情报送出去。

他看着不远处的接线人—— 一个衣着褴褛、蓬头垢面的乞丐正蹲在墙角，他的面前摆着一个破碗，正在做着“生意”。他看了看乞丐旁边的菜摊，灵机一动，走到菜摊旁边假装脚一拐，盒子不小心砸在了一堆菜上，他顺势一倒，把手里备好的纸团趁着混乱扔在乞丐的破碗里。乞丐不动声色的快速拿起纸团，继续低着头，挠着痒痒，东抓西揉，早就不知道把纸团塞在身上破衣服的哪个破口袋里了。

林子暗暗松了一口气，爬起来，拿起盒子，不停哈着腰和菜贩子道歉。这时，后面的特务冲了过来，一把抓住他恶狠狠地说：“不许动！”然后开始搜他的身，林子大声喊着：“你是谁？你干什么？”

特务白了他一眼，奸笑道：“到了局里，我就让你知道我是谁！”

这时，特务招呼两个在路口的警察，亮了一下证件，说：“这个人，我怀疑是共产党，带回去审问！”

林子一听，大呼冤枉，可怜巴巴地说：“我只是一个送书的，怎么会是什么……什么共产党！”几个人在那里拉扯着。

郑绍峰看到不远处有一群人在拉拉扯扯，他看了一眼，发现被围在中间的那个人很像林子，他心里咯噔一下，赶紧冲上去。不料，刚抬脚后背便被人拉住了，他回头一看，原来是七七！只见七七小姐今日穿着一袭天蓝色裙装，显得格外清纯靓丽。她笑靥如花，歪着头说道：“绍……绍峰哥哥，看你这次往哪里跑！哼……虽然你和我表姐在一起了，但是我……我还是很想你的！”

郑绍峰又气又急，看着不远处受困的林子，没好气地说：“我说贾大小姐，我跟你非亲非故，你干吗总阴魂不散跟着我？”

七七笑嘻嘻地说：“别……别说得这么难听，我们这……这是有缘千里来相会！再说咱们之间不还有表姐吗？一家人，一家人嘛！”

郑绍峰哭笑不得：“你都知道我和你表姐在一起，怎么还缠着我呢！”

七七嘟着嘴，不以为意地说：“我又没要和你干什么！虽然你和表姐在一起，但不代表我们不能做朋友啊，你说是不是？我喜欢你，这是我的自由，你阻止不了！”

“哎呀，你看看你，说得还真像那么一回事，不过也都是强词夺理。你要知道，我的心里只有你表姐一个人！你赶紧松手，我现在有要紧事要处理！”郑绍峰看着远处受困的林子，着急地说道。

七七一听，连忙说：“我最喜欢帮忙了，尤其是你的忙！带上我吧，我不会给你拖后腿的！”

看着笑容单纯的七七，他脑子里突然生出一个主意来，他一把拉住七七的手，边走边说：“真要帮，你就拿出诚意来！让我看看你的能力吧！”七七一听，又看着郑绍峰抓着自己的手，心里一阵甜蜜。

很快，郑绍峰带着七七来到人群中，看到了满脸通红的林子，还有凶神恶煞的特务及两个点头哈腰的警察。他看着林子，皱着眉头大声说：“我说小伙计，我订的书怎么现在还没送过来？”

林子抬头一看，是郑绍峰，心里大喜，但还是佯装紧张害怕的样子，看着特务和警察，回答道：“我，我……”

郑绍峰厉声说道：“我……我什么！你不知道我这书是送给七七小姐的吗？”

七七一听，脸上一愣，看着郑绍峰，她马上明白了，蛮横地说：“这么慢，回头我投诉你！”

特务和警察一看是七七小姐，赶紧赔着笑脸说道："哎哟，是七七小姐啊！小的真是有眼不识泰山，误了您的大事！"

七七翻着白眼，说："这是怎么回事啊？怎么连一个小伙计都要抓啊？"

特务哈着腰说："这……这也是奉上级的命令！小的，也只是听命办事啊！"

七七一听，哼了一声，鄙夷地说："一个小小的书店伙计，能干啥？你们啊，不要动不动怀疑这个、怀疑那个，搞得社会都不太平了！这书，是我要送给我爹的，难不成我爹要了这书，也成了怀疑对象？"

"啊……不敢不敢！"特务看着郑绍峰和七七紧紧牵着的手，立马心领神会，紧张地说，"贾会长是我们局长的好朋友，怎么会是！七七小姐，您大人有大量，不要将此事告诉局长，不然我……"

七七点着头，打断他的话头，说道："知道，知道！你——你们也是不容易，都是听命办事的！我——我懂！这事就到此作罢！赶紧走吧！别整天疑神疑鬼了！"

特务和两个警察赔着笑脸，想到刚才搜身也没搜出什么，只好喝散围观的人群，各自离开了。七七看着他们离开，松了一口气，看着郑绍峰的手还紧紧抓着自己，她露出得意的笑容，说道："圆满完成任务！"

郑绍峰终于把跳到嗓子眼的心放了下来，他才发觉自己还抓着七七的手，慌忙放下，轻轻说道："这次谢谢你了！"

七七一听，急了，就说："不用谢不用谢！我——我乐意为你做任何事！"说完，她娇俏的脸蛋浮起两团红云，低着头说，"今——今天我还有别的事，改天再来找你！"

郑绍峰看着如小兔子般跑开的七七，苦笑了一下。他招呼林子一起走，一路走一路警觉地看着四周，发现没有人跟踪，就闪进了一条小路，七拐八拐到了家里。

他关上门，对林子说："发生什么事情了?"

林子叹了一口气，说道："大概是被发现了吧！最近，店里总来一些可疑的人，应该是在盯梢。老周也是没办法，才让我冒险出来——这个情报很重要！还好这一次你及时相助，有惊无险啊!"林子拍着胸脯。

"那老周会不会有危险?"郑绍峰着急地问道。

林子平静地说："你也了解老周，越是这种时刻，他越是临危不惧。你不知道啊，老周几乎是天天把脑袋别在裤带上的……"林子的眼神里充满了敬佩之情。

林子娓娓道来，跟郑绍峰讲了一个他从来没有见过的老周——宁月斋书店是苏州一个地下党据点，而老周就是据点的负责人。他每天在书店里上班，表面上是店老板，实则是地下党情报负责人。来书店的人，三教九流，什么人都有，一般人也看不出什么特别。有个人，他每个月都会去一两次，但每次都只看书不买书，而且他总是在同一个书架的固定位置上取书。他离开后，老周就马上去查看他翻阅过的书籍，因为这本书里一定会出现一张纸条，上面写着最新情报。有些顾客的钞票里，也是"有馅"的，情报会夹在里面。

有一次，特别惊险。当时老周正和一个地下党同志交换情报。这时，恰好一名日本宪兵来店里看书。一本宣传抗日的书籍就放在柜台上，来不及收了，地下党同志和老周使了个眼色，老周从容镇定地从旁边顺手拿过一本账册盖在了上面……危险的一刻就这样无声地化解了!

还有一次，也是最惊险的一次，让林子记忆深刻。

那一次，林子和老周临时接到命令，配合地下党一起去执行一次营救任务。营救成功后，大家计划分路突围而出，当时老周化装成一名教书先生，腰里别着短枪。在突围途中，他俩遇到了一队国民党巡逻兵，对方有八九个人，叫他们站住，问是干什么的。老周沉着冷静，用他惯有的文人气息回答他是小学教师，林子则是学校的后勤人员。巡逻兵就问他们是哪个学校的，老周非常自然地顺手一指，说是那边的学校。巧的是，老周所指的方向恰好有一所小学，于是两个人化险为夷，被国民党巡逻兵放走了！

……

郑绍峰如痴如醉地听着，被他们舍生忘死的精神深深打动了。听林子讲完，郑绍峰问："那，如果被发现，暴露了怎么办？"

林子大手一挥，大义凛然说道："拔出枪和他们拼了！从加入组织的那一天起，我们就做好了随时牺牲的准备！"

郑绍峰的眼睛湿润了，多少同志为了革命的胜利，把个人生死置之度外，他们的工作，他们的名字，也许到最后都不为人所知，可他们就是这样默默无闻地奉献着，为国家献出自己一份微薄的力量。

林子最后说："绍峰大哥，现在书店不安全了。老周让你不要去了，有事情的话，就去上次他跟你说的地方进行联络。如果这次能安全脱身，他自然会来找你。我……我可能不能来找你了……你多保重。"

郑绍峰听得眼眶发热，他紧紧地抓着林子的肩膀，一句话也说不出来。"还有，老周让我特别转告你——苏州图书馆的藏书在馆长的努力下，已经做了分批转移。他让我谢谢你，谢谢你提供的重要情报！"

郑绍峰静静地听着，不停地点着头，他看着稚气未脱的林子，心里一阵难过：这么鲜活的青春，这么纯真的少年，因为战争，让他不得不快速成熟起来。他的心里也有一种自豪——中国人民到了最后的关头，总是会团结在一起，不分男女老少！

林子看了看逐渐暗下来的天色，站起来说："绍峰大哥，我该走了！你自己也多保重！”走了两步又停下来，对郑绍峰说，“大哥，我能请你帮我个忙吗？”

郑绍峰点点头，原来林子想请他帮忙写一句话。郑绍峰拿出钢笔，在稿纸上，工工整整地写：在宁静的新世界里，充满喜乐地活着！

写完，林子满意地拿起来，小心地折叠好，放进贴身的口袋里。他说：“我特别喜欢这句话，我相信我们都可以这样。”说完，露出两个小小的虎牙，年轻朝气的面庞是如此勇敢、无私。林子走后，郑绍峰一个人在屋里无声地流着两行热泪，久久都不能平静……

家庭烦恼似乎与国家危急总是息息相关。1937 年的中国，政局不稳，经济起伏。虽然恐慌笼罩着人们，但他们的生活照样持续着，仿佛若无其事。日复一日，年复一年，全国各地的动乱就像鬼火一样闪烁无常。也许，动乱明天就会到这个城市——这一切都不好说！此时，危机就像倒霉的运气一样，蔓延到苏方达的家里，蹑手蹑脚但又早有预谋地潜入了他的庄园。

苏家大院。

碧云在房间内怀揣着心事，郁郁寡欢，小玉在身后小心翼翼地给她捶着肩膀。她想着苏老太太，觉得自己在这个家里的地位岌岌可危。老太太三番五次话里话外提到了关于自己身体的事情，似乎在暗示着某种可能——如果自己不能再生育了，那就很有可能要给她儿子纳妾了！这是碧云最不能容忍的事情！以前老太太没回来的时候，苏方达似乎对这件事情没有在意，可这些天在老太太的撺掇下，似乎也有些意思了。碧云的心开始慌张起来，可她又觉得力不从心，她感觉自己和这个家越发疏离——而且这种疏离感随着自己的胡思乱想变得越发深刻、迫切且危险。

忽然，沉香推门而进，慌慌张张地说：“太太，太太……”

碧云脸色一沉，没好气地说：“死丫头，这么慌张！是遇到鬼了？”

小玉同情地看了沉香一眼，太太最近心情不好，大家都谨慎地干活，生怕一不小心惹怒了太太。沉香吓得脸色发白，跪下来，手里捏着个小纸团，颤声说道：“太太，刚才我在门口等小六，突然有个人飞快跑来，朝我手里塞了这个东西，说务必亲手交给你！我……我就赶紧拿过来了！”

碧云斜着眼睛瞅了一眼，挑着好看的眉毛问道：“是什么人看清楚了吗？”

“看不清楚，他戴着帽子，速度很快，我根本反应不过来！”沉香摇着头说。

“呃……拿来看看。”碧云伸了伸右手，不以为意地说。

小玉赶紧接过来，刚要递给她，她就闭上眼睛懒洋洋地说：“小玉，你帮我打开看看，里面到底是什么？”

小玉打开纸团，定睛一看，发出“啊！”的一声，惊呆了。

碧云嫌弃地转过头去，生气地说：“你也和沉香一样，一惊一乍，非要把我吓死不可吗？”她看小玉面如土色，拿着纸团的手一直在发抖，皱着眉头厉声喝道：“快读给我听听！”

小玉照着字条上的字，念了出来。碧云一听，脸色瞬间变绿了——整个人像被抽掉了魂一样，呆呆地定在那里。过了一会儿，她喘着粗气，大声叫道：“不是我，不是我！是谁这么缺德，要这么陷害我？谁呢，谁呢？”碧云发疯似的号叫起来。

沉香和小玉两个人慌忙跪在地上，大气不敢喘，只听得太太在撒泼似的各种吼叫。隔壁书房的苏方达和苏老太太听到碧云屋里一阵嘈杂，匆匆赶过来。

推门一看，只见小玉和沉香万分惊恐，碧云则是发疯似的乱叫，脸色惨白。苏方达赶紧扶住碧云，问跪在地上的两个人："太太这是怎么了？"

小玉结结巴巴地说："太……太太……她收了个字条，就……就这样了！"

"什么字条？"苏方达不解地问。

小玉把地上的字条捡起来，双手奉上，呈给苏方达。苏方达一看，脸色一惊，用一种不可思议的眼神看着碧云，碧云看着苏方达，疯狂地摇着头，大声说："不是我，真的不是我！"苏老太太也接过纸条，看完也怔怔地瞅着碧云，眼里满是嫌恶和鄙视。

碧云"扑通"一声，跪在苏方达面前，扯着苏方达的长衣，流着眼泪说道："老爷，真的不是我！我……我也不知道怎么回事啊！"

苏方达冷冷地说："那——那这个字条哪里来的呢？"

"是——是沉香带回来的。"碧云指着沉香说道。

"老……老爷，我刚才在门口等小六，忽然一个人把这个纸团塞进我手里，说务必要亲手交给太太，我也不知道他是什么人！"沉香捣着头，大声哭道。

苏老太太大喝一声："碧云，没想到你心肠这么狠毒！之前我就听说你嫌弃郑绍峰家里穷，生生拆散了倩茹和绍峰，现在我回来了，你是不是看我有意要撮合他们，就想出这么狠毒的一招？虎毒不食子，何况你还是个吃斋念佛的人啊！你的心肠太黑了！"

碧云一听，哭得更厉害了，她摇着苏方达的腿说："老爷，你要相信我，真的不是我！我什么也不知道，老爷——虽然我不喜欢柳燕眉一家，但我绝不会做这种丧尽天良的事情啊！"

苏方达一听，看看哭得梨花带雨的碧云瘦弱的身体一抽一抽的，心里也一阵疼。他知道，碧云嘴巴是刻薄点，但杀人放火的事情，肯定是不会去干的。他示意沉香和小玉扶起碧云，淡淡地说："你先去休息吧，这事我会调查清楚的。"说完，扶起一旁怒气冲冲的苏老太太，先行离开了，留下在屋里号啕痛哭的碧云。小玉看着地上的纸条，心里有一股激流不断冲击而来，她暗暗做了一个决定。

第二天，她趁着碧云不注意，悄悄去了苏倩茹的房间。她一见苏倩茹，就左右看了一下，说："大小姐，我能单独和您说句话吗？"

苏倩茹微微一笑，看着有点紧张的小玉，就让小渔去外面守着，两个人关上了门。苏倩茹看着神色惊惶的小玉，柔声说道："小玉，你有什么事情直接说吧，这里很安全。"

小玉痛苦地眨眨眼，泪水溃堤而出，哭着说："大小姐，我不知道这件事情要不要和绍川说，可是绍川知道了肯定会做傻事的……我……我想了一个晚上，决定还是来告诉你！"

苏倩茹一看小玉的样子，知道肯定不是小事，就说："小玉，谢谢你对我的信任。有什么事情，你告诉我，我们可以一起商量！来，先不哭了！"

小玉感激地看着苏倩茹，抽泣地说："绍川父亲的书局是……是——太太叫人干的！"

苏倩茹一听，瞪圆了眼睛，她摇着头说道："不可能，不可能！我娘不会做这种事情的！她虽然不喜欢绍峰一家人，但绝不会干这种事情的！你是怎么知道的？"

"昨天有人给太太送了个纸团，里头写着：苏太太，已按您的指示，火烧郑家书局。这纸团上的字，我也看了，千真万确！"小玉哭着说。

"小玉，你先冷静一下。我娘基本都待在府里，你们也寸步不离地服侍着她，可曾看见她和可疑人士接触？"小玉想了一下，摇摇头。

苏倩茹点点头，接下去说："这就对了！我想这是有人陷害，目的是要挑起我们的内部矛盾！这件事情——娘也是受害者！你先回去照顾我娘，我这就去和我爹商量一下。"苏倩茹站了起来，她扶起泪流满面的小玉，说："小玉，你真是个好姑娘，怪不得绍川那么喜欢你。这件事情，你先别和绍川说，等我查明事情的真相，再给他们兄弟一个合理的解释。”小玉点了点头，擦擦眼泪就回去了。

苏倩茹看着小玉离开，心里也是一阵难受。这就是生活——大大小小的问题，总是接踵而至！

苏倩茹赶紧来到苏方达的书房，只见苏老太太也在那里，似乎还生着闷气。她一看，浅浅一笑，来到苏老太太的身后，抡起两个小拳头，有节奏地敲打在苏老太太的肩膀上，撒娇地说：“奶奶，是不是爹惹您生气了？”

苏老太太没好气地说：“是你那胡搅蛮缠的娘！”

苏倩茹假装不知，一脸茫然地问：“我娘怎么惹您生气了？她现在基本都在祠堂诵经念佛，对您也是十分恭敬啊！”

苏老太太一听，瞅着苏方达说道：“你娘啊，都是给你爹宠坏了！你说说看，咱苏家是不是不能无后？我让你爹纳个妾，他都怕你娘生气。”苏老太太气呼呼地说。

苏方达一听，有点着急，红着脸说：“娘，这……这……倩茹还在这里呢！不要当孩子的面提这种问题，多不好！”苏方达不想让苏倩茹觉得他重男轻女，实际上他也没有这种想法。

苏倩茹一听，扑哧一声，笑嘻嘻地说：“爹，我知道您是疼我的。从小，您就没有重男轻女的观念，我懂。”

苏方达赶紧转移话题，说道：“不说这个事情了。倩茹，正好你来了，爹和你说一个事情。刚才你娘收到一个纸团，说……郑家书局的火是你娘让人烧的。”

苏倩茹点点头，说道：“我觉得这个事情，是有人在陷害咱们——好一出借刀杀人的歹计！”

苏方达和苏老太太都把脑袋转向她，等着听她的分析。苏倩茹看着爹和奶奶，一脸严肃地说：“娘平时大门不出，也没跟外面什么人接触过。而且就算娘不喜欢郑家人，但她内心还是善良的，不会做出这种恶毒的事情。我想，这是一个阴谋——有人一直在蓄意挑起我们的内部矛盾！而且，我总觉得之前爹生意出现的问题，也是和这个幕后主使有着不可撇清的关系！感觉他们就是想搞垮我们苏家，想让我们苏家家破人亡！”

苏方达和苏老太太细细地听着苏倩茹的分析，觉得很有道理，频频点头。苏方达有点不理解地问道：“可，可我为人坦荡，做事清白，为什么还有人要陷害我？”

苏老太太指着苏方达的脑门，说道：“我的傻儿子啊，你的以礼相待未必换得别人的礼尚往来！有些人表面笑吟吟，背后可在狠狠地捅刀子！平日里和你口口以兄弟相称的人，也许就是置你于死地的人！”

苏方达若有所思地坐在椅子上，他的脑子里浮现出一个人的面孔来……他喃喃地说：“难道……难道是他！”苏方达有点不敢相信——或者说，他根本不愿意承认！之前他也曾闪现过疑问，但很快被自己推翻了——他认为儿时的朋友绝不可能对自己做出背信弃义的事情！

但现在看来就是他，没错！

苏倩茹和苏老太太看着一脸犹豫的苏方达，脸上还有些难以置信的难过神情，苏方达抬起头，嘴里艰难地吐出三个字：“黄——谷——阳！”

苏倩茹和苏老太太惊了一下，大家都不由得打了个冷战。苏老太太见过太多风浪，很快稳定了情绪，她点着头说：“儿啊，娘相信你的判断。既然有人一直想置咱苏家于死地，咱可不能坐以待毙！我们何不将计就计、引蛇出洞呢？”

“对！奶奶说得很有道理！爹，我最近打听到，黄谷阳一直在寻找苏州刺绣高人——我想奶奶已经是他的目标了！只是现在他儿子——黄亦虎和日本人走得很近，现在局势也不太平，苏州说打仗就打仗，我觉得现在不能和他硬碰硬。”

苏方达和苏老太太看着苏倩茹，点点头，示意让她继续说下去。“黄谷阳父子为了达到目标定会不择手段，所以我们必须有所防范。现在我有一个想法……”苏倩茹微微一笑，一副胸有成竹的样子。苏方达和苏老太太看着她，点点头，三个人在书房里细细说起来……

这一天，苏倩茹来郑绍峰家里找他。郑绍峰很高兴，赶紧泡了一杯茶给她，然后两眼含情脉脉地看着她。苏倩茹被看得有点不好意思，索性低下头去，郑绍峰一把拉过椅子，挨着她坐下。他温柔地看着她，问道：“今天来找我有什么事情吗？”

苏倩茹嘟着嘴，假装生气地说：“没事就不能来找你吗？”

郑绍峰哈哈一笑，搂住苏倩茹的肩膀说：“当然可以！你想什么时候来都可以！只是现在局势有些微妙——老周已经被特务盯上了，我们最近都要注意一点。”郑绍峰的语气沉重下来了，脸色也变得严峻起来。

苏倩茹脸色顿时严肃起来，她看着郑绍峰，觉得他就像在刀尖上行走——随时会有危险。郑绍峰似乎看出了苏倩茹的担忧，浅浅一笑，说道：“没事，你放心。现在黄亦虎还是挺信任我的，我知道随机应变的。”苏倩茹一听，乌黑的眼珠子看着郑绍峰，那一汪秋水是那样温柔和多情，看得郑绍峰心里一热，情不自禁捧起她那精致的小脸，深深地往那粉嫩红润的小嘴亲了上去……苏倩茹的小脸涨得通红，心如小鹿乱撞，两个人产生了某种联系，某种感应，一拍即合——他的心中，很早之前就全是她；她的心中，也满满是他！

郑绍峰将脸凑近，用鼻子感受对方的气味，真是令人意乱情迷。他亲吻着她的胳膊，沿途上去，亲吻着脖子……她觉得有点痒痒的，转了个身，发出了一声听不清的呓语，她睁开了眼睛。

那双黑葡萄似的眼睛看着他，仿佛那是一汪深深的潭水。他看着她微笑着，她有点不好意思，继而又报以灿烂的微笑。他俯下身子，再次深深地亲吻着她。

也不知过了多久，苏倩茹平复着自己的气息，看着郑绍峰晶晶亮的眸子说道："绍峰，真希望这一刻能定格下来，永远都是这样。"

郑绍峰搂紧了苏倩茹，带着期待和深情的语气说道："待到革命成功之时，也是百姓安生之日。会的，这一天很快就会到来的。"

苏倩茹紧紧靠在郑绍峰的肩膀上，说道："嗯，我相信。对了，我今天来找你，是有一件事情要和你说的。"

郑绍峰点着头，摸着她乌黑柔顺的长发，说："我也有一件事情要和你说。"

"你先说。"两个人不约而同地说了出来，随即交换了一下眼神，彼此会心一笑。郑绍峰说："女士优先。"

苏倩茹抿嘴一笑，目光开始严肃起来，说："我爹想到了之前屡次陷害他的人了！"

郑绍峰一惊，问道："是谁？"

苏倩茹带着一丝怒气，说道："黄谷阳！"

郑绍峰瞪圆了眼睛，点点头，说道："果然是他！"

苏倩茹点点头，带着一丝崇拜之情说道："绍峰，你之前就提醒过我。我跟爹也说过，只是爹一直认为黄谷阳是他多年的老朋友，而且你也知道我爹他为人仗义……想不到最终还是栽在熟悉的人手里！爹现在也是懊恼不已！"

郑绍峰握紧了苏倩茹的手，说："这不是苏叔叔的问题。要怪就怪黄谷阳太阴险太狡诈，他利用了苏叔叔的善良和念旧。你放心，多行不义必自毙！咱们得想个办法才是！"

苏倩茹眼睛一亮，不停地点头，说道："对，你说得很对。我这次来，还要告诉你一个消息，关于你爹书局被烧的幕后主使——我怀疑是黄谷阳。"郑绍峰似乎对这个消息并不惊讶，他冷静地听着苏倩茹的分析。

苏倩茹目不转睛地看着郑绍峰，慢慢说道：“前两天，我娘收到一个纸条，上面的消息让我们很震惊——纸条信息显示是我娘主使的。但，我认为这是一个借刀杀人的诡计。绍峰，我并不是要维护我娘……”苏倩茹顿了一下，看着郑绍峰信任的眼神，她似乎得到了一种力量，接下去说，“我娘平时大门不出，跟外人接触也少。虽然她不赞成我们在一起，但她绝不会做出这种丧尽天良的事情的。我爹前几次都是和黄谷阳合作才出的问题，而且契税单子在家里不翼而飞，肯定府里有内线。我想，肯定是有人在背后搅和使坏、坐收渔翁之利的。”

苏倩茹和郑绍峰四目相对，都说到对方的心坎里去了。

郑绍峰说：“黄谷阳在南京的缫丝厂早就因为他儿子黄亦虎经营不善倒闭了。而且当时我也听黄亦虎说过，他之所以和你们苏家联姻，只是要壮大他们黄家的势力而已。谢天谢地，联姻没有成功。”

苏倩茹看着郑绍峰长吁一口气的样子，也是后怕不已。她心有余悸地说：“是啊，还好有你的帮忙。要不，我家现在不知道该有多乱！”

郑绍峰微微一笑，亲昵地说：“这是应该的。你本来就是属于我的，我是不会让别人把你抢走的！”

这突如其来的甜言蜜语让苏倩茹霎时间羞红了脸庞，她低下头，身子紧挨着郑绍峰，仿佛在汲取着温暖和力量。突然她抬起头，好像想到什么似的，急急说道：“绍峰，我突然脑海里闪过一个念头，我总觉得幕后黑手除了黄谷阳，似乎还有别的人？”

郑绍峰点点头，他思忖了一下，也开口道：“我也有这样的感觉。你说你家每次有事发生都是在你娘去找梅大仙之后，这是有些奇怪的。还有，黄谷阳是想吞并苏家庄园，但以他在苏州的能量似乎还不足以让苏家元气大伤，毕竟你爹在苏州也是有头有脸的人物，苏家产业在苏州也数一数二，我觉得这里面肯定还有人觊觎你们苏家产业，使出各种阴谋就是想置苏家于死地！”

苏倩茹听完，倒吸了一口冷气。“你是说，有人要抢夺我们家的产业？”苏倩茹有点不敢相信地问道。

“嗯！我认为可能性非常大。苏叔叔为人正直无私，他是不会和歪门邪道同流合污的。看来那些人觉得不能同化苏叔叔，就只能痛下黑手了！”郑绍峰分析得头头是道。

苏倩茹一惊，忙问：“那我们该怎么办？不行，我们必须想个法子，一定要保住苏家产业，这可是我爹一辈子的心血啊！”

郑绍峰接下去说：“看来我们有必要演一出戏，让这些人的狐狸尾巴自己露出来。”

苏倩茹心有灵犀地一笑，说：“对，他们想让我们之间反目成仇——好，我们就成全他们！然后看看他们要什么花样！”

郑绍峰笑着说：“你真是聪明！这两天，我还得抽空去玄妙观一趟！”

这一天，黄亦虎春风得意地从上海回来。陪他一起回来的，还有小林熏先生。黄亦虎咧着嘴巴大笑，说道：“这一次我不仅把之前输的钱赚回来，还翻了好几倍，这都要感谢小林先生啊！一会儿，咱们就去浣花楼享受享受……”

小林先生看着黄亦虎，也是一脸笑意，说道：“哪里，哪里！咱们是好朋友，帮忙是应该的！黄少爷，别忘了你答应我的事情！”

黄亦虎挑着眉，说道：“放心放心，肯定帮你办得妥妥的！”

黄亦虎和小林熏两个人来到浣花楼，点名要小芙蓉陪客。老鸨赔着笑脸说：“哎哟，黄少爷，好久不见你来了！真是不巧啊，今天小芙蓉身体不适，您还是找别的姑娘吧！”

黄亦虎一听，脸色大变，厉声说道：“你这话是唬我的吧？哪里有出来做事的不接客？身体不适怕是借口吧！”

老鸨赶紧赔着不是，说道：“黄少爷，您……您也别为难我，我这有钱哪能不赚呢！这也是没有办法，来这里的达官贵人都指名要小芙蓉作陪——可小芙蓉就一个人，也是分身乏术啊！”

黄亦虎一听，当即把手里的茶杯重重往桌上一放，指着小林熏说道：“我可提醒你啊，这是小林熏先生。”他把嘴巴凑近老鸨的耳朵，小声说了句：“他是日本人。”

老鸨听后，脸色一变，煞白煞白的。

黄亦虎面无表情地说：“小林先生是我从上海请来的贵客，今日就是特地来捧小芙蓉的场，你说怎么能让远道而来的贵客失望而归呢？”他直勾勾地盯着老鸨，眼里的光让人不寒而栗。

老鸨咽了咽口水，这确实是一个棘手的问题——眼下日本人非常活跃，说不定哪天苏州就被日本人占领了，可不能得罪。她想了想，笑嘻嘻地说：“小林先生是贵客，我们肯定不会怠慢。黄少爷，您稍等，我去看看小芙蓉身体好点儿没，你们先喝茶，喝茶。”说完，扭着肥硕的腰肢推门而去。

老鸨推开小芙蓉的房门，没好气地说：“你说你，现在装什么清高，动不动就不接客，我这生意还做不做了？”

小芙蓉冷冷地说：“我已经把这几年赚的钱都给你了，这足够赎身了！我不想再做皮肉生意了！”

老鸨斜着眼睛瞅着小芙蓉，说道：“入了这行，你以为还有翻身之日？你觉得哪个男人肯要一个青楼女子？你想从良，可他们会认可你的从良吗？”老鸨的一席话，让小芙蓉眼里的光顿时黯淡下来，她整个人仿佛石像一样，待在原地。

是啊！一朝入烟花地，一世清不了声。

小芙蓉的眼睛开始湿润起来，她脑子里的那个人挥之不去——她是满含着希望，可她也害怕这过去的阴影。老鸨观察着小芙蓉的神态，叹了一口气，说道："小芙蓉啊，妈妈知道你的苦衷。只是来这烟花之地的，大都是穷苦人家的孩子——若不是没有出路，谁会走这一条路？你现在啊，就趁着年轻多赚一点，回头若是能觅得一个好人家，也可以带着积蓄过后半辈子的安生日子。你说是不是？"

小芙蓉陷入了沉思。

老鸨趁热打铁道："现在兵荒马乱的，讨个生活都不容易。我们虽是这等生意，但也是靠自己——不偷不抢，挣的也都是自己的血汗钱！听妈妈的话，收拾一下，上次那个黄少爷带人来了，指名要你去呢！"

小芙蓉一听黄少爷，眼里亮了一下，着急问道："那个……那个郑少爷来了吗？"

老鸨轻轻一笑，疼爱地拍了一下她的肩膀，摇头说道："没有。带了个日本人，咱们也是惹不起啊！"

小芙蓉叹了一口气，似乎对这个答案是意料之中的，她声音干涩而僵硬，喃喃地说："我去，我去。"

老鸨带着收拾完毕的小芙蓉，往黄亦虎的包厢走去。突然，中间的一个包厢门开了，走出一个肥头大耳的男人，他喝得醉醺醺的，脸上的油光、红光，交织在一起，和着呼出的酒气，整个人就像一颗刚出炉的冒着热气的丸子！他看着款款走来、粉粉嫩嫩的小芙蓉，脚步都挪不开了，眼神定定地看着：这真是个小美人啊！他当即拦下了老鸨和小芙蓉，说道："这个姑娘，我要了！让她进来陪我吧！"

老鸨一听，心里咯噔一下，赔着笑脸说道："哎呀，贾会长啊，这小芙蓉已经有客人预定了，下次——下次让她陪你！"原来，贾士礼陪着一帮政要正在浣花楼寻欢作乐，什么战局，什么危机，在有些人眼里，只不过是发横财享乐子的好机会！

"她就是传说中的小芙蓉啊……果然是绝色佳人，秀色可餐啊！"贾士礼咂咂嘴说道，"不行！今天一定要小芙蓉陪我！"

老鸨一听，有点急了，一边是商会会长，一边是日本人，老鸨压着嗓子对贾士礼说："贾会长啊，这一次是日本人指定要小芙蓉作陪的，我也是没办法。请您大人有大量，下次——下次一定让小芙蓉好好伺候您！"

贾士礼酒劲上来，脸色一变，大声说着："什么'日本人''月本人'？管他什么人，今天小芙蓉只能陪我，否则别怪我不客气！"贾士礼龇牙咧嘴的，仿佛随时要扑向小芙蓉，她只能在一旁听着，默默地流着眼泪。

黄亦虎在包厢内听得外面一阵喧哗，起身推门出去，一看小芙蓉被一个老男人强行拉着手，老鸨一脸无奈的样子。他一看气就来了，冲过去，一把扯过小芙蓉，说道："是谁跟本少爷抢人啊？"说完，他抬眼瞟了瞟眼前这个油腻腻的老男人。

贾士礼一看，这个油头粉面的小伙子也就二十出头，不由得加重了语气说道："你是哪里来的野小子？也敢和本会长抢人？是不是活腻歪了？"他咧着大嘴，喷着酒气，一双浑浊的眼睛直勾勾地盯着黄亦虎。

黄亦虎一看，怒火中烧，直接拽着小芙蓉往回走，一只手指着贾士礼的鼻子说："你这老东西，别敬酒不吃吃罚酒！告诉你，今天小芙蓉陪定我们了，你该上哪儿凉快就上哪儿凉快去！别坏了本少爷的兴致！"

贾士礼什么时候受过这样的羞辱，尤其是来自一个毛头小子的谩骂？他一把拽住黄亦虎的肩膀，面红耳赤地大声说道："我看你是不是找死啊？在这苏州地界，连市长都要给我三分面子，你是什么玩意儿！真是不识好歹！"贾士礼骂骂咧咧地说个不停。

黄亦虎皱了一下眉，不甘示弱："市长算什么，就是省长来了，也要给我三分面子！"

贾士礼一听，一把揪住黄亦虎的衣领，轻蔑地说："好大的口气！我看你不到黄河心不死，今天我非得给你点颜色瞧瞧！”说完，贾士礼转头要去包厢叫人。

黄亦虎俊俏的脸庞抽搐了一下，根本不给他机会，直接往贾士礼的肥脸上重重地赏了个耳光，边抽边恶狠狠地说：“你这老不死的，叽叽歪歪，有完没完？滚，快滚！”说完，他扔下贾士礼，拉着小芙蓉一脸得意地进了包房。

贾士礼愣了好一会儿，才缓过神来，发出杀猪般的叫声：“来人啊，快来人啊！”

老鸨也赶紧扶住嘴角渗着血丝的贾士礼，只见包厢里冲出几个人，看到狼狈的贾士礼，慌忙问道：“贾会长，这是怎么回事？”

贾士礼气得说不出话来，手指着黄亦虎的包房，旁边的老鸨只能把事情经过简单叙述了一遍。几个随从大喝一声，一脚踹开黄亦虎的包房门，惊得小芙蓉把手里的杯子都掉地上了！黄亦虎非常不耐烦，嘴里嚷嚷道：“今天是倒了血霉了，喝个酒都这么闹心。小林先生，让您见笑了！”小林熏看着冲撞进来的几个人，也没太大反应，自顾喝起酒来，仿佛这件事情跟他一点关系都没有。

贾士礼带着一帮人冲进来，把黄亦虎和小林熏围了起来，看架势一场腥风血雨即将展开。突然，有个人冲了进来，拉住贾士礼，赔着笑脸说道：“贾会长，您大人不计小人过，别跟我们家少爷计较！”

黄亦虎把头一抬，说话的人是孙立波。原来今天贾士礼邀约一帮人在浣花楼聚会，黄谷阳有事耽搁了，就派孙立波先来，没想到孙立波刚上楼就听到嘈杂一片，接着就知道了挑事儿的人就是自家少爷。他思忖了一会儿，赶紧上来息事宁人。

贾士礼眼珠子一转，气呼呼地问：“这——这是黄谷阳的儿子？”孙立波点着头。贾士礼挨了一巴掌，心里的怒气还在燃烧，他指着自己的脸说：“我这么大岁数了，第一次挨人巴掌——而且还是个毛头小子的无名巴掌！这个气，我咽不下！”贾士礼脸涨得通红，指着黄亦虎的鼻子训斥道："你这小子，上次亏我特地去参加你的婚礼，没想到你居然翻脸不认人！你爹黄谷阳都不敢对我如此，我看你是吃了豹子胆了！"

黄亦虎一脸冷漠，斜着眼睛说："那些宾客都是我爹请的，我才不关心谁是谁呢！再说，我上次也没见到你，谁知道你有没有去！"

贾士礼一听，气得肺都要炸了，脸色越发难看，他喘着粗气大声说："你太无法无天了！没……没承想黄谷阳的儿子居然是这样……太不像话了！"

孙立波一看，赶紧拉住黄亦虎，悄声说道："少爷，你就少说两句吧！这贾会长上次确实有去参加你的婚礼，只是有事提前走了，正好你没碰上。老爷现在正和他打得火热，在这节骨眼你千万忍耐住，好不好？"孙立波好言相劝着，他担心黄亦虎把事情闹大，他也会惹一身麻烦啊！

黄亦虎一想起黄谷阳，就重重地哼了一声，想了一会儿就重新坐了下来，闷闷地喝着酒。孙立波赶紧弯着腰走到贾士礼旁边，小声说："贾会长，您大人有大量，别跟我们少爷一般见识。他年纪还轻，为人处事比较毛躁，请您担待！"

贾士礼一听，横眉看着孙立波，没好气地说："你告诉黄谷阳，这笔账该怎么算，让他自己想一想！"

孙立波点着头，看看一脸无所谓的黄亦虎，又看看一脸气定神闲的小林熏，对着贾士礼耳语道："贾会长，您先消消气！少爷也是陪日本人过来玩的，您也知道——现在日本人当道，得罪不起啊！您先回去，一会儿我家老爷就上门赔罪去，肯定给您一个合理的说法！"说完，他看了看小林熏，贾士礼大致是明白他的意思，在这混乱的时局里，谁也不想得罪日本人——贾士礼趁势借坡下驴，一路骂骂咧咧地回去了。

孙立波看着贾士礼等人离开，对着黄亦虎悄声说道："少爷，这次真的闯祸了！这个是苏州商会会长，你爹的生意都仰仗他呢！这下把他得罪了，老爷肯定生气。你赶紧想个法子，看看怎么办才好。”

黄亦虎白了孙立波一眼，轻描淡写地说道：“阿波，我看你是吓糊涂了！商会会长有什么了不起？小林先生说让他当就当，不让他当——立马换人！”黄亦虎的脸上闪现出一丝凶狠的神色，小林熏则是慢慢地喝着酒，也不搭话，只是嘴角勾起了一丝似笑非笑的神情。

孙立波暗暗吸了一口气——没想到黄亦虎的这个朋友来头这么大！他欠着身子，说道：“少爷，你们先喝，我先退下了！”

黄亦虎头也不抬，面无表情地说：“去吧。哦，对了，告诉我爹，不用害怕！”

夜已经很深了。黄家的客厅依旧亮着灯。黄谷阳脸色阴暗，一边吞云吐雾一边大口喝酒，孙立波在旁边小心翼翼地陪伴着。他瞟了一眼窗外，闷声问道：“阿波，少爷还没回来？”

孙立波摇摇头，黄谷阳气得把手里的酒一饮而尽。他恨恨地说：“这小子今天给我闯了大祸！若不是你下午及时赶到，还不知道事情要闹多大！我黄谷阳怎么就养了这么个浑蛋儿子！”

话音刚落，黄亦虎应声而到，他扯着嗓门醉醺醺回答道：“爹，你要这么说，我就不高兴了！哪有老子天天骂自己儿子的？”孙立波一看黄亦虎回来了，就识趣地退了出去。

黄谷阳一看到黄亦虎，气就不打一处来，沉着脸说道：“你还嫌今天惹的祸不够大？你知道我晚上在贾会长那里又是赔礼又是道歉，六姨太帮忙说话，贾会长才答应不追究下去！”

黄亦虎冷哼了一声，没好气地说：“什么‘贾会长’‘真会长’，把我惹急了，让他连商会会长都做不成！”

黄谷阳看着说大话的儿子，冷冷地说：“你别尽吹牛了！我最近能扳倒苏方达也全靠贾会长帮忙，你别一回来就惹事！明天，明天跟我去贾府给贾会长赔礼道歉!”

黄亦虎眼睛一瞪，两手一摊，说：“要去你自己去，我可不去!”说完，他凑近黄谷阳的耳朵，借着酒劲儿狡诈地说：“爹，你要愿意，这商会会长我弄给你当呗，你就不用像哈巴狗一样对这个贾士礼摇尾乞怜，好不好?”

黄谷阳一听，当即给了黄亦虎一巴掌，大声呵斥：“没大没小！说什么你爹是哈巴狗，有你这么说话的吗？别以为你现在跟了日本人就了不起，在我这里，你还是我儿子，我还是你老子!”黄谷阳的一巴掌，非但没把黄亦虎拍醒，反而让他多年的怨恨一下子爆发出来。

“你养了我二十三年，可你也骂了我二十三年！难道我不是你的亲生儿子吗？难道你想一辈子都骂我吗？你为什么就不能鼓励鼓励我？你以为我一路走来，这二十三年里的每一分钟都是开心的吗？不，不是的。我他妈的，每一天都不开心！每一天都是自卑的！我每一天都想出人头地让你刮目相看！可你除了训我、训我，还是训我!”黄亦虎用凄厉的声音叫喊着，他双眼通红，额头青筋突出——显然，此刻的他愤怒至极。

童年的阴影在黄亦虎酒后的真言里被描述出来。他从小就不喜欢黑夜，所以他需要彻夜狂欢；他战胜不了独处的恐惧，所以他要和狐朋狗友聚集耍闹。只要在晚上，他一闭上眼睛，就会梦见隐约飘来的香水味道和昏暗卧室里的幽灵。黄亦虎自小就惧怕黑夜，至今仍未能克服。多少个夜里，他辗转反侧，感觉这种寂寞空虚冷的日子快要掏空他的身体，可他没有办法摆脱自己的梦魇。

他才明白，他的不幸是源于剪不断的童年成长阴影，越逃避，愁越浓；越挥霍，影越重。以前每次回家，他总感觉父亲有些异样，有时站在母亲的灵位面前，喃喃自语，一发现他在旁边，又立马变脸破口大骂。这些变化让黄亦虎越发敏感起来，只要一站在父亲面前，自己便小心翼翼和不自信起来。他虽然日日花天酒地，吃喝玩乐，可他的内心却无比空虚寂寞，他坚守在自己的喜怒哀乐、憎恨自卑里面，拒不接受其他改变。

或许，乱世才是他的幸福时光，他可以为所欲为，可以和父亲据理力争。

他抓起桌上的酒杯，仰起头，又“咕咚”喝了一大杯！他开始无法自控地大喊：“是谁逼我到这一步的？我也不想这样的！是谁总嫌弃我不够出众？是谁总是要我做大事的？”他指着黄谷阳的鼻子，狠狠地说，“是你，是你！你还要安排我的人生，把我的终身大事作为你获取利益的筹码，你……你眼里除了你自己，所有的人都是棋子！别以为我不知道，郑绍峰的娘是你的老情人，那贾府的六姨太也是你的小情人……爹，你自己逍遥快活凭什么我就不能？你烧了人家的书局，害得人家家破人亡——你才是一个魔鬼！”说完，黄亦虎不停地笑着、笑着——眼泪都流了出来。

黄谷阳听了儿子的一番话，呆住了。别看他平时魁梧伟岸，昂首挺胸，彬彬有礼，但他一喝醉酒，就化身为魔鬼。清醒的时候颇有绅士风度，喝醉了之后就狼眼圆睁，若是一言不合，那就开始拳打脚踢，甚至马鞭狠甩过去！所以，黄谷阳一般外出喝酒，总是小心翼翼，不敢挑战自己的底线；若是在家里，就无所顾忌，往死里喝——这样能让他感到痛快淋漓。

当然，家里仆人此时都敬而远之，唯恐被他看不顺眼遭了殃。此刻，他血液中的酒精麻醉了大脑，他听着儿子的一通抱怨，脸色越来越阴暗——他不容许儿子质疑他的权威，更不允许儿子揭露他的短处！他必须给他点儿颜色瞧一瞧！他的眼睛里冒着狼一样的凶光，看着黄亦虎，他顺手操起身边的一个木棍，就势要抡下去，黄亦虎眼尖发现了，身体灵活一闪，顺势把黄谷阳往前用力一推——黄谷阳一个踉跄，跌坐在沙发柜子下边。剧烈的震动让旁边隔断上的一个大瓷瓶掉了下来，正好砸在黄谷阳的头上，顿时鲜血从他的头顶汩汩而出。

孙立波听着里面的噼啪声赶紧冲了进来，只见黄谷阳翻着白眼，喘着粗气，胸口剧烈起伏着。过了一会儿，喘气越来越急促，越来越短暂，慢慢地，他如霜打的茄子——渐渐蔫了下去，再后来，他就一声不吭，整张脸都是鲜血，瞪着浑圆的眼珠子一动不动了。而黄亦虎则定定地站在不远处，面无表情地看着这一切。

屋子里一片安静，只有孙立波低低的喘气声。

孙立波把手放在黄谷阳的鼻子下面，脸色一变，手一抖，颤声说道："少爷，老爷他……没气了！"

黄亦虎还是不说话，似乎沉浸在某种意境里。过了好一会儿，黄亦虎的呼吸慢慢恢复了平稳，他走到黄谷阳的面前，蹲下去，用一种饶有意味的眼神看着地上死去的父亲——像对待小婴儿一样，他轻轻摸着黄谷阳满是鲜血的脸庞，脸上带着一种莫名的笑意，轻声说："爹，你太累了！该休息了，好好睡一觉……睡吧，睡吧！"

孙立波胆战心惊地看着黄亦虎，如果说黄谷阳是一头嗜血的狼，那么黄亦虎更似一个冷酷的魔鬼！

黄亦虎看了看黄谷阳，忽然抬头对孙立波说："阿波，我爹喝酒过量，暴毙了！后边的事儿，交给你处理了！"说完，他面无表情地上楼去了。

回到房间，黄亦虎关上房门，整个人靠在门上虚弱地坐了下来。奇怪！他有多少次想要离开他的父亲，脑子里也有许多次的冲动想要狠揍他一顿，甚至诅咒他，可如今失手打死了他，他反倒觉得一种强烈的不可思议。

此刻，他的内心一片混乱，因为害怕、震惊，他整个人都在颤抖。他的脸色惨白，眼里两簇燃烧的火苗渐渐冷却下来……他失魂落魄地瘫坐在地上，过了许久，才稍微缓过神。他想着地上一动不动的父亲——血迹已将他的半边脸染红了，紧闭的双眼在死亡中却呈现出一种黄亦虎从来没有见过的慈祥——这个人再也不会对他指手画脚、暴力训斥了！他不用再每一天见到他的时候，惴惴不安、惶恐至极了！

他的心一点一点坚硬起来——是啊，他终于摆脱了他的魔掌！黄亦虎用这个荒唐的理由说服了自己，关于亲情，已经灰烬渐冷。他堂而皇之地接受了自己的行为，眼里竟然一滴眼泪也没有，脸上只有冷漠和鄙夷！

孙立波呆呆地看着靠在柜子边的黄谷阳，脸上多少还有些惊慌的表情。他抬头看了一眼二楼的房间门，又低头看着一脸血污的黄谷阳，心里七上八下地敲打了起来——此刻的他，需要冷静一下。孙立波有气无力地坐了下来，点燃了一支烟，在烟雾缭绕中，他的脸色越发难看，眉头也越发紧缩不展。

这时，管家老李一路小跑过来，他略带不悦、气喘吁吁地问道："阿波，发生什么事情了？吵吵闹闹的！"

孙立波似乎还沉浸在某种想象当中，头也没抬，只是伸手指了指黄谷阳尸体的方向，用空洞的声音说道："你自己看。"

老李顺着手势看过去，只见黄谷阳斜斜靠在柜子边，满脸的横肉混合着条条血迹，在惨白的灯光下有一种惊悚和令人胆怯的感觉。老李向前走了一步，蹲下来，细细看着黄谷阳，又看着一地的瓷瓶碎片，心里明白了几分，但还是哑着声音问道："这，到底是怎么一回事？"

孙立波吸了最后一口烟，把烟头丢在地上，用右脚狠狠踩磨了几下，面无表情地说："老爷和少爷发生了口角，少爷失手推了老爷一下，老爷被柜子上的花瓶砸死了！"

老李听了孙立波的话，脸上似乎一点儿悲伤都没有，反而有一种等待多年的平静。他嘴角抽动了一下，看着黄谷阳冷冷地说："报应，这就是报应啊！"说完，对着大门口跪下来，老泪纵横地说道："大小姐，你终于显灵了！大小姐，你当年死得好惨啊！"

孙立波听着老李的话，不觉愣了一下，回了回神，赶紧把老李扶起来，关切地说：“老管家，地上凉，您先起来。有话坐下好好说！”

老李颤巍巍地站了起来，看着孙立波，点了点头，坐在了沙发上讲起了那尘封许久的往事。

“这个秘密啊，在我心里压了十八年了！今天，今天终于可以一吐为快了！”老李闭着眼睛，似乎不愿意睁开眼睛看眼前的一切——确切地说，是柜子边已经死去的黄谷阳。

“当年，大小姐——就是少爷的娘，在黄谷阳的巧舌之下嫁给了他，不久后就有了少爷。可黄谷阳狗改不了吃屎——丢下娇妻幼儿，天天在外面拈花惹草。可怜我家大小姐为了小少爷忍气吞声，没想到睁一只眼闭一只眼的宽容，还是给自己招来了杀身之祸！”

孙立波看着泣不成声又满脸肃杀之气的老李，没敢接话，只是端来了一杯水，恭恭敬敬地放在他的手上。老李看了一眼孙立波，忽然脸色一陡，站了起来，指着黄谷阳的尸体，厉声说道：“黄谷阳，你的心肠好生歹毒！那晚我家大小姐撞见了你和一个女人在偷情，只不过理论了几句，你就掐死了她！你忘恩负义，你不配当人！过后，谎称我家小姐暴病而亡，进而把大小姐娘家的财产都顺势霸占了！可怜我家大小姐死不瞑目啊……少爷小小年纪便没了亲娘……黄谷阳，多行不义必自毙！你也有今天，哈哈……报应，报应啊！”

老李一把鼻涕一把泪，把当年的真相终于说了出来，他大口大口喘着粗气，跪在地上，大声哭叫道：“大小姐，当晚您用眼神暗示不让我进去救您，就是怕黄谷阳一怒之下伤害小少爷是吗？这么多年来，我一直忘不了那个晚上，忘不了您看着我怀里熟睡的小少爷的眼神啊……黄谷阳，你死有余辜！”老李咬着牙恨恨地说，眼神里充满了愤怒的火苗。

孙立波听完，深深倒吸了一口冷气——没想到，黄谷阳是如此心狠手辣，连结发妻子都下得了手！孙立波看着渐渐平静下来的老李，两个人商量着后事如何料理。

只是，他们不知道，刚才老李的一通话被站在二楼楼道拐角的黄亦虎听得一清二楚，他的脸上阴晴不定，用非常冷漠的眼神看了下面一眼，一言不发地又进了屋子。

黄亦虎关掉所有的灯，借着幽幽月光，他准备上床睡觉。他闭上眼睛，还是感觉到月光锃亮。于是，他迅速起身，拉上窗帘，不行，再把遮光帘也拉上，可是帘底还有点微散的亮光，他忍受不了这些星星点点。他有点恼怒起来，从床上扯下一张床单，去堵住这些亮光，不够，再拿个枕头过来，折腾了好一会儿才将他讨厌的光亮全都遮得严严实实。躺上床，戴上眼罩，他还拿了一个抱枕叠在脸上，可即便是这样，他还是模模糊糊感觉有零星光点从四面八方倾泻下来，如同记忆中那些可怕的片段侵袭而来，挥之不去。

他从来都不让自己回忆过去，他努力要逃脱那些支离破碎的黑暗过往。可是，今晚听了老李的话，他发现自己只是在自欺欺人而已——原来，从前的一切一直在控制着他的生活！

他想起小时候，有一次爹和娘吵架，他躲在门后瑟瑟发抖地看着眼前的一切：爹把娘打倒在地，坐在娘的背上，用两只手狠狠地掐着娘的脖子。娘一阵哀号，反手要抓爹的手，却被孔武有力的爹用一只手反锁在后背上，爹用另一只手将娘的头猛撞在地板上。娘试图挣开卡在脖子上的手时，爹便使劲儿抓着娘的头发，往地上撞了十几次！

这样的场景在他幼小时已是见怪不怪，他甚至忘记了惊呼和恐惧。过后，他看着伤痕累累的娘，问道："娘，爹这么打你，咱们回姥爷家好不好？"

娘的脸色一下子惊恐起来，慌张地看了看四周，捂住他的嘴，小声说道："儿子啊，以后不许说这样的话了！不管爹和娘之间发生什么事情，爹永远都是你的爹，你要听爹的话，知道吗？娘不疼，过几天就好了！这是咱们家的家事，千万不要去外面说！"说完，娘把幼小的他紧紧地搂在怀里，眼里却是噙着泪。

在人前的时候，爹和娘也是十分恩爱，尤其回姥爷家的时候，爹对娘更是嘘寒问暖，体贴入微。偶有一些消息传到姥爷那里，姥爷却是对娘千叮咛万嘱咐：“孩子啊，嫁鸡随鸡，嫁狗随狗！两口子过日子肯定会有磕磕碰碰，为了亦虎，你更是要忍啊！”似乎，丈夫虐待妻子，那是人家夫妻的家事，无所谓的，大家都是调和折中的，都是提倡一个“忍”字，夫妻的名义可以让家暴得到一个合理的解释，你说荒唐不荒唐？

有时爹把娘打得下不了床了，爹会狡辩：“这是夫妻之间的正常争吵，这是中国的文化，不算暴力！”旁边的人似乎都很赞同这个说法，仿佛在一个家里，男人就是天，天要下雨就下雨，天要刮风就刮风，根本无须任何理由—— 一切都是对的！

黄亦虎想到这里，鼻子冷冷地哼了一下，用阴森的口气说道：“爹，这一切都是你咎由自取！最后叫你一声爹，是看在我娘的分上！从来，你只爱你自己一个人，我和娘都是你的筹码、你的棋子！为了达到你的目的，你自私残暴，你不配当一个丈夫、一个父亲！”

隔天，黄亦虎起床下楼。他看着客厅里欲言又止的老李，淡淡地说了句：“李伯，这么多年，辛苦你了！”

老李看着黄亦虎，喉间一阵哽咽，他张大眼睛，似乎想从他的脸上找出一些悲伤或愧疚的痕迹——很可惜，这张俊脸上似乎和往常一样。黄亦虎突然想到了什么，停下来对着老李说：“李伯，现在时局也是乱得很，老爷的丧事一切从简。”说完，他叫上了一旁静候的孙立波，一起驱车出门去了。

孙立波小心翼翼地开着车，不时从后视镜看着黄亦虎。只见他闭着眼睛，一声不吭。这少爷，说不出哪里有什么变化，似乎昨晚的事情也没给他带来什么影响，只是——只是在他的脸上好像多了一点阴沉。他嘴角一勾的神情像极了他的父亲——黄谷阳。孙立波的心里忐忑不安着，他好不容易摸清了黄谷阳的秉性并得到了信任，现在又得重新开始了，他不由得微微叹了一口气。他看着黄亦虎，脑子里突然闪出了一个女人的身影，心里越发觉得不安了。

第二十一章

黄亦虎来到了城南郊外，那是日军的驻扎地。孙立波看着不远处的黄亦虎和小林熏，只见两人耳语了几句，一路谈笑风生走了过来，两个人非常默契地同时从左右两边进了车后座。黄亦虎叼着一支烟，随口道："去浣花楼。"旁边的小林熏心领神会地笑了。

到了浣花楼，老鸨见到他俩眉开眼笑，黄亦虎随手给了些钞票，喜得老鸨合不拢嘴。她扭着肥硕的腰肢讨好地说："黄少爷，您真阔气！这小芙蓉啊，今天就陪你们了！"说完，给黄亦虎和小林熏安排了一间上房，不多时，小芙蓉也娉娉婷婷地过来了。

小林熏看了一眼清丽的小芙蓉，对着老鸨说："妈妈，你把牡丹叫来，我还是喜欢她陪我！"

老鸨看了一下小芙蓉，马上回道："小林先生稍等片刻，牡丹这就来陪您！"不一会儿，美艳的牡丹风情万种地走了进来，径直坐在小林熏的腿上，两人旁若无人地亲热了起来。

小芙蓉的脸上微微发红，黄亦虎一看，一把搂住她的肩膀，笑嘻嘻地说："今天郑公子没来，你安心陪我吧！"小芙蓉慌乱地点了点头——做这一行，哪有说"不"的权利！酒过三巡，黄亦虎和小林熏的话越来越密了。

黄亦虎问道："小林先生，我看城外驻军好像又增加了，是不是你们又有什么行动啊？"说完，黄亦虎敬了一杯酒给他。

小林熏看了看四周，把食指放在嘴唇边，含糊不清地说：

“这……这是秘密。不……不过咱们是好朋友，我偷偷告诉你——你回去赶紧把家里值钱的东西收一收，然后出城避一避。”

黄亦虎心里一惊，脸上却依旧没有太大变化，仍然笑嘻嘻地问道：“该不是你们的驻军要进城了吧？”

小林熏一张脸涨得通红，撇了撇嘴，抬起左手伸到半空做了一个飞行的动作，很快又把手放了下来，摇着头说道：“这个是军事秘密，恕我不能告诉你！不过，你听我的，就没错！还有，有困难你随时来城外找我，我一定尽量帮你解决问题！”说完，两人又碰杯干掉了。

小芙蓉默默地听着他们的谈话，脸上尽量表现得不以为意，继续陪着黄亦虎。小林熏吃了一口肉，嘴边油汪汪的，问道：“亦虎兄，你那边的刺绣高人找得怎样了？”

黄亦虎嘴角抽动了一下，露出一丝诡异的笑容，看着手里的酒杯答道：“小林先生，你吩咐的事情我肯定重视！哼，踏破铁鞋无觅处，得来全不费工夫。这刺绣高人就在身边，已是瓮中之鳖！她，插翅难逃了！”

小林熏一听，非常高兴，拍着黄亦虎的肩膀夸赞道：“亦虎兄果然是人中翘楚、将帅之才啊！来，来来，敬你一杯！”小林熏接着问道，“这高人到底藏在何处？”

黄亦虎把手中杯子的酒一饮而尽，一字一顿地说：“苏家大院！那苏方达失踪多年归来的老母亲就是刺绣高人，手里还有一本苏家祖传刺绣秘谱。”

小林熏听着眯起了眼睛，细微的眼缝还是藏不住他贪婪的眼神。他把酒杯放在桌子上，严肃地说：“亦虎兄，我们要加快速度，尽快把老太太抓来。”

黄亦虎点了点头，信心满满地说：“放心吧，我已经安排好人，很快就会大功告成了！”两人相视一笑，又开始痛饮起来了。

这时，门外一阵嘈杂声混合着急促的脚步声传了过来，黄亦虎皱了皱眉头，骂道："他妈的，喝个酒也不安宁！真扫兴！"说完，他看了看牡丹——她像无骨物一样缠在小林熏身上，只好看了下自己身边的小芙蓉，喷着酒气说道："你去看看，外面发生了什么事情？叫他们有多远滚多远，别坏了本少爷喝酒的兴致！"

小芙蓉一听，赶紧起身推门而出。只见迎面走来一个身材窈窕的年轻美艳少妇，小芙蓉觉得似曾相识，但又不记得在哪里见过。正当她发愣的瞬间，美艳少妇把她往门内一推，自己冲了进来，看着屋里的两个男人细细观察了一番，对着黄亦虎大声叫道："你就是黄亦虎？"

黄亦虎看着眼前这个和自己年纪相仿的年轻美艳女子，轻佻地笑了一下："怎么？本少爷威名全城皆知了？还有到这里求爱的，哈哈……"说完，和小林熏相视一笑，轻薄的笑声立马回荡在房间里。

美艳少妇气得脸色一阵青一阵绿，指着黄亦虎的鼻子大声叫道："你……你真是个流氓！快说，你爹黄谷阳怎么就死了？"

黄亦虎一听，心里明白了——这又是黄谷阳在外面的花草，只是这次他的眼光还不错，居然找了一个这么年轻貌美的女子。黄亦虎冷哼了一声，面无表情地说："他得病暴毙了！"

"不可能！他昨天白天还和我在一起，怎么好端端就发病暴毙了？"美艳少妇厉声喊着，脸上因为表情的扭曲显得有些狰狞，她指着黄亦虎的鼻子说道，"是不是你杀了他？是不是？"

黄亦虎一听，脸色大变，眼神也凶狠起来，大声说道："你这婆娘，少在这儿疯言疯语！你赶紧出去，不然别怪我不客气！我黄亦虎平时是不打女人的，把我逼急了，可别怪我不懂得怜香惜玉！"

美艳少妇一听，更来气了，她挥舞着两只粉拳，叫喊着："你吓唬谁呢？我才不怕你！你信不信我让贾会长……"刚说完"贾会长"

三个字，她就赶紧把嘴巴捂上了—— 一不小心，说出了不该说的名字。

黄亦虎一听，冷笑了一下，眼睛上下打量了一番美艳少妇，不阴不阳地说："看来你就是贾会长家的六姨太啊？外传这贾会长家的六姨太是全苏州最美的女人——果然不假。只是鲜花插在牛粪上，可惜啊可惜！还有，黄谷阳既不年轻也不英俊，你图他什么好啊？"

六姨太垂下了眼睛，似乎在想些什么事情，忽然她又扬起了头，大声说道："他是不年轻不英俊，但他对我好！"

黄亦虎一听，定定地看着六姨太，半晌不语，好一会儿拍起手来，说道："好一对痴男怨女，真是令人羡慕！"他冷哼了几声，换了一种语调说道，"可惜啊，你只是黄谷阳众多花儿中的一朵。难道你不知道吗？"说着说着，黄亦虎红着眼睛厉声喊着："黄谷阳最爱的是他自己，你们——我们都是他的棋子，棋子，你懂吗？"

六姨太用质疑的眼神瞅着他，然后又摇了摇头，自顾自地说："不是的，不是的！他说他最爱我，他说他会娶我！他为了我，连他多年的情人都不要了，还有——还有他们的儿子都不要了！你……你在胡说八道！他是不会骗我的！"

黄亦虎白了她一眼，抽动着嘴角骂了一句："愚蠢的女人！"

六姨太一听，朝着黄亦虎扑过来，用尖尖的指甲挠着他的俊脸，不停地喊："让你乱说话，让你乱说话！"

黄亦虎脸上被挠了个血道子，心里一阵大怒，和六姨太扭打在一起，很快他用两只大手抓住六姨太的肩膀，往外狠狠一推，骂着说："真是个疯子！你这么水性杨花，和黄谷阳的事情要是被贾士礼知道了，你以为你还会是全苏州最美、最养尊处优的女人？你准备过回之前那麻雀的日子吧！"黄亦虎冷冷地丢下这几句话，拉着小林熏，气呼呼地离开了。

六姨太瘫坐在地上、衣衫不整，双肩抖动着，掩着面啜泣。小芙蓉蹲下身子，看着满脸泪痕的六姨太，心里也是一阵心酸——这种爱而不得、爱而失去的感觉，她也深深体验过。她把六姨太扶起来，轻轻说：“大姐，别哭了。这个地方不是你该来的，赶紧回家去吧。”

六姨太抬起头，泪眼蒙眬地看着眼前这位年轻的姑娘，本来抽抽搭搭的哭泣停止了——她目不转睛地盯着小芙蓉，顿了一下，问道：“你……你就是小芙蓉？”

小芙蓉温顺地点了点头。六姨太突然脸色大变，伸出一只手，迅速在小芙蓉脸上抽了一巴掌，恼火地叫道：“好你个小骚蹄子，是不是你勾引了贾会长？看你长得还有几分姿色，也不看看自己是什么身份？居然也想从良了？”

六姨太一想起前段时间，贾士礼回家就叨念着什么小芙蓉，还让管家张罗要迎娶七姨太的安排。虽然她对贾士礼并无任何感情，但如果又要新来一个小姨太分她的宠，那她可是接受不了！六姨太刚才受了黄亦虎的气，现在把气全都撒在小芙蓉身上。她站起来，指着小芙蓉的鼻子，数落着……各种难听的言辞，火力全开地进行各种人身攻击。

小芙蓉看着这个头发散乱、气势汹汹的六姨太，心剧烈地颤抖着。她看着眼前这个人，仔细地端详着她的面孔——这是一张让她似曾相识的脸孔。她无视她的谩骂，在她因撒泼谩骂而变得狰狞扭曲的脸孔里寻找着记忆里的丝丝痕迹。

很快，老鸨带着两个壮汉赶了过来——看到店里的头牌被一位年轻美艳的女子指着鼻子训斥，听着各种污秽不堪的粗俗语言，老鸨气得柳眉倒立，破口大骂道：“哪来的疯婆子在这儿撒野？也不看看这是什么地方，赶紧给我轰出去！”两个壮汉立刻上前，一边一个，像老鹰捉小鸡一样，要把身材娇小的六姨太推搡出去。

六姨太自从跟了贾士礼，哪里有过这样的待遇？她觉得自己受到了极大的羞辱，愤然大喊：“快放开你们的脏手！也不擦亮你们的狗眼，看看我是谁?”

老鸨冷哼一声，不紧不慢地说：“来我这儿的人，只有买春和卖春的人。你是来买，还是来卖?”

六姨太一听，火冒三丈，瞪着大眼咆哮着：“快放开我！你信不信我让你这店立马关门?”

老鸨饶有兴致地看着气急败坏的六姨太，笑了一下，斜着眼说道：“我知道你就是贾府大名鼎鼎的六姨太——全苏州最美的女人！只是，你现在还当你是原来那个六姨太吗？你觉得你现在回贾府，贾会长还会如从前一样宠着你吗？哎呀呀，可惜了，这么妖娆的身段，这么美丽的脸孔，要是被赶出了贾府，真是太浪费了!”

老鸨眨着眼睛，一脸鄙夷地看着六姨太，眼神渐渐冷峻起来，哼了一声，不屑地说：“花无百日红，人无千日宠！你当初得意之时也该收敛一点，别总是咄咄逼人、断了后路!”说完，凑近六姨太的脸蛋，右手伸出食指勾起六姨太散落面颊的一缕头发，悄声说道：“实在无路可走的时候，可以来找我。凭你的姿色，应该可以卖个好价钱的。哈哈哈……”老鸨肆意的笑声荡漾开来，六姨太的俏脸变得一阵红，一阵白。

六姨太努力想挣开双肩，嘴里大声怒骂着：“你这死老婆子，你这肮脏不堪的地方，我就是死也不会来的!”六姨太满身大汗，简直快要哭了!

老鸨一语不发，眼神不怀好意地死死地盯着她，冷冷地说：“我这里的姑娘，都是凭自己的本事吃饭。若不是为生活所迫，谁会愿意来?”说完，她转头看了一眼小芙蓉，只见小芙蓉眼里噙着泪，慌忙低下了头。老鸨随即对着两个壮汉厉声说道：“快，把她丢出去！别妨碍我们做生意!”

六姨太和两个壮汉一顿拉扯，忽然，她的右肩袖子因为用力撕扯裂开了，露出了一片雪白的肌肤——可更为显眼的是，她右手上臂处有一处银圆大小的烫伤疤痕！小芙蓉看着被两个壮汉带出去的六姨太，陷入了一阵沉思。老鸨看着一脸惶恐呆滞的小芙蓉，以为她是被吓坏了，就拍了拍她的肩膀说道："今天真是太乱了！你先回房休息吧，明天再接客。"说完，看了一眼满屋子的凌乱，摇着头走了。

小芙蓉却似乎想到了什么，飞奔出去。她冲下楼，站在路边左右看了看，只见六姨太正踉踉跄跄地往左边的巷子走去，赶紧追了上去。她一把拉住六姨太，气喘吁吁地说："你——你停一下。"

六姨太悠悠地转过头，看了一眼，原来是小芙蓉，她鄙夷地挣开了小芙蓉拉住自己的手，双眼愤怒地看着她。可能是刚才一顿哭闹伤了元气，也可能是沉浸在黄谷阳的死讯中，六姨太此时并没有太多动作和言语。

小芙蓉急得有些说不出话来，她指着六姨太右手臂的烫伤疤痕，热切焦急地问道："这……这是你十三岁那年被热粥烫伤的吗？"

六姨太脸色一怔，不由得点了一下头，随即又警觉地问道："你……你怎么知道？"

小芙蓉的脸红得像熟透的番茄一样，眼睛里有一股希望的光，她接着问道："你的老家，是不是在松花江边上？"

六姨太狐疑地点了点头，她也开始细细打量着眼前这位清丽的姑娘。

小芙蓉两片好看的红唇不住地抽动着，她尽量克制住眼里的泪花，颤巍巍地问了最后一个问题："你……你是不是有个妹妹，叫——小蓉？"

六姨太看着眼前的女孩子，边点头边问："你怎么知道我有个妹妹？她的确叫小蓉……难道……"六姨太见小芙蓉正用一种渴望又有些卑怯的眼神看着她，她的记忆又飘回了十年前松花江边上的那个午后——她和妹妹开心地玩耍着，妈妈说晚上要带她俩去看河灯呢！可是一阵枪响，一阵混乱，妹妹却不见了！妈妈和她被人带上了一辆车，从此过上了天涯飘零的日子。五年前，娘因病去世了，自己在上海夜总会认识了贾士礼，后来就跟着他来到了苏州，成了贾府的姨太太。她人前风光，却不知梦里有多少心酸……

六姨太细细看着小芙蓉，眉眼间确实和当年走失时才九岁的妹妹非常相似。她刚才在浣花楼只顾和黄亦虎理论，全然没有顾及小芙蓉，况且经过十年的分隔，对长大后的妹妹更是无从想象——她心中的妹妹始终停留在九岁的容颜上。六姨太的内心一阵翻滚，看着因为紧张，脸颊上微微冒着细汗的小芙蓉，她眼里的泪珠止不住地往下流，哽咽地说："小蓉，真的是你吗？"

小芙蓉不住地点着头，说道："姐姐，我是小蓉！我是小蓉！在我八岁那年，咱们在院子里劈柴火，你还不小心把柴刀划了一下我大腿——当时血如泉涌，我都吓坏了！还好娘及时从炉灶里掏出一把香灰捂在我腿上，止住了血呢！那时你抱着我大哭，我还问你我会不会死呢！你还记得吗？姐姐，你看，我大腿上还有道伤疤。"说完，小芙蓉撩起了裙子，膝盖上方确实有一道细细长长的疤痕。

六姨太用颤抖的手抚摸了一下疤痕，随即拥住小芙蓉，失声痛哭道："妹妹，我找得你好苦啊！都是姐姐不好，没有及时找到你，害得你……小蓉，让姐姐看看你，这些年你肯定吃了不少苦，我可怜的妹妹啊！"

小芙蓉看着姐姐，坚强地说："姐姐，不要哭了！我们今天姐妹重逢，应该高兴才对！对了，娘呢？"

六姨太一听，脸色戚戚然，悲痛地说："娘在五年前就因病去世了！临死前，还叨念着你，叫我一定要找到你！现在，娘若泉下有知，可以瞑目了！"

小芙蓉一听，泪流满面，紧紧地抱着六姨太——这世界上她唯一的亲人，她终于找到了亲人！六姨太用手抹了抹眼泪，问道："妹妹，你是怎么到苏州的？"

小芙蓉耷拉下眼皮，轻轻说："那时候在家里，听娘提过，她的老家是苏州的。虽然当时年幼，但总算是记住了。所以，这……一路飘零，被倒卖了好几次，最后一次是卖到了苏州——我的心里居然是高兴的，想着这样离娘更近一点，也许有机会还能见到你们。"

六姨太听着妹妹的话，心剧烈地跳动着，她的妹妹——这么年轻就饱受生活的磨难，居然还保持着对家人的追寻和渴望，她看着妹妹恬静的面孔，忍不住号啕大哭起来，边哭边说："小蓉，都是姐姐不好！让你吃了这么多苦，让你受委屈了！我这就回家拿钱，把你赎出来！那个地方，你不要再回去了！"说完，六姨太的眼泪再次夺眶而出，在这动荡不安的社会中，柔弱的女子又该如何安身立命？

在这座城市里，有来自四面八方的人——从东三省逃荒而来的，从南部地区迁徙过来的，从中部鸟不生蛋的穷乡僻壤来的，还有从各个郊区进城的。

他们是移民，也是拓荒者。

在这样的年代里，大家抱着各自的梦想、支离破碎的渴望来到这座城市。在这里，他们曾经安居乐业，也曾经饱受沧桑，但有一点可以肯定——他们在这里扎根了！故乡，是多么遥远而又多么熟悉的名词。然而，大家都清楚地知道——故乡，可能是自己永远无法回去的地方了。

也许，等到想回去的那一天，却已经没有机会了。

六姨太焦急地站起来，说道："小蓉，你在这里等我。我马上回来，记得等我。"说完，她来不及等到小芙蓉的回应就快速跑开了。

小芙蓉张了张嘴巴，刚要喊，只见姐姐消失在巷子拐角处。她收回了声音，低声叹了口气。忽然，她想到了什么，赶紧转身往另一个方向跑去。她在一间房子前停下了脚步，警惕地朝四周看了一会儿，就咚咚咚地敲起了门。很快，有人开了门——是郑绍峰。

"你怎么来了？"郑绍峰一脸诧异，很明显对小芙蓉的到来表示惊讶，但很快恢复了镇定，让她进了屋子。郑绍峰看到小芙蓉的小脸因为奔跑涨得通红，头上还有一层蒙蒙的细雨，顺手拿来一条干净的毛巾递给她，问道："找我有事吗？"

小芙蓉喘着气，用力点着头。她把拿着毛巾的双手放在胸口，似乎想通过这个动作让自己的情绪快速平静下来，她看着郑绍峰，说："我……我有个消息必须告诉你。"

郑绍峰挑了一下眉头，问道："什么消息？"

小芙蓉吸了一口气，回答道："日本人有动作了！我想，苏州城里很快会有麻烦了！"

郑绍峰眉头一皱，连忙点点头说："你慢慢说，从头到尾好好说一遍。"

小芙蓉把浣花楼黄亦虎和小林熏的对话原原本本地告诉了郑绍峰，看着郑绍峰的脸色渐渐严肃起来，小芙蓉咬了一下嘴唇，接着说："小林熏当时还做了一个动作——飞机飞行的动作。我不知道这个是什么意思，但我觉得很有必要和你说，我想你这么聪明，一定会搞明白的。"说完，小芙蓉的脸上的红云悄悄爬了上来，低着眉，抬起头看了郑绍峰一眼，又快速低了下去。

郑绍峰心里很清楚小芙蓉究竟为何而来。他看着小芙蓉，真诚地说："谢谢你。"小芙蓉抬起头，晶晶亮的黑眸子看着郑绍峰，她想鼓起勇气说出一直憋在她心里的话——她不怕他的拒绝，但希望他能明白。

这一刻，一切都仿佛静止、凝结了。小芙蓉咬着下嘴唇，把心一横，双手忽然握住了郑绍峰的右手，刚要张口说的时候，门外突然闯进了一个人，两个人不约而同看了过去——是苏倩茹。

苏倩茹见两个人的手握在一起，瞬间瞪大了眼睛，一股热辣辣的醋意涌上喉间，眼里憋着泪花，哭着喊道："郑绍峰！你……你让我太失望了！"说完她就掉头跑了出去。

郑绍峰一看，赶紧甩开小芙蓉的手，急促地说：“谢谢你带来的重要消息。只是，我一直是把你当作亲妹妹看待的，对不起！”说完，他迈开步伐去追苏倩茹了。

刚才还是蒙蒙细雨，一会儿就变成滂沱大雨了。苏倩茹仿佛突然被扔进了河里，全身湿漉漉的，她漫无目的地在街上行走，脸上分不清是泪水还是雨水。她的脑子里，一直浮现着刚才的画面——郑绍峰和小芙蓉握手的一刻。她觉得自己此刻一点儿都不好，简直糟透了！她的世界仿佛开始撕裂，往日的卿卿我我在瞬间被击打得四分五裂，眼前的残酷现实令人失去了理智和冷静，她心里只有满满的怒意。街上的行人越来越少了，苏倩茹魂不守舍地走在大雨中——浑身湿透，心里冰凉！

郑绍峰一路呼喊，一路寻找。只见前面巷子口有个熟悉的身影，他赶紧飞奔上去，一把抱住苏倩茹，着急地说：“倩茹，你听我解释……”

苏倩茹一看，是郑绍峰，心生怨恨，就一把推开，没好气地说：“我都看到了，你还有什么好解释？你若是喜欢别人，你可以大方告诉我，我又不会死缠烂打的。”说完，她掩面失声痛哭起来。

郑绍峰看着雨人似的苏倩茹，再次紧紧抱住她说：“我是什么样的人，难道你还不清楚吗？你知道我只爱你一个人，永不变心的！倩茹，你听着，我若负你，定遭天打雷劈！”

苏倩茹一听，立马用左手堵住他的嘴巴说道：“呸呸呸，不要乱说话！你不会死的！”

郑绍峰一看，微微一笑，说：“我当然舍不得死，因为——我还有好多好多事情要和你一起完成呢！”雨势不减，郑绍峰看了看四周，拉着苏倩茹缩进一处大门的屋檐下，寻求遮蔽。

苏倩茹不满地嘟着嘴巴，整个思绪还在小芙蓉身上打转。郑绍峰轻轻一笑，刮了一下她那小巧的鼻子说道：“那个小芙蓉，我一直当她是妹妹的。她刚才是来告诉我一个重要的消息。当然，不可否认——她是喜欢我的。但你也知道，我的心里一直只有你一个人——你不仅是我生活中的亲密伴侣，更是我诚挚的革命伴侣。记住，你是我这辈子的唯一！不要再质疑，也请不要再生气了！”

听了郑绍峰一番坦诚的话语，苏倩茹的脸色逐渐缓和下来，她看着郑绍峰，嘴里喃喃地说：“对不起，是我错怪你了！你知道么，看到那一幕的时候，我都无法控制我内心的醋意和愤怒，我觉得我生命中的一切瞬间崩塌了！一个人若是生病了，还可以上药店买药治疗；一个人的心若是碎了，恐怕是无药可救的。绍峰，我现在才知道我有多爱你，有多怕失去你……对不起，让你见笑了……可……可我确实是控制不住自己的。”

郑绍峰把苏倩茹紧紧拥在怀里，宠溺地说道：“你真是个傻孩子。快回家换衣服吧，不然该感冒了！”他看了看天空，雨势渐小，就拉着苏倩茹朝着家的方向奔去……

傍晚时分，依旧在昏暗的书房，贾士礼坐在椅子上脸色阴晴不定，万平惴惴不安地站在旁边。

“会长，这苏州城里越发不安生了，咱们要不要——回避一段时间？”万平鼓起勇气提议道。

贾士礼白了他一眼，说道：“什么时候你变得这么胆小了？飞机轰炸而已，有什么可害怕的？建筑塌了可以再建，经济垮了可以再搞。政府是不会倒的，对我们来说谁执政都一样！这年头，不到最后一刻，你都不知道谁输谁赢！你看看黄谷阳，死在自己儿子手里，我都不用动手，就有人帮我解决了！那个家伙死有余辜，烧了郑家书局，害死了柳燕眉，真是心狠手辣！”一提起柳燕眉，贾士礼内心居然有些伤感，可能是好几次和柳燕眉的聊天总能让他愉悦，年纪大了总是容易记住一些让自己心动的瞬间，或者说因为这个人的死亡带给自己更多的是不圆满的回忆吧。

万平听了似懂非懂，但还是点点头。

贾士礼接着问道："姨太太们都安排到乡下了吗？咱们那些资产都处理好了吗？"

万平赶紧点头回答道："早就办妥了！您放心吧！"

贾士礼闷闷应了一声，接着说："苏州这边就剩苏方达了，苏家和黄家的恩怨早晚要了结，不管最后结果怎样，最终都会落入我的手里的！哈哈哈！日本人？日本人有什么可怕？这小日本只要物资和配合，他才不管谁当商会会长呢！毕竟，谁能提供物资，谁就上位！我经营这么多年，可不是那么容易被一个毛头小子打败的。"说到这里，贾士礼的眼里闪出仇恨的火花，他布了这么多年的局，一切都在他的掌控之中，他绝对不能让别人抢了去，绝对不可以！

"那，黄亦虎怎么处理？"万平问道。

"静观其变。两败俱伤之时，正是我们得利之际。那个苏家有刺绣高人的消息你放出去了吗？"贾士礼阴森森地问。

"放出去了！估计现在日本人要去找苏家的麻烦了！会长，您这招真是高，黄亦虎那傻小子还一直觉得自己很聪明，他都不知道他那些消息其实都是跟咱们买的！苏家以为这一切都是黄家搞的鬼，其实这一切都在您的掌控之中啊！"万平吹捧着贾士礼。

"哈哈！这个黄亦虎还真是帮了我不少忙！"贾士礼冷笑着，"还有，那个梅大仙，知道了太多不该知道的，你去处理一下！还有，那些放在库房杂物箱里的账本你抓紧处理掉，免得夜长梦多。对了，你先送我去一趟日军办事处。这苏家，这一次真的要全输咯！"说完，贾士礼发出一阵大笑，带着万平离开了书房，只留下那瘆人又可怕的笑声向四处散去。

这时候，从旁边偏房的角落里，慢慢走出一个人——那是失魂落魄的七七。她惊呆了，她不敢相信刚才听到的那些话。疼她、宠她、顺着她的父亲竟然是这样的一个人？她不敢相信，但也只能相信。七七的脑海里一直旋转着父亲的脸庞，她发呆了许久，突然飞奔到库房。她东翻西找，寻了好一会儿，终于在父亲说的杂物箱的底层找到了三本账本。

七七的手抖得厉害，几本不是很厚的册子此刻仿佛有千斤重，压得她喘不过气来；又好像是烫手的山芋一样，让她无所适从。七七盯着账本，仿佛着了迷。她低着头，表情痛苦而纠结，过了一会儿她找来火柴，一把火点燃了库房，然后抱着账本拔腿飞跑出去。

她去哪里呢？

她觉得自己必须去找郑绍峰，在那么一瞬间，她觉得自己现在只能相信郑绍峰一个人。当七七气喘吁吁地抱着三本账本跑到郑绍峰跟前的时候，她的眼里全是晶莹的眼珠——她实在控制不住自己的眼泪，唰唰往下掉！

郑绍峰吓了一大跳。这平日里天不怕地不怕的七七小姐，此刻像一只受到惊吓的小白兔，全身打着冷战！七七看着郑绍峰，突然一头扎进他的怀里——这是一个多么温暖宽厚的怀抱啊！她的眼泪流个不停，因为害怕和委屈，她的肩膀抖个不停。郑绍峰看着怀里的七七，推也不是，不推也不妥，想了一会儿，就直直站着，两只手垂在大腿两侧。过了好一会儿，七七才停止了抽泣。

郑绍峰这才轻轻拉开七七，关切地问道："七七，发生什么事情了？"

七七直勾勾盯着郑绍峰，她在组织着语言，她不知道从何说起。只见她张了张嘴，没发出声音。她停顿了片刻，回想了一下，终于开口叙述。

夜幕降临的时候，郑绍峰在苏方达的书房里等着他们。不一会儿，苏倩茹扶着苏老太太进了书房，随后苏方达也进了屋。姜妈端着茶进来，苏倩茹在她耳边轻声问道："姜妈，紫琰最近怎样？我最近太忙了，都没时间去看她。"

姜妈笑着说："一切都挺好的，谢谢大小姐挂念。"

苏倩茹点点头，小声说："你和紫琰说，我一会儿忙完就去看她。"姜妈面露难色，但还是点了点头，退了下去。

苏方达看着郑绍峰，问道："绍峰，这么急过来，有什么要紧的事情吗？"

郑绍峰回答道："是的，有件很重要的事情。"

苏倩茹和郑绍峰对视了一下，缓缓说道："爹，据我们的分析，日本人可能要对咱家下手了！"

苏方达吃了一惊，忙问："这……这怎么又扯出了日本人？咱们平时和日本人也无来往呀？"

苏倩茹点点头，说道："是的，爹。黄亦虎串通了日本人，一直在寻找刺绣高人。现在已经打听到奶奶身上了，甚至连咱家的祖传刺绣秘谱都知道了，我想他们很快会有动作的。所以，咱们要提前做好准备才是。"

苏方达听完，一脸沉重，叹着气说道："哎！没想到黄谷阳的儿子也是如此歹毒，竟和日本人勾搭在一起！"

苏老太太摆摆手，说道："儿子啊，他们黄家对咱们苏家不仁不义——先是黄谷阳用假票据和假订单搞得我们苏家元气大伤，现在他儿子还要勾结日本人抢取秘谱，这种人不是敬而远之就能解决的。就算你不犯他，他也会想尽办法来犯你，咱们这一次要提前做好应对准备了！"

郑绍峰点点头，接着说："这幕后主使除了黄谷阳，还有一个人！"

"谁？"苏方达吃惊地问。

“商会会长贾士礼！”郑绍峰一字一字地说了出来。

“啊？不可能！贾会长平日还是很关照我的，上次契书票据的事情他还提前和我通气了呢！再说，我们两家是亲戚啊，不会的！”苏方达连忙摆摆头，他不相信这个事实。

“爹，我知道突然告诉您这个真相，您可能接受不了。不过这确实是真的，绍峰去玄妙观调查了梅大仙，那梅大仙果然是贾士礼的人，故意利用娘迷信这一点，这几年给咱家整出各种风波，企图让您妻离子散，从精神上击垮您！还有您说票据和假订单的事情，其实都是贾士礼在背后布的局，您想想如果没有他的同意，就凭黄谷阳那几张票据，怎么就能定咱们的罪？那个假订单也是他做的保！黄谷阳也就是他的一颗棋子，他真正的目的是要控制整个苏州的商业经济大权。您想想，咱家产业这么大，您又是刚正不阿，这些人知道您不会同流合污的，自然就想搞垮吞并咱们苏家了！”苏倩茹说到最后，眼里都快喷出火了，“这些人真是禽兽不如！咱们必须想办法，不能让他们的阴谋得逞！”

郑绍峰向苏倩茹投去赞许的目光，可苏方达还是不相信。郑绍峰接着说：“苏叔叔，这些是七七刚才过来告诉我的，是她亲耳听到的，绝对错不了。”郑绍峰把七七的话原封不动地告诉了苏方达，苏方达听完连连倒抽冷气，脊背发凉。

“想不到，想不到啊！这贾会长原来是这样的一个人啊！平日里还和我推心置腹，还说两家是亲家要互帮互助……原来都是骗局啊！”苏方达感慨地说着。

“儿啊，知人知面不知心。这世道，太多口蜜腹剑的人了！我儿啊，你打小就是憨厚正直，往后定要擦亮眼睛，防人之心不可无啊！对于恶，我们阻止不了，但我们可以抵制，这就是底线。”苏老太太叹着气说道。

苏方达点点头，说：“娘说的极是！儿子定当听从娘的教诲，请娘放心。”说完转头看了一眼郑绍峰，问道：“七七呢？这孩子是我看着长大的，生性耿直，疾恶如仇。留过洋，有见识，跟她爹完全是不一样的。只是出了这样的事情，我想对七七的打击还是很大的。”

“是的，七七表妹心里也是非常难过。不过我还是非常钦佩她的，第一时间跑来告诉我们，是非分明！”苏倩茹发自内心地赞叹。

“嗯！这两天就让七七在咱家先住着，遇上这种事情也是难为孩子了！七七真是个好孩子啊！倩茹，你多陪陪七七，关心她、保护她，知道吗？”苏方达心里也是一阵苦涩，不停交代着苏倩茹。

“对了，苏叔叔，现在苏家庄园的绣娘，在苏老太太和倩茹的指导下，手艺技术都进步飞快，这些绣娘也是要保护的，不能让她们落入黄亦虎和日本人的手中。”郑绍峰说。

苏倩茹赞同地点点头，说：“绍峰说得很有道理。日本人除了要秘谱，肯定也要绣娘。所以这段时间，请奶奶和厂里的绣娘，尽量不要出府。”

苏方达看着郑绍峰，不禁动容地说道：“绍峰啊，你真是个好孩子！发生这么多事，一直对我们苏家不离不弃！哎呀呀，想当初如果我能果断一点，让你和倩茹结婚，你爹和你娘也就不会遭那劫难了！”说着，苏方达的眼圈红了，他想起了曾经的少年三兄弟，而今两个已死于非命——其中一个生前还处心积虑要陷害自己……还有贾士礼，他用袖子擦拭了一下泪眼，内心百感交集。

苏老太太看着儿子，心里也是一阵酸楚，她站起来，握住苏方达的手，说道：“儿啊，打小你就是个重感情的人，有情有义，不愧是我苏家的好儿郎！这就是人生，有酸甜苦辣，也有悲欢离合，更有刀光剑影、尔虞我诈！儿啊，娘能重新与你们团圆，这辈子也就知足了！娘虽然是个妇道人家，但也清楚现在剑拔弩张的局势，战争一触即发。儿啊，不管怎样，你一定要保护好咱家的秘谱，千万不能落入日本人的手中！倘若有一天，娘落入日本人的手里，千万不要来救我……”

苏老太太还没讲完，苏方达就打断她的话：“娘，不会的，不会的。儿子好不容易和您团圆了，咱不说这些不吉利的话!”苏老太太看着苏方达，不禁老泪纵横，心里想：这样的战火，到底要绵延到什么时候呢？苏倩茹在一旁，也低头拭泪，郑绍峰握紧她的手，用默契的眼神对视着。

郑绍峰顿了一下说：“苏叔叔、苏老太太，现在不是难过的时候。大敌当前，我们应该团结振作起来。日本人近期会组织空袭，我们要提前做好准备才是。现在时间紧迫，大家分头准备吧!”众人一听，纷纷点头。

苏倩茹和郑绍峰一同走在小花园里，郑绍峰问道：“倩茹，我交代你的事情，怎样了?”

苏倩茹调皮一笑，回答道：“不辱使命，顺利完成!”

郑绍峰点着头，说：“那我就放心了。现在这风口浪尖的时刻，我和老周不方便见面，这次让你去也是迫不得已，毕竟那儿有特务把守呢!”

苏倩茹看着郑绍峰，一脸严肃地说：“绍峰，这种事情以后就交给我，我能行！我也想和你们一样，做些有意义的事情！我不怕危险，我只想和你一起进步!”

郑绍峰看着一脸坚毅的苏倩茹，心里深深地被打动了——他为自己有这样一位亲密的恋人而感到骄傲和自豪!

苏倩茹转头对郑绍峰说：“我想去看下紫琰，很久没有去看她了，很是想念。”郑绍峰点点头，两个人便一同走到院子后面的偏房。

到了偏房，只见屋内一片漆黑，苏倩茹轻轻地敲门：“紫琰，紫琰，你睡了吗?”屋里一片寂静。

郑绍峰和苏倩茹面面相觑，苏倩茹喃喃自语：“不可能啊，紫琰怎么睡得这么早呢?”郑绍峰听到后面一阵急促的脚步声，扭头一看，原来是姜妈。

姜妈一脸惶恐地走过来，只见她有点儿不知所措，神色慌张。苏倩茹问道：“姜妈，紫琰是睡着了吗?怎么这么早?”

姜妈看了看他俩，又低头看看脚尖，过了一会儿，她直接推开门，把苏倩茹和郑绍峰拉进屋子，飞快关上门。上了灯，屋里总算有一些缓和的气息了。

苏倩茹不解地问：“姜妈，你这是做什么呢?”

郑绍峰环顾四周，屋里冷冷清清，好似已多日没人居住的样子，就问道：“姜妈，紫琰姑娘呢?”

姜妈扑通一声，跪在地上，啜泣着说：“大小姐，郑公子，求求你们，帮忙保守这个秘密吧!”

苏倩茹和郑绍峰一脸雾水，赶紧扶起姜妈说：“姜妈，您先起来，有话好好说!”姜妈看着他们，说：“紫琰，紫琰我把她送到外面去了……她的肚子是越来越大，在府里肯定是隐藏不下去了，我在外面给她租了房子……”

苏倩茹一听，松了一口气，安慰姜妈道：“姜妈，吓死我了！我以为紫琰出了什么事情呢！没事就好！这件事情您做得很对，不然以我娘的脾气，要是让她知道了，紫琰肯定要吃大苦头的!”

姜妈抹着眼泪，点头说道：“我也是这样想的。紫琰也快临盆了，我不想在这节骨眼再生事端……太太知道紫琰是我的女儿，但不知道她怀了孕，所以我在太太未察觉之前就把紫琰送了出去……这样应该好一点。”

苏倩茹点点头，说道：“是的。我娘一直想再生个孩子，如果她知道紫琰有了孩子，心里肯定不舒服的……再说，她要是误认为这个孩子是我爹的，那肯定又要把苏家搅得天翻地覆、鸡犬不宁!”

姜妈看着通情达理的苏倩茹，一脸感激，她喃喃地说：“大小姐，您真是好人！紫琰有您这样的好朋友是她的福气！哎呀呀，我家紫琰也是命苦，这孩子还没生下来爸爸就不要他……可怜她们娘俩了……”姜妈想着想着，心里一阵发酸，不禁泪流满面。

苏倩茹安慰说：“姜妈，紫琰还有我们，我们都可以帮她的！姜妈，您好不容易和紫琰母女相认，这也是幸事一桩，紫琰和孩子还有您呢！不要着急，您和紫琰都是好人，肯定会有好报的！对了，姜妈，紫琰现在住在哪里？我们想去看看她！”姜妈如实告诉了她地址，苏倩茹和郑绍峰马不停蹄地赶了过去。

这是一个僻静的院子——简单的私家小院，坐落在城区一处不起眼的角落。院子里收拾得十分干净，暖黄的灯光映衬出屋里一个大腹便便的人影正在来回踱步。

苏倩茹心里一喜，便敲门道：“紫琰，紫琰，我来了！”

屋里的人怔了一下，随即开了门，果然是肖紫琰。多日不见，肖紫琰圆润了许多，她看见门口的苏倩茹和郑绍峰，一脸惊讶，但随即欣喜地问道：“你们怎么知道我在这里？”

苏倩茹笑着说：“姜妈告诉我的！紫琰，对不起，最近我太忙了，都没时间来看你……”

肖紫琰摆摆头，说：“我还怕给你添麻烦呢！”

苏倩茹摇摇头，说道：“不会不会，我们是永远的好朋友！”说完，两人紧紧地拥抱在一起。

肖紫琰看着旁边英俊、正气的郑绍峰，笑着说：“倩茹，你终于和你的大侠陆风在一起了，真为你高兴！”

苏倩茹低头羞涩一笑，说：“紫琰，你别取笑我了！”

肖紫琰摸着滚圆的大肚子，轻轻地说：“再过几天，孩子就要出世了！到时你就要做姑姑啦！”

苏倩茹两眼发亮，也把手轻轻按在肖紫琰隆起的肚子上，说道：

“宝贝，你要乖乖听话哦！妈妈为了你，可是吃了不少苦哦！”

肖紫琰一听，浓密的睫毛下垂着，仿佛在思考什么似的，一言不发。苏倩茹一看，有点不知所措，紧张地说：“对不起，紫琰。我，我的话是不是让你想起不开心的事情了？”

肖紫琰抬起头，用力挤出一个灿烂的笑容，说道：“没事。经过这么多事情，我全都想明白了！倩茹，以前我不懂事，做出了一些对你对苏家不好的事情，请你原谅我！”

说着，她抬头看了一眼倩茹，摸着肚子接着说：“生下这个孩子，是我自己的决定，我不后悔。欺人是祸，饶人是福，我现在只希望孩子健健康康、平平安安的。”

苏倩茹握住她的双手，点头道：“紫琰，你能这么想就对了！人世难逢开口笑——这些苦都不算什么，我们应该笑对每一天！”

郑绍峰也接下去说道：“火炬和蜡烛总有烧尽之时，不要紧，再添点新的就行。同样的，人生路上也是满满的磨难和苦楚，只要咬紧牙关，坚定信念，总是能挺过去的。黎明前的黑暗是最黑暗的时刻，胜利的曙光就在前头，我们一定要坚持下去，不放弃，不言败！”

从肖紫琰的住处出来，夜已经深了。苏倩茹和郑绍峰两个人并排走着，月光把他们的影子拉得很长，很长。街上基本没有行人了，空旷的街道显得十分安静。郑绍峰牵着苏倩茹的手，一路走着。

“绍峰，你说紫琰真的能放下黄亦虎吗？”苏倩茹忍不住问了起来。

郑绍峰微笑地摇摇头，轻声说道：“放下或放不下，又有何不同呢？黄亦虎根本不认这个孩子，纠缠下去已没有任何意义。”

苏倩茹微微叹了一口气，幽幽地说：“希望紫琰能勇敢面对眼前的一切吧。”

郑绍峰伸出右手揽住她的肩膀，微笑道：“离你家只有一小段距离了。”

苏倩茹回过神看看眼前的路，果然不假。她看着郑绍峰坚毅的侧脸，说：“真想这条路没有终点。一直走下去，多好。”

郑绍峰加大了牵手的力量，回应道：“我们就这样，永远不分开！”苏倩茹满足地把脑袋轻轻靠在他的肩膀上。

两人又一起走入了黑夜。

这一条路很长，有你的相伴；这一条路很短，怕时间走得太快。

在离苏家大院不远的一个胡同里，苏倩茹和郑绍峰经过的时候隐隐约约听见有女人哭泣的声音。郑绍峰和苏倩茹相视一看，默契地点点头，一起朝声音传出的地方走过去。

只见在胡同的黑暗处，有一个女人埋头啜泣着。他们两个人走到女人的面前，蹲下来，郑绍峰轻声问道：“你是什么人？遇到什么难事了？”

苏倩茹也接下去说：“有什么我们可以帮上忙的吗？”哭泣的女人听到声音，缓缓地抬起头，没有说话。郑绍峰和苏倩茹借着微弱的月光仔细看着眼前的女人——脸色苍白、憔悴，衣衫凌乱，一双美丽的眼睛因为哭泣显得红肿异常。

郑绍峰觉得眼前的女人有点儿眼熟，定睛一看，果然是她！他记得她，春天的时候，有一次娘非要带着他去参加一个什么宴会，娘还热情地给六姨太介绍过自己——看样子，那时娘和六姨太的关系很亲近。

只是那种宴会在郑绍峰眼里是一种无趣至极的社交活动。那种宴会总是纸醉金迷，充满奢靡的味道。他看到这些参加宴会的美丽女人穿着庄重或性感的礼服，她们都有着圆润光滑或纤细柔和的肩膀，在舞场里摇曳生姿；而她们的伴侣大都是西装革履，油头粉面，把她们衬托得更出色，更动人。整个宴会因为有这些女人的存在而充满了难以描述的奢侈气息，这些女人让许多道貌岸然的人在顷刻间原形毕露，让他看尽人间丑态……郑绍峰当晚待了一会儿就找了个借口离开了。

郑绍峰看着眼前的这个女人，很难把她和当天晚上艳光四射的女主角联系在一起，可事实上她就是！生活果然最真实。它能让美丽脸蛋生辉，也能让它失魂落魄。郑绍峰伸手扶住她，问道：“六姨太，你怎么在这里?”

六姨太眼角渗出泪水，用一种凄厉的声音回答道：“六姨太？居然还有人叫我六姨太！哈哈哈……告诉你，从今天起，苏州城里没有六姨太了！没有六姨太了!”她说完，笑了起来——笑声令人毛骨悚然，又含着无限悲凉。

苏倩茹大吃一惊，问道：“六姨太？你不是贾府的六姨太吗?”郑绍峰点点头，六姨太依旧瘫坐在地上，哆嗦着身子，不回答他们的问题。苏倩茹咬了咬嘴唇，轻轻地说：“天这么黑，这里很危险，我们先送您回家。”

她伸手想搀扶起六姨太，刚碰到六姨太的手臂，不料六姨太用力一甩，把苏倩茹的手硬生生甩开了，她用空洞的声音说道：“回家？家在哪里？我没有家了，我被赶出来了！这贾士礼，可真是心狠手辣的人啊!”她双手挥舞着，越说越激动，哀戚自嘲地说，“曾经苏州城里最美的女人，现在是最落魄丑陋的人了！我现在就是一个笑话，一个笑话啊!”说完，她不断撕扯着自己的头发，仿佛自残可以减轻她内心的暴怒!

苏倩茹抓住她的手，说道：“虽然，我之前一直在外求学没见过您，但按辈分来说，我还得叫您一声六姨娘。我希望您能冷静一下！身体发肤，受之父母，不管怎样，你要善待你的身体。没有什么过不去的坎儿啊！你……你想想，这城里还有没有什么亲人，我们送你过去!”

一听到“亲人”，六姨太似乎平息了情绪，嘴里叨叨地说道：“是啊，我前两日找到了失散多年的妹妹了！可是，我的妹妹命好苦啊，被人卖去了浣花楼……小蓉，小蓉，姐姐对不起你……姐姐还说帮你赎身，可我现在身上一分钱都没有了……呜呜呜……小蓉，姐姐真的好恨我自己啊!”说完，六姨太身体一歪，晕倒在地上。苏倩茹扶起她，这才发现她的脖子上、手腕上有多处外伤——像是用皮鞭抽的。他们急忙把六姨太送到了一个安全的地方，先安顿下来。

第二十二章

八月中旬的一天，晨光微露，郑绍峰却已经起床看了许久的书了。他看着窗外逐渐亮起来的天空，站了起来，双臂扩胸，做着舒展的运动。突然，从远处的天空传来“轰隆隆”的声音，郑绍峰顿了一下，立马冲出门外，只见一群日本战机飞临古城上空。这些飞机也不绕圈子，直接投下一颗又一颗炸弹，宁静的古城像炸开了锅一样，四处浓烟和炮火，一时间，孩子的哭声、大人的喊叫声、房屋的倒塌声……响遍了整个古城！敌机群绕着古城投了一圈炸弹，然后飞走了。

郑绍峰迅速跑到街道上，一眼就看到了平江路最大的商店正冒着滚滚浓烟，周边四处窜着火舌，不少居民楼已经炸塌了！他看到街上有不少民众满脸黑乎乎地跑出来，衣服上也有火烧的痕迹，但更多的人血流满面，哀号声响彻不断，街上都乱了套！郑绍峰想到了老周，赶紧跑到书局，只见老周的书局因为受到隔壁的影响，半面墙壁塌了，那面墙的柜子也倒了，书籍散落了一地。他焦急而又紧张地呼喊着：“老周，老周！林子，林子！”

只见林子和老周从后门跑了进来，看见郑绍峰，大家都松了一口气。郑绍峰看着老周和林子，连忙问道：“老周、林子，你们没事吧？”

老周点了下头，一脸沉重地说：“没事没事。只是没想到敌人这么快就动手了，看来这次古城要经历一场劫难了！”三个人面面相觑，心里都十分不好受。他们心里都明白，这不是结束，而仅仅是开始。郑绍峰和老周做了简单告别，就马不停蹄地往苏家大院赶去。

孙立波被这一场空袭吓了一大跳，他正好在一楼房间睡觉，一听到炸弹声被吓得跳了起来，穿着睡衣就冲到了门外。幸好，炸弹并未打中房子，只是不远处的商铺浓烟四起，民众惊恐万分，不停喊叫，街上乱成了一锅粥。

突然他想到了一个人，赶紧冲进屋里快速换了外衣，又匆忙飞奔而去。一路上都是断壁残垣，殷红的血光四处飞溅，哭喊不已的人们在浓烟废墟中慌乱地找着家人，找着财物……孙立波听得耳边凄厉的尖叫声此起彼伏，成片的建筑摇摇欲坠。昨天还光鲜亮丽、人声鼎沸的饭店、电影院、百货商场，仿佛在下一秒便会轰然倒塌。

"轰——轰——！"

一声巨响引得本已惊慌失措的人群再一次发出阵阵惨叫——原来是市中心的一所教堂倒塌了！伴随着惊天动地的巨响，滚滚浓烟排山倒海般腾空而起，瞬间把整个广场吞没了！

孙立波心里更着急了，他加快了步伐。耳边不停有猛烈的爆炸声传来，成片的房屋接连不断地坍塌，碎裂的墙体石块如同流星般四处坠落，毫不留情地砸向仓皇逃窜的人群……孙立波被飞来的小石块划破了手臂、额头及脸庞，但他不管不顾，还是拼命往前跑。到了一所小院前——小院还在，逃过了敌机的轰炸！他悬着的心终于放下了，他气喘吁吁地推门而进，只见一个大肚子女人正坐在床边瑟瑟发抖。

"肖小姐，没事吧？"孙立波上前急切地问道，原来他一路狂奔、冒险就是为了来看肖紫琰。

肖紫琰哆嗦着抬起头，一看是孙立波，像是溺水的人抓到了救命稻草一样，飞扑到他的怀里，颤抖地说："啊，啊！刚才真是太吓人了……我，我真的好害怕！"

孙立波看着怀里的肖紫琰，心跳得剧烈，他张着两只手想抱住肖紫琰，但又在半空停了下来……他顿了一下僵在半空的两只手，温柔地说：“别怕别怕，有我在呢！”

肖紫琰仿佛想起了什么似的，像触电一样离开了他的怀抱，满脸羞赧不已，低着头说：“孙……孙先生，不好意思，刚才失态了！”

孙立波尴尬一笑，说：“没……没事。”

肖紫琰抬头看着孙立波，发现他脸上手上都有些血迹，急忙问道：“哎呀，你受伤了！快，快坐下！我给你清理一下伤口！”说完，她拿出一些纱布和药水，轻柔地帮孙立波敷药包扎。

孙立波看着肖紫琰——这是他第一次这样清清楚楚、真真切切地近距离看着她，他的内心是十分欢喜的。肖紫琰假装没注意到孙立波热切的眼神，专心致志地帮他敷药——其实她的内心也是剧烈翻滚的！在这万分紧急的关头，不顾生死来看她的人，居然是他！她的内心有一些触动，也许是在这一刻，她对眼前的这个男人似乎有些异样的感觉了……

孙立波看着肖紫琰娴熟地消毒，包扎伤口，不禁说道：“你真厉害！你的手法就像医院里的护士一样专业！”

肖紫琰扑哧一笑，谦虚地说：“哪里哪里！就是在学校里学了一些基础医疗知识，皮毛功夫而已。”

孙立波皱着眉头，看着肖紫琰白嫩的左手腕在自己面前晃动着，他注意到她左前臂内侧有一些奇怪的伤痕——柔软的皮肤上有一串平行的直线割痕。每条割痕大概三厘米长，最靠近手腕的那条最浅，已经愈合了，如果不仔细看是看不清楚的；而越是靠近手肘的就越是新鲜，仿佛是前段时间刚留下的。孙立波目不转睛地看着，肖紫琰似乎是有些感应，她处理好孙立波脸上的伤口后，坐在椅子上，用右手覆盖住这些疤痕。

“是的，”肖紫琰一脸平静地说，她的眼眶有些湿润，但一直在克制着眼泪，颤声说道，“这些疤痕，是我自己割破的。不过没什么了。”

孙立波虽然心里早已知晓了答案，但还是问道：“发生了什么事情?”

肖紫琰吸了一口气，淡淡地说：“我只是惩罚自己而已——当初太任性，做了一些自己认为一定要做的事!”

“有些事，不分对错。只要你想做就去做，遵循自己的内心也是一件快乐的事情。”孙立波似乎是在回答肖紫琰的问题，也似乎在肯定自己的内心。

肖紫琰怔了一下，叹了一口气说道：“你是不是以为我为黄亦虎割腕?”她的脸上露出一个惨白的笑容，接着说，“不会的。我不想自杀。我这样做，就是为了让自己不去想那些事情!”她摸着滚圆的肚子，脸上露出母性的慈爱，轻声说道：“有一个新生命在我的体内，我需要更加勇敢坚强地活着！只是，有时我需要一点点疼痛，你理解吗?”

对于肖紫琰来说，伤痛确实已经成为身体的一部分，它就像潮汐一样，平时静静地躺在你的回忆里，波澜无惊。可是月有圆缺之时，天有昼夜之分，不管这件事情过了多久，只要涨潮，它就会以惊人的力量冲上来，将你彻底吞没。潮起潮落终有时。只是在退潮时，你会发现其实你自己一直是在岸上，久久没有改变。

肖紫琰乌亮的眼眸里蒙上一层水雾，抬起好看的脸蛋看着孙立波。孙立波此刻多想把眼前这个柔弱的女人拥在怀里，可是，他不能。他的心狂乱地跳着，呼吸有些急促，他努力平息着自己的情绪。他想了一会儿，鼓起了勇气，伸手握住了肖紫琰的左手，用指尖滑过那些伤痕，轻轻地说：“答应我，以后不管怎样，都不要再伤害自己的身体了！以后，让我来照顾你，保护你，好吗?”

肖紫琰的脸上湿漉漉的，她困惑地看着孙立波，把脸别过去，问道："为什么你要对我这么好？为什么你屡次救我帮我？为什么？"

孙立波缓缓地说："我是个粗人，不太会说话，也不懂得浪漫。但我就相信，爱情没有先后，合适才能长久。紫琰，给我一个机会让我照顾你，好不好？"

肖紫琰听着孙立波这番话，顿时泪如泉涌。是啊，多少人爱慕你年轻时娇美的容颜，可又有多少人能守得住岁月的无情变迁？那些金银珠宝、锦衣玉食都不过是昙花一现，而在你落魄时能守你护你、在意你的，才是那一生值得厮守的人。肖紫琰哭着不说话，孙立波有点慌乱，连忙说："对不起，对不起！我不是要逼你，你可以慢慢考虑。我……我会一直等你的！"

肖紫琰低头啜泣了一会儿，说道："我知道你也是穷苦人家的孩子，只是你以后不要再跟着黄亦虎了，不要再帮他们做那些缺德的事情了！"

孙立波点点头，哑着声音回答道："当年在逃荒的路上，是黄老爷救了我。所以这些年，我也是在报恩。"

肖紫琰说："报恩可以，但黄家父子做的都是损人利己、祸国殃民的勾当，你心里应该都有数吧？我之前也帮他们做了对不起苏家的事情，现在就特别后悔！我希望以后我们都能清清白白做人，干干净净做事。"

孙立波面露难色，但随即又像做了一个重要决定似的，他深情地看着肖紫琰，郑重地说："我答应你。"

郑绍峰赶到苏家大院，见姜妈慌慌张张地站在门口，赶紧问道："姜妈，里面没事吧？"

姜妈神色慌乱，答道："还好，炮弹没有打中屋子，就是厂房有一处受了轰炸。老爷太太小姐都没事！"

郑绍峰松了一口气，说道："那就好，那就好！咦，对了，姜妈你看起来好像有心事？”

姜妈一下哭了出来，说道：“我……我担心紫琰啊！不知道她现在怎么样了？可太太让我在这里……”

郑绍峰也是一惊，连忙说：“姜妈，您赶紧去看看她。这边的事情，交给我！”姜妈一听，脸上露出感激的神情，连忙跑出去了。

苏家大院里，也是一阵慌乱。苏方达、碧云、苏老太太，还有苏倩茹带着一帮用人都聚集在客厅，碧云显然是受到了惊吓，嘴里不停地念着“阿弥陀佛”。苏老太太倒是一派冷静，坐在椅子上闭目养神。

郑绍峰来到客厅，苏倩茹一看，快速飞奔上去，郑绍峰紧紧握住她的手。

苏方达一看郑绍峰来了，就说：“绍峰，你来得正好！你和倩茹一起去厂房看看吧，幸好我们提前做了准备，这一次没有人员伤亡！”

郑绍峰点点头，说道：“好的，苏叔叔。只是，这种空袭以后恐怕会是常态，我们可要做好应对措施啊！”

苏方达一脸沉重地点点头，苏老太太张开了眼睛也狠狠地说：“这小日本欺人太甚！侵我河山，毁我家园，真是禽兽不如！”

碧云一听，神色大变，紧张地说：“娘啊，这些话可不能乱说啊！我听说，现在城里到处都是日本人的眼线，您这些话要是让日本人听到了，会……”碧云的话还没说完，苏老太太就冷哼了一声，大声说道：“会怎样？把我老婆子抓去枪毙是不是？我这么大岁数了，我不怕！”

碧云一听，撇了撇嘴，不死心地回答道：“那您也得想想苏家还有不少人呢！”

苏老太太一听，火冒三丈，指着碧云的鼻子骂道：“你的意思是我会连累苏家人？你——你要是怕死，你现在就走！”

苏方达一看，连忙出来劝和，他对碧云说：“你就少说两句，别惹娘生气了！现在都什么时候了，还吵个不停！”说完，用手招呼沉香和小玉，说道：“你们把太太送回房间休息吧！”

碧云斜着眼睛看了一眼苏方达，甩了甩衣袖，不情愿地回房间了。苏老太太看着碧云离去的背影，怒火难消：“你看看她，说话没大没小，真是有失体统！”

苏方达赔着笑脸说道：“娘，碧云也是为这个家好。您消消气，别跟她一般见识，她也没什么坏心眼，就是说话直一点。”

苏老太太点点头，忧心忡忡地说：“儿啊，娘有一个不祥的预感——这日本人一直在找刺绣高人，恐怕很快会过来的！他们找的是我，到时你一定要说不知道，明白吗？”

苏方达大惊失色，连忙说：“娘，不会的。你一定不会有事的，我一定不会让您有事的！要不，我们现在就离开苏州，不让日本人找到我们！”

苏老太太看着苏方达，摇摇头，慢慢地说：“儿啊，国难当头，有些事情躲是躲不掉的。战争肯定是会死人的，我们都不希望自己的亲人死去，但你想想，抗战在一线的战士，哪一个没有爹、没有娘？儿啊，娘能再回来与你们团圆已是知足了！我不怕死！就是死，也要死得其所！因为，我们是中国人！”苏方达看着自己的老母亲，惊醒过来，双目垂泪，怔忡许久。

黄亦虎从上海回来，坐在车里看到街道上的断壁残垣，冷冷地说：“这只是开始而已。”

孙立波倒吸了一口气，问道：“少爷，您的意思是——这样的轰炸还要持续一段时间？”

黄亦虎面无表情，扯了扯嘴角，说：“对！”孙立波看着黄亦虎丝毫不受战争的影响、一如往常的样子，他闭着眼睛，不看外面的一切。

孙立波小心翼翼地说："少爷，那你现在还要对付苏家吗？"

黄亦虎没有吭声，孙立波开始有点惊慌，但很快就镇静下来。过了好一会儿，黄亦虎才悠悠张开眼睛，不屑地说："真正的杀手要对一切事物都无动于衷。战争是可怕，可并不影响我的计划！你之前也帮我爹做过不少事情，只要你现在好好跟着我干，我不会亏待你的！"

孙立波慌忙点点头。黄亦虎露出得意的笑容，他接着说道："我们之前安排在苏家的内线，近日去联系一下，准备行动。"孙立波心里一惊，但表面上还是应承了下来。

孙立波赶紧把这个消息告诉了肖紫琰。肖紫琰急得在房间里来回踱步，孙立波关切地说："紫琰，你先别着急，我们想想办法。"

肖紫琰瞪着大眼睛，惊慌地说："黄亦虎和他爹一样，心狠手辣，肯定会置苏家人于死地的。不行，我们得把这个消息告诉倩茹，还有绍峰，让他们提前做好准备！"

孙立波叹了一口气，说道："其实，这个消息就算他们知道了，也未必能改变结局。"

"为什么？"肖紫琰一脸不解，说道，"可以让他们离开苏州啊，逃得越远越好！"

孙立波脸上的阴沉越来越重，回答道："现在兵荒马乱，逃到哪里去？再说，现在城内天天飞机轰炸，城外日本人驻兵把守，想要离开简直比登天还难！我看这一次，苏家人是插翅难逃了！"

肖紫琰一听，眼眶湿润，哭着说："那我们也不能眼睁睁看着倩茹他们一家落入虎口啊！我之前在苏家做了不少错事，倩茹又帮了我这么多忙，我不能见死不救！我必须赎罪，不然我的良心一辈子都不会安宁的。你——你想想办法，想想办法啊！"

孙立波抱住了肖紫琰，安慰道："你别动气，对孩子不好。我先找郑绍峰商量一下，你在这儿，不要乱想，我很快就回来。"肖紫琰不停地点着头，目送孙立波离开。

孙立波来到郑绍峰的住处，只见他一个人在屋里看着书。他一见孙立波，脸色有些不悦，冷冷说道：“你来做什么？是不是黄亦虎叫你来的？你回去告诉他，我是不会替他办事的！”

孙立波连忙关上门，对郑绍峰说：“郑公子，不是黄亦虎叫我来的，是紫琰让我过来的。”

郑绍峰看了他一眼，孙立波从容答道：“我知道我以前帮黄谷阳做了不少坏事，可我现在知道错了！我也答应紫琰了，从今以后要改邪归正，不再帮黄家办事了！这次来，就是要告诉您一个消息……”他靠近郑绍峰，耳语了起来，郑绍峰听得脸色发沉。

郑绍峰冷汗涔涔，惊呼道：“想不到黄亦虎比他爹的心肠还歹毒，居然能干出这种事情！孙先生，这次多亏了你，谢谢你！”

孙立波心里一阵波澜，他想起放火烧书局的事情，内心无限懊恼和悔恨，可他还是没勇气把事实说出来，他只希望现在自己能多做点好事弥补内心的悔恨。郑绍峰送别了孙立波，立马赶到苏家大院。连日来飞机轰炸，苏家工厂早已停止了生产，工人也都遣散回家了，只剩下和苏老太太学刺绣的十个绣娘——安排在后山的山洞里继续学习。这十个绣娘的藏身之地，除了苏老太太和苏方达、苏倩茹、郑绍峰和姜妈，其他人都不知道——包括碧云。

碧云自从飞机轰炸苏州后，吓得晚上噩梦连连。每天不是在祠堂里念经，就是在房间里休息。沉香看着碧云，试探地问：“太太，最近好像很少见到老太太了？”

碧云哼了一声，漫不经心地说：“见不到更好！省得心烦！”

沉香眼睛转了一下，故作神秘地说：“太太，我看这老太太最近总往后山跑，不知在搞什么名堂？”

小玉正好拿着甜点进来，听到沉香这么说，就把甜点放到碧云的面前，轻声说道："太太，之前我在书房有听老爷提过，因为近来飞机轰炸，老太太心情颇为抑郁，就让老爷或小姐有空陪她去后山走走，说是散散心！"

碧云细细听着，抬头看了一眼小玉，小玉努力控制着自己的情绪，佯装镇定说道："太太，把这甜汤趁热喝了吧，凉了味道该不对了！"碧云应了一声，也不再过问，沉香在背后狠狠地瞪了小玉一眼。

苏老太太在山洞里，对着十位绣娘深深地作了一个揖，说道："姑娘们，真是委屈你们了！只是现在外面时局不稳，苏州城里动荡不安，而你们又是日本人的目标——是我们苏家连累你们了！"

为首的绣娘年纪较大，平日里大家都叫她"玲姐"，只见她朗声回答："老太太，我们都蒙受苏老爷多年的照顾，说什么连累不连累。现在外面兵荒马乱，出去也是死路一条。我们愿意与苏家庄园共存亡！姐妹们，你们说是不是？"

后面的绣娘也纷纷点头，你一言我一语说道："苏老爷、您和大小姐平日里对我们那么好，我们愿意留下来！"

"老太太，您把绝活儿都毫无保留教给了我们，我们不会做一个不守信用的人！"

"你们这么做，也是为了保护我们！外面天天飞机轰炸，就是出去，也是死路一条啊！"

"小日本太可恨了！"

苏倩茹紧紧地挽住苏老太太的手，眼里不禁湿润起来，心里想："大敌当前，谁说女子不如男？"这些绣娘如此深明大义，让她感动不已。

苏老太太点点头，朗声说道："日本鬼子狼子野心，横行霸道，禽兽不如。我们身为中国人，绝不会投降就范。咱们刺绣，不需要通过织机，我们仅仅用手在织物上穿针引线便能构成图案。这个山洞是简陋了一点，但我们仍然不会局限于时间、地点、空间的束缚，我们依旧可以依靠最简单的装备继续工作。你们说，是不是？”

以玲姐为首的秀娘们，纷纷点头。大家斗志昂扬，情绪激动。

待他们几个回到大厅时，姜妈一脸惶恐地跑过来，上气接不了下气地说道：“老……老爷，不好了！黄亦虎带着几个日本人来了！”

苏方达吃惊道：“什么？他来做什么？”

碧云不知什么时候从房间里走出来，阴阳怪气地说：“是不是来找倩茹的？这也怨不得人家，谁让你的宝贝女儿逃婚呢！人家现在攀上了日本人，来找我们算账了！我就说嘛，倩茹是个灾星，不把我们都克死是不会善罢甘休的！”说完，她狠狠地瞪着苏倩茹。

苏方达大喝一声：“碧云，都什么时候了，你还在说这些无聊的鬼话！赶紧回屋去！别在这儿丢人现眼！”

苏老太太压抑住内心的怒火，冷冷地盯着碧云。碧云回避了苏老太太的眼神，双手交叉在胸前，抿着嘴不说话。

这时，黄亦虎一脸得意地走了过来，说道：“哟，这人都在啊！正好，我一次把话说完！”

黄亦虎指着小林熏，说道：“这是日本的小林熏先生，他有事要拜会苏老爷。”

小林熏看着气度不凡的苏方达，咧嘴一笑，用标准的中文说道：“久闻苏老爷苏州丝绸大亨的大名，今日一见果然名不虚传！”

苏方达别过脸，冷哼了一声，不回答。

黄亦虎一看，怒火冲天，大声喊道：“别给你脸不要脸！小林先生来找你，那是你的荣幸！别不识好歹！”

小林熏摆摆手，示意黄亦虎不要再说下去，自己赔着笑脸说道：“听闻苏家刺绣手艺巧夺天工，特别是苏老太太的技法更是炉火纯青，达到了‘如画之境’。我有幸搜集到一幅苏老太太之前的作品，果然是精妙绝伦。这也是我们为何挑选你们苏家合作的原因了！只要苏老爷愿意与我们合作丝绸地图的绣制，我们不会亏待你的！到时苏州商会会长也是你的咯！”

苏老太太听完，心里一惊，但脸色上依旧风平浪静。她对小林熏对刺绣的深入了解表示震惊，更对小林熏对苏家对自己的刺绣技法如此了解表示忧虑。她知道，今日贼人登门，恐怕以后难有太平之日了。

苏方达冷冷地回答：“对不起！我们苏家祖上有训，不与不仁不义、不忠不孝、不人不鬼之徒合作！娘，我说得对吗？”

苏老太太赞赏地点头，朗声说道：“说得对！犯我中华者，绝不合作！”

小林熏气得脸色发青，黄亦虎在一旁凶神恶煞地叫喊着：“别敬酒不吃吃罚酒！你们信不信，我把你们苏家都灭了？”

苏倩茹狠狠瞪了黄亦虎一眼，正气凛然地回答：“亏你还是个中国人！我真是为你感到丢脸，宁可当日本人的走狗欺负自己的同胞，我们最瞧不起你这种人！”

黄亦虎抬头看着眼前这位年轻的姑娘，轻佻地说道：“你就是苏倩茹吧？看你长得还有几分姿色，要不我不计前嫌娶了你吧，这样也能留你一条生路，好不好？”

苏方达脸色大怒，厉声呵斥道：“黄亦虎，别以为有日本人给你撑腰，你就在这里耀武扬威！告诉你，只要我苏方达在，你休想动我苏家一砖一瓦！我们不合作，你们请便吧！”

黄亦虎气得要拔手枪，孙立波在后面慌忙按下了手枪，在黄亦虎耳边轻声说道：“少爷，少安毋躁！此事应该从长计议！就算把他们都杀死了，对我们也没好处。若闹出人命，对丝绸地图也是有影响的，我们回去再想想别的办法。”

黄亦虎一听，似乎有些道理，慢慢把枪放了回去，没好气地说：“今日先放你们一马，给你们三天时间考虑，下次可就没这么走运了！”说完带着小林熏一行人，离开了苏家大院。

回去的路上，黄亦虎一直愤愤不平。到了城南日军驻地，他让孙立波在车里候着。他跟着小林熏走入驻地的房间，恨意难平地说：“这苏方达有眼不识泰山，真是可恶！”

小林熏一脸阴笑，说道：“据你调查来的情报显示，刺绣高人是他的母亲吧？我们只要把这老太太抓住就可以了。至于苏方达，留着也没什么用，你看着处理吧！”

黄亦虎频频点头，谄媚地说：“小林先生真是一语中的，我立刻去办！”

“慢！我这儿有一包日本研究的新型毒药，你想办法给他喝下！”小林熏脸上的笑容慢慢变成一种恐怖的邪恶。

黄亦虎愣了一下，随即笑了起来，说道：“姜果然还是老的辣啊！小弟佩服，佩服！”

小林熏冷笑一声，脸上露出诡异的神色，阴阴地说：“这种毒药，吃完让人神思恍惚，受到刺激后就不能自控，进而就会自残。亦虎兄，后面的事情，你知道该怎么做了吧？”黄亦虎心领神会，两个人得意地笑了起来。

这一天，苏方达照例在书房看书。沉香端着一杯茶进来，说道：“老爷，请用茶！”

苏方达头也没抬，顺手接过茶，一饮而尽。沉香一看，露出一丝笑容，后退着出去了。她赶紧冲到门外，在巷子的一角停了下来。她红着脸，对着车窗里的人说道：“黄少爷，已经按照您的吩咐，把茶给苏老爷喝了！”

黄亦虎一听，大喜，对着沉香说道：“干得漂亮！我会重重赏你的！”

沉香小声地说："少爷，只要你不要忘记你的承诺就好！"说完，含情脉脉地看着他。

黄亦虎摸了一下她的小手，笑道："你好好替我办事，事成之后，我绝不会亏了你！"沉香点着头，看着黄亦虎开车消失在路的尽头，脸上还挂着陶醉的笑容。

时针指向了十点钟，黄亦虎拿起电话拨了苏方达的号码。苏方达接过电话，慢条斯理地问道："我是苏方达，哪位找我？"

黄亦虎笑着说："苏老爷，是我——黄亦虎！"

苏方达一听，声音略有不悦："你给我打电话做什么？"

黄亦虎笑了一下，说道："苏老爷，我想结婚了！"

苏方达一脸莫名其妙："你想结婚和我有什么关系？没有什么事情的话，我挂了！"

黄亦虎连忙说："苏老爷，哦，不，苏叔叔，怎么说我们也差点成了亲家！要不是那天晚上倩茹逃婚，我们早就是一家人了呢！现在局势这么乱，如果我们两家结成婚姻，我这边又有日本人撑腰，以后我们苏黄两家就能在苏州呼风唤雨了！所以，我想重新去你家提亲，不知道你们什么时候有空？"

苏方达一听，大怒道："一派胡言乱语！我们苏家不会和黄家联姻，更不会和日本人合作！你就死了这条心吧！我劝你还是不要当日本人的走狗，免得被人戳脊梁骨！"

黄亦虎冷笑了一声，说道："你以为你就不会给人戳脊梁骨？你以为你就是仁慈的丝绸大亨？其实你这大半辈子也是过得很失败！你知道吗？因为你的懦弱，因为你的老古板和犹豫不决，你害死了多少人？"

苏方达气愤地说："我害死人？你少血口喷人！"

黄亦虎咄咄逼人说道："对！你想想吧，你害死你身边多少人！你的儿子苏小启，从小成日被你圈在家里，什么都不会，所以出了门就被溺死；你的太太为了给你生儿子，求神拜佛结果从寒山寺跌下来，才导致终身不育；如果不是你的优柔寡断，郑绍峰早就和苏倩茹结婚了，郑绍峰的爹妈也不会惨死——你说你是不是害了许多人？苏方达，你是有钱，有本事，创建那么大的庄园，可是又有什么用呢，你没有儿子，就是给苏家绝了后！”

苏方达只觉得头晕目眩，像喝醉了酒一般。他全身发抖，不住地喊着：“不要再说了，不要再说了！”

黄亦虎发出得意的笑声，继续不依不饶地说：“你看你，十八年前把你的老母亲丢在秋浦河边，让她瞎了一只眼，吃了那么多苦头，而今你连一个孙子都不能给她生出来，你这是不忠不孝！我要是你，还不如死了算了！”

苏方达双眼通红，表情狰狞。他捂着脑袋，感觉脑子要爆炸了，黄亦虎的话在他脑海中不停盘旋。他喃喃地说着：“我害死了身边多少人！我害死了身边多少人……”

黄亦虎不依不饶，继续用言语刺激着他。苏方达的身子开始不由自主地发抖，抖得全身痉挛起来。他的前脚掌蹭磨着地面，后腿半蜷缩着，好像在跳着时下最流行的摩登舞。他一边抖，双手痉挛地抽动，脸色青黑青黑的，五官都扭曲了，慢慢地，一点儿一点地吐出白色泡沫。

这个过程持续了有十分钟，他忍受了巨大的痛苦，可又无能为力！他强迫自己要站直一点，可是不管怎么努力似乎都没有用，他的脸上露出了绝望又迷幻的笑容，摇摇晃晃地走到办公桌前，用已经僵硬的右手使尽力气拉开了抽屉——里面是手枪，一把在抽屉里静静躺着的驳壳枪。“砰”—— 一声枪响打破了黑暗的宁静。

当苏老太太、苏倩茹和碧云赶到书房的时候，苏方达已经躺在汩汩的血泊之中了。他的眼睛圆睁着，地上的血迹逐渐蔓延开来……碧云一看这场景，喊了声“老爷”就当场晕死过去；苏倩茹扑到他的身上，撕心裂肺地痛哭起来；苏老太太看着躺在地上的儿子，他的表情是那样痛苦、那样狰狞——可想而知他在临死之前是受了怎样的折磨！

苏老太太泪眼涔涔，内心仿佛被一把巨大的石锤大力敲打着，她手脚冰冷，思维瞬间麻木了！她在敏姑的搀扶下哆哆嗦嗦地走上前，扑通一声跪在地上，用手把苏方达的眼睛合上，眼泪止不住一直往下流……白发人送黑发人，这种锥心的伤痛，谁人能懂？苏老太太看了儿子半晌，才失声悲痛地喊道："儿啊，你怎么忍心丢下娘呢？你让娘往后的日子怎么过啊！儿啊，儿啊……"喊叫了几声，苏老太太突然身子一歪，晕死了过去！一时间，苏家大院乱成了一团麻，各种哭声、喊叫声交织在一起。

姜妈扶住苏倩茹，流着眼泪说："大小姐，大小姐！现在苏家就靠你一个人了，你现在千万要挺住！大小姐，你要振作起来，为老爷报仇！这个家，需要你！"姜妈的话敲醒了苏倩茹，她看着满屋的人，他们都无助地看着自己。是啊，爹是这家里的顶梁柱，有他在整个庄园如同有了定海神针一样，什么事情都是可以解决的。可现在……她的脑子里闪过很多很多片段，爹的一生豁达正直，可最后竟然惨遭如此结局！

不行，她一定要调查真相，一定要找出凶手！现在，她不能倒下，庄园需要她，真相需要她！想到这里，她看看地上的苏方达，忍住眼泪，对姜妈说："姜妈，你说得对！现在不是哭的时候，我们一定要振作起来，不让坏人的阴谋得逞！"

苏倩茹看着众人渐渐退散，她静静地坐在椅子上，她的脑海里浮现出了一个人！她把牙齿咬得咯咯响，眼里迸出仇恨的火花。这些年爹是如何善待那些所谓的兄弟，可是最后又怎样？这一切都已经不重要了——知交半为鬼，唯余一声叹息！

正当苏家人准备着苏方达的葬礼时，黄亦虎带着一行人过来了。

苏家众人拦住黄亦虎，苏倩茹在后面大声说："黄亦虎，这里不欢迎你，请你立刻离开！"

黄亦虎挑了一下眉头，说："听闻苏老爷自杀身亡，晚辈也是非常难过。今日特地前来吊唁！"

苏倩茹连看都不看他一眼，冷冷地说："你别猫哭耗子——假慈悲了！我爹的死，你心里明白！"

黄亦虎侧着头，咂咂嘴巴，轻佻地说："看你长得挺漂亮，怎么说话这么难听？你爹自杀，和我有什么关系？不要血口喷人！"

"有没有做，你心里最清楚！这里不欢迎你，请你马上出去！"苏倩茹咬着牙含恨说道。

"哟哟哟，苏大小姐脾气可真大！不过你发脾气的样子还真挺好看！"黄亦虎无耻地笑着，"我好心来吊唁，你却要将我赶出门，这就是苏家的待客之道吗？怎么说，咱俩也是有婚约的，你看你们家现在一个男人都没有，要不我还是娶了你吧！"

"你还算是个男人吗？"一个威严的声音响起，大家扭头一看，原来是苏老太太。只见敏姑搀扶着她走了出来，她指着黄亦虎的鼻子大声呵斥："黄亦虎，不要欺人太甚！这里是苏家，苏家人说了算！只要我老婆子在一天，是不会让你乱来的！"

黄亦虎露出狡诈的笑容，他用无所谓的态度说道："老太太，我找的还真是你！怎么样？跟我走一趟吧，我保证不为难苏家的其他人。"

苏倩茹瞪着黄亦虎，一把搂住苏老太太，焦急地说："奶奶，您不能跟他走！这是个诡计！"说完，她恶狠狠瞅着黄亦虎，叫道："黄亦虎，你还是不是中国人？净帮日本人残害自己的同胞，你真是无耻！"

黄亦虎也不生气，反而笑了起来，他看着苏倩茹说道："看在我爹和你爹多年的交情上，我也不为难你们苏家。只要交出苏家祖传丝绣秘谱，还有让老太太跟我们走一趟，我保证你们苏家老小平安无事！否则，别怪我不客气了！”

苏老太太看着一脸嚣张的黄亦虎，轻轻拍了拍苏倩茹的肩膀，说道：“倩茹啊，是福不是祸，是祸躲不过！这一天早晚会到来的。你长大了，庄园的事情交给你，我也放心了！我都这把年纪了，还会在乎什么，还会怕什么？记住，好好活下去！”说完，她走下台阶，对黄亦虎说道：“你说话算话？只要我跟你走，绝不为难苏家人？”

黄亦虎点点头，说道：“君子一言，驷马难追！”众人纷纷四下交头接耳，一副义愤填膺的表情。黄亦虎恶狠狠地瞅着四周围观的人，点上了一支烟叼在嘴里，对着苏老太太说：“老太太，带上秘谱吧！”

苏老太太一脸冷漠，面无表情地说：“没有秘谱！”

“什么？”黄亦虎一把丢掉手里的烟，揪住苏老太太的衣领，凶恶地说，“你这老婆子是不是在玩我？你是不是不想活了？我看是你不想交出来吧？”

苏老太太面不改色，视死如归地回答：“我就是秘谱！所有的秘诀都在我的脑子里，如果你想要，把我脑袋砍去就是了！”

黄亦虎气得发抖，指着苏老太太的鼻子厉声叫道：“我看你是敬酒不吃吃罚酒，不给你点儿颜色瞧瞧不知道本少爷的厉害！来人，把苏家太太、大小姐都抓起来！”说完，一帮打手就上前去抢人。家佣拼命护着主人，哭声、叫声响成一片，整个苏家大院闹哄哄的。

在这万分紧急的时刻，郑绍峰带着弟弟郑绍川赶来了。他大喝一声：“黄亦虎，你在干吗？给我住手！”

黄亦虎扭头一看，原来是郑绍峰，他又恢复那惯有的语调说道：“哟，是绍峰兄弟啊，你来得正好，快帮我把这些人抓起来！”

郑绍峰怒目圆睁，呵斥道：“黄亦虎，你疯了！今天是苏老爷出殡的日子，你来捣什么乱！太过分了！”

黄亦虎耸耸肩，一副无所谓的样子说道：“苏老爷死了关我屁事！我只是来找秘谱，东西拿到了我自然会走。”

苏倩茹看到郑绍峰，心里踏实多了，她指着黄亦虎的鼻子说道：“你和你爹一样——忘恩负义，阴险狡诈！先是用假单据、假订单害得我苏家庄园信用全无，元气大伤；现在还要抢我苏家祖传秘谱，真是无耻之徒！我爹的死，肯定与你脱不了干系！黄亦虎，我告诉你，我是不会放过你的！”

黄亦虎听完哈哈大笑，随即脸色一陡，说道：“你爹不识相，得罪了日本人，那是不识抬举——罪有应得！今天，人我要带走，秘谱也要带走——就算把你苏家大院翻个底朝天，也要把秘谱搜出来！”

郑绍峰剑眉倒立，大声喝道：“黄亦虎，得饶人处且饶人！大家都是中国人，你何必非要给日本人办事呢？早知道你这样，当初我就不应该救你了！”

黄亦虎抽动了一下嘴角，冷冷地说：“郑绍峰，念你曾经救过我一命，今天的事我不和你计较。你忘了你爹的书局是谁放的火吗？是她！”黄亦虎把手指向了碧云，继续说道，“你走开，不要多管闲事！苏家秘谱日本人看上了，那是必须要交出来的。否则，只有死路一条！我劝你还是弃暗投明——小林先生还是很欣赏你的才华的。只要你愿意，我和他说一下，保证你能吃香喝辣！”

碧云一见黄亦虎说她是放火的真凶，立马摇头大叫：“不是我，不是我！我是被陷害的，被陷害的！”小玉赶紧扶住虚弱的碧云，沉香则痴痴地看着黄亦虎。苏老太太心里突然全明白了——原来家里的内奸就是她！

苏老太太冷不防地大喝一声：“沉香，是不是黄亦虎让你下毒害老爷的？”

沉香没回过神，慌忙应了句：“是！”然后发现自己说漏嘴了，又慌忙摇头说，“不是，不是！”

众人哗然，纷纷把脑袋都转向黄亦虎，他的脸上一阵白一阵红，气急败坏地说：“哪里来的野丫头，乱说话！我看你是活腻歪了！”说完，掏出裤兜里的手枪，想要杀人灭口！

沉香一看，大声哭道：“黄少爷，你答应我的，只要我帮你完成了任务，你就要娶我，你忘了吗？”

黄亦虎呸了一声，不屑地说道：“你也不看看自己是什么身份？本少爷只是利用你，玩玩你！你现在坏了本少爷的计划，没有什么价值了，去死吧你！”说完，他快速扣动了扳机。

说时迟，那时快，沉香把旁边的小玉拉到了自己的前边，可怜的小玉就这样成了替罪羔羊，被打中心脏倒在了血泊之中！沉香捡起院子里花匠放在栏杆处的一把剪刀，朝黄亦虎跑去，嘴里大喊着：“黄亦虎，你这个大骗子，你这个无情无义的人！我，我要和你同归于尽！”黄亦虎面不改色，再次扣动了扳机，沉香应声倒在地上，眼睛死死地盯着黄亦虎……

郑绍川发疯似的冲向小玉，抱起血泊中的小玉，不停喊着：“小玉，小玉！你不能死……你答应我的，我们要永远在一起……小玉……呜呜呜……小玉，你醒醒……”

黄亦虎示意手下几个人：“这里太乱了，咱们把苏老太太请回去吧！”

郑绍峰红着眼睛大声说道：“黄亦虎，你还是不是人？打死了两个人，你眼里还有没有王法？”

黄亦虎冷哼一声：“如果你们再吵吵闹闹，我不介意再加一条！”说完，把手枪对准了苏倩茹。

郑绍峰心里一惊，他知道现在的黄亦虎已经不是之前那个油嘴滑舌、眼高手低的少爷了，他现在变得心狠手辣、冷酷无情！苏老太太走到郑绍峰的身边，轻声说道：“绍峰，不要冲动！他现在是个魔鬼，什么事情都做得出来的。我跟他走！奶奶拜托你，你要好好照顾倩茹，照顾这个家！”说完她拍了拍郑绍峰的手，露出慈祥的微笑。她转头对着苏方达的黑白照片，微微一笑：“儿啊，下次恐怕就是娘的葬礼喽！这样也好，娘很快来陪你，你不会孤单太久的！”说完，她整了整衣襟，昂着头走了出去，留下一院子失声痛哭的人。

这边，郑绍川还紧紧搂着早已断气的小玉。而苏倩茹旁边的小渔不知什么时候悄悄地站在了郑绍川旁边，她看着泪流满面的郑绍川，心里一阵酸楚。她轻轻蹲下来，静静地在旁边陪着他，陪着他……

郑绍川的泪水早就潸然而下，浸湿了小玉的脸庞，他却浑然不知。他紧紧地拥着她的脸，似乎要将她脸上的每一处纹路都渗进自己的皮肤里。“现在的你，好温柔，真的好美。”郑绍川低语着，“你再也不会痛了，这样，我也不会痛了。”

郑绍川轻轻摇了摇头，又将这句话重复了两遍，仿佛这句话是一首动人的情诗，他轻轻吟诵着，永远封存在心里：“现在的你，好温柔，真的好美。你再也不会痛了，这样，我也不会痛了。”

很多人，在她生命中最美好的一页即将展开时，在她遇见有一个可依靠的人时，在系着无数甜美的憧憬和承诺时，却在兵荒马乱的岁月里，被动地接受凋零的结果，甚至来不及对喜爱她的人说一声“再见”。

郑绍川觉得，他现在的生活根本不是生活，只是一种苟延残喘而已。一刻又一刻地拖延，只不过是为了心里那一点微弱的光。孤独和悲痛像从黑暗处卷起的无边巨浪，毫不留情地将他吞噬。他的世界都被撕裂了，他的梦想全崩溃了，这种日子简直糟透了！他看了看周遭的一切，觉得这世间没什么好值得留恋了，整个人就像一具失去意识的残骸。

郑绍峰看着弟弟的样子，他也觉得很难过。但现实终究没法改变，也不可能重新来过，再糟糕也不会比现在更坏，即使现在很难接受这个现实。他对着弟弟说：“振作起来！小玉如果还活着，她肯定不想看到你这个样子!”

郑绍川用一种漫不经心甚至呆滞的表情看着哥哥，有气无力地说：“在我的生命里，出现了一个爱我的人，怎么这样就离开我了呢?”言语间仿佛小玉的离开只是出了一趟门，郑绍川到现在还接受不了。

他红着眼睛对哥哥说：“小玉那么善良，那么纯真，为什么要无辜惨死？为什么?”说着说着，郑绍川情绪暴躁起来，挥舞着双手狠狠抽打着自己的脑袋，“我没有保护好她，我没用！我没用!”

郑绍峰紧紧握着弟弟的手：“绍川，你冷静一下！这不是你的错！小玉如果在天有灵，也不想看到你这个样子的。她更想看到你好好活着，知道吗?”

郑绍川的情绪渐渐平息下来。郑绍峰望着窗外，感慨地说：“人生路上，有风雨也有彩虹，有荆棘也有鲜花。我们的记忆里，总是充满了哀愁与喜悦。有时我们会在甜美与哀伤的潮汐里反复辗转。年复一年，日复一日，直到有一天会发现我们最终会与过去和解。因为短暂的一生，能爱上一个人，这真是一种缘分，也是一种幸运!”

郑绍川没有说话。他的心里其实都明白，只是他不甘心，不甘心。他想着，等待的尽头，就是和你最爱的人在另一个世界重逢。

第二十三章

日本飞机三天两头就来轰炸，整个苏州城硝烟弥漫。这样的轰炸持续了两个月，十一月的一天，苏州彻底沦陷了。

乌压压的黑云密布，轰炸机低飞着吼叫，整个苏州城里废墟堆积，尸横遍野。抬眼望去，那些衣衫褴褛的人们，绝望地四处逃亡，他们不知道下一秒会不会命丧黄泉，不知道下一发炮弹击中倒下的那个人会不会就是自己。在那一张张模糊、难以辨认的脸上全是惊恐和无助。

嗷嗷待哺的婴儿，满身鲜血地趴在已死去母亲的胸口上，他们哭喊着、拉扯着那遮不住白花花胸脯的衣服，努力把嘴巴凑近奶头，含住，吸吮，然后在微弱的呻吟哭喊中僵硬，没了声息。幸存的人们叫喊着，奔跑着，在战火中不知所措地乱窜，有许多人跑着跑着就倒了下来。这真是一场悲惨的轰炸！到处都是浓烟和纷乱。

一个女人抱着已经断气的孩子两眼无神地靠在墙上，她的丈夫一条腿和一只手被炸断了，在一旁痛苦地呻吟着。而在他们的旁边，横七竖八地躺着许多尸体及残肢，分不清是老人还是小孩、男人还是女人。

在古城最繁华的石路商业区，大火烧了三天三夜，这里已经成为一片焦土。学校、工厂、电气厂、医院也都遭到了猛烈轰炸，红十字医院疗伤所被一颗重五百公斤的炸弹击中，惨遭毁灭。繁华的商业中心化为废墟，满目疮痍，臭气熏天。路过的人不得不捏紧了鼻子，许多来寻亲的人，都不得不被迫放弃——因为实在是无法下手寻找！

这一路狂奔，这一路躲藏，总算是安顿了下来。快到午夜时，城里逐渐安静下来。一些燃烧的余烬似乎用尽所有的力气还在挣扎着，冒出的黑烟也随着夜风四处乱窜，城里一片狼藉和混乱。

郑绍峰坐着不动，似乎他的眼前还能看见那张满是哀伤的、垂死的脸。那个人爬过来，拖着伤残的双腿，一路带着血迹爬过来，向他求救，而他却无能为力！郑绍峰痛苦地闭上眼睛，老周看着他，轻轻拍了一下他的肩膀。

他们站在窗前，透过窗帘的缝隙瞅着窗外，街头的围捕接近尾声，寂静慢慢铺开，只有埋伏在城市各个角落的狙击手冷不丁地放枪，那些轰轰烈烈清扫一切武装和非武装抵抗痕迹的巡逻队也渐渐收工回去了。今天的场面让老周他们震惊不已，同时也义愤填膺，老周重重叹了口气，用喷着火的眼神，咬牙切齿地说："一定要让小鬼子血债血偿！"

郑绍峰的心灼烧着，全身上下不禁一阵颤抖，心开始怦怦狂跳起来。他的拳头握得紧紧的，脸憋得通红通红，他的嗓子干哑起来："魔鬼，这是一群魔鬼！"

他找不到更恰当的字眼来形容这些人。

老周点了点头，继续缓缓地说："在动荡不安的年代里，在野蛮政策之下，最遭殃的势必是如浮萍般四处飘零、乞讨的大批难民，他们无家可归，饥肠辘辘。苏州沦陷了，暴力活动肯定会席卷全城。"老周的眼睛湿润了，他哑着声音继续说道，"除了扫荡，日本人还疯狂地残暴镇压手无寸铁的老百姓，可怜我们的同胞每天都生活在水深火热之中……在这种恶劣的环境下，我们中国人更要团结一致，道路虽有险阻，但必可达胜利之岸！金戈铁马战沙场，甘为祖国抛头颅！"

他的话语，穿过了战火蔓延，穿过了血腥杀戮，穿过了家破人亡……这是对生者和死者的陈述，也是对现状和未来的勇气。

老周看着缓缓下沉的夕阳，对着郑绍峰，对着那一抹在夕阳沉落之前的红色云霞，用一种前所未有的语调说："等完成这次任务后，我还会再回来的！"老周微微一笑。他的意思是再也不会回来了，这样说委婉一点。而郑绍峰心里明白，他将永远怀念那个傍晚的红霞和那个头也不回、坚定往前走的瘦削身影。

果不其然。在一个深夜，老周的房子被日本特务包围了。他非常镇定，把一沓重要的资料信件放进火盆，点了烛火，火光中信件燃烧成黑色的蝴蝶腾空飞起，他环顾四周，确保没有其他资料留下的痕迹。整个过程干净利落又不失冷静。

林子喊叫着要掩护老周离开，老周摇摇头，对林子说："林子，我掩护你从后门出去！你要好好活着！"说完，他拿起抽屉里的手枪朝门外的敌人射击，并故意朝正门走过去。

只听得外面的敌人大喊："抓活的，抓活的！"

林子泪如泉涌，摇着头不肯离开，老周严肃地说："林子，这是命令！快，快撤！"

林子流着眼泪从后门逃了出去。敌人扑门而进的时候，炉里的信件都已燃烧成了灰烬，林子也逃了出去，老周的嘴角露出了欣慰的笑容。

林子逃出后，在一片小树林遇上了日军的一个小队。敌众我寡，林子不幸中弹，尸体被遗弃在荒废的杂草堆边。他的口袋里还装着一张字条——他请郑绍峰帮忙写的一句话：在宁静的新世界里，充满喜乐地活着。

这是在被特务追赶的那一天，突围后他请郑绍峰在家里写的。他说，他特别向往这一天，而且他也相信这一天很快就会到来……现在这字条，已经沾满了殷殷鲜血，仿佛盛开的花朵……

老周被敌人关到了牢房里。牢房阴暗潮湿，窗口很小，几乎不见天日。地板硬得像铁，湿冷的气息弥漫。稻草乱七八糟地散落在地面，踩上去发出哀愁的窸窣声。

这里的窗户没有一扇可以透出光亮，只有最高处的阁楼隐约有几丝微弱得不能再微弱的光线，斜斜地射进屋子，像幽魂一样。

老周坐在地板上，神情冷静安然。他身上血迹斑斑，戴着手铐和脚镣，身体消瘦得可怜。眼镜也因为数次酷刑的折磨早已变形，镜片也不知道在哪次受刑中碎了，只留下边缘的一点儿碎片。可他的眼神依旧无比坚定。是的，那么多次的吊打拷问，早已皮开肉绽，遍体鳞伤。可老周咬紧了牙关，把嘴唇都咬烂了，愣是一句话也没有招供。审讯他的日本人到最后也惊讶不已，气急败坏地使劲儿抽打着他，号叫着问道："为什么你不说？为什么你这骨头这么硬？"老周冷冷一笑，再次晕死过去。

日本宪兵队长小泉一郎说："这个老周肯定在共产党里面担任要职。书店老板不过是一种伪装，你看他身上有文人的酸臭，也有军人的硬气。你在任何地方见到他，都会看到他鹤立鸡群的风度。"

旁边的几个宪兵频频点头。"他一定是个受过高等教育，在共产党队伍里占有重要地位的领导——或者是苏州地下党的头目！你们要更加彻底地审讯，无论用什么法子，都要撬开他的嘴！"说完，小泉恶狠狠地走了。

审讯房里的几个宪兵你看我，我看你，只得又开始进行残酷的拷问。

"我说，你就招了吧，省得受皮肉之苦。"黑胖的宪兵开始用甜言蜜语利诱着，"你把你知道的说出来，不仅放了你，还让你吃香喝辣。"老周冷冷地看了他一眼，不说话。

"到了我们手里，肯定是逃不了了。你就乖乖地把知道的都说了吧，你们的人是不会来救你的！你何苦为他们死守秘密呢？"另一个满脸麻子的宪兵也尝试劝说着，老周白了他们一眼，还是不说话。

“好啊你！敬酒不吃吃罚酒！兄弟们，给我打，往死里打！”黑胖宪兵一阵大叫，气急败坏地抡着鞭子，“告诉你，我们折磨你有的是法子，你就慢慢享受吧！”

老周吐出一口血水，喷到他的脸上，气得黑胖宪兵哇哇直叫。老周心里明白，这道门怕是走不出去了，可无论怎样，都不能背叛自己的信念，不能背叛自己的国家。老周疼痛难忍，汗如雨下，却死咬牙关，他一句话也不说。

他们把竹签一根一根地扎进老周的指甲缝内，再一根一根拔出来；然后换成更粗更长的签子再一根一根扎进指甲缝内，再一根一根拔出来；再改用铁签，烧红后再扎进一个个指甲缝内；最后，把翘裂开的手指、脚趾指甲一片片拔下来，用钳子反复敲打手指头，把一个个带血的残废指头慢慢浸入盐水桶里……从晚上一直行刑到天亮。老周的脸色惨白，冷汗涔涔，宪兵们得意地笑着。

第二天，又是新一轮的审讯。日本人想从老周的嘴里获得一些情报，以便破坏抗日组织，从而给自己取得功绩。他们对老周的折磨更狠了——他们用烧得暗红的烙铁，烙烫老周的肚子和后背，烧得皮肉“滋滋”地响。烙铁由红变黑，又放进火盆里烧，烧红再摁在皮肉上烫，被烙焦的地方脂肪熔化的油一滴一滴地流出来……

老周脸色灰白，冷汗涔涔而下。他狠狠地瞪着审讯他的人，但始终未发一声呻吟。渐渐地，渐渐地，老周的体力明显不支了——他昏迷了过去！这时候，审讯室里充满了刺鼻的皮肉烧焦的煳味和几个日本宪兵得意忘形的大笑声……

这样，日复一日，日本宪兵不停地审讯着老周，执行着长官所说的——彻底的审讯！他们把老周的嘴巴掰开，一口接一口地往下灌辣椒水和汽油，肚子鼓胀似皮球，再拿一个铁杠子在肚皮上一压，灌进去的辣椒水和汽油又全从口鼻和下身溢出来。反复数次，折磨得老周死去活来。这时，几个宪兵揪住老周的头发，恶狠狠地问道：“快，把你知道的说出来！”

老周耷拉着脑袋，根本无力抬起来，仿佛是死去了一般。老周用虚弱的声音说道：“我不是什么共产党，强迫一个人说自己不知道的事情，简直太可笑了！你说我是共产党，你把证据拿出来！”

黑胖宪兵凶神恶煞地说：“只有共产党才会如此不要命！我们见多了，不需要什么证据！说你是，你就是！赶紧招供！不然……”

老周扫了他们一眼，平静地说：“我是中国人，我只是在做我应该做的事情！你们这些侵略者，早晚会被我们的人赶出去！”一席话让几个日本宪兵更是抓狂愤怒，变着花样折磨着老周。

这一天，他们对老周实施了电刑。黑胖宪兵将老周的手脚绑在刑椅架上，然后将电极一端夹在老周的双腕，另一端夹在脚踝上。

黑脸宪兵带着阴森森的笑容打开了开关，电流快速通到老周身上，老周的身子开始发抖，汗珠一颗一颗地从他身体上渗出来……日本宪兵不时调整电流的强度，随着电流的加强，在这之前受过多种酷刑从没有喊叫一声的老周，这时也难受得不停颤抖，他张大口，不自觉地发出极度痛苦的号叫，那是一种无意识的厉声惨叫。电流越来越强，老周肌肉紧绷，身体弯成弓形，整个身体像筛糠一样，惨叫一声，晕死过去！

就这样，老周在被捕的半个月里，经历了一系列惨绝人寰的酷刑，可是他靠着顽强的意志，硬是没屈服，始终没有供出苏州地下党组织的秘密。

日本人用尽了各种手段，也无法摧垮老周的坚强意志，没有从老周的嘴里套出一句有价值的话。日本宪兵队长小泉一郎气得龇牙咧嘴，大叫着要处死老周！也是，对于敌人来说，如果撬不开你的嘴，那么——死掉的共产党分子总比逃亡的共产党分子更有价值。

最后，他们决定处决老周，并将尸体挂在城楼示众三天。

等老周醒来的时候，自己已经被丢进了牢房。身上已无一片完肤，可老周的内心却是欢喜坚定的。他哆嗦着努力让自己坐起来，铁链发出凄然的呻吟，门里门外都是一片漆黑。屋里很冷，到处都是尘埃，到处都是腐朽的气息，有种让人筋疲力尽的绝望气氛。

老周深深地吸了一口气，一字一句地念着："天下兴亡，匹夫有责！未惜头颅兴故国，甘洒热血献中华！"

第二天，老周被带至闹市街头，日本人要枪毙他以杀一儆百。郑绍峰也来了，无奈却下决心做最后的无声的告别。在围观的人群里，他努力控制自己的情绪，看着衣衫褴褛、遍体鳞伤的老周，心里仿佛刀割一般！他咬着牙，咯咯响，双手握着拳头，眼睛里迸射出仇恨的火光……

老周戴着手铐，双手握拳，他一直高昂着头颅，他在人群里搜索着郑绍峰——两个人眼神对上了！他轻轻地摇了摇头，又点了点头——郑绍峰知道老周的意思。日本人大声说："这个人，是共产党！今天枪毙示众，以儆效尤！你们如果谁有共产党的消息，必须要及时上报，否则——这个人的下场就是你们的下场！"围观群众不敢吱声，只有风声猎猎而过。

行刑前，老周用尽全身力气，高呼着："坚定的无产阶级革命者是绝对不会向敌人屈服的！你们可以摧残我的肉体，但你们摧残不了我的意志！杀死我一人，自有后来人！中国共产党万岁！中国人民万岁！"老周字字铿锵，句句直击人心。在一阵枪声中，他倒在了血泊中。

铮铮铁汉，百折不摧！

人群渐渐散去。郑绍峰不知道自己是怎样走回家里的，他这才发现自己的拳头一直攥得紧紧的，他把手指努力地、痛苦地逐渐拉直。他的眼泪像决堤的洪水一样，簌簌掉在地上，他不敢大声哭出来，他努力克制着自己的情绪——从此，他失去了一位良师、一位益友，更失去了一位慈父！

老周被挂在城楼中央暴尸三天。日本人控制了苏州城，一方面在电台里叫嚣着和平，称政府已控制局势，希望能稳定民心，另一方面希望百姓主动提供线索，将城里的共产党揭发出来，重重有赏。

思想传播者被枪杀，城里闹得沸沸扬扬。遗体又被挂在城楼，残食过后的狼藉街道，尸体随处可见，百姓人心惶惶。

苏家大院在多次的轰炸中已是面目全非。苏倩茹让姜妈带着碧云躲在后山的山洞里，家里的帮佣也遣散得差不多了。街上处处是残垣断壁，日军所到之处杀人放火、奸淫掳掠，累累罪行罄竹难书。郑绍峰和苏倩茹满怀民族仇恨，积极开展敌后游击战，郑绍川和七七在他们的感召下，也积极加入了抗日的行列。

黄亦虎自从抓了苏老太太，每天好吃好喝伺候着苏老太太，可苏老太太到底是见过世面的人，不卑不亢，好几天了硬是没吐出半个字！小林熏对黄亦虎说："这老太太软硬不吃，如何是好？干脆把她孙女抓来，好好折磨一番，看她说不说！"说完，露出无耻的笑容。

黄亦虎点点头，想了一会儿说道："小林先生，这些中国人都不怕死，我想我们应该再想想办法！"

小林熏顿了一下，回答道："也是！万一死也不说，就坏了我们的计划了！我这可是和军部那边签了军令状，万万不能出错的！亦虎兄想得周到，你这边还有什么好主意？"

黄亦虎呼出了一个烟圈，伸手把它弹破，胸有成竹地说："有一个人可以帮忙！"

见到郑绍峰时，黄亦虎想要微笑，但他的微笑此时却像在龇牙咧嘴。郑绍峰冷漠地看着黄亦虎。

黄亦虎笑了一下，说道："绍峰兄弟，这多日不见，不认识我了啊？"

郑绍峰鄙夷地看了他一眼，不回答。黄亦虎也不生气，继续说道："这苏州已是日本人的天下了，'识时务者为俊杰'，我劝你还是不要那么顽固不化嘛！那个小林先生还是挺看重你的，你若同意，我这就和他说，让你当个治安委员会的副会长呗！当然，我们的耐心是有限的，你可别'敬酒不吃吃罚酒'，到时后悔都来不及！"

黄亦虎观察着郑绍峰的神态。在他们认识的这几年里，他觉得郑绍峰就是一介书生，当然是非常博学的——这点他承认。但他又觉得郑绍峰有一种文人的迂腐，所以他一直和他保持联系，是基于对自己判断的自信——他迫切需要来自自己的安全感和成就感。

郑绍峰想着苏倩茹一家，脸色逐渐缓和下来，用没什么感情的声音说道："你们不是怀疑我是共产党分子吗？怎么还能重用我？"

黄亦虎倒了一杯酒，笑了笑，说道："这是误会，都是误会！我们不能说你买过几次书、认识老周，就说你是共产党了吧？那按这样的逻辑，所有的顾客都是共产党了，你说是不是？再说老周现在已经枪毙了，这事完结了！"

郑绍峰的脸色略为缓和了一点，但还是沉着脸。

黄亦虎都看在眼里，他继续说道："你救过我，我一直都很感激。我也知道以前有些事情做得对不住你，但这都过去了。男子汉大丈夫做的是大事情，那些儿女情长都只是消遣而已，不要那么严肃，不要那么迂腐。你知道的，我这个人啊，其实人不坏，就是比较玩世不恭。你想想，人生和吃饭其实是一样的。有什么就吃什么，不要那么挑剔！"他举起了酒杯，把杯中物一饮而尽。

他喝完，带着一丝邪气说道："人生苦短，不要犹豫不决！及时行乐才是正道！你想想，我们身为死人的时间，远远比活人的时间要长啊！这么简单的道理难道有那么难懂吗？"

郑绍峰不说话，仿佛陷入沉思当中。

黄亦虎见状，心里暗暗得意，他接着说：“你好好考虑一下我的建议吧。”

过了好一会儿，郑绍峰点点头，说：“给我几天时间考虑一下。”

黄亦虎拍了一下他的肩膀，大声说道：“这就对了嘛！只要你能让苏倩茹同意合作，我马上护送苏老太太回家！你看，这战火连绵的，还有什么比活着更重要呢？”

郑绍峰盯着黄亦虎好一会儿，终于点了点头。

苏倩茹看到奶奶回来，飞快地迎上去。她急切地问道：“奶奶，这些天您没受委屈吧？”

苏老太太摇摇头，微笑了一下，说道：“没事。你看奶奶这不好好的？别担心！”

姜妈扶着碧云，也走了过来。碧云经过这些事情以后，明显消瘦了许多，她来到苏老太太面前，一脸愧疚地说：“娘，你回来了就好！我知道错了！以前都是我不好，不该那么对倩茹……如果不是我那么迷信，执念那么重，也不会害了老爷，害了这个家……娘，对不起，对不起！”说完，她扑通一声跪了下去，泪流满面，“娘，这些天我和倩茹聊过了，我也都想通了……以前是我做得不好，请您给我一次机会，好不好？”

苏老太太看着瘦削的碧云哭得梨花带雨，心里也是一阵不舍，她连忙扶起她来，慈爱地说道：“碧云啊，这也不全是你的错。唉……人在乱世，很多时候身不由己啊！现在苏家就剩咱们娘仨了，我们更要团结一心，好好活下去！”

苏倩茹看着碧云，一边流着眼泪一边露出幸福的笑容——这是她二十几年来，第一次如此近距离亲近她的娘……此刻的她，是如此幸福，如此满足。她知道，无论碧云曾经表现得有多么傲慢和冷漠，都始终是她的亲娘，她只是被旧时的观念和不安的情绪所控制。以前经历的一切都是对自己最好的磨炼！苏倩茹知道，删除她生命中的任何一个瞬间，都不会有现在的她。所以她反而很感谢碧云，真诚地说："娘，现在的我感觉好幸福。以前不开心的时候，就特别想躺到您的怀里；开心的时候，也特别想和您分享。可是，那时候我都不敢靠近您……现在终于能亲近您了，我觉得自己是世界上最幸福的人了！"

碧云听着听着，眼里又涌出泪花，抱住苏倩茹说道："倩茹啊，你真是个善良的好孩子！以前娘做了那么多伤害你的事情，你非但不记仇，还……娘，真是后悔啊！"

苏倩茹伸手抹去碧云脸上的泪花，甜甜地笑着："娘，咱们永远是一家人，永远相亲相爱！"苏老太太在一旁也点着头，眼里笑出了泪花。

苏老太太问苏倩茹："倩茹啊，你真的打算跟日本人合作了？"

姜妈看着苏倩茹，笑吟吟地说道："老太太，倩茹怎么可能做这种事情呢！她呀，和绍峰想出了一个妙招——装作愿意接下这个活儿，先把你救出来，然后让绣娘们将地图里的每一个东南西北方位都反着绣。地图拿到手后所有的地址方向都是与原图相反的，而在丝绸地图上却难以发现。大小姐真是有胆有谋！"

碧云惊讶地说道："真的吗？倩茹，以前娘总是小瞧你，对你有各种偏见……你真是娘的好闺女，也是爹的好女儿！"

苏老太太看着碧云对苏倩茹的态度转变，心里也十分欣慰，她终于露出欣慰的微笑，说道："现在知道你这个女儿有多优秀了吧！咱们苏家的孩子就是有骨气！倩茹，奶奶为你感到骄傲！"

苏倩茹听着众人的夸奖，有点不好意思地低下头，她羞涩地说："其实也不是我想出的法子，是绍峰提醒我的。"

苏老太太笑着说："你们谁想出来的，都一样，都一样！你们说，是不是？"

碧云握住苏倩茹的手，一脸愧疚地说："倩茹，以前是娘的错，一直想拆散你和绍峰。绍川也把他当年写的日记给我看了，小启的事情……不怪绍峰。"碧云忍住眼泪，嘴角露出一丝慈爱的微笑，说道，"倩茹，现在娘想明白了，一家人能活着在一起，比什么都好！绍峰对咱们苏家、对你都很好，娘就放心了！等时局稳定一些，娘就安排你们结婚，好不好？"

苏倩茹顿时眼圈发红，感动得不知说什么好，碧云把苏倩茹拥在怀里，久久都不愿意放开——仿佛要把多年的缺失和遗憾都弥补上。姜妈在一旁不停擦拭着眼泪，苏老太太则频频点头。只要心中有爱，只要愿意给予机会——什么时候开始，永远都不晚。

一条流浪狗在户外丢掉性命的方式有很多种，例如被人乱棍打死、饿死、病死，甚至被汽车压得扁扁的。这个晚上，黄亦虎开着车，正准备出去找小林熏谈事。突然，车前闪过一个黑影，他紧急刹车——似乎晚了，有个物体撞在车盖上。他停下车，走了下来。定睛一看，原来是一条流浪狗，他一脸嫌恶地说道："妈的，真是晦气！一出门就撞上这玩意儿！"说完，他接连呸了好几声，顺脚就把流浪狗的尸体踢到了路边，捂住了鼻子正准备上车，忽然，他看到路边有个熟悉的人影，仔细一看——是孙立波。他大声喊道："孙立波，原来你在这里！"

孙立波吓了一跳，回头一看，是黄亦虎，心里暗暗叫道：真是冤家路窄！黄亦虎走上去，一脸不悦问道："孙立波，这段时间你跑哪里去了？怎么突然失踪了？"

孙立波看了一眼黄亦虎，急促地回答："我回老家了！"

黄亦虎一脸玩味地看着他——很显然，他不相信他说的话。黄亦虎顿了一下，说道："这么晚，你要去哪里？"

孙立波心里咯噔一下，装作漫不经心地说："我去婶婶家。这战乱的日子，太不安生了！”

黄亦虎一直盯着他，问道：“以前怎么没听你提过在苏州有个婶婶呀？”他拍了拍孙立波的肩膀，凑近他的耳朵，不怀好意地说道，“是不是你在外面的相好呀？”

孙立波心里一惊，但努力克制着自己的情绪，说道：“少爷，如果没什么事情我先走了！”

黄亦虎想了一下，说：“好吧。你什么时候想回我身边办事，就随时回来。之前你一直替我们黄家办事，还是做得很不错的。”

孙立波点点头，说道：“好的，谢谢少爷！”说完，他就消失在黑暗中。

黄亦虎看着孙立波渐渐远去，他的心里突然有一种想法——想跟上去看看。这真是奇怪的念头。黄亦虎本身就是一个矛盾的人，但他想做的事情就一定要去做。

于是，他悄悄地跟在孙立波的后面。只见孙立波在一间闪着烛光的平房前，停了下来，左右看了看，推门进去了。黄亦虎从阴暗的拐角处闪了出来，嘴边带着一丝莫可名状的微笑，悄悄来到屋子的窗户边。

屋里传来一个女人和一个男人的声音。他仔细一听，愣了一下，原来说话的女人是早已被他忘到九霄云外的肖紫琰！只听孙立波说道：“刚才真是虚惊一场！在半路遇上了黄亦虎！”

肖紫琰回答道：“他没有怀疑你吧？他现在可是跟了日本人，又心狠手辣，小心！不要惹怒他！”

孙立波说：“不会的。我编了个话，应付过去了。这黄亦虎还希望我回去替他办事呢！”

肖紫琰紧张地说：“你千万不要回去！替他办事就等于替小鬼子办事，咱不能被人戳脊梁骨！”

孙立波说：“你说得对，我也是这么想！之前跟着黄家父子干了不少缺德事儿，现在后悔都来不及呢！”

黄亦虎在外面听得怒火冲天，他用脚踹开了门，大叫道：“孙立波，原来你刚才在骗我！老子不要的女人你也要？肖紫琰，你这个不要脸的女人，谁都跟啊？”

肖紫琰一看黄亦虎，吓了一跳，马上躲到孙立波的后面。孙立波眼带怒意道：“黄亦虎，你嘴巴放干净点！这里不是黄家，不要在这儿大呼小叫！”

黄亦虎一听，嘲笑他：“哟？你还长本事了？敢和我叫板了？你在我家一天是下人，就永远是我黄家的下人，你懂不懂？”

孙立波眼睛一瞪，一拳挥过去，重重打在黄亦虎的脸上，他嘴角顿时流出了一丝鲜血。黄亦虎踉踉跄跄地站了起来，咆哮着：“好啊你个孙立波，居然敢打我？我看你活得不耐烦了！好，你今天要当大英雄，我就成全你！”说完，他从裤兜里掏出了一把手枪，指向孙立波。

肖紫琰冲到孙立波的面前，对着黄亦虎厉声说道：“黄亦虎，你到底想怎样？”

黄亦虎看着肖紫琰，她的眼睛一眨不眨地盯着他，眼神里有一种心灰意冷——这是他接受不了的眼神！以前肖紫琰看他的眼神总是带着崇拜、爱慕，甚至是讨好，可现在……肖紫琰看着黄亦虎的视线，仿佛穿透了他……不，不，他不能接受！

黄亦虎气急败坏地叫喊着：“你这个水性杨花的女人！你跟了我，就不能再跟别人好！就算我不要你，你也不能和别人在一起！”

肖紫琰看着黄亦虎，突然笑了起来，不停流着眼泪，过了一会儿她说道：“黄亦虎，你真是个疯子！在我最需要你的时候，你在哪里？你一次又一次地利用我，一次又一次地抛弃我。现在，连我的人生你都要控制，你是个神经病！”

黄亦虎脸色变得很难看，他抽动着嘴角说道：“我以前不要你，现在还是不要你！不过，我会让这个要你的男人——孙立波，死在你的面前！”

肖紫琰大叫着：“你是个疯子，疯子！魔鬼，你是个魔鬼！”

黄亦虎缓缓地举起了手枪，瞄准了孙立波……忽然，屋子里传来一个婴儿的哭声，黄亦虎愣了一下，孙立波趁机抢下了黄亦虎的手枪，肖紫琰则把床上的婴儿抱了起来。

黄亦虎看着婴儿，脸上抽动了一下，问道：“这是……我们的孩子吗？”

肖紫琰搂紧孩子，不说话。他又转头问孙立波：“你快告诉我，这是不是我的孩子？”

孙立波看了一眼肖紫琰，回答道：“是！就是被你抛弃、不闻不问的孩子！”

黄亦虎接着问道：“是男孩还是女孩？”

肖紫琰恨恨地看了他一眼，冷冷回答：“这跟你没什么关系。你走吧，我不想再见到你！”

孙立波拿着枪指着黄亦虎的脑袋，说道：“黄亦虎，这里不欢迎你！你赶紧走吧！”

黄亦虎大声喊道：“孙立波，你这狗奴才！当年若不是我爹救了你，你早就饿死了！你现在还敢拿枪指着我，真是无法无天了！”

孙立波面无表情地说：“黄亦虎，若不是为报老爷当年的救命之恩，我也不会给你们黄家干了那么多伤天害理的事情！你赶紧走，紫琰说了，她不想再见到你！”

黄亦虎转过头看着紫琰，用他特有的腔调说道：“紫琰，我知道错了！我知道你心里还爱着我，你原谅我吧！这是咱们的孩子，我们一家人在一起，团团圆圆的，你说好不好？”

肖紫琰避开他的眼神，她知道他的卑劣——之前的所有爱恨情仇，说过的每一句话，做过的每一件事，他们加诸彼此的每一分痛苦，他们分享过的每一分快乐，都早在他之前的次次谎言中轻如鸿毛，飘散于风中了。她抱着孩子，走到了孙立波的后面，便不再说话。

孙立波拿着枪对着黄亦虎，说："你走不走？不走就别怪我不客气了！"黄亦虎歪着脑袋看着孙立波，似乎对他的话表示很不在意。孙立波睁大了眼睛，冷冷地说："走啊，你快走！再不走，我就改变主意了！"

黄亦虎扯了一下嘴角，大叫："孙立波，我不走！你要杀要剐请随便！你不是放我走，你分明是在羞辱我！羞辱我！你要让我活着受苦，让我生不如死，让我承认我这一辈子输得一败涂地！"

孙立波看着张牙舞爪大喊大叫的黄亦虎，平静地说："没有，我只是想让你走。紫琰不想再见到你！"

黄亦虎继续叫喊着："你今天放我走，信不信我明天就来杀了你们？你们不要装得那么高尚，那么伟大！"

孙立波久久地看着他，走到他的面前，一字一顿地对他说："黄亦虎，我就不明白，你为什么非要做这么一个连你自己都讨厌的人呢？你害死了你的亲爹，你害死了苏老爷！你为什么就不能做一个有血有肉有情有义的人呢？你为什么从来就不想做一个真正的中国人呢？人生多短暂，你却选择让自己做一个坏人！其实，你自己也瞧不起自己，对不对？"

黄亦虎听了孙立波的话，忽然大笑不止，脸上却没有笑容，只有大滴大滴的眼泪。他厉声大叫着："人在走投无路之时，就没有害怕的本钱。我只有一条路，那就是大步向前。既然我选择了这条路，纵然留下百般恶名，我也无怨无悔！"说完，他伸手就要去抢肖紫琰手里的孩子。

肖紫琰紧紧搂着大哭不止的孩子，黄亦虎脸上露出憎恨的表情，咆哮着："这是我的孩子，他必须跟我在一起！我不能让一个下人当他的爸爸！肖紫琰——告诉你，你是我黄亦虎不想要的女人，他也不能要！”说完，张牙舞爪扑向肖紫琰，嘴里骂个不停。

孙立波见状，红着眼睛举起手里的手枪，直直地瞄向了黄亦虎——“砰”的一声巨响，黄亦虎倒在了血泊之中。孙立波看着呆滞的肖紫琰，说道：“紫琰……我，对不起！”

肖紫琰顿了少顷，颤声说道：“这不关你的事！一切都是他自找的！”说完，脸上留下两行热泪，她抱着孩子，走到黄亦虎的身边，蹲了下来。黄亦虎眼睛瞪得圆圆的，他嘴角抽动着，似乎要说什么。肖紫琰看着他，慢慢地用颤抖的声音说：“人生的路，不止一条。其实，你还有许多条路可以选择，只是你不愿意而已。儿子，我会让他姓黄，给你黄家留一条血脉！”说完，她深深地闭上了眼睛。

苏倩茹在以玲姐为首的十个绣娘夜以继日的帮助下，不到一个月就如期完成了两百份地图的绣制工作。苏倩茹让郑绍峰帮忙把地图送到小林熏的办公室。小林熏看到绣好的地图，喜不自胜，笑着说道：“苏小姐真是诚信守时，是个好的合作伙伴！”

小林熏伸手拿起一幅地图一看，顿时呆住了。他的眼里流露出惊喜贪婪的光——这幅地图猛地一看，好像是在白描图稿上施以深浅不一的黑、灰、白色丝线，使画面产生明暗变化，仔细凝视会发现，这些看似仅为浓淡墨色的丝线，其实掺杂有各种颜色：描绘树石，会加入深蓝绿色线，使环境偏冷；描绘人物轮廓、皮肤、衣褶，则掺入赭色、肉色、土黄色线，使人物偏暖。小林熏细细端详着，他发现这样类似的加入色线的方法几乎出现在每一幅中，为画面注入生气的同时，也更突出层次感和立体感。在针法上，根据对象的不同，以接针、滚针勾线、编绣、旋针、钉线绣、断针交叉处理，整幅地图粗细浓淡，勾勒精微。小林熏沉浸在绣品那令人叹为观止的巨大激荡之中，仿佛他手里拿着的不是绣制品，而是一幅幅精美绝伦的艺术品。

过了好一会儿，小林熏小心翼翼地放下手里的地图，抬眼看了看苏倩茹，忍不住夸赞道：“苏小姐，你们苏家的刺绣手艺果然高超妙绝，令人惊叹。”

苏倩茹和郑绍峰两眼对视，从对方的眼神里读到了 种肯定。苏倩茹转头看着小林熏，面无表情地说：“我们苏家做刺绣多年，靠的是手艺和口碑，自然不会偷工减料浑水摸鱼。”

小林熏连忙点点头，赔着笑脸说道：“这个我们自然相信，不然怎么会只挑选和你们苏家合作呢？好了，苏小姐，请稍等一下。按规矩，我们得检查验货一下，希望您能理解！”

苏倩茹点点头，面无表情地说：“这是应该的。”

小林熏派人仔细检查了一番，没有任何问题，他的嘴角露出一丝得意的笑容。“很好，很好！苏小姐，我们这一次的合作很愉快！希望以后有机会多多合作！”

苏倩茹脸上依旧没有太多表情，只是点了点头，说道：“好说，好说。”说完她就起身告辞了。

在回去的路上，苏倩茹和郑绍峰并排走在路上。郑绍峰看着苏倩茹噘着小嘴儿，闷闷不乐的样子，他牵起了苏倩茹的手，问道：“怎么，心里还是觉得不舒坦？”

苏倩茹脸色依旧不悦，说道：“刚才看到小林熏那讨人厌的笑脸，心里着实不舒服。我差点儿都不想把地图给他们了，你也知道这些绣品可是耗尽了玲姐她们的心血和精力啊！”

郑绍峰微微一笑，说道：“你的心情我非常理解。当然，也要表扬你刚才成功克制住自己的冲动。小不忍则乱大谋，这个道理你是懂的。之前咱们也商量过，如果不给小林熏提供高品质的刺绣地图，他绝对是不会相信和放过我们的。咱们这么做，既能成功替苏家解围，又能暗中破坏敌人的阴谋，何乐而不为？”

苏倩茹看着郑绍峰一脸认真的样子，扑哧一笑，说：“知道啦知道啦！我也只是发发牢骚啦！再说，就算给他们这么精美绝伦的刺绣地图，他们也是学不来的。咱们中国的文化博大精深，这些精妙佳绝的绣品也不是他们能模仿学会的。没有日复一日积累的高超绣技和文化传承是做不到的！”

“你说的很对！倩茹，你成熟了，我为你骄傲，为你自豪！”郑绍峰饱含深情说道。

苏倩茹听到郑绍峰的夸赞，脸上露出娇羞之色。两个人继续走在路上，看着城里的飞机轰炸过的废墟依旧触目惊心，昔日繁华的街道现在变得冷冷清清，偶有路过的人脸上也是挂着蜡黄麻木的脸孔——侥幸活下来的人亲眼见证了战争的残酷、家园的摧毁、亲人的生离死别，在很长很长一段时间那种心灵的创伤是久久不能平复的。

郑绍峰突然说道：“倩茹，现在苏州已经彻底被日本人控制了。我们必须沿着老周的足迹继续走下去。你一边负责这里的情报传递工作，一边让绍川协助你把苏家庄园重建起来。我和老许取得了联系，得赶紧把真正的地图给他送过去。还有，我得启程去上海了，有新的任务安排给我了。”说完，他不舍地看着苏倩茹。

苏倩茹红着眼眶说道：“你的意思是——我们要分别一段时间？”

郑绍峰停下脚步，点点头，摸着苏倩茹的右脸说道：“你看看，虚空师太带领着一众尼姑给淞沪前线的抗日将士赶制棉衣；小芙蓉也在轰炸中逃了出来，和六姨太在福利院帮忙照顾那些无家可归的小孩子；连你那‘跋扈’的七七小表妹都能勇敢地举报自己的亲生父亲，贾士礼终于得到了应有的报应！七七现在在学校当老师呢！举国上下都在为抗日贡献着自己的一分力量！等革命胜利了，我们将永远不会再分开！”

苏倩茹强忍着泪水，把脑袋靠在郑绍峰温暖的肩膀上，久久地，久久地不愿离开。

坐上火车的郑绍峰，摘下帽子，从口袋里掏出苏倩茹在分别时塞给他的一张纸条。他放在手心里，像是一件无价之宝。他轻轻拿着，慢慢地展开——

我把时间折叠进你的身体
我的爱人
在我们与那可知的自由之间
彼此有足够的热爱

春天会来到
春天无处不在
我们要斩获新生
我们要自由解放

爱情是一种流动的针线
就算分开
也是把你的曲线绣在我的掌中
永远缠绕在一起

因为——
我和你加在一起
才是我们的全部命运